**Bereits in dieser Reihe erschienen:**

| 1101 | KURT BRAND | *Als der Fremde kam* |
| 1102 | KURT BRAND | *Gestrandet auf Suuk* |
| 1103 | KURT BRAND | *Raumsprung nach Moran* |
| 1104 | KURT BRAND | *Planet der Hoffnung* |
| 1105 | KURT BRAND | *Sternen-Gespenster* |
| 1106 | KURT BRAND | *Als die Götter logen* |
| 1107 | KURT BRAND | *SOS von Mira-Ceti* |
| 1108 | KURT BRAND | *In den Fängen des Orff* |
| 1109 | KURT BRAND | *Das Geheimnis der Nekroniden* |

Kurt Brand

# Das Geheimnis der Nekroniden

Science Fiction-Roman

BLITZ-Verlag, Windeck

**BLITZ-Verlag**
**Postfach 1168 · 51556 Windeck · Fax: 02292/6340**

Sollte Ihre Bezugsquelle nicht alle unsere lieferbaren Titel verfügbar haben, können Sie im Internet oder bei unserem Auslieferdienst bestellen. Wir liefern kostenfrei auf Rechnung ins In- und Ausland.
**www.BLITZ-Verlag.de**
**ROMANTRUHE-Buchversand · Hermann-Seger-Straße 33-35**
**50226 Frechen · Fon: 02234/273528 · Fax: 02234/273627**
**E-Mail: Info@Romantruhe.de**

1. Auflage
© 2000 by BLITZ-Verlag
Bearbeitung: Werner K. Giesa & Manfred Rückert
Titelbild und Innenillustrationen: Manfred Schneider
Gesamtherstellung: BLITZ-Verlag
Printed in Germany

ISBN 3-932171-47-0

# *Prolog*

*Als der Planet Moran im fernen Kyl-System von Schwarzen Raumern zerstört wird, überlebt eine Handvoll Moraner die Katastrophe. In verzweifelter Lage setzen sie alles daran, jene Sauerstoffwelt wiederzufinden, die nach uralten Berichten ideal für eine Besiedelung ist und nur von Halbwilden bewohnt sein soll.*

*Über dem gesuchten Planeten entkommt der Humanoide Arn Borul als einziger ihrem explodierenden Suchschiff TIRA. Mit dem Raumer gehen die Koordinaten Morans verloren. Von Peet Orell, dem Sohn des Besitzers der HTO-Raumschiffwerft gerettet und von Ärzten operativ auf das Seh- und Hörvermögen der Menschen umgestellt, wird Arn Borul dessen Freund. Orell verdankt es dem Moraner, daß seine Raumyacht PROMET mit dem ersten Transitionstriebwerk ausgerüstet wird, und Arn Borul kann hoffen, mit ihm seine Heimatwelt Moran wiederzufinden. Hinter Pluto entdeckt die PROMET einen vor 1350 Jahren teilzerstörten Kugelraumer und richtet ihn als BASIS I für das Schiff ein. Wenig später stößt man im Alpha-Centauri-System auf den zur selben Zeit entvölkerten Planeten Riddle und dort in einer gigantischen Stadt auf dem Gebirgskontinenten Him auf eine intakte Defensiv-Zentrale, die sich als BASIS II anbietet.*

*Die Suche nach dem Kyl-System mit seinem Planeten Moran ist eine Kette dramatischer Abenteuer. Erst in letzter Minute werden die letzten Überlebenden einer vom Aussterben bedrohten Rasse durch Einsatz eines alt-moranischen Raumers nach Suuk in Sicherheit gebracht.*

*Doch nach wie vor stellen die Schwarzen Raumer der Zyklop's die größte Gefahr im Spiralarm der Galaxis dar, die zuletzt vor 1350 Jahren Planeten vernichteten oder entvölkerten, bis die PROMET die Einsatzhäfen der schwarzen Roboterschiffe entdeckt und auch den Planeten im Leerraum, auf dem die schlummernde Brut der Zyklop's auf ihr Erwachen wartete. Durch das Auftauchen der PROMET in seiner Ruhe gestört, vernichtete der Brutplanet sich selbst.*

*Der Exodus der Terraner nach Riddle im Alpha-Centauri-System nimmt seinen Anfang. Die kleine Raumyacht wird durch die größere PROMET II, mit Hilfe moranischer Ingenieure auf den höchsten Stand der Technik gebracht, abgelöst. Die Crew der PROMET II, nun zweiundzwanzig Personen stark, kennt nur ein Ziel: Das Universum für die Terraner zu erforschen, und ihr Weg führt ...*

*... VON STERN ZU STERN*

# 1.

Die JAPETUS lag in der einzigen Talmulde, die es auf dem Asteroiden C-30333 gab. Über dem Prospektorenschiff spannte sich der schimmernde Bogen der Milchstraße, brannten die fernen Sterne wie nadelfeine Punkte.

Al Bigs fuhr sich mit dem Handrücken über die Stirn und wischte den Schweiß ab, der ihm immer wieder in die Augen lief. Dann richtete er sich auf und sah sich im Labor seines Schiffes suchend um.

»Jane?« rief er durch die herrschende Stille, die nur durch das Summen der Klima- und Versorgungsanlage unterbrochen wurde.

Es dauerte einen Augenblick, dann vernahm er die schnellen, leichten Schritte seiner jungen Frau.

»Ja, Al?« fragte sie und blieb lächelnd im Schott stehen.

Anstatt zu antworten, erhob sich der hünenhafte Prospektor, ging zu ihr und schloß seine bildhübsche, gertenschlanke Frau in die Arme.

»Wir haben es geschafft«, sagte er leise und zog sie mit sich zu seinem Arbeitsplatz. »C-30333 hat mehrere Adern fast reinen Platins, und wir sind die Entdecker, Jane.«

Jane Bigs sah ihren Mann an.

»Bist du ganz sicher?« flüsterte sie.

Ihr Mann nickte. »Ja, Jane, absolut. Es ist kein Irrtum möglich. Wir haben es geschafft, endgültig. Marc Shannon hatte recht. Wahrscheinlich gibt es außerhalb des Gürtels noch eine ganze Reihe derartiger Kleinstplaneten, die durch ihre extremen Bahnen bisher unentdeckt blieben!«

Bei den letzten Worten flog ein Schatten über die Züge seines kaffeebraunen Gesichts.

Jane entging das nicht. »Es gibt also doch noch Schwierigkeiten?« forschte sie.

Doch Al Bigs schüttelte den Kopf.

»Schwierigkeiten nicht, Darling. Das einzige, was mir noch Sorge macht, ist die Bahn *unseres* Asteroiden. Sie führt so dicht an der Sonne vorbei, daß für diese ganze Zeit ein Aufenthalt auf C-30333 Selbstmord wäre. Den Computer-Berechnungen zufolge, die ich aber gleich noch einmal genau überprüfen werde, müssen wir C-30333 innerhalb der nächsten 48 Stunden verlassen und können auch erst wieder zurück, wenn er aus dem gefährlichen Strahlungsbereich der Sonne wieder heraus ist. Wir müssen den Asteroiden also sofort vermessen, Aufnahmen machen und anschließend bei den TERRA STATES auf unseren Namen registrieren lassen. Danach werde ich mich an die HTO wenden, und zwar an Vivien Raid von der PROMET-Crew. Sie wird uns bestimmt helfen, von der HTO die notwendige Unterstützung zur Erschließung von C-30333 zu bekommen.«

Jane Bigs hatte ihrem Mann aufmerksam zugehört. Jetzt zog sie ihn sanft am Ohr.

»Vivien Raid?« fragte sie. »An dieses Teufelsgirl von der PROMET II willst du dich wenden?« Ihre grauen Augen suchten die kohlschwarzen ihres Mannes. »Na ja, ich ...« Er ließ sie nicht ausreden, sondern nahm sie kurzerhand in seine Arme und küßte sie.

»Ach Jane, was weißt du von Vivy und mir! Glaub mir, dieses Girl ist der beste Kumpel und der beste Freund, den man sich denken kann. Ich kenne sie durch meine Zeit auf der Raumakademie, aber was ...«

Weiter kam er nicht. Ein helles alarmierendes Summen durchdrang das Schiffslabor.

Al Bigs ließ seine Frau sofort los.

»Jane, die Ortung! Ein Raumer nähert sich uns, und zwar mit unheimlicher Geschwindigkeit. Komm!«

Er zog seine Frau hastig mit sich fort. Gemeinsam stürmten sie durch den Zentralgang des etwa 50 Meter langen Prospektorenschiffes nach vorne zur Zentrale.

Sie brauchten nur wenige Sekunden. Dann starrten sie beide auf den Schirm, der zugleich die Stirnwand der geräumigen Zentrale bildete.

Zuerst war es nur ein blitzender Punkt, der zwischen den Sternen vor der pechschwarzen Unendlichkeit des Alls auf sie zu jagte.

Al Bigs regulierte die Bildschärfe neu ein und schaltete dann die Taster des Elektronenteleskops zu. Unwillkürlich zuckte er zusammen, als das Bild wieder klar wurde.

»Ein diskusförmiger Raumer, Jane«, sagte er schließlich, und jäh wurde ihm die Tragweite seiner Feststellung bewußt.

Al Bigs und seine Frau kannten jeden Raumschifftyp, der innerhalb des Sonnensystems existierte. Sie hatten die PROMET I gesehen, die PROMET II und auch die MORAN. Sogar der SUUK, dem 300 Meter langen neuen Forschungsschiff der Moraner, waren sie mit ihrer JAPETUS begegnet, als die SUUK in Begleitung der PROMET II und der MORAN ihre Jungfernreise machte. Sie kannten die Schiffe der Space-Police, und die Besatzungen der POL-Boote kannten Al Bigs und seine Frau. Nein, dieser eigentümlich geformte Raumer, der da genau auf sie zukam, gehörte nicht zur Erde, gehörte nicht zu den Moranern oder zu den Siedlern von Riddle, dem zweiten Planeten der Nachbarsonne Alpha Centauri.

Jane Bigs spürte, wie sie eine Gänsehaut bekam. Sie befanden sich in der Region der sonnennahen Planeten, einem Raumabschnitt, der auch von den Schiffen der Space-Police nur selten angeflogen wurde. Es war Jane Bigs klar, daß sie hier weit und breit keine Hilfe zu erwarten hatten, falls die Fremden sie bemerken und sie angreifen sollten.

»Hast du jemals etwas von Raumern dieses Typs gehört?« fragte sie nach einer Weile so leise, als habe sie Angst, daß die Fremden sie hören könnten.

Al Bigs schüttelte den Kopf.

»Nein, Jane, nie! Aber ich erinnere mich, daß Marc Shannon mir einmal sagte, die weiten Reisen der PROMET II seien für die Erde nicht ungefährlich. Denn zwangsläufig würden wir andere – und vielleicht nicht immer friedliche – Rassen auf uns aufmerksam machen. Und irgendwann, eines bösen Tages, könnten wir mal eine schlimme Überraschung erleben ...«

Jane nickte. Al hatte recht, und auch Marc Shannon hatte recht behalten. Sie dachte an die Moraner, an ihre Rettung, die damals die Medien weltweit beherrscht hatte, sie erinnerte sich an die Geschichten und Legenden, die sich um die gefürchteten Schwarzen Raumer rankten und auch um das gigantische Hantelschiff, das dann später auf dem Planeten Pluto im Pluto-Hole zerschellt und explodiert war. Sie erinnerte sich der Gerüchte um geheimnisvolle Vorgänge auf Suuk, jenem Planeten der Halo-Sonne, auf dem die Moraner jetzt ihre neue Heimat gefunden hatten. Aber niemand wußte etwas wirklich Genaues, denn von den Reisen der PROMET II drangen nur hin und wieder Einzelheiten an die Öffentlichkeit.

Der Diskusraumer wurde schnell größer, die Warnsignale der Distanz-Ortung immer lauter, durchdringender.

Al Bigs schüttelte den Kopf.

»Merkwürdig«, murmelte er gedankenverloren, »nur die Distanz-Ortung reagiert. Massen- und Energie-Ortung nicht. Ich begreife das nicht ...«

Abermals unterbrach er sich mitten im Satz. Vor ihren Augen geschah in diesem Moment etwas Unheimliches. Um den Diskusraumer glühte plötzlich eine grünliche Sphäre auf. Gleich darauf löste sich von dem mit unverminderter Geschwindigkeit weiterrasenden Schiff ein winziger schimmernder Punkt. Die Sphäre wirkte dabei wie grünes Glas. An einer Stelle öffnete sie sich für den Bruchteil einer Sekunde. Es entstand eine kreisrunde Öffnung, durch die der schimmernde Punkt hindurchglitt.

Dann, nur wenige Augenblicke später, war der Diskusraumer heran. Al und Jane Bigs konnten das Schiff deutlich erkennen, als es den Asteroiden C-30333 überflog. Wie ein grünlich leuchtender Schemen huschte es über sie hinweg. Al schätzte seinen Durchmesser auf 150 bis 200 Meter.

Der Prospektor rannte zu einer der großen Direktsichtscheiben, die sich wie ein Band um die Zentrale zogen. Er sah gerade noch, wie der unheimliche Raumer in Richtung Sonne verschwand.

Kopfschüttelnd starrte er dem Spuk hinterher. Aber dann entsann er sich plötzlich des silbrig schimmernden Punktes, der sich von dem Diskusraumer gelöst hatte.

Mit einem Satz war er wieder beim Schirm.

»Jane, der Punkt – hast du ihn im Auge behalten?« fragte er, und diesmal erschienen auch auf seiner dunklen Stirn Schweißtropfen.

Seine Frau deutete stumm auf die schwach glimmenden Koordinatenlinien. Ihr Gesicht war blaß, die Lippen hatte sie fest zusammengepreßt, und ihr Mann erkannte auch sofort, warum.

Der silbrig schimmernde Punkt glitt auf die JAPETUS zu. Und je näher er kam, desto deutlicher offenbarte er seine Formen. Er war eine Miniaturausgabe des Diskusraumers, etwa halb so groß wie die JAPETUS. Seinen Druckkörper umgab ein grünliches Leuchten, das hin und wieder

rhythmisch seine Helligkeit wechselte, und zwar jedesmal, wenn das kleine Schiff seinen Kurs korrigierte oder seine Geschwindigkeit verlangsamte.

»Jane, die kommen hierher!« stieß der Prospektor hervor. »Die wollen zu uns, sie haben uns entdeckt!«

Al Bigs krampfte seine Hände um die Lehnen des Kontursitzes, hinter dem er und Jane standen. Er wußte, daß sie den Fremden völlig wehrlos ausgeliefert waren, denn außer den Lasergeräten, die ihr Schiff zum Herausschneiden von Gesteins- oder Erzproben brauchte, hatten sie keinerlei Waffen an Bord. Von ein paar Handstrahlern abgesehen, die aber auch weit mehr für Bodenuntersuchungen als für die Verteidigung gedacht waren.

Nein, wenn diese Fremden ihnen aus irgendeinem Grund ans Leder wollten, dann konnten sie absolut nichts dagegen tun. Nicht einmal fliehen konnten sie, denn die JAPETUS war zwar ein äußerst zuverlässiges und robustes Schiff, aber nach dem gegenwärtigen Stand der Technik schon veraltet. Die Entfernungen im Sonnensystem vermochte sie mit ihren starken DeGorm-Triebwerken zu bewältigen, auch bis zum Pluto, wenn es sein mußte. Aber damit war dann Schluß, denn zum Einbau von Sprungtriebwerken hatte es bisher bei Al Bigs und seiner Jane finanziell noch nicht gereicht.

»Jane, geh bitte und wecke Joe. Er muß sofort einen Notruf absenden. Vielleicht erreichen wir ein Schiff in der Nähe, das uns zu Hilfe kommen kann.«

Jane nickte nur und verließ sofort die Zentrale. Joe Rooster war ihr Kompagnon. Er hatte früher Dienst als Funker auf Polizeischiffen getan, war ein hervorragender Techniker und kannte die JAPETUS so gut wie sonst keiner.

Der kleine Diskusraumer verlangsamte seine Geschwindigkeit mehr und mehr, je näher er dem Asteroiden C-30333 kam. Dann scherte er plötzlich nach Steuerbord aus und verschwand innerhalb von Sekunden vom Schirm.

Al stieß eine Verwünschung aus und rannte abermals zu einer der Direktsichtscheiben an Steuerbord. Von dort aus sah er, wie das Beiboot des Diskusraumers der Talmulde, in der auch die JAPETUS lag, unaufhaltsam entgegensank. Nur wenige Meter über der Oberfläche des Asteroiden verhielt das kleine Schiff eine Weile, glitt plötzlich auf die JAPETUS zu, überflog sie, stoppte abermals und landete dann plötzlich in einer Entfernung von knapp 50 Metern an Backbord.

Al Bigs spürte, wie es ihm unter der Kopfhaut zu kribbeln begann. In diesem Moment stürmte sein Partner zusammen mit Jane in die Zentrale.

Der Prospektor wies nur stumm auf den kleinen Diskusraumer, dessen grünlich schimmernder Druckkörper gespenstisch zu ihnen herüberleuchtete.

Fremdartige Wesen in metallisch schimmernden Raumanzügen verließen den Raumer.

Weder Jane noch die beiden Männer hatten gesehen, auf welche Weise. Die Fremden standen plötzlich da, starrten zur JAPETUS hinüber und kamen langsam näher. Die Arme ihrer humanoid wirkenden Körper hatten sie weit abgespreizt, die Handflächen, die unter einer flexiblen Metallhaut verborgen waren, leer und ohne Waffen, den Menschen an Bord der JAPETUS entgegengestreckt.

In knapp zehn Metern Entfernung blieben sie stehen. Dann begann plötzlich eines der fremden Wesen zu schwanken, versuchte krampfhaft, auf den Beinen zu bleiben, schaffte es aber nicht. Es torkelte ein paar Schritte zur Seite, stürzte zu Boden.

Das andere machte eine hilflose Geste, fast eine flehende Gebärde, wie es Jane vorkam, und sank ebenfalls zu Boden.

»Mein Gott, Al, die Fremden brauchen Hilfe! Es muß ihnen irgend etwas passiert sein! Sie bitten uns um Hilfe!«

Al nickte. *Es kann eine Falle sein!* dachte er, aber er verwarf diesen Gedanken sofort. »Joe, was meinst du?« fragte er statt dessen.

»Jane hat recht!« sagte sein Partner, und in seinem beinahe ebenholzfarbenen Gesicht zuckte es. Auch er hatte daran gedacht, daß es eine Falle sein könnte, aber genau wie Jane und Al war er nicht der Mann, der in Raumnot befindlichen Wesen seine Hilfe verweigerte. Ganz gleich, wie sie beschaffen sein mochten.

»Los, gehen wir! Jane, du bleibst an Bord. Bereite bitte alles für die Aufnahme der beiden Fremden vor. Vielleicht können wir ihnen tatsächlich irgendwie helfen!« Er dachte in diesem Augenblick daran, daß Al Bigs' Frau Ärztin war. Internistin und Chirurgin.

Jane Bigs zögerte. Sie ließ die beiden Männer nicht gerne alleine gehen, aber dann stimmte sie doch zu.

Unterdessen waren Al und Joe bereits dabei, die Raumanzüge anzulegen. Jeder der drei wußte, daß sie keine unnötige Sekunde verlieren durften.

# 2.

»So, das wär's dann wohl, Vivy!« Jörn Callaghan schwang in seinem Kontursitz herum, seine Augen funkelten vor Übermut. Mit blitzschnellem Griff zog er Vivien Raid auf seinen Schoß. Er befand sich mit ihr allein in der Kommando-Zentrale der PROMET II, und außer ihnen, Gus Yonker in der Funk-Z und Pino Tak im Triebwerksraum lag zu dieser Stunde an Bord der Raumyacht alles in tiefem Schlaf. Die PROMET II hatte die SUUK, den neuen Forschungsraumer der Moraner, auf einem seiner Testflüge begleitet und kehrte jetzt zur Erde zurück.

Vivien Raid warf Jörn einen schrägen Blick aus ihren hellgrünen Augen zu.

»Was wäre was, Mister Callaghan?« fragte sie, wehrte sich aber nicht, als Jörn sie in seine Arme zog.

»Das wäre das Ende dieser Reise, Vivy, und der Beginn eines vierzehntägigen Urlaubs auf der Erde. Eines recht aufregenden Urlaubs, hoffe ich ...« fügte er noch hinzu und ließ seine Blicke auf unmißverständliche Weise an Vivien entlanggleiten.

Das schwarzhaarige Teufelsgirl der PROMET II machte sich aus Jörns Armen frei und sah ihn an. Dann zauste sie ihm plötzlich die Haare.

"Du bist eigentlich recht dreist und sehr von dir eingenommen, Jörn Callaghan!« sagte sie. »Aber wenn ich mir das Ganze recht überlege, dann könntest du natürlich recht haben – nun, wir werden sehen!« Resolut schob sie ihn von sich. »Und jetzt, mein Lieber, werden wir uns erst einmal darum kümmern, daß die PROMET sicher zur Erde kommt!« Sie gab ihm noch rasch einen Kuß und schwang sich dann in ihren Kontursitz, um den Kurs der Yacht zu überprüfen und anschließend Gus Yonker die Order zu geben, die HTO-Corporation über die bevorstehende Landung und deren Zeitpunkt zu unterrichten.

Zur gleichen Zeit saß Gus Yonker in der Funk-Z. Für ihn war die Reise durch den ständigen Hyperfunkverkehr mit Suuk und Terra sowie mit etlichen Einheiten der Space-Police recht anstrengend gewesen. Daß er zu dieser Zeit selbst in der Funk-Z Dienst tat, lag lediglich daran, daß die PROMET diese Reise nur mit ihrer alten neunköpfigen Stammbesatzung und nur sechs neuen Mitgliedern der Crew unternommen hatte, eine Besetzung, die sich diesmal als völlig ausreichend erwiesen hatte.

Eben wollte Yonker noch einige der neu installierten Geräte checken – die Yacht war während ihrer letzten Werftliegezeit wiederum technisch erheblich verbessert worden –, als ihn ein leises Summen aus seinen Gedanken hochschreckte.

Hastig drehte er sich um, denn das konnte nur die speziell unter allen Raumern des Sonnensystems eingerichtete Notrufwelle sein. Seine Stirn furchte sich, als er von der roten, rhythmisch flackernden Kontrollampe auch die optische Bestätigung bekam.

Gus Yonker war im Nu wieder hellwach. Sofort griff er zu einer Reihe von Schaltern und aktivierte gleichzeitig durch das Wort »Zentrale« den *Phonsens*-Modus des Interkom.

Sofort erschien auf einem der Schirme die Kommando-Zentrale mit Jörn und Vivien, die ihn beide fragend anblickten.

»Ein Notruf!« stieß Gus Yonker hervor. »Weiß noch nicht, von wem ...«

Die rote Lampe flackerte heftiger. In den Lautsprechern ertönte ein leises Zirpen. Nur ganz schwach, für menschliche Ohren kaum wahrnehmbar. Über einen der Monitoren huschten wirre Linien, dann baute sich für Sekunden ein Bild auf, das jedoch sofort wieder in sich zusammenfiel.

Gus Yonker arbeitete wie besessen. Die Automatik hatte sich längst zugeschaltet, verstärkte das schwache Zirpen, leitete es weiter zum Dechiffriergerät.

Dann erschien die Meldung auf dem Bildschirm.

Gus Yonker las laut mit, obwohl es Jörn und Vivien in der Kommando-Zentrale ebenfalls auf einem Display sehen konnten.

›... *japetus – lizenznummer 383 – an alle. diskusförmiger raumer, ungefährer durchmesser 200 meter, auf kurs rot 262. eigenposition rot 577: grün 24 ...*‹

Prasseln und Krachen. Gus Yonker stieß eine Verwünschung aus. Dann wieder das Zirpen. Noch schwächer, noch weiter entfernt, ständig überlagert von prasselnden und krachenden Störgeräuschen.

›... *brauchen dringend hilfe. fremde wesen auf c-30333 gel ...*‹
Stille.
Yonker arbeitete wie besessen, schaltete den starken Sender der PROMET II ein.
›*japetus ... promet II an japetus ... wir hören sie. bitte kommen. ihr hilferuf wird gestört, bitte eigenposition wiederholen ...*‹
Wieder das Zirpen.
›*danke promet. kommen sie sofort. großen transporter von hto anfordern. eigenposition rot 576: grün 23,09 veränderlich auf ...*‹
Nichts mehr. Yonker sah Jörn und Vivien auf dem Bildschirm an.
Doch dann, plötzlich, so laut, daß Gus Yonker förmlich zusammenzuckte, kam es:
›*sos an alle. wir ... die fremden ...*‹
Ein scharfes Knacken, dann war Schluß. Auch die rote Kontrollampe verlosch.
Vivien drückte die Alarmtaste.
»Gus, bleiben Sie dran, für den Fall, daß noch etwas kommen sollte. Aber ich habe nur wenig Hoffnung. Das hörte sich ganz verdammt danach an, als hätten die Fremden die JAPETUS ..."
Jörn sprach nicht aus, was er dachte. Außerdem wurde er von Vivien unterbrochen.
»JAPETUS? Jörn, ich kenne das Schiff. Es gehört einem alten Bekannten von mir. Al Bigs war mit mir auf der Raumakademie, er treibt jetzt sein Unwesen als Prospektor zumeist im Asteroidengürtel. Al hatte auch schon einige Erfolge zu verzeichnen, aber das große Geld, das er zu einem neuen Raumer brauchte, das hat er noch nicht zusammenbekommen!«
Vivien dachte nach.
»Ich kenne auch sein Schiff. Umgebaute Luxusyacht der Trabantenklasse. Äußerst stabil, aber veraltet.«
Inzwischen erschienen Peet Orell, Arn Borul und dessen Frau Junici in der Zentrale. Kurz nach ihnen Szer Ekka, der Astro-Experte der PROMET II.
Sie hatten gerade noch die letzten Sätze Viviens gehört. Fragend sahen sie Jörn und Vivy an.

Vivien erklärte ihnen in knappen Worten, was sich inzwischen ereignet hatte.

Peet Orell runzelte die Stirn. Dann stand er auch schon am Kursrechner der Yacht.

Er ließ die Angaben der Hilferufe durchlaufen. "Vivy, du sagtest, zumeist sei die JAPETUS im Asteroidengürtel?«

Das Girl nickte.

»Diesmal aber nicht. Die JAPETUS befindet sich ihren eigenen Angaben zufolge im Raum der sonnennahen Planeten, das erklärt auch die Störungen ...«

Er warf dem Astro-Experten einen fragenden Blick zu.

Szer Ekka nickte. »Ganz recht, Peet. Seit Wochen schon befindet sich die Sonne in einem sogenannten Emissionsmaximum. Ich kann mir gar nicht erklären, was ein derart veraltetes Schiff, das nicht einmal über einen modernen Hypersender verfügt, dort zu suchen hat. Das kann bei einer Havarie Selbstmord bedeuten!«

Doch Vivien schüttelte den Kopf.

»Ich kenne Al Bigs gut, ich kenne seine Frau und auch seinen Partner Joe Rooster flüchtig. Die drei gehen bestimmt keine unnötigen Risiken ein. Was ist mit diesem C-30333Szer? Was ist das für ein Objekt?«

»Werden wir gleich haben!« erwiderte der Astro-Experte und verschwand in Richtung Astro-Lab.

Der Moraner hatte bisher geschwiegen. Er wußte so gut wie seine Gefährten, daß ein Notruf Vorrang vor allem anderen besaß. Dennoch schaltete er sich jetzt in das Gespräch ein.

»Und was ist mit dem Diskusraumer? Habt ihr darüber nachgedacht, was das bedeuten kann?«

Betroffen sahen ihn die anderen an.

»Verdammt, Arn, du hast recht! Nekroniden! Was wollen sie hier? Und warum haben sie offenbar die JAPETUS angegriffen und hindern ihre Besatzung nun daran, Verbindung zu anderen Schiffen aufzunehmen? Das sieht nicht gut aus!«

Einen Moment lang schwiegen sie alle. Jeder dachte daran, was sie mit diesen merkwürdigen Fremden mit den flachen Dreiecksköpfen und der unheimlichen Technik bereits auf Suuk und im System der Mira Ceti erlebt hatten. Und es waren nicht gerade erfreuliche Erinnerungen! *)

Peet Orell blickte auf den Monitor, auf den Gus Yonker längst schon die Richtung, aus der der Notruf gekommen war, in die Zentrale überspielt hatte.

»... auf Kurs Rot 262«, murmelte er und fuhr plötzlich herum.

»Rot 262 – wißt ihr, was das bedeutet? Dieser Diskusraumer fliegt genau in die Sonne, wenn er seinen Kurs nicht noch ändert! Irgend etwas stimmt da nicht, denn das Schiff muß sich schon jetzt im sonnennahen Raum befinden.«

Er stellte per *Phonsens* eine Verbindung zum Astro-Lab her. Dann gab er Szer Ekka eine Reihe von Daten durch.

»Szer, irgendwo auf dieser Linie müssen auch C-30333 und die in Raumnot befindliche JAPETUS liegen. Was ist denn nun mit C-30333?«

»Nicht registriert. Der letzte Außenseiter trägt die Nummer C-30332, mithin wahrscheinlich eine Neuentdeckung der JAPETUS!«

Junici trat an Peet heran und berührte ihn leicht an der Schulter.

»Peet, es sind zwei Aufgaben zugleich, die hier bewältigt werden müssen: Hilfe für die JAPETUS und Verfolgung des Diskusraumers. Wir können das nicht allein machen. Worner liegt mit seiner MORAN auf einer der Pisten der HTO. Er kann gleichzeitig die Funktion des von der JAPETUS – aus welchen Gründen auch immer – angeforderten Transporters übernehmen. Daraus ergibt sich, daß die MORAN sich – eventuell zusammen mit Einheiten der Space-Police – auf die Suche nach der JAPETUS macht, wir jedoch sofort dem Diskusraumer folgen.«

Der Moraner nickte zustimmend, aber Junici war noch nicht fertig.

»Ich glaube nicht, daß die Nekroniden in feindlicher Absicht gekommen sind. Sie verdanken uns eine ganze Menge, und selbst auf Suuk haben sie damals niemandem wirklich etwas Böses getan. Es muß mit diesem Schiff eine andere Bewandtnis haben!«

Peet Orell sah seine Gefährten an.

»Jörn, was sagst du? Und du, Vivien?« fragte er.

Jörn Callaghan hob die Schultern.

*) siehe Raumschiff PROMET Classic 7 und 8

»Vielleicht hat Junici recht«, antwortete er. »Jedenfalls ist ihr Rat vernünftig. Die PROMET II ist das schnellste Schiff im Sonnensystem. Wenn überhaupt eine Chance besteht, den Diskusraumer einzuholen und zu stellen, dann mit unserer Yacht."

Das gab den Ausschlag. Gus Yonker stellte die Verbindung mit der HTO her. Es dauerte nur Sekunden, dann erschien das Gesicht Harry T. Orells auf dem Schirm.

»Wir haben den Notruf der JAPETUS aufgefangen. Verstümmelt, aber doch deutlich genug. Wir wissen ungefähr, wo sich dieser Asteroid C-30333 befindet, weil Al Bigs sich bereits vor zwei Tagen mit einem unserer Labors in Verbindung gesetzt hatte. Worner ist mit der MORAN gerade gestartet, einer unserer Transporter, die HTO-234, folgt ihm in einer knappen Stunde. Worner nimmt außerdem zu allen in der Nähe stehenden POL-Einheiten Verbindung auf – wir werden die JAPETUS finden.«

Er machte eine Pause. Seine Züge verdüsterten sich.

»Seid vorsichtig mit diesem Diskusraumer. Mir ist die ganze Sache nicht recht geheuer. Niemand weiß, was diese Wesen mit der Besatzung der JAPETUS gemacht haben. Ehe die Verbindung endgültig abriß, hat Al Bigs ganz eindeutig um Hilfe gerufen, und zwar in höchster Not. Die Verbindung wurde mit Gewalt unterbrochen, nicht durch Partikelemissionen der Sonne wie vorher.«

Abermals schwieg er und sah nachdenklich in die Aufnahmeoptik der Holo-Kamera seines Apparates. Für die Menschen in der Kommando-Zentrale der PROMET II schien es, als blicke er jeden von ihnen direkt an.

»Ich habe eben erwogen, ob ich die SUUK aus dem Halo-System anfordern soll«, fuhr er fort. »Aber das wäre Wahnsinn. Suuk und die Pyramidenstadt brauchen das Schiff dringend. Durch seinen Anticomp ist es immerhin in der Lage, Moraner wie Suuks zu schützen. Auch gegen die Diskusraumer. Ich weiß nicht, ob die Nekroniden irgend etwas gegen uns im Schilde führen, aber eines ist sicher: niemand von uns weiß, wie viele dieser Schiffe außer dem einen zufällig von der JAPETUS gesichteten bereits im Sonnensystem sind oder im Anflug darauf. Ich muß Commander Baxter von BASIS I warnen. Ich muß Riddle über Hypersender Bescheid geben, den Moranern im Halo-System …«

Peet Orell unterbrach seinen Vater. »Nein, zu spät, Dad, falls sie wirklich etwas Böses mit uns vorhaben. Du machst nur die Pferde scheu. Baxter – gut. Er sollte Bescheid wissen. Aber wenn BASIS I irgend etwas aufgefallen wäre, dann hätte Baxter sich schon längst gemeldet. Okay, genug geredet, wir müssen handeln. Wir melden uns sofort, wenn wir etwas Neues wissen!« Damit beendete er das Gespräch.

Und genau in diesem Augenblick meldete sich Captain Eric Worner aus der MORAN.

»Ich habe Ihr Gespräch mit Mister Orell mitgehört. Ich weiß also Bescheid. Doch nun zur Sache: der Asteroid C-30333 befindet sich gegenwärtig im Raum zwischen Venus und Merkur. Exakte Bahndaten liegen noch nicht vor, aber wir werden ihn finden. Vorläufige Kursberechnungen des Asteroiden lassen den Schluß zu, daß er zu den Außenseitern gehört, die die Sonne in einer extrem exzentrischen Bahn umlaufen und mit sehr großer Geschwindigkeit sehr dicht an ihr vorbeifliegen, ehe sie wieder in sonnenferne Regionen entweichen. Für die Zeit ihrer größten Annäherung an die Sonne dürfte jeder Aufenthalt auf diesem Asteroiden wegen der Hitze und wegen der Strahlung glatter Selbstmord sein. Das bedeutet, daß wir die JAPETUS sehr schnell finden müssen. Soweit die augenblickliche Lage.«

Er blickte auf eine Display-Anzeige neben seinem Bildschirm und überflog sie.

»POL-7 und POL-11 befinden sich auf dem Wege zu mir. Beides hochmoderne Einheiten der Space-Police. Sie werden allerdings noch einige Zeit brauchen, denn sie befanden sich zur Zeit meiner Kontaktaufnahme noch im Raum Mars. In knapp drei Stunden stößt die HTO-234 unter Captain Cooper ebenfalls zu mir. Wir haben getan, was wir konnten. Ich kann nur hoffen, daß wir die JAPETUS noch rechtzeitig finden und daß an Bord des Prospektorenraumers nicht die Hölle los ist. Ich bleibe ständig auf Empfang, tun Sie bitte das gleiche, PROMET. Ende.«

Der Schirm erlosch.

»Gründlich, hieb- und stichfest bis ins Detail wie immer! Typisch Worner!« stellte Vivien Raid fest. In ihrer Stimme schwang sowohl Spott als auch Bewunderung für diesen hageren, zumeist humorlosen Raumerkommandanten mit. Zwar konnte Vivien mit Worner als Mann absolut nichts anfangen, dazu war er ihr einfach zu unnahbar, aber sie schätzte und achtete ihn. Sie hatte einen Heidenrespekt vor ihm und seiner Besatzung, die genau wie die PROMET-Crew so manches Unternehmen und so manche Aktion gemeistert hatte, bei der die Überlebenschancen gleich Null gewesen waren. Oh ja, Worner würde die JAPETUS finden, da war Vivien ganz sicher. Sie traute ihm sogar zu, mit den Nekroniden fertig zu werden.

Ein Geräusch hinter ihrem Rücken ließ sie herumfahren. Sie sah, wie Doc Ridgers die Zentrale betrat. Peet Orell, der sich bis dahin mit Arn Borul beraten hatte, sah ebenfalls auf.

»Ich nehme an, Doc, daß Sie über Interkom alles mitgehört haben?« fragte er und wunderte sich im stillen, warum der Doc erst so lange nach dem Alarm erschien.

Ben Ridgers nickte und beugte seine lange Gestalt erwartungsvoll nach vorne.

»Ich hatte einige wichtige Analysen zu machen, konnte nicht eher aus der Medo-Station weg, oder alles wäre für die Katz gewesen. Aber ich weiß Bescheid. Und was jetzt?«

»Wir machen eine Transition bis in den sonnennahen Raum«, erwiderte Peet Orell. »Das ist zwar nicht ungefährlich, aber anders haben wir keine Chance mehr, dem Diskusraumer zuvorzukommen. Mit an Sicherheit grenzender Wahrscheinlichkeit bewegt sich der viel zu schnell, als daß er mit Unterlichtgeschwindigkeit noch einzuholen wäre.«

»Und wenn die Nekroniden sich durch uns bedroht fühlen und von ihren Waffen Gebrauch machen? Sind Sie sicher, Peet, daß unser KSS uns zu schützen vermag?«

Doc Ridgers fragte es fast beiläufig, aber alle wußten, wie ernst diese Frage gemeint war.

Peet Orell zuckte mit den Schultern.

»Das müssen wir riskieren, Doc. Außerdem ist es viel wahrscheinlicher, daß die Nekroniden uns unter dem KSS gar nicht orten oder sonst irgendwie ausfindig machen können.«

Der Doc nickte.

»Stimmt ja, Peet. War auch nur eine Frage. Dann werde ich am besten wieder in die Medo-Station zurückkehren und dort einige Vorbereitungen treffen, für alle Fälle. Nur noch eins: unsere PROMET ist im Augenblick nur sehr unzureichend bemannt, aber das wissen Sie ja selbst. Immerhin könnte das bei einer Aktion wie der bevorstehenden eine Rolle spielen.«

Das war der zweite Punkt, in dem der Doc ohne Frage recht hatte. Aber auch daran war zum gegenwärtigen Zeitpunkt nichts mehr zu ändern, denn sie hatten keine Zeit mehr zu verlieren.

Szer Ekka machte sich wortlos auf den Weg ins Astro-Lab. Vivien begleitete ihn.

Junici eilte zur Funk-Z, um dort Gus Yonker zu helfen. Denn sie wußte, daß die Nekroniden zum Teil neben Interstar auch des Moranischen mächtig waren. Jörn Callaghan und Arn Borul blieben zusammen mit Peet Orell in der Zentrale.

Innerhalb von Sekunden hatte die Bord-Tronik die Sprungdaten errechnet und den Countdown eingeleitet. Gleich darauf leuchteten in allen Decks, Abteilungen und Kabinen der PROMET die roten Sprunguhren auf, zeigten die noch verbleibenden Sekunden bis zum Übertritt in den Hyperraum an.

***

Die PROMET II rematerialisierte innerhalb der Merkurbahn. Riesengroß und unheimlich strahlte die Sonne an Backbord des Raumers. Trotz der sich sofort zuschaltenden Blenden und Filter konnten Peet Orell und seine Gefährten mit bloßem Auge jene wie eine Körnung aussehenden Granulen erkennen. Zwischen ihnen die wie gigantische Löcher in der Sonnenoberfläche wirkenden Sonnenflecken, umgeben von den gleißenden Bahnen lodernder Fackeln.

Aus dieser Nähe wirkte die Sonne gewaltiger als alles, was sie bisher gesehen hatten. Ein glühender strahlender Ball in der Schwärze des Alls, der seit Milliarden von Jahren das Sonnensystem mit Licht und Wärme versorgte und es auch weitere Milliarden von Jahren tun würde, ehe er zuerst zu einem weißen Zwergstern und schließlich, mehr und mehr von seiner einstigen Kraft einbüßend, zu einem roten Zwerg werden würde. Oder aber irgendwann einmal zu einer Nova, zu einem Stern, der sich eines

Tages aufzublähen begann, instabil wurde, explodierte und alles mit sich in ihren Untergang riß, was sich in seinem Bannkreis befand.

Die Klimaanlage der PROMET II erfüllte mit ihrem tiefen Summen das ganze Schiff. Die Aggregate arbeiteten auf vollen Touren und waren trotzdem kaum noch imstande, die mörderische, von Sekunde zu Sekunde ansteigende Erhitzung des Druckkörpers der Yacht auszugleichen.

Pino Tak meldete sich aus dem Triebwerksraum.

»Wir sind zu dicht an der Sonne, Peet!« sagte er. »Wir müssen weiter weg, oder die Klimaanlage brennt durch!«

Peet Orell nickte. Die PROMET II nahm wieder Fahrt auf. Langsam wanderte der Sonnenball aus den Koordinatenkreuzen der drei Kugelschirme aus.

»Arn, hast du mit der Tronik noch etwas über den vermutlichen Kurs des Diskusraumers ermitteln können? Wenn er aus Richtung Venus kommt, wie Worner behauptete und wie es auch aus der Meldung der JAPETUS hervorging, dann könnten wir im Schatten des Merkur auf Warteposition gehen. Das hätte zugleich auch den Vorteil, daß wir gegen eine eventuelle vorzeitige Ortung durch die Nähe des Planeten gut abgeschirmt wären und daß unsere Ortung einwandfrei zusammen mit den Bildsensoren arbeiten könnte. Besser als in dieser gleißenden Helligkeit, in der selbst unsere Schirme keinen vernünftigen Kontrast mehr aufzubauen vermögen!«

Arn Borul nickte. Dann kam er vom Kursrechner zum Kontursitz seines Freundes herüber. Er wies auf eine Anzeige, auf der vom Computer die augenblicklichen Positionen der beiden sonnennächsten Planeten Merkur und Venus eingetragen waren. Zwischen ihnen hindurch verlief eine rote Linie – der nach den vorliegenden Angaben vom Computer erstellte Kurs des Diskusraumers.

»Dies gilt natürlich nur unter der Voraussetzung, daß die Nekroniden ihren Kurs inzwischen nicht geändert haben. Und dieser Kurs«, der Moraner deutete auf die rote Linie, »endet mit einem Absturz in die Sonne! Ich wüßte wirklich keinen Grund, warum die Nekroniden etwas derart Verrücktes tun sollten, es sei denn ...«

»Es sei denn, was?« fragte Jörn Callaghan, der sich ebenfalls aus seinem Sitz erhoben hatte und nun neben den beiden stand.

Doch der Moraner schüttelte nur den Kopf. »Fliege die PROMET zunächst einmal in den Schatten des Merkur, Peet. Dann sehen wir weiter. Dort ist tatsächlich unsere günstigste Warteposition. Ich bin sogar der Ansicht, daß wir uns mit der PROMET auf eines der felsigen Hochplateaus auf der Nachtseite des Planeten legen sollten. Dort sind wir am sichersten!«

Der Vorschlag wurde von Jörn und Peet sofort akzeptiert. Alle anderen Besatzungsmitglieder hatten über die Konferenzschaltung mitgehört, so daß es sich erübrigte, sie noch gesondert zu informieren.

Lediglich Szer Ekka meldete sich.

»Fliegen Sie das große Hochplateau am Äquator an, Peet«, empfahl er. »Es eignet sich für unsere Zwecke am besten.« Er gab den Längen- und Breitengrad an, dann beschleunigte die PROMET abermals ihren Flug.

\*\*\*

Knapp zwei Stunden später erschien ein winziger blitzender Punkt auf einem der Kugelschirme der PROMET II. Er bewegte sich rasch durch die schwach leuchtenden Koordinatenlinien. Peet Orell und seine Gefährten ließen ihn nicht mehr aus den Augen.

»Massen-Ortung spricht nicht an!« sagte der Moraner in die Stille hinein. »Energie-Ortung auch nicht!«

Im gleichen Augenblick meldete sich Szer Ekka aus dem Astro-Lab.

»Kein Zweifel, Peet, es ist der Diskusraumer. Ich habe ihn im E-Teleskop. Junici ist eben dabei, ihn zu vermessen. Ich schalte durch!«

Automatisch hatte Peet Orell einen der Kugelschirme umgeschaltet. Gleich darauf erschien der Nekronidenraumer zwischen den Koordinatenlinien. Jörn Callaghan warf nur einen flüchtigen Blick auf das Schiff, dann setzte er seine Arbeit am Kursrechner fort.

Arn Borul sah seine Gefährten an.

»Ich glaube nicht, daß sie ihren Kurs noch ändern werden. Sie können es aus eigener Kraft gar nicht mehr. Dieser Diskusraumer ist energetisch so gut wie tot, in dem Schiff arbeitet keines der Triebwerke mehr. Denk an die Aufzeichnungen von Suuk, Peet, die Theen Noo damals kurz vor dem Absturz des Schiffes gemacht hat. Da waren wenigstens noch schwache

Werte zu verzeichnen. Bei dem hier absolut nichts außer einer unerklärlichen Konstante, die aber so beschaffen ist, daß ich sie nicht auswerten kann.«

Es war ungewöhnlich, daß der Moraner derartig lange Erklärungen abgab, es zeigte den anderen jedoch, wie erregt er trotz seiner äußerlich zur Schau getragenen Ruhe war.

Peet Orell zögerte nicht länger.

»Wenn du recht hast, Arn, dann ist an Bord dieses Schiffes etwas Schlimmes passiert, und wir müssen versuchen, zu helfen. Aber uns bleibt nicht mehr viel Zeit. Ich glaube auch nicht mehr, daß wir es mit unserer PROMET allein schaffen werden.«

Er rief zur Funk-Z durch. »Junici, ich brauche Worner, sofort!«

Die Moranerin nickte nur. Sekunden später erschien das hagere Gesicht des Captains.

»Worner, wir sitzen in der Klemme. Wir haben den Nekronidenraumer auf dem Schirm, aber mit dem Schiff stimmt etwas nicht! Wenn den Nekroniden etwas zustößt und ihre Rassegenossen bekommen das heraus, dann kann das für uns alle unabsehbare Folgen haben. Wir müssen dieses Schiff vor dem Absturz in die Sonne bewahren. Sie wissen, wie eigentümlich diese Rasse auf unvorhersehbare Zwischenfälle reagiert?«

Worner nickte.

»Verstehe, Mister Orell. Aber wir haben trotz aller Mühen diesen verflixten Asteroiden C-30333 noch nicht entdeckt. Ehe einer der POL-Kreuzer eintrifft, vergehen noch etliche Stunden. Allerdings ist Captain Cooper inzwischen mit der HTO-234 unterwegs und wird in einer knappen Stunde zu uns stoßen. Einer von uns könnte zu ihnen kommen.«

Worner wußte, daß sich die Besatzung der JAPETUS unter Umständen ebenfalls in Lebensgefahr befand. Daß sie auch da nicht mehr viel Zeit hatten.

Der Captain stieß eine Verwünschung aus, denn genau wie die **PROMET** saß er in der Klemme. Seine MORAN verfügte über bessere Ortungssysteme als die HTO-234. Also waren ihre Chancen, die JAPETUS zu finden, auch wesentlich größer. Andererseits hatte Al Bigs in seinem letzten Notruf aber ausdrücklich einen Transporter angefordert.

Worner wollte gerade Captain Cooper die Anweisung geben, so schnell wie möglich zur PROMET zu fliegen, als sie von einer Seite Hilfe bekamen, mit der sie in diesem Moment überhaupt nicht gerechnet hatten.

Neben dem hageren Gesicht Captain Worners erschien das Gesicht einer bildhübschen Moranerin auf dem Monitor. Arn Borul stutzte.

»Mor-een!« sagte er. »Du?«

»Wir haben den Notruf der JAPETUS ebenfalls gehört, Arn!« sagte die Moranerin. Aber er schüttelte den Kopf.

»Die JAPETUS hat keinen Hypersender, Mor-een, und ihr befandet euch zur Zeit des Notrufs auf Suuk. Ich verstehe das nicht!«

Doch die junge Moranerin, für ihre Eigenwilligkeit bekannt, lächelte.

»Alles, was du sagst, ist richtig, Arn. Aber eines unserer T-Boote befand sich noch im Sol-System. Es sollte uns erst später folgen, weil wir seine Funktionen einem genauen Test unterziehen mußten. Es hat uns über Hyperfunk verständigt. In diesem Moment gibt es der MORAN die Koordinaten des Asteroiden C-30333 durch, denn es hat ihn vor einigen Minuten entdeckt!«

Peet Orell fiel erst in diesem Moment auf, daß Worners Konterfei vom Bildschirm verschwunden war, aber er vernahm Sekunden später seine Stimme.

»Stimmt genau, eben sind in unserer Funk-Z die Koordinaten eingegangen. Wir sind bereits unterwegs. Die SUUK ist in einer halben Stunde bei Ihnen, und damit wäre dieses Problem gelöst. Ich bleibe auf Empfang und melde mich, sobald ich mehr weiß! Ende!«

Peet und Arn sahen Mor-een an. Sie wußten, daß es auf Suuk in der Pyramidenstadt erheblichen Wirbel gegeben hatte, als die Moranerin gegen den Willen des Rates von der Mehrheit zur ständigen Kommandantin der SUUK gewählt worden war. Mor-een war in den Augen der älteren Moraner eine schwierige Frau. Eigenwillig, mutig bis zur Selbstaufgabe, kompromißlos in der Verfolgung moranischer Interessen. Sie war der eigentliche Motor der Moraner, wenn es darum ging, ihrem neuen Heimatplaneten Suuk nach und nach die frühere Bedeutung wieder zu verschaffen, die einst Moran, ihre von den Schwarzen Raumern verwüstete Heimatwelt, innerhalb der Galaxis besessen hatte.

Jetzt, als Kommandantin des neuen Forschungsraumers SUUK, boten sich ihr noch wesentlich mehr Möglichkeiten als bisher, ihre Ziele zu verfolgen. Ganz abgesehen davon, daß die SUUK der zur Zeit größte moderne Raumer war, den die HTO gebaut hatte. Zwar glich er der MORAN äußerlich, war aber mit seinen dreihundert Metern Länge um ein gutes Drittel länger als die MORAN oder die PROMET.

Peet Orell warf seinem silberhaarigen Freund einen raschen Blick zu. Dann gab er die genaue Position des Diskusraumers, dessen Geschwindigkeit und Kurs durch.

»Wir starten jetzt und versuchen festzustellen, was mit den Nekroniden passiert ist, Mor-een. Komme mit der SUUK so schnell wie möglich, denn wir müssen den Kurs des Diskusraumers korrigieren, oder er ist verloren!«

Mor-een nickte und schaltete ab.

Die PROMET startete. Pino Tak beschleunigte die Yacht so stark, daß die Männer in der Zentrale den Andruck trotz der Andruckabsorber noch spürten.

\*\*\*

Die PROMET II näherte sich dem Diskusraumer sehr schnell. Und je näher die Raumyacht dem Nekronidenraumer kam, desto unheimlicher wurde das fremde Schiff ihrer Besatzung.

Stirnrunzelnd starrte Jörn Callaghan auf den Schirm. Alle Versuche, mit den Nekroniden Kontakt aufzunehmen, waren gescheitert. Der grünlich leuchtende Druckkörper des Diskusraumers schimmerte zu ihnen herüber, aber sonst herrschte auf dem breiten Spektrum der Ortungen, der Sensoren und der Taster Totenstille. Nichts rührte sich.

»Arn, wir zwei nehmen das T-Boot. Junici kommt am besten in die Kommando-Zentrale, Gus wird auch ohne sie fertig.«

Der Moraner nickte und glitt wortlos aus seinem Kontursitz.

Peet gab Jörn Callaghan noch einige Anweisungen, dann verließ er zusammen mit Arn Borul die Zentrale.

Auf dem Weg zum Bootshangar, der neben dem großen Transitionsboot und dem kleineren N-Boot auch noch einen der Abfangjäger Riddles enthielt, streiften sich die beiden Freunde die leichten Raumanzüge über. Das war eine Vorsichtsmaßnahme, die sie nie versäumten. Sollte es erforderlich werden, dann hatten sie im T-Boot zusätzlich auch noch die schweren Raumkombinationen, die bisher allen Belastungen standgehalten hatten.

Durch eine kleine Schleuse betraten sie den mittleren Hangar, in dem das 16 Meter lange und 3,5 Meter durchmessende tropfenförmige Transitionsboot lag.

Peet Orell blieb noch einmal stehen, ehe sie durch das Schott ins Cockpit des T-Bootes gelangten, das in allen Teilen bis auf die Galerie eine radikal verkleinerte Ausgabe der Zentrale der PROMET II war.

»Vielleicht hätten wir doch besser den Abfangjäger nehmen sollen, wir ...«

Der Moraner schüttelte ziemlich heftig den Kopf.

»Nein, Peet. Es könnte sein, daß die Nekroniden diese Raumfahrzeuge und ihre Gefährlichkeit kennen oder daß die Abwehrautomatik des Diskusraumers auf sie programmiert ist. Es wäre zu gefährlich. Außerdem verkraftet das T-Boot die enorme Sonnenstrahlung weitaus besser und hat für alle Fälle auch noch den KSS und die Notsprung-Schaltung.«

Er zog Peet mit sich fort. »Komm, es wird höchste Zeit!«

Wenige Augenblicke später löste sich vom Bug der PROMET II ein heller schimmernder Punkt. Den Kombi-Schutz-Schirm hatten die beiden Freunde absichtlich nicht eingeschaltet, genau wie die PROMET selbst. Sie wollten, daß die Nekroniden ihre Annäherung bemerkten, falls sie dazu überhaupt noch in der Lage waren. Außerdem würde die SUUK jeden Moment auftauchen, und auch sie mußte die PROMET II erkennen können.

Je näher Peet und Arn dem Diskusraumer kamen, desto nachdenklicher wurden sie.

Das Schiff war etwas größer als die, die sie bisher kennengelernt hatten. Auch liefen eigentümlich leuchtende Spiralen über seinen Druckkörper, die leicht zu pulsieren begannen, als das T-Boot dem Diskusraumer näher und näher kam.

»Verstehst du das, Arn?« fragte Peet. »Irgend eine Energie ist auf diesem Schiff immer noch wirksam, aber unsere Ortung erfaßt sie einfach nicht! Ich kann das ...«

In diesem Moment spürte er den leichten Ruck, der durch das T-Boot lief. Gleichzeitig nahm er wahr, wie es seinen Kurs änderte und im weiten Bogen um den Diskusraumer herumglitt.

Auch Arn Borul war in seinem Sitz zusammengezuckt. Seine grünen Augen hatten sich zu schmalen Schlitzen verengt, sein Silberhaar glitzerte in der schwachen Beleuchtung im Rhythmus der flackernden Kontrollen.

»Der Diskusraumer liegt unter einem Schutz-Halo!« sagte er. »Wir kommen an das Schiff nicht heran. Eine Transition können wir auch nicht riskieren, die Distanz ist zu gering, so exakt arbeiten unsere Sprungtriebwerke nicht. Auch weiß niemand von uns, was uns im Innern dieses Halos erwartet ..."

Er verstummte, starrte den Diskusraumer an, den das T-Boot langsam und im weiten Bogen umrundete. Und immer noch keine Reaktion, kein Zeichen, daß die Nekroniden sie bemerkt hatten.

Peet straffte sich in seinem Sitz.

»Jörn, gehe mit der PROMET dichter an den Diskusraumer heran. Du hast gesehen, was geschehen ist. Versuche es mit der PROMET, aber sei vorsichtig!«

Der Moraner starrte seinen Freund erschrocken an.

»Peet, das darf er nicht tun! Vielleicht reagiert dieser Halo ab einer bestimmten Masse kritisch!«

Doch Peet schüttelte den Kopf.

»Nein, Arn!« erwiderte er fest. »Nein, das glaube ich nicht!«

Die PROMET II glitt heran, und in diesem Moment materialisierte unweit von ihr die SUUK.

Peet Orell fuhr herum.

»Verdammt!» entfuhr es ihm. »Diese Mor-een muß wahnsinnig sein! So dicht am Merkur, so sehr in der Nähe von drei Raumfahrzeugen, das ist einfach unverantwortlich!« schimpfte er.

Arn Borul wandte für einen Moment den Kopf, blickte auf denjenigen der drei Kugelschirme, zwischen dessen Koordinatenlinien sich die SUUK jetzt befand und langsam auf sie zuglitt.

Er erfaßte zuerst, was Mor-een zu diesem wahnwitzigen Manöver veranlaßt hatte. Denn hinter der SUUK, schmerzhaft hell und selbst durch die automatischen Filter des T-Bootes nicht mehr voll zu korrigieren, brannte die Sonne. Ein riesiger Ball, der in diesem Augenblick eine gewaltige Protuberanz in das sie umgebende pechschwarze Universum schickte. Und erst da merkte der Moraner, in welch tödlichem Tempo sie alle zusammen der Sonne entgegenstürzten, solange sie in der Nähe des Diskusraumers verblieben.

»Peet, Mor-een hatte recht. Wenn wir nicht sehr schnell handeln, ist es sowieso zu spät. Wir müssen an den Diskusraumer heran, aber wie?«

Er verfiel ins Grübeln. Aus den Augenwinkeln registrierte er, wie auch die PROMET von jenem unsichtbaren Halo, der den Diskusraumer wie eine Sphäre umgab, sanft aber unaufhaltsam abgelenkt und in eine völlig neue Bahn gezwungen wurde.

»Nichts zu machen, Peet!« vernahmen sie die Stimme Jörn Callaghans. »Da kommt niemand durch, so nicht und auch nicht mit Gewalt.«

Wieder herrschte Schweigen. Lange quälende Minuten verstrichen. Selbst die 300 Meter lange SUUK wurde von dem Halo abgelenkt.

Vivien Raid schaltete sich ein.

»Wir müssen es mit dem Anticomp versuchen, Peet!« sagte sie.

Eine Weile herrschte atemlose Stille. Da war er also, dieser Vorschlag, an den sie alle bereits gedacht hatten! Aber niemand außer Vivien hatte ihn ausgesprochen. Jeder von ihnen wußte, welch eine gefährliche Waffe der Anticomp war, wenn man ihn gegen einen hochtechnisierten Raumer einsetzte. Einem Schiff mittels des Anticomp alle gespeicherten Programme zu entziehen, bedeutete, es funktionslos zu machen. Möglicherweise einschließlich der einfachsten Vorgänge wie Lufterneuerung, Steuerung der Klimaanlage, Lahmlegung der Transportmittel innerhalb des betreffenden Raumers, gleich ob es sich dabei um Lifte oder Antigravschächte handelte.

Als sie auf Riddle den Anticomp entdeckten, und als sie sich dann endgültig entschlossen hatten, dieses Aggregat als Defensivwaffe zunächst in die PROMET, die MORAN und die SUUK einzubauen, hatten sich Moraner wie Terraner zugleich geschworen, niemals Mißbrauch damit zu treiben.

Peet wußte, daß die Entscheidung über diesen ersten Einsatz des Anticomp im Ernstfall ganz allein bei ihm lag.

Er sah seinen grünäugigen Freund fragend an. »Arn – was meinst du?«

Der Moraner überlegte eine ganze Weile.

»Vivy hat recht, Peet«, sagte er dann in die lastende Stille hinein. »Wir müssen es tun, denn anders kommen wir an den Diskusraumer nicht heran. Wir müssen es aber, und das schnell, denn wer sagt uns, daß die Klimaanlage, daß die Lufterneuerungsanlage des Diskusraumers überhaupt noch arbeitet? Wer sagt uns überhaupt, daß auf diesem Raumer dort noch ein einziges Wesen lebt? Wir müssen es tun, denn das ist die einzige Chance, die den Nekroniden noch bleibt!«

»Gut! Wir setzen den Anticomp ein.«

Das T-Boot hatte den Diskusraumer inzwischen mehrfach umkreist. Dabei hatten sie festgestellt, daß der Halo höchstens einen Durchmesser von 600 Metern besaß. Ihrer Meinung nach zu klein, um einen wirksamen Schutz darzustellen, denn etwas über 200 Meter füllte allein schon der Diskusraumer innerhalb der Schutzsphäre aus.

Peet Orell zog das T-Boot herum, wollte zurück zur PROMET. In diesem Augenblick meldete sich Captain Worner von der MORAN. Seine rauchgrauen Augen hatten sich verengt, in seinem sonst so beherrschten Gesicht zuckte es.

»Wir haben die JAPETUS gefunden, Mister Orell«, sagte er. »Sie ist leer, die Schleuse steht offen. Von dem Prospektor, seiner Frau, seinem Partner und den Fremden keine Spur. Dabei ist der Raumer völlig intakt, er könnte jederzeit starten, wenn er sich samt dem Asteroiden, Durchmesser ungefähr drei Kilometer, nicht schon viel zu dicht an der Sonne befinden würde. Wir müssen die JAPETUS verladen, wir müssen hier weg, denn C-30333 verwandelt sich innerhalb der nächsten Stunden in eine wahre Hölle. Wir können nicht weitersuchen!

Aber da ist noch etwas, Mister Orell«, setzte er seinen Bericht langsam fort, betonte jedes einzelne Wort. »Etwa fünfzig Meter von der JAPETUS entfernt, und zwar an Backbord, ist ein weiterer Raumer auf dem Asteroiden gelandet. Er hat im Geröll und im Staub, der diese Talmulde auf C-30333 bedeckt, deutliche Spuren hinterlassen. Wahrscheinlich besaß er einen ungefähren Durchmesser von 25 oder 30 Metern. Er könnte ein Beiboot des Diskusraumers gewesen sein.«

Peet Orell und die anderen schluckten. Also gab es doch noch Lebende an Bord jenes Schiffes? Oder befanden sich weitere Diskusraumer im Sonnensystem? Was für ein Spiel trieben die Nekroniden?

Captain Worner meldete sich noch einmal.

»Cooper wird die JAPETUS jetzt an die HTO-234 koppeln. Es geht so gerade. Ich werde mit der MORAN und mit ihren Beibooten den Asteroiden noch einmal absuchen. Mehr kann ich nicht tun, anschließend werde ich mich mit der MORAN dann zu Ihnen in Marsch setzen, die HTO-234 fliegt zur Erde zurück.«

Peet Orell nickte. Dann erklärte er dem Captain noch in kurzen Worten, was sie zu tun beabsichtigten.

»Gefährliche Sache, Mister Orell«, erwiderte Worner. »Aber Sie haben recht, eine andere Lösung gibt es nicht.«

\*\*\*

Captain Worner hatte seinen Platz in der Kommando-Zentrale der MORAN verlassen. Statt dessen saß er in der Beobachtungskuppel seines Raumers, von wo aus er durch die riesigen Direktsichtscheiben eine weitaus bessere Sicht auf den Asteroiden hatte, als die Schirme sie ihm aus dieser Nähe zu vermitteln vermochten. Die Beobachtungskuppel befand sich im vorderen Drittel des Schiffes, sie sah aus wie ein kugelartiger Wulst, der die schlanken Linien des spindelförmigen Schiffes an dieser Stelle unterbrach. Natürlich konnten die Direktsichtscheiben der Beobachtungskuppel bei Gefahr durch herausfahrbare Metallblenden sofort verschlossen werden, desgleichen hatten die Konstrukteure besonderen Wert auf sehr wirksame, automatisch arbeitende Filter gelegt, da gerade die MORAN des öfteren in unmittelbarer Nähe von Sonnen zu arbeiten hatte.

»Murdock, gehen Sie bitte noch dichter an C-30333 heran. Ich möchte die Oberfläche noch genauer sehen. Tasten Sie jeden Quadratzentimeter mit den Sensoren ab. Ich habe das ganz verdammte Gefühl, daß die JAPETUS-Leute doch noch hier sind.«

Captain Lee Murdock, der langjährige 1. Offizier Worners, nickte. Dann ließ er die MORAN noch tiefer sinken. Aus der Beobachtungskuppel sah das aus, als käme ihnen die von unzähligen silberglänzenden Platinadern durchzogene Oberfläche des Kleinplaneten entgegen. Gleichzeitig schleuste die MORAN ihre drei Beiboote aus, die sofort über der Oberfläche des Asteroiden ausschwärmten.

Worner aktivierte den Interkom durch Zuruf.

»Maxwell!« rief er den Kommandanten des großen T-Bootes an.

»Ja, Sir?« meldete sich der Sergeant sofort.

»Fliegen Sie mit ihren Booten über den Terminator von C-30333. Die Sonne steht ziemlich flach über dem Horizont, jede noch so geringe Erhebung muß lange Schatten werfen. Passen Sie darauf auf, wir haben hier im Beobachtungsraum die nötigen Instrumente, um sie sofort analysieren zu können. Ende!«

»In Ordnung, Sir. War bereits unterwegs dorthin.«

Die drei Beiboote glitten davon.

Chefnavigator Professor Wallis, ein schmächtiger Mann mit durchgeistigtem Gesicht, nickte Worner zu.

»Wenn da etwas passiert ist, und wenn wir es überhaupt finden, dann am Terminator, und zwar in dem Augenblick, an dem es aus der pechschwarzen Finsternis der Schatten ins grelle Licht der Sonne gerät!«

Er gab seinen beiden Assistenten einige Anweisungen. Dann schwiegen die Männer in der Beobachtungskuppel der MORAN. Es war der unwiderruflich letzte Versuch, den die MORAN vorerst unternehmen konnte. Schon bald würden die Temperaturen auf C-30333 höher und höher klettern, das Platin in den Felsenadern des drei Kilometer langen Felsbrockens zu glühen beginnen, die Talmulde und alle Erhebungen dieser winzigen Welt von der gnadenlos harten Strahlung der Sonne bombardiert werden.

Worner riß sich ruckartig aus seinen Betrachtungen. Durch die MORAN war ein Stoß gegangen. Das Schiff scherte aus dem Kurs. Gleichzeitig meldete sich Sergeant Maxwell aus dem T-Boot.

»Sir, da ist etwas! Unter einem Felsüberhang! Es leuchtet grünlich, aber wir kommen nicht 'ran. Es ist, als ob unser Boot gegen einen Prallschirm flöge. Nichts zu machen, Sir!«

Worner sprang auf, denn soeben hatte auch er jenen schwach grünlichen Schimmer wahrgenommen. Er warf einen Blick zu dem gezackten Horizont hinüber, hinter dem die Höllenglut der Sonne bereits sichtbar wurde. Und Worner dachte in diesem Moment an das Gespräch mit Peet Orell, an den Anticomp, den die PROMET vielleicht genau in diesem Augenblick einsetzte.

Worners Entschluß stand fest. An Bord dieses winzigen Diskusraumers mußten sich neben den Fremden auch Al und Jane Bigs und ihr Partner Joe befinden.

»Maxwell, ziehen Sie sich mit Ihren Booten sofort zurück. Kommen Sie an Bord, machen Sie unseren Laderaum für die Aufnahme des Diskus fertig. Ich wende den Anticomp an!«

»Den Anticomp? Sir ...«

»Maxwell, keine Fragen, ich weiß, was ich tue!«

Worner sah, wie das T-Boot abdrehte, sah, wie die beiden anderen Boote sofort folgten.

Dann eilte der Captain durch die Beobachtungskuppel, sprang auf das Transportband, das durch die Mittelachse der MORAN verlief und von dem aus man alle Abteilungen des Schiffes mühelos erreichen konnte, verschwand wenige Augenblicke später hinter dem Sicherheitsschott, das die Kommando-Zentrale vom übrigen Schiff abriegelte.

»Achtung, Kommandant an AC. Fertigmachen zum Einsatz. Objekt unter rot drei-null-vier an Steuerbord.«

Die Bestätigungen kamen sofort. Bei der HTO hatte man in Schwerstarbeit den Anticomp so konstruiert, daß seine ihrem Wesen nach noch immer völlig rätselhafte Energie genau auf ein Zielobjekt abgestrahlt werden konnte.

Im Schiff wurde ein dumpfes Summen hörbar, als das Aggregat zu arbeiten begann. Dann erschien auf einem Spezialschirm in einer Zielmarkierung jener grüne Schimmer, der unter einem Felsüberhang hervorkam.

Worner drückte die Auslösetaste, nachdem er die Sperre mit einem Spezialschlüssel, den an Bord eines jeden mit dem Anticomp ausgerüsteten Raumers nur der Kommandant persönlich besaß, entriegelt hatte.

Das Bild auf dem Schirm verzerrte sich. Ein wirres Muster von Linien und Figuren wurde sichtbar. Linien in allen Farben des Spektrums, die sich blitzartig trennten, verschiedene Ebenen bildeten, in denen sich dann streng geometrische Figuren bildeten. Die einzelnen Vorgänge liefen so blitzartig ab, daß kein menschliches Auge sie zu unterscheiden vermochte. Aber Worner wußte, was dort auf dem Schirm des Anticomp geschah, er hatte es in den Labors der HTO oft genug in Zeitlupe gesehen. Er wußte auch, daß diese Linien gleich wieder verschwinden würden, daß dann auf dem Schirm wieder jene Stelle des Asteroiden mit dem Felsüberhang erscheinen würde, die er bis zum Einschalten des Anticomp gesehen hatte. Worner wußte, daß der Anticomp dann alle abgesaugten Daten selbst gespeichert haben würde und auch wieder abzugehen vermochte, was zuvor an Schaltungen, Funktionen, Befehlen und Impulsen in den Speichern des Diskusraumers gewesen war.

Die Linien und Muster, die leuchtenden geometrischen Ebenen verschwanden.

Worner schaltete den Anticomp ab.

»Beiboote ausschleusen! Laderaum II klar bei Schlepptrossen. Einsatzgruppe A fertigmachen zum Aussteigen!« gab der Captain seine Befehle über Interkom. Gleichzeitig warf er einen Blick auf den flammenden Horizont.

»Leute, wir müssen uns höllisch beeilen, oder wir werden allesamt gebraten!«

## 3.

Schockgrüne Augen mit pechschwarzen senkrecht stehenden Pupillen verfolgten den Anflug der drei Beiboote und auch ihr plötzliches Abdrehen.

Eines der Wesen wollte sich in seinem Kontursitz aufrichten. Seine empfindlichen Nerven spürten, wie sich der Schutz-Halo des Diskusraumers plötzlich aktivierte, es hörte, wie ein leises Summen die Zentrale erfüllte.

Aber es war schon zu schwach, es konnte nichts mehr tun. Mühsam hielt es die Augen geöffnet und spürte, wie das Verhängnis ausgerechnet von den Wesen auf sie zustürzte, von denen es sich Hilfe erhofft hatte.

In diesem Moment betrat Jane Bigs die Zentrale. Sie stutzte, als sie die Augen des Fremden sah, die senkrechten, auf unheimliche Weise vergrößerten Pupillen.

Sie wandte sich um. Ihr Blick suchte in der grünen Dämmerung der Zentrale das andere Wesen. Es war noch immer oder schon wieder bewußtlos. Jane Bigs wußte es nicht genau, bei diesen Wesen hatte ihre ärztliche Kunst bisher kläglich versagt. Sie waren humanoid, die Fremden. Aber sie waren dennoch ganz anders als Menschen oder Moraner.

Jane entsann sich an den Schock ihrer ersten Begegnung, daran, wie irgend etwas sie zu Boden gestreckt hatte, wie ihr Mann sie anstarrte und wie Joe dann noch ins Schiff zurückrannte.

Aber das hatte sie nur noch am Rande wahrgenommen. Und als sie schließlich wieder zu sich kam, befanden sie, ihr Mann und Joe sich an Bord des unter einem Felsvorhang verborgenen Diskusraumers, zusammen mit den beiden Fremden.

Sie hatten zunächst nichts begriffen – bis sie die Sonne bei der nächsten Umdrehung ihres Kleinstplaneten sahen: ein riesiger flammender Ball, der von Stunde zu Stunde wuchs, dessen Licht immer greller und immer unerträglicher wurde, der seine gleißenden Todesfinger weiter und weiter in die schützenden Schatten des Felsüberhanges vorschob.

Da hatten sie begriffen: durch irgend etwas waren sie bewußtlos geworden, alle drei. Die Fremden, selbst todkrank, hatten sie in ihr Schiff geschleppt, unfähig, noch irgend etwas anderes zu tun als gerade den Schutz aufzusuchen, der sich ihnen auf C-30333 anbot. Die Fremden, die selbst so dringend der Hilfe bedurften, hatten die Menschen gerettet. Denn es war endgültig zu spät, um jetzt noch mit der JAPETUS der Hölle des Atomofens Sol aus eigener Kraft zu entrinnen.

Jane Bigs starrte das fremde, unheimliche Wesen an, sah die schockgrünen Augen, die weit offenen senkrechten Pupillen, die auf irgend etwas blickten, das ihre Sinne nicht wahrzunehmen vermochten.

Und dann kam der zweite Schock. Der vernichtende Schlag einer lautlosen, unheimlichen Energie.

Sie hörte den Fremden schreien, hörte ihren Mann heranhasten, und abermals brach Jane Bigs zusammen. Das letzte, was ihre Sinne registrierten, war, daß die grüne Dämmerung der Zentrale erlosch, daß das Summen der Aggregate aufhörte und daß es stockfinster um sie wurde. Und sie wußte nicht zu unterscheiden, ob es die Bewußtlosigkeit war, die nach ihr griff, oder ob es wirklich dunkel wurde im Schiff.

Als sie dann wieder erwachte, hielt ihr Mann sie in seinen Armen. Ihr war, als würde der Diskusraumer hin und her gezerrt, als bewege sich sein flacher Druckkörper über den Felsen des Asteroiden.

»Joe!« hörte sie ihren Mann leise rufen. Und Joe Rooster antwortete von irgend woher.

»Al – was ist denn passiert, was geschieht mit dem Schiff?« fragte sie und richtete sich auf. »Was ist mit diesen Fremden, und warum ist es so dunkel?«

Al Bigs schwieg eine Weile, ehe er antwortete.

»Jane«, antwortete er dann, »ich glaube, man hat uns gefunden, man schafft uns fort, noch ehe die Sonne uns verbrennt!«

***

Es war eine Heidenarbeit gewesen für die Leute der MORAN. Aber dann konnten sie das diskusförmige Schiff an schweren Trossen unter dem Felsen hervorziehen. Die Sonne warf ihr grelles, unheimliches Licht über die

Szenerie. Die Frauen und Männer spürten trotz ihrer schweren Raumanzüge, wie der Fels sich unter ihren Füßen aufzuheizen begann.

Über ihnen schwebte die MORAN. In den Helmmikrofonen klang immer wieder die Stimme Captain Worners auf, der ihnen die nötigen Anweisungen zur Bergung des Diskusraumers gab.

Von Steuerbord kam die HTO-234 heran. Sie hatte die JAPETUS angedockt, und auch das war Schwerstarbeit für ihre Besatzung gewesen, denn auf solche riesigen Lasten war nicht einmal dieser HTO-Transporter eingerichtet.

Doch dann endlich war es soweit. Die Winden der MORAN hievten den Diskusraumer, den die Schwerkraftarme der Sonne bereits gepackt hatten und nicht mehr loslassen wollten, an den Druckkörper der MORAN heran. Die Frauen und Männer, die in der unerträglichen Helligkeit zwischen den fast glühenden Platinadern des Kleinplaneten C-30333 arbeiteten, verankerten den Raumer magnetisch und mechanisch an der Außenhülle.

Die schweren Schotts schlossen sich erst, als sich auch der letzte Mensch und das letzte Beiboot in Sicherheit befanden.

Dann nahm die MORAN Fahrt auf, die HTO-234 folgte ihr.

»Murdock, übernehmen Sie. Kurs zur PROMET II. Ich werde mich jetzt erst einmal um den Diskusraumer und seine Insassen kümmern. Wahrscheinlich wird es noch ein hartes Stückchen Arbeit, diesen Raumer zu öffnen!«

Captain Worner behielt recht. Mehr noch: die Techniker der MORAN wurden vor eine unlösbare Aufgabe gestellt. Mit Bordmitteln war da einfach nichts zu machen. Es blieb der MORAN nichts anderes übrig, als die Aktion abzubrechen und unverzüglich mit Höchstgeschwindigkeit zur HTO zurückzukehren. Andernfalls, das wußte Worner, würden sie keinen Lebenden mehr aus dem Diskusraumer bergen ...

***

An Bord der PROMET hatte man die dramatischen Ereignisse auf C-30333 genau verfolgt. Der Anticomp der PROMET hatte den Schutz-Halo des Diskusraumers genauso zusammenbrechen lassen. Nun hing das schwere

Schiff, an dem die nahe Sonne mit aller Macht zog und das außerdem noch eine sehr große Eigengeschwindigkeit genau in Richtung auf die Sonne besaß, in den superstarken Schlepptrossen der PROMET II und der SUUK.

Die Mannschaften beider Schiffe, unter ihnen auch Jörn Callaghan und Vivien Raid, überprüften ein letztes Mal die Verankerungen der Trossen.

Jörn spürte, wie sich sein Raumanzug mehr und mehr aufheizte, trotz des voll laufenden Kühlaggregats.

»Es müßte gehen, Vivy!« sagte er in die Helmsprechanlage, und Vivien Raid nickte. Sie wußten beide: wenn die Trossen beim Anziehen verrutschten oder gar rissen, dann war der Diskusraumer rettungslos verloren, denn zu einem weiteren Versuch blieb danach keine Zeit mehr.

»Peet, gib der SUUK Bescheid. Wir sind fertig, kommen an Bord. Aber seid vorsichtig, der Diskusraumer ist ein ganz hübscher Brocken. Den kriegen wir niemals bis zu einer der Pisten der HTO, der reißt unsere beiden Schiffe wie ein Stein in die Tiefe. Wir müssen mit ihm zu BASIS I. Verständige die HTO, daß sie sofort alles, was sie an Transportern und Ärzten besitzt, dorthin schafft. Und vor allen Dingen einen Verbindungsschlauch, denn im freien Raum können wir das Schiff nicht öffnen, oder wir finden – falls überhaupt – garantiert keinen Lebenden mehr an Bord vor.«

Peet überlegte nicht lange. Er setzte sich mit der HTO in Verbindung, Harry T. Orell selbst erschien auf dem Schirm. Peet erkannte, daß auf der Erde sowieso der Teufel los sein mußte, denn bei seinem Vater hielten sich einige Vertreter der TERRA STATES (TST) auf, und er konnte sich nicht vorstellen, wie der alte Fuchs diese Burschen wieder abwimmeln wollte, wenn ruchbar wurde, daß sich Captain Worner mit der MORAN und der HTO-234 im Anflug auf die Erde befand. Aber vielleicht ... Peet wußte, daß mit Sicherheit keines der Gespräche unverschlüsselt stattgefunden hatte, dazu kannte er Worner und auch Captain Cooper von der HTO-234 viel zu gut.

Anschließend rief er BASIS I – von deren Existenz die TST nur eine dunkle Ahnung hatten, weil der riesige und zur Forschungs- wie Versorgungsstation umgebaute ehemalige Kugelraumer auf nur der HTO bekannter Bahn per KSS *verdunkelt* jenseits des Pluto kreiste, durch seinen

Schirm auch nicht für die POL-Einheiten zu orten. Auch Baxter meldete sich sofort.

Schweigend hörte er sich an, was Peet Orell ihm auftrug.

»Geht in Ordnung, Mister Orell! Wir werden alles vorbereiten – natürlich verfügen wir hier draußen über die nötigen Mittel, um den Raumer gefahrlos für seine Insassen zu öffnen.«

Er hörte noch, wie der Commander einige Anweisungen und Befehle gab und wußte, daß BASIS I bereit sein würde, wenn sie kamen.

»Also los dann!« sagte er anschließend.

»SUUK, Sie haben die stärkeren Triebwerke. Ziehen Sie zuerst an, aber langsam! Überspielen Sie uns Ihre Antriebs-Leistungswerte, wir schalten uns dann dazu und lassen unsere DeGorms von der Tronik angleichen, okay?«

Mor-een nickte. Dann liefen auf beiden Schiffen die Triebwerke an, wurden computergesteuert ihrer Leistungskraft entsprechend synchronisiert.

Langsam, kaum merklich zunächst, zogen die beiden Schiffe an. Zuerst die größere SUUK, dann die PROMET II. Und ebenso langsam schwang der Diskusraumer herum, wanderte die bedrohliche Sonne nach Steuerbord aus.

Peet atmete auf.

»Aber jetzt, Arn, was machen wir jetzt mit den POL-Einheiten? Sie werden uns orten, das steht fest. Und dann haben sie auch BASIS I!«

Der Moraner schwieg. Er hatte schon daran gedacht, aber bisher auch noch keinen Ausweg gefunden.

Auf die rettende Idee kam Szer Ekka, der Astro-Experte.

»Wir müssen aus der Umlaufebene der Planeten heraus. Dort vermuten sie uns nicht. Bisher hat sich die ganze Raumfahrt im Sonnensystem stets auf der Ebene der Ekliptik abgespielt. Selbst Schiffe, die nach Alpha Centauri reisen, wählen diesen Weg, weil er die größte Sicherheit, den größtmöglichen Schutz bei Havarien bildet.«

Szer Ekka sprang auf. Mit einem Handgriff projizierte er den sie umgebenden Sternenhimmel auf den rechten Kugelschirm.

»Etwa dorthin!« sagte er und wies auf das Sternbild des Drachen. »Dann im großen Bogen weit außerhalb der Bahn des Pluto in die Umlaufebene zurück, am besten bereits in der Nähe von BASIS I. Und wenn einer der Kommandanten der Space-Police darauf kommen sollte – das Feld, in dem er uns suchen müßte, wäre zu groß!«

Vivien gab ihm spontan einen Kuß.

»Sie sind ein Schatz, Szer!« sagte sie. »Und offenbar viel gerissener, als ich dachte!« Und zum erstenmal seit Bestehen der PROMET-Crew sah sie sich diesen Mann genauer an.

Szer Ekka winkte ab.

»Die Navigation der PROMET II gehört zu meinem Job an Bord, Vivy. Es wäre schlimm, wenn ich da nicht die richtigen Tricks im Ärmel hätte. Allerdings: früher oder später erwischen sie BASIS I doch. Denn wenn eines ihrer Schiffe sich dem durch den KSS unsichtbaren Kugelraumer zufällig nähert, ohne zu ahnen, welch ein Brocken ihm da den Garaus machen würde, wenn er seinen Kurs nicht ändert, dann muß BASIS I Farbe bekennen!«

Vivien Raid schüttelte den Kopf.

»Sicher – aber welcher POL-Kreuzer treibt sich schon jenseits der Plutobahn herum? Das bringt mich übrigens auf eine Idee – wir sollten die Bahn von BASIS I korrigieren, und zwar ebenfalls in einem kräftigen Winkel zur Umlaufebene der Planeten oder sogar senkrecht zur Ekliptik!«

Gelächter brandete auf, nur Junici und ihr Mann blieben ernst.

»Peet, Vivy hat recht! Wir müssen das mal mit deinem Vater und auch mit Baxter besprechen. Schließlich hat BASIS I Triebwerke, die stark genug sind, um diese Kurskorrektur vorzunehmen.«

Peet Orell winkte ab.

»Ich fürchte, Arn, die Zeit ist gar nicht mehr fern, wo wir das Geheimnis um BASIS I lüften können. Denn dann hat der Kugelraumer längst seinen Zweck erfüllt und sollte allgemeinen Aufgaben dienen. Unsere Expansion ins All hat mit Ridd!e begonnen, aber sie endet nicht damit, und wir werden eines gar nicht mehr fernen Tages auf der Erde, auf Suuk, auf Riddle und wer weiß wo noch ganz eng zusammenarbeiten müssen, wenn wir die anfallenden Probleme meistern wollen, und ich meine das nicht nur in finanzieller Hinsicht!«

Arn sah seinen terranischen Freund nachdenklich an. Es war selten, daß

Peet solche Gedanken laut werden ließ. Doch in jüngster Vergangenheit war ihm das schon manchmal aufgefallen.

»Wahrscheinlich hast du recht, Peet«, sagte er und lächelte ihm zu. »Aber jetzt, denke ich, sollten wir uns erst einmal mit Mor-een auf der SUUK in Verbindung setzen und sie in unseren Plan einweihen, denn ohne sie geht es nicht!«

\*\*\*

In diesem Moment tauchte Doc Ridgers in der Zentrale auf.

»Ich habe über Interkom mitgehört«, sagte er, »aber der ganze Plan hat ein Loch. Ein ziemlich dickes sogar!«

Alle wandten sich um. Doc Ridgers hatte sich in den letzten Monaten an Bord der PROMET II außerordentlich zu seinem Vorteil entwickelt. Seine einstige Schüchternheit war verschwunden, und meist brütete er in seiner Medo-Station über irgend welchen Verbesserungen, sofern ihn der Routinedienst an Bord nicht voll in Anspruch nahm. Er hatte in letzter Zeit schon oft ganz erheblich zum Gelingen einer Unternehmung beigetragen, und was besonders auffiel, war, wie gut er sich mittlerweile sogar in technische Probleme hineindenken konnte. Böse Zungen – an erster Stelle Vivien – behaupteten allerdings, daß er dem armen Pino Tak zu diesem Zweck wahre Löcher in den Bauch gefragt habe, aber Pino Tak schwieg sich darüber beharrlich aus und lächelte lediglich.

Diesmal war Ridgers sogar in seinem ureigensten Element, das erkannten sie alle sofort daran, daß er sich leicht vornüber beugte und zu dozieren begann.

»Bis zum Pluto sind es bekanntlich nahezu 5,8 Milliarden Kilometer. Ergo auch bis BASIS I. Selbst das Licht braucht bis zum Pluto reichlich fünf Stunden. Wir, mit dem Diskusraumer im Schlepp, mit Sicherheit das Zehnfache, wenn nicht mehr. Durch den Einsatz des Anticomp ist der Raumer energetisch tot, es könnte also auch sein, daß alle Versorgungsmechanismen nicht mehr arbeiten, deshalb ist Worner mit der MORAN ja so schnell zur Erde zurück. Mit anderen Worten: wir können nicht tatenlos hier herumsitzen, bis wir bei BASIS I ankommen. Wir müssen wissen, was an Bord des Nekronidenraumers los ist, wir müssen ihn mit Sauerstoff aus unserem Schiff versorgen, vielleicht sogar mit Energie!«

Peet Orell und die anderen hatten aufgehorcht. Natürlich – auch sie hatten längst an diese Notwendigkeit gedacht. Aber wie, zum Teufel, sollte man das hier draußen im Raum tun, ohne zu riskieren, daß die Luft bei einer gewaltsamen Öffnung des Raumers explosionsartig in den Raum entwich?

Vivien räusperte sich. Sie funkelte den Doc aus ihren grünen Augen an.

»Und wie, Verehrtester, stellen Sie sich das vor? Denn soweit waren wir immerhin auch schon. Und Jörn und ich haben, als wir die Befestigung der Schlepptrossen überwachten, den ganzen Raumer nach einer entsprechenden Möglichkeit abgesucht. Aber die Schleusen sind zu. Die schließen sogar fast fugenlos! Wie also wollen Sie in den Raumer hineinkommen, Doc?«

Doc Ridgers grinste. *Ganz unverschämt sogar,* dachte Vivien und begann sich im stillen zu ärgern.

»Als Mediziner weiß ich natürlich sehr genau, wozu beispielsweise das Gehirn des Menschen dient. Zur Hauptsache zum Nachdenken, erst in zweiter Linie zur Steuerung gewisser Funktionen ...«

Vivien ließ hörbar Luft ab. Doc Ridgers schaffte es diesmal wirklich, sie auf die Palme zu bringen.

»Die MORAN hat die JAPETUS gefunden, und die HTO-234 hat sie zur Erde gebracht, beziehungsweise, sie ist dabei. Das ist glatter Unsinn.«

»Aha!« giftete Vivien. »Es ist also Unsinn, ein Schiff zu retten, das zufällig den gesamten Besitz eines Prospektorenehepaars und seines Kompagnons darstellt.«

Der Doc schüttelte mißbilligend den Kopf. »Nicht doch, Vivy, nicht doch. Ich sagte ja, das Gehirn des Menschen – aber lassen wir das, wir haben für Faxen keine Zeit mehr. Denn vielleicht ringen da drüben in dem Diskusraumer gerade in diesem Moment eine ganze Reihe von denkenden Wesen mit dem Tode!« Der Doc war unvermittelt ernst geworden.

»Peet, lassen Sie die HTO-234 umkehren. Und sie soll unterwegs die JAPETUS wieder flott machen. Soweit ich weiß, sagte Worner, daß dem Schiff nichts fehlt.«

Bei Peet Orell und dem Moraner dämmerte es.

Jörn Callaghan und Vivien sahen das, aber sie wußten noch nicht, wieso.

»Weiter Doc, Sie meinen ...«

»Die JAPETUS ist ein Prospektorenraumer. Als solcher hat er eine Menge recht ausgefallenes Werkzeug an Bord. Unter anderem bestimmt eine der sogenannten Vakuumglocken, unter denen Prospektoren auf Kleinplaneten und Boliden arbeiten, um nicht ständig im Raumanzug agieren zu müssen, was bestimmt recht anstrengend wäre ...«

Peet Orell aktivierte mit einem lauten »Funk-Z« den Interkom.

»Sofort eine Verbindung mit Worner und mit der HTO-234. Aber schnell, Gus!« forderte er den Funker der PROMET II auf, nicht, ohne den Doc mit einem ganz sonderbaren Blick zu bedenken. Der war ihm in diesem Moment beinahe unheimlich und auch Vivien starrte ihn ungläubig an, denn nun hatte sie ebenfalls begriffen.

Die Verbindung kam. Worner und Captain Cooper erschienen fast zur gleichen Zeit auf den Schirmen.

Peet Orell erklärte ihnen, was er wollte.

»Warten Sie, Mister Orell, ich lasse sofort nachsehen!« sagte Cooper schließlich und gab einige Anweisungen an seine Leute.

Nur wenige Augenblicke später wußten sie, daß der Doc recht hatte. Die JAPETUS hatte neben der Vakuumglocke alles an Bord, was sie brauchten, um schon unterwegs ohne Gefahr für die Nekroniden in den Diskusraumer eindringen zu können.

»Kommen Sie so rasch wie möglich, Cooper. Ist Ihr Schiff in der Lage, den Diskusraumer provisorisch mit Energie zu versorgen?«

»Keine Frage, Mister Orell. Wir kommen. Ihre Position, Ihr Kurs?«

Peet machte ihm die erforderlichen Angaben.

Inzwischen war Arn Borul nicht untätig gewesen. Rasch hatte er ein paar Skizzen gezeichnet. Die Vakuumglocken ähnelten stark den Taucherglocken vergangener Epochen. Nur daß sie an ihrem unteren Rand einen mächtigen Wulst hatten, der über eine besondere Saugvorrichtung verfügte, die auch auf unebenem Boden absolut sicher haftete, und zwar bis zu 50 Atmosphären Überdruck. Bei einem Durchmesser von gut zehn Metern boten sie genug Platz auch für mehrere Menschen. Oben in den Vakuumglocken befanden sich Anschlüsse für Luft, Energie und Wasserversorgung, die grundsätzlich vom Prospektorenraumer aus vorgenommen wurde. Es war klar, daß die JAPETUS über alle speziellen Einrichtungen verfügte, die dazu notwendig waren.

Vivien ging langsam auf Doc Ridgers zu.

»Ich entschuldige mich bei Ihnen, Doc, okay?« fragte sie, und ihre grünen Augen starrten ihn noch immer fassungslos an. »Das war eine verdammt harte Lektion für mich und für uns alle!«

Ridgers winkte verlegen ab.

»Halb so wichtig. In einer Fachzeitschrift beschäftigte sich kürzlich ein ausführlich gehaltener Artikel mit den gesundheitlichen Problemen von Prospektoren, die oft monatelang, manchmal sogar jahrelang im Raum herumirren, ohne jemals längere Zeit auszuspannen. Dabei kamen auch die Arbeitsmethoden zur Sprache, die von den Prospektoren bevorzugt werden. Und da ich schließlich auch zur Besatzung eines Raumers gehöre, interessierte mich das eben. Das ist alles. Ich werde mich jetzt in die Medo-Station zurückziehen, um alles vorzubereiten. Denn daß ich mit in der Glocke sein werde, das versteht sich ja wohl von selbst!«

Er verließ die Kommando-Zentrale der PROMET II und hinterließ eine sprachlose Crew.

»Der Doc macht sich, Peet!« ließ sich Junici schließlich vernehmen. »Ich hätte das in dieser Form früher nie für möglich gehalten. Aber ihr Menschen steckt ja sowieso voller Überraschungen!«

***

Von diesem Moment an überschlugen sich die Ereignisse. Während Captain Cooper die PROMET und die SUUK mit ihrem Schützling erreichte und sich mit seinen Leuten sofort daran machte, die JAPETUS auszuschleusen, setzte die MORAN mit dem Beiboot des Diskusraumers im Sperrkreis I der HTO-Corporation zur Landung an.

Man verlor bei der HTO keine Zeit. Die MORAN wurde sofort von zwei gigantischen Schleppern in eine Halle geholt, in der bereits alles zur sofortigen Öffnung des kleinen Diskusraumers vorbereitet war.

Unterdessen montierte eine wie wild arbeitende Crew unter der Leitung von einem Spezialisten der HTO-234 die Vakuumglocke; und zwar genau über den kaum sichtbaren Fugen eines kleineren Schotts, das offensichtlich einer der Notausstiege des Diskusraumers war.

Die JAPETUS schwebte über dem Nekronidenschiff, nur etwa zwanzig Meter entfernt. Beiboote der PROMET und der SUUK schwirrten herum, die starken Scheinwerfer der nun insgesamt versammelten vier Raumer tauchten die gespenstische Szene in taghelles Licht.

Auf dem Druckkörper des Diskusraumers wurden Gerüste installiert. Dicke Schlauchleitungen führten von der JAPETUS, von der HTO-234, von der PROMET und auch von der SUUK hinüber.

Endlich saß die Vakuumglocke, bombenfest und sicher auf dem glattflächigen Druckkörper des Diskusraumers verankert. Doc Ridgers hockte zunächst noch im Leitstand der JAPETUS und dirigierte das ganze Geschehen, soweit es medizinische Dinge betraf. Auf der SUUK und auf der HTO-234 wurde ebenfalls fieberhaft gearbeitet, um alles für die Aufnahme eventuell noch lebender Nekroniden vorzubereiten. Die heilkundigen Suuks, die sich an Bord der SUUK befanden, waren den Menschen und den Moranern eine unschätzbare Hilfe.

Dann kam der Moment, in dem sich der erste Laserstrahl in das Schott des Diskusraumers fraß. Und erst jetzt merkten die Männer, aus welch ungeheuer widerstandsfähigem Material der Nekronidenraumer hergestellt worden war.

Peet Orell sah den Moraner an, der zusammen mit ihm in der Vakuumglocke stand.

»Das kann eine Stunde und länger dauern, ehe wir da durch sind!«

Arn nickte. Dabei verwendeten sie schon die extrem starken Schneidbrenner des Prospektorenraumers.

»Es hilft nichts, Peet, besser so als gar nicht! Ich bin gespannt, was wir im Innern dieses Schiffes vorfinden werden.«

Er behielt recht. Nur ahnte keiner von ihnen allen, wie sehr.

\*\*\*

Zu dieser Zeit stand der Chefkonstrukteur der HTO, Mark Bolden, mit nacktem und schweißüberströmtem Oberkörper auf dem glattflächigen Druckkörper des kleinen Diskusraumers.

»Weiter – aber vorsichtig!« keuchte er. »Los, Leute, wir müssen uns beeilen! Da drin wird es jetzt kritisch, es kann kaum noch Sauerstoff im Innern des Raumers sein!«

Captain Worner langte wortlos mit zu. Er zerrte zusammen mit Boldens Leuten die schweren Schneidbrenner heran. Auch Worner hatte seine Uniformjacke längst ausgezogen, denn die taghellen Schneidbrenner, die den Diskusraumer in ihre gleißende Helligkeit tauchten, verbreiteten trotz der Klimaanlage eine ungeheure Hitze.

Der erste Laserstrahl fraß sich zischend in das Metall.

»Das Zeug ist ungeheuer hart, Worner«, sagte Bolden. »Ich bin gespannt, was die Analyse ergeben wird. Jedenfalls ist der technische Stand dieser Nekroniden sehr hoch!«

Der Laser fraß sich tiefer und tiefer in den Druckkörper des Diskusraumers. Immer genau an den kaum wahrnehmbaren Fugen des Schotts entlang. Das war das sicherste. An jeder anderen Stelle des Raumers hätte man nicht gewußt, auf welche Hindernisse man noch stieß. Hinter dem Schott mußte jedoch eine Schleuse liegen.

Es verging fast eine Stunde, aber dann war der Schneidbrenner endlich durch. Den Rest übernahm Mark Bolden selbst. Er erweiterte die Fuge, schnitt das Schott heraus. Mit dumpfem Poltern fiel es zu Boden, und die Spezialisten drangen in die Schleuse ein. Dort fanden sie das ebenfalls blockierte Innenschott.

Mark Bolden stieß eine Verwünschung aus.

»Brenner!« befahl er. Man reichte ihm eines der schweren Geräte, und sofort begann er zusammen mit Worner auch dieses Schott herauszuschneiden. Glücklicherweise ging das schneller, denn es war nicht so stark wie das Außenschott.

Als er den Brenner endlich absetzte, war es erst teilweise geöffnet, aber in der Schleusenkammer herrschte eine nahezu unerträgliche Hitze. Worner und Bolden sprangen aus der Schleuse, gleich darauf fuhr der dicke Strahl des Kühlmittels über die glühendheißen Schnittflächen.

Doch dann stutzte Worner plötzlich. »Bolden, da war doch etwas!« sagte er. »Da, hören Sie doch!«

Mit einem Satz war er wieder in der Schleuse, legte sein Ohr an das Schott.

»Klopfzeichen, Bolden! Eindeutig Klopfzeichen ...«

Plötzlich zog er den Kopf zurück.

»Rasch – die da drin ersticken, los, das Schott muß raus oder wenigstens ein Loch hinein!«

Bolden überlegte nicht lange. Jetzt war alles egal.

»Hydraulik!« befahl er.

Ein Motor brummte auf, dröhnte durch die Halle. In die Schleuse hinein schob sich ein kegelförmig geformter Arm, der an seiner Spitze ein Mittelding zwischen Zange und Bohrer trug.

Surrend setzte sich die Spindel an seinem äußeren Ende in Bewegung, knirschend fraß sich ein rotierendes Werkzeug in das Schott.

Dann stoppte es. Wieder knirschte etwas, daß es Worner durch Mark und Bein ging.

»Los, raus hier!« Mark Bolden riß den Captain mit sich fort. Und dann begann die Hydraulik zu ziehen, während riesige Zangen den Diskusraumer unerbittlich festhielten.

Das Metall des Schotts knirschte, schrie. Danach ein furchtbarer Ruck, ein berstender Knall. Der Hydraulikarm riß das Schott und die halbe Schleuse auseinander. Der Druckkörper verformte sich unter der ungeheuren Kraft, mit der die Hydraulik arbeitete.

Doch dann war der Weg frei. Wieder wollten Worner und Bolden in die Schleuse, aber da taumelten ihnen drei Menschen entgegen, rangen nach Luft. Ihre Gesichter zuckten, waren schweißbedeckt. Sie sanken den Helfern halb bewußtlos in die Arme.

Jane Bigs, von Worner aufgefangen, hatte noch die Kraft, etwas zu sagen.

»Drinnen, in der Zentrale, die Fremden ...« Dann brach sie endgültig zusammen. Ärzte hasteten herbei, nahmen die drei in ihre Obhut, brachten sie im Eiltempo in die bereitstehenden Gleiter.

Worner und Bolden drangen mit ihren starken Handscheinwerfern ins

Innere des Schiffes vor. Und dann blieb der Captain plötzlich stehen, als sei er gegen eine unsichtbare Mauer gerannt.

Er starrte das Wesen an, das ihm gegenüberstand, die schockgrünen Augen mit den senkrecht stehenden Pupillen auf ihn gerichtet, in den Armen ein zweites Wesen seiner Rasse.

»Okron!« stieß er betroffen hervor. »Okron ...«

\*\*\*

Ähnlich spielten sich die Dinge bei Peet Orell und seinen Gefährten ab.

Das Schott war inzwischen offen. Im Schutz der Vakuumglocke drangen die Männer in die Schleuse des Raumers ein, leiteten frischen Sauerstoff in das Schiff.

Dann flammten ihre Handscheinwerfer auf.

Das erste, worüber Peet Orell und der Moraner stutzten, waren die Raumanzüge, die in der Schleuse hingen.

Sie beide kannten die Nekroniden mit ihren dreieckigen, flachen Köpfen, die auf langen schlangenförmigen Hälsen saßen. Kannten das rötliche schimmernde Metall ihrer Druckanzüge.

Peet fuhr mit den Fingern über eine der Raumkombinationen. Sie bestand aus feinen silbernen Schuppen eines ihm unbekannten Materials. Aber den Nekroniden gehörten sie nie und nimmer.

Er tauschte einen kurzen Blick mit Arn Borul, dann drangen die beiden mit Jörn, Vivien, Junici und dem Doc ins Innere des Schiffes vor.

Sie erreichten die Zentrale des Diskusraumers, und –

»Nags!« stieß Arn Borul betroffen hervor. »Das sind keine Nekroniden, sondern Nags, Peet! Bei den Cegiren, was hat das zu bedeuten?«

Doc Ridgers untersuchte bereits einen der Fremden.

»Dieser hier lebt!« sagte er. »Aber er befindet sich in tiefer Bewußtlosigkeit, etwa wie nach einem Schock. Es muß sofort etwas geschehen!«

Er ging zum nächsten, und die nachdrängenden Heilkundigen der Suuks halfen ihm.

Eine Viertelstunde verstrich, während der bereits andere Trupps die anderen Abteilungen des Diskusraumers durchkämmten. Aber es befanden sich keine weiteren Nags an Bord, außer den zwölf, die sie in der Zentrale des Raumers gefunden hatten.

Peet Orell starrte die Nags an; ihre schlanken Körper in den silbern schimmernden Kombinationen, die mit feinen und in allen Farben schimmernden Schuppen überzogenen Köpfe, den silbern leuchtenden Hinterkopf, die harten strengen Züge, die schuppigen, starken und doch irgendwie feingliedrigen Hände. Er erinnerte sich an die Aktion Mira-Ceti, bei der er diesen Fremden zum ersten Mal begegnet war auf einem Planeten, der samt seinen Bewohnern dem Tode preisgegeben war. Dachte daran, wie sie mit Hilfe der Nekroniden die Nags unter größten Schwierigkeiten gerade noch rechtzeitig evakuiert hatten, wie diese undurchsichtige, stets irgendwie unheimlich wirkende Rasse sich bereit erklärt hatte, die Nags bei sich aufzunehmen, den Menschen aber das Anfliegen ihres Sonnensystems sehr nachdrücklich untersagte. Er dachte an die Diskusraumer, die plötzlich überall neben der PROMET II und der MORAN aus der Schwärze des Universums auftauchten, neben ihnen auf eine erschreckend disziplinierte Art materialisierten und ihnen ganz unverblümt ein Ultimatum stellten. *)

Niemand hatte das Verhalten der Nekroniden damals begriffen, auch nicht, als sie zum zweitenmal auf Suuk auftauchten, den dort abgestürzten Diskusraumer untersuchten und jeden Kontakt mit den Moranern und den Suuks auf ihre Weise zu verhindern wußten. *)

Es mußten schlimme Dinge bei den Nekroniden geschehen sein, daß die Nags sich eines Nekronidenraumers bemächtigt hatten und offenbar zu den Menschen geflohen waren.

Arn Borul mußten ähnliche Gedanken durch den Kopf gegangen sein, denn er sah den terranischen Freund aus seinen grünen Augen an.

»Peet, das hier kann Krieg mit den Nekroniden bedeuten!« sagte er dumpf. »Wenn die Nekroniden dieses Schiff verfolgt haben, dann werden sie bald hier auftauchen, irgendwo im Sonnensystem, und wir haben ihnen nichts entgegenzusetzen als unsere Bereitschaft zum Frieden! Nichts sonst – aber vielleicht ist das sogar gut so ...«

Er verstummte.

*) siehe Raumschiff PROMET Classic 7
*) siehe Raumschiff PROMET Classic 8

»Peet, wir müssen sofort die HTO verständigen. Die Nags müssen ebenfalls sofort in Behandlung. Wir sollten sie an Bord der SUUK schaffen und in die Pyramidenstadt bringen. Ich glaube, dort können die Heilkundigen meines Volkes ihnen am besten helfen!«

Doc Ridgers schaltete sich ein.

»Ich glaube auch, daß das die beste Lösung wäre. Hier kann ich nichts machen, weil ich den Organismus der Nags nicht kenne. Wenn Sie nichts dagegen haben, dann gehe ich jetzt mit an Bord der SUUK und kümmere mich zusammen mit den Heilkundigen der Suuks um unsere Freunde!«

Peet nickte. »Okay, Doc, tun Sie das. Es kann sein, daß wir Sie schon sehr bald wieder brauchen, niemand von uns weiß in diesem Augenblick, wie sich die Dinge entwickeln werden. Halten Sie sich also bereit, ja? Notfalls holen wir Sie ab, oder die SUUK bringt Sie zu einem Treffpunkt ...«

Doc Ridgers nickte nur. Er konnte nicht wissen, daß es ganz anders kommen würde.

Behutsam wurden die Nags aus dem Nekronidenraumer zunächst einmal in die Vakuumglocke geschafft. Dann wurden sie einzeln, und zwar in ihren eigenen Raumanzügen, in bereits wartende Beiboote verladen und zur SUUK transportiert.

»Und was geschieht jetzt mit dem Diskusraumer?« fragte Vivien.

»Wir bringen ihn zu BASIS I, es bleibt dabei, Vivy!« entschied Peet. »Ich sehe keine Möglichkeit, ihn zur HTO zu schaffen, wir können mit dem Schiff nicht landen, so lange seine Triebwerke nicht arbeiten.«

Peet Orell verließ zusammen mit Arn Borul die Zentrale des Diskusschiffes, die in ihm einen unsagbar fremden und unheimlichen Eindruck hinterlassen hatte.

\*\*\*

In der HTO schlugen die Wellen inzwischen hoch.

Zwei Ärzte hatten Okron, dem Herrscher der Nags, seinen bewußtlosen Gefährten abgenommen, und Okron hatte es geschehen lassen. Dann wollten sie ihn auch selbst in die Klinik bringen, denn jeder sah, wie mühsam sich der Nag auf den Beinen hielt.

Aber Okron wehrte ab. Statt dessen sah er Captain Worner aus seinen grünen Augen an.

»Ihr müßt helfen!« sagte er mühsam in schwer zu verstehendem Interstar.

»Helfen? Was ist geschehen, Okron?«

»Negor ist in Gefahr. Negor, der Wohnplanet unserer Freunde, der Nekroniden ...«

Er klammerte sich wieder an einer Verstrebung des Diskusraumers fest. Worner stützte ihn zusammen mit dem inzwischen hinzugekommenen Harry T. Orell.

»Wo ist Negor, Okron?« fragte Worner drängend.

Die Blicke des Nags irrten durch den Raum, dann schüttelte er den Kopf.

»Sterne ...« sagte er leise. »Ich muß Sterne sehen, dann zeige ich euch, wo Negor ist ...«

Harry T. Orell sah Captain Worner an.

»Mein Gleiter steht draußen. Zu mir in den großen Konferenzsaal. Dort können wir den ganzen Sternenhimmel projizieren!«

Okron nestelte an seiner Kombination herum. Dann hielt er irgend etwas zwischen den Fingern, führte sie zum Mund.

»Beeilt euch, es geht nicht mehr lange, ich ...«

Worner und Harry T. Orell nahmen ihn zwischen sich. Innerhalb weniger Minuten waren sie beim Gleiter des HTO-Chefs. Das Fahrzeug hob sofort ab, landete vor dem großen Gebäude am Rande der Piste des Sperrkreises I, dort, wo die hellschimmernde Kuppel in den Himmel ragte.

Sie trugen Okron mehr, als er ging. Dann betteten sie den Nag in einen der bequemen Liegesessel.

Mit einem Tastendruck schaltete Orell die Apparatur ein, die sofort in der über ihnen befindlichen gewaltigen Sphäre der Kuppel einen Teil des Sternenhimmels plastisch projizierte.

»Ich weiß nicht, Worner«, flüsterte Orell, der den Nag genau beobachtete, »wie will Okron denn die Sonne Nekron finden? Das müssen für ihn doch völlig fremde und unbekannte Konstellationen sein!«

Worner hob die Schultern. Er konnte sich das auch nicht recht vorstellen. Aber er war sicher, daß der Nag sich etwas dabei gedacht hatte.

Immer noch glitten die Augen Okrons suchend über den künstlichen Sternenhimmel, dann schüttelte er den Kopf.

Sofort änderte Harry T. Orell die Einstellung. Er hatte es kaum getan, als Okron aus seinem Sessel emporzuckte. Er deutete auf einen weißblau strahlenden Stern, der ziemlich in Horizontnähe des nördlichen Sternenhimmels stand.

Orell richtete sicherheitshalber sofort den Lichtzeiger auf den Stern, und Okron nickte heftig.

»Nekron!« stieß er hervor. »Sonne Nekron!« Seine Rechte machte eine vage Bewegung, zeigte auf irgendeine Stelle in der Nähe der Sonne. »Dort – dort Negor ... beeilt euch ... die Nekroniden, sie ...«

Ein Stöhnen drang aus seiner Brust, seine grünen Augen schlossen sich, und Okron sackte zusammen.

Orell sprang ans Interkom.

»Einen Arzt, schnell!" rief er.

Dann rannte er zusammen mit Worner zu dem Nag hinüber.

»Bewußtlos, total weg, Mister Orell!« sagte der Captain. »Nichts zu machen.«

Er richtete sich auf, und auf seiner Stirn waren plötzlich tiefe Falten.

»Wissen Sie eigentlich, Mister Orell, auf welche Sonne Okron gezeigt hat?«

Harry T. Orell faßte sich an den Kopf.

»Natürlich, Worner! Das war ...«

Zwei Ärzte stürmten mit einigen Helfern ins Zimmer. Der eine, ein schlanker weißhaariger Mann, untersuchten den Nag. »Wir müssen ihn sofort mitnehmen, Mister Orell. Den zweiten haben wir schon an den Stabilisator angeschlossen, er scheint sich zu erholen. Und diesen hier ...«

»Es ist Okron, der Herrscher der Nags!« sagte Orell. »Tun Sie alles, was in Ihren Kräften steht. Ich möchte ständig von Ihnen auf dem laufenden gehalten werden!«

Der Arzt nickte, dann gab er seinen Helfern ein Zeichen, und sie legten Okron auf eine fahrbare Trage. Gleich darauf waren sie verschwunden.

»Die Sonne, Worner«, begann der alte Orell erneut und fuhr sich über die Stirn. »Die Sonne ist der Stern ...«

»... Aldebaran im Sternbild Stier, sechsundvierzig Lichtjahre von uns entfernt, Mister Orell. Einer unserer nächsten Nachbarn!«

Eine ganze Weile herrschte zwischen den beiden Männern Schweigen. Jeder von ihnen begriff, was das bedeutete. Und Captain Worner ging schlagartig ein Licht darüber auf, warum die Nekroniden sich damals nach der Aktion Mira-Ceti so merkwürdig verhalten hatten.

»Also wollten die Nekroniden uns damals nur verheimlichen, daß sie praktisch unsere Nachbarn sind. Sie müssen von uns irgend etwas befürchtet haben ...« sagte Worner in die Stille hinein.

Harry T. Orell straffte sich.

»Wir müssen sofort die PROMET verständigen, Worner. Die Nags haben also von uns, den Menschen, Hilfe holen wollen. Bei den Nekroniden muß etwas Schreckliches passiert sein. Die PROMET muß sofort hierher.«

Orell ließ sich mit dem Hypersender der HTO verbinden. Mike Castor, einer der Hyperfunker, erschien auf dem Schirm. »Stellen Sie eine Verbindung mit der PROMET her, so rasch wie möglich, Mister Castor. Ich warte.«

»In Ordnung, einen Moment, Sir!«

Innerhalb weniger Sekunden hatte er die Verbindung. Szer Ekka meldete sich aus der Kommando-Zentrale der PROMET.

»Sie wollen sicher Peet sprechen, Mister Orell?« fragte er. »Das wird schwierig sein, Peet befindet sich mit den anderen an Bord des Diskusraumers, Sie ...«

»Egal, Mister Ekka«, unterbrach ihn der alte Orell. »Sagen Sie meinem Sohn bitte, daß die PROMET sofort zurück muß, wenn es irgend möglich ist. Hier ist folgendes passiert ...« Und dann erklärte er dem erbleichenden Astro-Experten, was sich auf dem Gelände der HTO inzwischen ereignet hatte.

»Aldebaran ist identisch mit der Sonne Nekron?« fragte Szer Ekka ungläubig. »Sir, sind Sie wirklich ganz sicher, daß das stimmt?«

Worner antwortete an Stelle des HTO-Chefs.

»Absolut, Szer. Verständigen Sie bitte die anderen, denn was wir tun müssen, duldet keinen Aufschub.«

Die Nachricht schlug wie eine Bombe ein, als es Szer Ekka gelang, Peet Orell und die anderen zu erreichen.

Nachdem sich die anfängliche Erregung gelegt hatte, machte Peet ein bedenkliches Gesicht.

»Das ist alles gar nicht so einfach, Szer. Die SUUK fällt als Schlepppartner beim Transport des Diskusraumers aus, denn sie muß mit den Nags sofort zur Halo-Sonne. Wenn wir zur Erde zurückkehren, dann bleiben nur noch die JAPETUS und die HTO-234. Erstere ist viel zu schwach, ob letztere das allein schafft – nun, darüber muß ich erst noch mal mit Captain Cooper reden. Ich denke vor allen Dingen an das Bremsmanöver, das bei Annäherung an BASIS I notwendig wird.«

Der Astro-Experte nickte.

»Vielleicht kann Ihr Vater ein weiteres Schiff schicken, vielleicht liegt auch eine Einheit der HTO bei BASIS I, zumeist ist das doch der Fall!«

»Okay, Szer, kümmern Sie sich bitte um diesen Punkt, wir sind in einer halben Stunde an Bord.«

Szer Ekka hatte Glück. Ein Großtransporter, die HTO-246, befand sich von Riddle kommend im Anflug auf BASIS I. Das Schiff wurde von der Zentrale der HTO umgeleitet und würde innerhalb der nächsten drei Stunden zur HTO-234 und der JAPETUS mit dem Diskusraumer stoßen.

Genau 40 Minuten später lösten sich die PROMET II und die SUUK aus dem Verband der Raumer, die weit jenseits der Ekliptik der Planeten des Sonnensystems mit dem fremden Schiff dahinjagten. Die SUUK verschwand in Richtung Halo-Sonne, die PROMET II machte sich unter größtmöglicher Beschleunigung auf den Weg zur Erde.

# 4.

Die PROMET II landete. Peet Orell und seine Gefährten hatten sich kolossal beeilt. Worner hatte in der Zwischenzeit versucht, die sieben fehlenden und auf Urlaub befindlichen Besatzungsmitglieder der PROMET II aufzutreiben – vergeblich. Bis auf den bulligen Hünen Elker Hay, der sich in Joy City aufgehalten hatte, schienen alle anderen wie vom Erdboden verschluckt. Verständlich, denn nach der Rückkehr von Suuk war für die PROMET II ein längerer Werftaufenthalt eingeplant gewesen, es hatte für die Besatzung keinerlei Anlaß bestanden, ständig Adressen zu hinterlassen.

»Okay, Elker, gut daß wenigstens Sie da sind, Sie kennen sich mit den Beibooten aus. Ich schlage außerdem vor, daß wir für die bevorstehende Aktion den Abfangjäger ebenfalls wieder durch ein normales N-Boot ersetzen, denn wir werden es auf Negor vermutlich brauchen. Können Sie das gleich in Angriff nehmen?«

Elker Hay grinste. »Klar, wird gemacht, Captain. Im übrigen wäre mir auch gar nicht wohl bei dem Gedanken, gerade zu den Nekroniden mit einem so unheimlichen Ding wie dem R-Boot zu fliegen. Das könnten die garantiert leicht in den falschen Hals bekommen!«

Er machte sich auf den Weg und griff sich unterwegs ein paar Mann von Worners Besatzung.

Dann winkte er Peet Orell und dem Moraner zu, die gerade aus dem Schott sprangen.

Worner informierte die beiden, welchen Auftrag er Hay gegeben hatte.

»Absolut richtig, Worner«, sagte Peet Orell. »Ich hatte auch schon daran gedacht. Aber wir brauchen noch ein paar Mann von Ihrer Besatzung, läßt sich das machen? Wir können mit der derzeitigen Besatzung nicht einmal alle Beiboote besetzen, in die Funk-Z muß noch ein Mann, ebenso ins Astro-Lab und in den Triebwerksraum. Selbst Männer wie Szer Ekka und Pino Tak oder Gus Yonker müssen irgendwann mal schlafen.«

»Geht in Ordnung, warten Sie mal, Mister Orell!« Er winkte Sergeant

Maxwell heran, der eben an ihm vorbeihastete. Worner erklärte ihm mit wenigen Worten, worum es ging.

»Geht in Ordnung, Sir. Ich stelle sofort eine Gruppe zusammen. Genügen sechs Männer und Frauen, Mister Orell, darunter natürlich die von Ihnen benötigten Spezialisten?«

»Ja, das reicht, Sergeant!«

Maxwell salutierte kurz und eilte davon.

»Wir sollten noch einmal zu Ihrem Vater und zu Okron gehen!« schlug Worner vor. »Vielleicht gibt es doch noch etwas Neues. Ihr Vater alarmiert im Moment, soweit ich informiert bin, zusammen mit einem Commander der Space-Police die POL-Einheiten, die über Borul-Triebwerke verfügen. Diese Schiffe werden auf Abruf bereitstehen, falls ihr Einsatz erforderlich werden sollte.«

Worner wies auf seinen Gleiter, der neben der PROMET II stand.

Gleich darauf flogen sie los, während schon die ersten Versorgungsfahrzeuge und Mark Bolden mit seinen Spezialisten auf die Raumyacht zujagten. Jede Minute war kostbar und mußte genutzt werden.

Der Besuch bei Okron ergab nichts Wesentliches. Der Nag war zwar wach, aber er reagierte nur schwach auf die Fragen des Moraners. Statt dessen zog er jedoch eine Metallfolie hervor, die er an einer dünnen, aber ungeheuer reißfesten Kette um den Hals getragen hatte. Er drückte sie Arn Borul in die Hand.

»Zeigt sie unseren Freunden, den Nekroniden, falls ihr sie noch lebend antrefft. Sie wissen dann, daß ihr Freunde seid. Ihr möchtet wissen, was auf Negor geschehen ist – ich weiß es nicht mehr. Es ist aus meiner Erinnerung gelöscht, seitdem wir mit dem Diskusraumer in euer System gesprungen sind. Ich weiß nur, daß unsere Freunde Hilfe brauchen, sofort, deshalb kamen wir hierher ...«

Seine Stimme war bei den letzten Worten immer leiser geworden, und als er verstummte, befand er sich schon wieder in tiefem Schlaf, der fast einer Ohnmacht gleichkam.

***

Kurz bevor die PROMET und die MORAN, die längst wieder auf der Piste des Sperrkreises I lag, starteten, hielt Peet Orell in der Kommando-Zentrale seines Schiffes noch eine kurze Besprechung ab.

»Doc Ridgers ist mit der SUUK in die Pyramidenstadt geflogen, und vermutlich hat er dort alle Hände voll zu tun. Wir können ihn aus Zeitgründen nicht abholen, aber wir brauchen einen Arzt, und zwar einen mit Raumerfahrung. Was machen wir, wen sollen wir nehmen und vor allen Dingen woher in der wenigen uns noch verbleibenden Zeit?«

Er sah seine Gefährten fragend an und auch Captain Worner, der an der Besprechung teilnahm.

»Mister Orell, ich habe eine Idee. Die Frau von Al Bigs ist Internistin und Chirurgin. Den drei Prospektoren geht es inzwischen wieder recht gut, vielleicht haben sie Lust, diese Reise mitzumachen?«

Jörn Callaghan sah Vivien fragend an.

"Vivy, du kennst doch den Prospektor von uns allen am besten. Du ...«

»Ich werde mit Al und seiner Frau sprechen. Worner, wo finde ich die beiden?«

Der Captain überlegte, dann aktivierte er akustisch den Interkom und stellte die Verbindung zur Zentrale her.

Es dauerte nur wenige Sekunden, dann war Jane Bigs zu sehen. Sie hörte zu, unterbrach Worner nicht ein einziges Mal.

»Natürlich können Sie auf mich rechnen. Mit meinem Mann und Joe ist das allerdings eine andere Sache, die beiden sind schon wieder mit einem der HTO-Raumer unterwegs. Wir mußten uns ja schließlich um die JAPETUS, unser Schiff kümmern. Ich habe unterdessen versucht, mich hier als Ärztin nützlich zu machen, schließlich interessieren mich als Raummedizinerin diese fremden Wesen auch!«

Worner blickte sie fragend an. »Sagen Sie, welches Schiff der HTO ist denn gestartet? Davon weiß ich ja gar nichts!«

»Eines der Werkstattschiffe. Die HTO-234 hat eins angefordert, weil es Schwierigkeiten mit dem Diskusraumer gegeben hat. Ich war zufällig bei Mister Orell, als diese Entscheidung gefällt wurde, daher weiß ich das. Und die Gelegenheit haben mein Mann und Joe sofort beim Schopf ergriffen, also nur keine Aufregung, Captain!«

Worner grinste. »Okay, ich lasse Sie durch jemand aus meiner Crew an Bord der PROMET II bringen. Halten Sie sich bereit, Missis Bigs!«

Genau eine halbe Stunde nach diesem Gespräch hoben die beiden Raumer ab. Harry T. Orell blickte ihnen nach, und diesmal lächelte er nicht, sondern tiefe Sorgenfalten durchfurchten seine Stirn. Im übrigen erwartete er jeden Augenblick den Präsidenten der TERRA STATES, Pjotr Chronnew, denn es war Harry T. Orell klar, daß diese Aktion weltweite Folgen haben würde.

\*\*\*

Die PROMET II materialisierte von den beiden Schiffen am nächsten an der Sonne Nekron.

Peet Orell blickte ungeduldig auf den Interkom-Monitor.

»Bisher drei Planeten, Peet!« meldete sich endlich der Astro-Experte. »Aber es ist komisch – unter diesen Welten ist bestimmt keine, die den Nekroniden als Wohnplanet dienen könnte!«

Vivien stieß einen Pfiff aus.

»Warum nicht, Szer? Wie kommen Sie zu dieser Vermutung?« fragte sie.

»Ich habe die Nekroniden persönlich kennengelernt bei unserer Aktion Mira-Ceti, ich habe mich lange und oft mit Nagur, dem Kommandanten des Forschungsraumers, unterhalten, den wir als nicht mehr flugfähig im System der Mira zurücklassen mußten. Daher weiß ich, daß die Nekroniden eine trockene Welt bewohnen, daß sie Vegetarier sind und ihre Nahrung von drei Wasserwelten beziehen, auf denen es riesige Plantagen gibt. Jene drei Wasserwelten, von denen Nagur sprach, habe ich entdeckt, der Wohnplanet hingegen ist nicht zu finden!«

Arn Borul schwang in seinem Sitz herum.

»Wir sollten uns diese drei Planeten trotzdem aus der Nähe ansehen. Die Nekroniden haben uns auch verheimlicht, daß ihr System nur sechsundvierzig Lichtjahre von unseren entfernt ist. Vielleicht hat uns Nagur mit Bedacht eine völlig falsche Schilderung ihres Wohnplaneten gegeben!«

Jörn Callaghan schüttelte den Kopf. »Nein, Arn, glaube ich nicht. Denn bevor es die Verwicklungen mit den Nekroniden gab, bevor Nagur sich damals mit seiner Heimatwelt in Verbindung gesetzt hatte, heimlich, ohne unser Wissen und unter telepathischer Ausschaltung von Gus Yonker, war er anders. Viel aufgeschlossener und zugänglicher als später. Er hatte irgendwelche Anweisungen vom Hohen Rat der Nekroniden bekommen. Nein, ich glaube wohl, daß Szer mit seiner Annahme richtig liegt!«

Peet Orell überlegte.

»Also gut, fliegen wir sie der Reihe nach an. Vivien, hilfst du Szer Ekka und dem Mann von der MORAN beim Datenscan des Systems? Wir müssen den Wohnplaneten finden, und zwar schnell!«

»Natürlich, Peet!«

Sie machte sich sofort auf den Weg. Junici nahm ihren Platz am Pult der kombinierten Ortungen ein.

Die PROMET II nahm Kurs auf den sonnennächsten Planeten, der aber in so gehörigem Abstand von seiner heißen Muttersonne seine Bahn zog, daß der Anflug keinerlei Schwierigkeiten machte.

Er besaß etwa die Größe der Erde. Neben rasch dahinziehenden Wolken bedeckten ihn tiefblaue Meere, deren Ufer auf eigentümliche Weise von grünen Ringfarmen gesäumt wurden. Außerdem erkannten sie auf den Schirmen der PROMET, daß es derartige Farmen auch mitten in den Meeren gab, aber immer nur in der Nähe von Inseln oder kleineren Kontinenten.

»Es müßte auf diesem Planeten doch vielleicht auch intelligentes Leben geben«, sagte Peet in die Stille hinein, die in diesem Augenblick in der Zentrale herrschte. »Irgend jemand muß die Farmen doch schließlich pflegen, muß doch ernten!«

Er sah auf das mit jeder Sekunde an Details reicher werdende Bild.

»Vor allem: wer bringt denn die geernteten Pflanzen zu den Nekroniden? Es muß also Spezial-Raumer geben, denn die Diskusschiffe sind als Transporter bestimmt nicht geeignet!«

»Peet, ich werde mit Jörn das T-Boot nehmen. Wir werden uns diesen Planeten aus der Nähe ansehen. Elker Hay kann als Pilot mitkommen, das genügt. Die PROMET selbst darf nicht landen, sonst kann Szer Ekka nicht weiterarbeiten und wir verlieren Zeit!«

Von Steuerbord sahen sie die MORAN herankommen. Peet Orell schwang in seinem Sessel herum.

»PROMET an MORAN, bitte kommen!«

»MORAN, was gibt es?«

Peet Orell erklärte Worner knapp die Lage. Der Captain begriff sofort, denn sein Schiff nahm augenblicklich Kurs auf den zweiten Planeten.

»Wir nehmen uns den zweiten vor, bleiben auf Empfang. Unser Beobachtungsraum hat auch noch nichts außer den drei Planeten, die man sogar mit dem bloßen Auge sehen kann, entdeckt. Aber Professor Wallis und seine Crew bleiben dran, Ende!«

Jörn Callaghan und der Moraner streiften bereits die leichten Raumanzüge über. Eine Vorsichtsmaßnahme, weiter nichts. Dann verständigte Peet Elker Hay.

»Das T-Boot, Elker. Besser ist besser.«

Der Hüne nickte. »Bin schon unterwegs!«

Minuten später löste sich das T-Boot aus seinem Hangar und flog dem Planeten entgegen.

Jörn Callaghan bediente die Ortung, Arn Borul hielt über Interkom Verbindung mit der ihnen folgenden PROMET.

Die Wolkenschichten des ersten Planeten waren sehr dicht. Als das T-Boot in die äußeren Atmosphärenschichten eindrang, übertrugen die empfindlichen Außenmikrophone das Pfeifen der am Schiffskörper vorbeistreichenden Luft, das sich rasch zu einem unangenehmen Heulen steigerte.

Elker Hay bremste das Boot ab. »Vorsicht ist die Mutter der Porzellankiste«, murmelte er und bekam sofort Gelegenheit, danach zu handeln.

Denn vor ihnen, erst im allerletzten Moment und auch nur ganz vage von den Bildtastern erfaßt, tauchte ein hoher, kegelförmiger Gipfel auf.

Arn Borul stieß einen warnenden Ruf aus, aber Elker Hay hatte bereits reagiert. Er zog das T-Boot scharf herum und schaffte es auf diese Weise gerade noch, einem Zusammenstoß mit dem Berg zu entgehen.

»Das fängt ja gut an!« brummte der Hüne und kniff die Augen zusammen. »Wo kommen denn hier derartig hohe Berge her? Immerhin befinden wir uns noch 18 000 Meter hoch – das gibt es doch gar nicht!«

Auch der Moraner schüttelte zweifelnd den Kopf, während das Boot nur noch langsam dahintrieb. »Ich begreife nicht, wieso wir diese Berge nicht auch vom Schiff aus gesehen haben!«

Jörn Callaghan ruckte herum. »Aber ich begreife es, Arn! Wir haben keine Direktsichtscheiben. Ich dachte vorhin, daß ich nachlässig gewesen wäre, passiert dem Besten schon mal, aber die Ortung zeigt diese Berge gar nicht an, sie ist nicht imstande, sie zu erfassen!«

Borul schüttelte den Kopf. Die Ortung der PROMET II und auch die entsprechenden Anlagen der drei Beiboote waren sein Werk.

»Das kann nicht sein, laß mich mal sehen!«

Er korrigierte die Einstellungen, aber nichts rührte sich. Die Meere, die ringförmigen Farmen – das alles wurde erfaßt, die Berge nicht.

»Runter, Elker, runter mit dem Boot!« schrie der Moraner plötzlich, denn schon wieder tauchte verschwommen, kaum zu erkennen, ein Gipfel auf. Und als die Wolkengürtel, in denen eine trübe Dämmerung herrschte, einmal aufrissen, sahen sie, daß das Boot durch wild zerklüftete Schemen glitt, deren Höhe so unglaublich war wie alles andere.

Das T-Boot sackte tiefer. An Bord der PROMET II hatte man das Gespräch zwischen den Gefährten mitgehört, die Bord-Tronik hatte es automatisch ausgewertet.

Peet Orell erhielt die Angabe der Tronik zur gleichen Zeit, als die drei Gefährten die grünlich schimmernde Kuppel zwischen den Felsspitzen eines fast kreisrunden Plateaus entdeckten. Diesmal klar, gestochen scharf.

Und dann wurde das Boot plötzlich von einer unwiderstehlichen Gewalt gepackt und nach unten gezogen.

Elker Hay schaltete die Triebwerke des T-Boots auf Vollast, aber das nützte nichts mehr. Sie beschleunigten nicht. Statt dessen flammte die Warnleuchte auf, brennend rot, und ein durchdringendes Signal erfüllte das Cockpit.

»Den KSS, rasch!« flüsterte der Moraner, und seine sonst so braune Gesichtshaut wirkte plötzlich blaß. Er hatte als einziger von ihnen allen begriffen, daß die Nekroniden ihre Planeten gegen ungebetene Besucher sehr wirksam zu schützen wußten.

Elker Hay drückte die Taste, und plötzlich hatten sie das Gefühl, als befänden sie sich alle in einer pechschwarzen Blase.

Irgendwann gab es einen Ruck. Das Metall des T-Bootes knirschte, schrammte an etwas entlang, dann kam das Boot mit einem Ruck zum

Stehen. Der Kombi-Schutz-Schirm stand, auch die Sicht war wieder da – aber das Kraftfeld der grünen Kuppel hatte gesiegt. Das sah der Moraner sofort, denn sie standen auf dem kreisrunden Plateau zwischen gewaltigen Bergkegeln.

Sie waren gefangen.

Von der PROMET aus hatte man den Flug des T-Bootes bis zu dem Augenblick beobachtet, in dem es zwischen die Bergkegel und damit in den Bereich der schwach grün leuchtenden Kuppel geriet. Sie wußten nicht, daß ungebetene Besucher dieses Planeten gar keinen anderen Kurs nehmen konnten, selbst wenn sie die Gefahr geahnt oder sie gewußt hätten.

Jedenfalls war das T-Boot verschwunden, und es bestand auch keinerlei Sicht- oder Sprechverbindung mehr.

»Verdammt, was ist passiert?« stieß Peet Orell betroffen hervor und bremste die PROMET scharf ab. Gleichzeitig gab er eine Warnung an die MORAN durch.

»Rufen Sie ihr Boot zurück, Worner, falls Sie es bereits ausgeschleust haben. Diese Planeten sehen harmloser aus, als sie sind. Unser T-Boot ist mit dem Borul, Callaghan und Hay verschwunden. Nicht mehr mit der Ortung zu erfassen, jeder Kontakt ist abgerissen!«

Worner erschien auf dem Schirm. Sein hageres Gesicht war ernst.

»Danke für die Warnung, Mister Orell. Aber sie kommt zu spät. Unser Boot hat den zweiten Planeten bereits erreicht, aber ich habe es noch auf dem Schirm. Auch die Verbindung ist gut. Nur auf dem Planeten sieht es böse aus. Ich gebe Ihnen Bericht, so bald ich näheres weiß. Halten Sie mich bitte auf dem laufenden, oder kann ich zur Zeit irgend etwas für sie tun?«

Peet Orell verneinte.

Gus Yonker meldete sich.

»Ich habe Verbindung zu Arn Borul!« schrie er. »Das T-Boot hat sich über Hyperfunk gemeldet, wahrscheinlich lassen sich Hyperwellen von denen da unten nicht zurückhalten. Ich schalte um!«

Das Gesicht des Moraners erschien. Verzerrt, aber doch gut zu erkennen. Er berichtete kurz, was sich ereignet hatte.

»Ich könnte versuchen, mittels einer Transition zu entkommen, aber mir ist das zu riskant. Ich weiß nicht, welcher Natur die Kräfte dieser Kuppel über uns sind. Der Sprung könnte unkontrolliert beeinflußt werden, du weißt, was das bedeuten würde. Unter Umständen sogar Verbleiben im Hyperraum. Wir sind alle wohlauf, können euch aber so wenig sehen, wie ihr uns. Das T-Boot hat an Steuerbord eine gewaltige Schramme, es liegt etwa fünfzig Meter von der Felswand entfernt, gegen die es bei der Landung geprallt ist. Wir werden uns jetzt erstmal umsehen und feststellen, was eigentlich los ist. Unternehmt nichts Unüberlegtes, auf irgendeine Weise kommen wir hier schon wieder raus. Sucht nach Negor, das ist jetzt am Allerwichtigsten.«

Peet Orell widersprach dem Freund heftig.

»Wir lassen euch nicht auf diesem Planeten, Arn!« sagte er. »Niemand von uns weiß, was noch alles passieren wird. Wir ...«

Doch der Moraner schnitt ihm das Wort ab.

»Es gibt energetische Fallen zum Schutz von Planeten und Anlagen. Die Nekroniden sind eine alte Rasse, sie kannten dergleichen Dinge bestimmt. Verlaß dich auf mich, Peet, ich finde für uns schon einen Weg! Manchmal wird ein Eindringling auch nur überprüft und dann wieder freigelassen. Also tu jetzt bitte nichts Unüberlegtes, wir sind vorläufig gar nicht in Gefahr, wir fehlen höchstens an Bord der PROMET!«

Selten hatte der Moraner so eindringlich und so entschieden gesprochen. Peet spürte, daß er ihm etwas verschwieg.

»Verdammt nochmal, was soll ich machen?« fragte er und sah Junici an, die noch immer auf den Schirm starrte, auf dem eben noch das Gesicht ihres Mannes zu sehen gewesen war.

Sie gab sich einen Ruck.

»Hör auf Arn, Peet«, sagte dann auch sie. »Er würde dich um Hilfe bitten, wenn er welche brauchte!«

»Ja, soll ich denn jetzt einfach zum dritten Planeten weiterfliegen, Junici? Einfach so?«

Die Moranerin nickte.

»Und weitersuchen nach dem Wohnplaneten der Nekroniden, wahrscheinlich lösen sich damit alle Probleme sowieso!«

Peet Orell fügte sich widerstrebend. Als das Schiff abdrehte, um Kurs auf den dritten Planeten zu nehmen, und als er das seinem moranischen Freund über Hyperfunk mitteilte, wobei die Verständigung hervorragend war und der Moraner es fertigbrachte, ihm sogar einen Teil des Plateaus zu zeigen, meldete sich die MORAN. Was Worner zu sagen hatte war alarmierend und schockierend zugleich.

***

Das T-Boot hatte den zweiten Planeten ohne Schwierigkeiten erreicht. Es durchstieß von dichten Wolkenformationen durchzogene Atmosphäre. Auch auf diesem Planeten gab es Plantagen, auch sie waren ringförmig angelegt oder säumten die Ufer der gewaltigen Meere, die den Planeten zu mindestens vier Fünfteln bedeckten. Polkappen gab es nicht, ebenso keine nennenswerte Achsenneigung. Er drehte sich einmal in zwölf Stunden um sich selbst und war etwas kleiner als die Erde, seine mittlere Dichte jedoch größer.

Doch das war nicht alles, denn dieser Planet hatte außer natürlichen auch nach einem nicht sofort erkennbaren System angeordnete künstliche Inseln.

Sergeant Maxwell, der das Kommando über das T-Boot hatte, zählte in seinem Blickfeld nicht weniger als sieben solcher Plateaus, die auf hohen Stelzen aus dem Meer herausragten. Auf jeder lag ein eigentümlich geformtes Schiff. Spindelförmig, am Bug mit großen Greifwerkzeugen versehen, unter dem Rumpf starke Raupenketten, die es mit Sicherheit befähigten, sich auch auf dem Lande, und zwar in jedem Gelände, zu bewegen.

Aber diese Schiffe, alle genau gleich groß und gleicher Bauart, waren zerstört. Abgestürzt beim Anflug auf die künstlichen Inseln, in deren Mitte sich jeweils eine weit aufgeklappte Kuppel befand, die ohne weiteres in der Lage gewesen wäre, ein solches Schiff in ihrem Innern aufzunehmen.

Einige der Schiffe lagen auf den künstlichen Inseln, unweit der geöffneten Kuppeln. Geborsten, völlig zerstört. Neben einem Gewirr von Aggregaten waren ihren Druckkörpern auch zusammengepreßte, sorgsam sortierte Pflanzenballen entquollen. Andere Schiffe wieder steckten in den Kuppeln, hatten sie beim Aufprall zerrissen und zeigten eine Reihe von vielleicht fünfzig Metern großen Diskusraumern, die offenbar dazu gedient hatten, die geerntete Nahrung in sich aufzunehmen und fortzuschaffen. Wahrscheinlich im ständigen Pendelverkehr. Das Kuppelinnere selbst barg eine Menge von Maschinen, von denen Schläuche zu den kleinen Diskusraumern führten – genau vermochte Maxwell das nicht zu erkennen.

Er wischte sich den Schweiß aus der Stirn.

»Das sieht ganz so aus, als habe die gesamte Energieversorgung und die Fernsteuerung dieser Versorgungsraumer, der Kuppeln und der Erntemaschinen schlagartig aufgehört. Ich habe keine Ahnung, woher die Energie gekommen sein mag. Antennen, Reflektoren oder Sensoren kann ich zur Zeit noch nicht entdecken, aber das will ja nichts besagen. Fest steht für mich jedenfalls, daß die Nekroniden hier nicht leben und auch nicht gelebt haben!«

Worner überlegte.

»Einspeichern, alles. Gehen Sie so dicht heran wie möglich, damit wir erstklassige Aufzeichnungen bekommen, aber landen Sie nicht, Maxwell. Die Sache mit dem T-Boot der PROMET steckt mir trotz des Hyperfunkverkehrs mit der Besatzung immer noch in den Knochen. Wir werden vorsichtig sein. Nach dem Aufzeichnen umrunden Sie den Planeten noch einmal mit wechselndem Kurs, dann kommen Sie zurück, falls ich Sie nicht schon vorher rufen lasse. Ende!«

Worner schaltete ab.

»Kurs auf die PROMET!« befahl er dann, und die MORAN schwenkte herum. Noch ehe er dort war, wußte er, daß der dritte Planet ein ganz ähnliches Bild bot wie der zweite. Wieder jene künstlichen Inseln mit den Kuppeln, die aber geschlossen waren, und zwar ausnahmslos. Die Ernteschiffe standen in den Plantagen herum, die Greifwerkzeuge noch voller Pflanzen. Auch sie mußten von einer Sekunde zur anderen aufgehört haben zu arbeiten. Eines von ihnen ragte unweit des Ufers aus dem Wasser, so, als habe es gerade vom Grunde des Ozeans wieder an Land zurückkehren wollen.

Peet Orell schüttelte den Kopf. Dann rief er das T-Boot über Hyperfunk an und teilte den Insassen mit, was sie entdeckt hatten und auch, was Worner berichtet hatte.

»Es muß also auch den Wohnplaneten in diesem System geben, Peet!«

überlegte der Moraner. »Ich möchte bloß wissen, warum wir ihn nicht sehen können. Er muß da sein! Habt ihr alles abgetastet, zeigen die Sensoren nicht die geringsten Reaktionen?«

»Was willst du damit sagen, Arn?« fragte Peet Orell zurück. Und diesmal schaltete sich Jörn Callaghan ins Gespräch ein. »Denk an die Berge, die wir nicht sehen konnten, auf die nicht einmal unsere Ortungen reagierten. Eine ähnliche Anlage, ins Riesenhafte vergrößert, könnte auch auf dem Wohnplaneten der Nekroniden installiert sein!«

Szer Ekka schaltete sich ebenfalls zu.

»Peet, ich habe den Wohnplaneten! Ohne jeden Zweifel, ich habe ihn!« sagte er und seine Stimme vibrierte vor Erregung. Neben ihm tauchte Vivien Raid auf.

»Er hat einen Halo, genau wie der Diskusraumer. Aber wahrscheinlich ist die Anlage noch ganz und gar intakt, und deshalb können wir ihn weder sehen noch normal orten. Die Energie-Ortung hat ihn eingefangen, wir haben aber lediglich seine Umrisse und damit auch seine ungefähre Position. Genau läßt sie sich zur Zeit noch nicht bestimmen. Vielleicht, wenn wir näher herangehen! Neuer Kurs: grün zwei-zwei-null, versetzt nach blau drei-eins.«

In der Kommando-Zentrale herrschte einen Moment lang Schweigen.

»Arn, hast du das gehört?« fragte Peet Orell seinen Freund leise. »Und ist dir klar, was das für uns bedeutet?«

Der Moraner nickte.

»Ja. Ihr müßt durch den Halo. Und wenn ihr da durch wollt, dann müßt ihr eine Mini-Transition machen, eine andere Möglichkeit sehe ich nicht.«

»Der Anticomp, Arn. Wir können doch den Anticomp einsetzen. Das mit der Mini-Transition ist unmöglich, das weißt du selbst! Nicht einmal unser Bordcomputer arbeitet so genau!«

Borul überlegte.

»Trotzdem, Peet. Wir müssen das wagen. Den Anticomp kannst du nicht nehmen, nicht bei einer Anlage, die einen ganzer Planeten mit einem Halo umgibt, der vielleicht normalerweise völligen Ortungsschutz und Sicherheit bietet, jetzt aber durch uns unbekannte Vorgänge in Mitleidenschaft gezogen ist. Wenn du den Anticomp nimmst, dann wird er entweder überlastet – oder aber er schafft es sogar, und dann kann eine unvorstellbare Katastrophe auf dem Planeten, den dieses Mammutaggregat mit seinem Halo schützt, die Folge sein. Wir würden nicht helfen, sondern alles nur noch verschlimmern! – Junici!« sagte er dann plötzlich und sah seine Frau durchdringend an. »Ich glaube, ich weiß jetzt einen Weg, wie wir hier wegkommen können!« Er fügte ein paar schnell gesprochene Sätze auf Moranisch hinzu, die Peet aber nicht verstand. Dann, wieder zu seinem Freund gewandt: »Wartet auf uns. Laßt aber inzwischen alle Daten, die die Energie-Ortung der PROMET von dem Halo des Wohnplaneten ermittelt, von der Bord-Tronik überprüfen. Geht langsam näher an den Planeten und seinen Halo heran. Die Tronik soll für alle Werte die Sprungdaten errechnen. Diese Daten gebt ihr nacheinander unserem Computer ein, aber so, daß die Sprungautomatik noch nicht anläuft. Das darf auf keinen Fall geschehen!«

Arn Boruls Gesicht verschwand vom Schirm. Peet Orell fuhr zu Junici herum. Sie lehnte blaß am Kursrechner und starrte ihn an.

»Ich brauche eines unserer N-Boote, Peet. Wahrscheinlich geht es bei dem, was ich jetzt tun werde, verloren. Aber es muß sein!«

Peet sah sie verständnislos an. »Ich habe vorhin nicht verstanden, was Arn zu dir gesagt hat, er sprach euer Moranisch zu schnell.«

»Das solltest du auch nicht verstehen, aber ich will es dir jetzt erklären. Und trotzdem wirst du mit der PROMET hierbleiben, und dich dem Wohnplaneten der Nekroniden langsam nähern. Ich werde die MORAN um Hilfe bitten, für den Fall, daß meine Aktion schiefgeht!«

Dann erklärte sie Peet, was sie vorhatte.

Er schüttelte den Kopf. »Das ist Wahnsinn, Junici! Was, wenn Worner dich verfehlt? Dann bist du rettungslos verloren. Arn sagte vorhin doch selbst …«

»Das gilt nicht mehr. Dort hinten auf dem Plateau sind vielleicht Tausende in Gefahr oder noch mehr. Und habt ihr denn damals gefragt, wie groß eure Chance war, als ihr uns aus der Hölle Morans gerettet habt?« *)

Junici streifte sich die Bordkombination ab und schlüpfte gleich darauf in ihren Raumanzug. Einen Moment lang sah Peet ihren herrlichen sonnengebräunten, nackten Körper.

*) siehe Raumschiff PROMET Classic 3

»Weißt du auch wirklich genau, worauf du dich da einläßt, Junici? Nein, das kommt so nicht in Frage. Vivy wird dich mit dem anderen N-Boot begleiten. Sag nichts, du änderst meinen Entschluß doch nicht mehr!«

»Aber dann hat die PROMET kein einziges Beiboot mehr. Du kannst doch gar nicht wissen, was bei der Annäherung auf Nekron noch alles geschieht ...«

»Für den Fall wird Worner mit der MORAN in der Nähe sein. Schluß jetzt mit dem Gerede, Junici!«

Peet Orell rief Vivien Raid über Interkom an. Er erklärte ihr, was Junici beabsichtigte.

Vivien überlegte keinen Augenblick.

»Arns Plan könnte klappen! Also los! Sag' Junici, daß sie mir meinen leichten Raumanzug mitbringen soll. Ich mache mich schon auf den Weg zum Hangar!«

\*\*\*

Die beiden N-Boote erreichten den ersten Planeten in Rekordzeit. Über Hyperfunk blieben sie ständig mit Borul, Callaghan und Hay in Verbindung.

Der Moraner wies sie genau ein. Dann war es soweit. Während Vivien ein Stück zurückblieb, ging Junici noch dichter an den Planeten heran. Dabei beobachtete sie haargenau die Ortung, die noch einwandfrei funktionierte. Die drei Kugelschirme zeigten immer noch einwandfreie Bilder. Ringförmige Plantagen, blaue Meere, weite Küstenlandschaften, ziehende Wolken.

Doch keine Berge. Keinen jener Gipfel, zwischen denen das Plateau und die Kuppel lagen, die das T-Boot gefangen hielten.

Der Planet kam immer näher. Junici brach der Schweiß aus, als das N-Boot merklich beschleunigte, ohne daß sie den Schub der Triebwerke erhöhte.

Vivien beobachtete Junici. *Sie geht viel zu dicht heran!* dachte sie verzweifelt. *Ist sie denn wahnsinnig?*

Junici starrte wie gebannt sie auf die Schirme. Und dann sah sie plötzlich, wie sich das Bild verschleierte, wie etwas Fremdes über den Schirm zog.

»Arn«, sagte sie, »es ist soweit! Ich steige in wenigen Augenblicken aus. Das N-Boot ist in der Gewalt der Kuppel. Viel Glück!«

Der Moraner sah sie aus seinen schockgrünen Augen an.

»Danke, Junici! Auch dir viel Glück!«

Dann schaltete Junici den Hypersender ihres Bootes ab, damit er nicht noch in allerletzter Sekunde zum Verräter werden konnte. Sie wußte nicht, was sich in der Kuppel befand. Eine Automatik, eine nekronidische Besatzung, oder Roboter? Mit geübten Griffen schloß sie den Raumhelm. Sie wußte, daß Vivien sie beobachtete und bestimmt rasch zur Stelle sein würde.

Dann verließ sie das Cockpit und trat in die kleine Schleuse. Sie betätigte den Schalter für die Vakuumpumpen, öffnete schließlich das Außenschott.

Das N-Boot berührte eben die obersten Schichten der Atmosphäre, es wurde also allerhöchste Zeit!

Junici sprang, so weit sie konnte. Sie wußte, daß ihr Körper unbedingt vom N-Boot freikommen mußte.

Ihr Körper überschlug sich, wirbelte davon. Mit der kleinen Rückstoßpistole stabilisierte Junici ihre Lage. Und dann dankte sie Peet Orell für seine Entscheidung, Vivien mitzuschicken. Denn ihr Mann hatte sich in einem entscheidenden Punkt geirrt: das N-Boot hatte viel dichter an den ersten Planeten herangemußt, um unter die Kontrolle der Kuppel zu geraten, als Arn angenommen hatte. Er wäre mit dem T-Boot, selbst wenn ihm der Start gelang, auf jeden Fall viel zu spät gekommen, um sie noch aufzufischen und an Bord zu ziehen.

Sie sah, wie das N-Boot weit vor ihr in immer dichtere Schichten der Atmosphäre eintauchte, wie es einen leuchtenden Schweif von erhitzten Luftmolekülen hinter sich herzuziehen begann.

Junici wandte den Kopf, aber sie sah nichts von Vivien.

Ein eisiger Schreck durchfuhr sie, während ihr Körper sich im freien Fall auf einer weiten Kreisbahn der Oberfläche des ersten Planeten entgegenbewegte.

*Wenn sie nicht kommt!* dachte Junici verzweifelt. *Wenn sie mich aus den*

*Augen verloren hat, oder wenn sie auch in den Bereich der taktischen Kuppel geraten ist und ihre Ortung ausfällt! Dann ist sie im N-Boot völlig blind, weil es keine Direktsichtscheiben besitzt! Man sollte das ändern, genau wie Worner es bei den Beibooten seiner MORAN längst geändert hat!*

Junici sah sich abermals um, warf sich herum. Nichts. Keine Spur von Vivien und ihrem Boot.

Sie spürte, wie Panik in ihr aufstieg, wie ihr Herz zu hämmern begann. Sie starrte auf die Planetenoberfläche, über die sie dahinzog wie einer jener Satelliten längst vergangener Epochen.

Dann registrierte sie einen Schatten, irgendwo seitlich von sich. Sah Viviens N-Boot genau auf sich zukommen, eine kurze Wendung vollführen. Sah die Freundin im Schott erscheinen, in der Hand die Fangleine, sah die Schlinge auf sich zufliegen und spürte erlöst den Ruck, der durch ihren schlanken Körper ging.

Dann zog Vivien sie heran, in die Schleuse hinein, schloß Junici in ihre Arme, so wie sie war.

Das Schott schloß sich. Vivien zerrte Junici hinter sich her, sprang an den Hypersender, von dessen Schirm Arn Borul sie anstarrte, und seine schockgrünen Augen verrieten die Angst und die Qual, die er in den letzten Augenblicken ausgestanden hatte.

»Okay, Arn, alles okay!« stieß Vivien hervor und wies auf Junici, die mit zitternden Knien in die Kabine stolperte.

Der Moraner atmete auf, und Vivien fing aus den grauen Augen Jörn Callaghans einen Blick auf, der ihr unter die Haut ging.

»Gut, bleibt auf Empfang, dann wißt ihr, ob es klappt!« hörte sie den Moraner sagen, dann verschwand sein Gesicht, und nur das Cockpit und ein Teil des Plateaus, auf dem sich das T-Boot befand, blieben sichtbar.

***

Die drei Männer warteten. Die hochempfindlichen Sensoren registrierten das pfeifende Geräusch, mit dem sich das Beiboot der PROMET II dem Plateau näherte, schon lange, bevor sie es sahen. Und sie bemerkten auch noch etwas anderes: ein zuckendes Pulsieren, das die grünlich schimmernde Kuppel spiralförmig umlief.

»Jetzt!« Arn Borul sagte es laut und deutlich. Callaghan regulierte den Antigrav, bis das T-Boot Nullmasse erreichte und langsam über den Boden schwebte. Arn gab Elker Hay ein Zeichen. Ganz behutsam ließ der die nicht mehr blockierten Triebwerke kommen, schaltete aber sofort wieder ab, als die Kuppel bedrohlich aufglühte, aktivierte stattdessen den KSS.

Dennoch, praktisch ohne Masse, durch den leichten Schwung getrieben, bewegte sich das T-Boot in einem flachen Winkel den Gipfeln entgegen, unbemerkt von jenen unheimlichen Überwachern in der Kuppel, für die es in diesem Moment nicht mehr zu existieren schien.

Sie sahen das N-Boot dicht an sich vorbeigleiten, registrierten noch, wie es auf dem Plateau gelandet wurde und dort mit offener Schleuse stehenblieb. Dann trieben sie durch die Gipfel hindurch.

Einmal spürte der Moraner mit seinen nur schwachen telepathischen Sinnen, wie etwas nach seinem Geist griff, vielleicht auch nach dem der anderen, sie aber nicht zu fassen vermochte, es abermals versuchte und dann abirrte, irgendwohin, wo sie nicht mehr waren.

»Beschleunigen, Elker, jetzt!« sagte er.

Der Hüne stieß die Schubregulatoren ruckartig nach vorn. Die drei DeGorm-Triebwerke im Heck heulten auf, das T-Boot schoß davon.

Noch einmal streiften den Moraner für einen winzigen Moment die unsichtbaren Finger, glitten an ihm ab. Dann waren sie frei, stießen aus der Atmosphäre des ersten Planeten hinaus in den Raum. Vivien und Junici sahen das T-Boot kommen. Sie jubelten, dann beschleunigten sie ebenfalls mit allem, was ihre Triebwerke hergaben. Wenig später erreichten sie die PROMET II und glitten in die Kavernen des Hangars.

\*\*\*

Unterdessen hatte Szer Ekka ganze Arbeit geleistet. Alle Daten waren eingegeben, und sofort machte sich der Moraner an die Arbeit.

»Worner, Sie warten ab, ob wir es schaffen. Wir melden uns von Negor über Hyperfunk. Okay?«

Captain Worner nickte. Sein Schiff umkreiste den Wohnplaneten schon seit Stunden in weit gezogener Kreisbahn.

»Was gibt es bei der HTO neues?« fragte Arn Borul nach.

»Da ist der Teufel los. Die haben unsere ganzen Hyperfunksprüche aufgefangen. Der alte Orell hat eine Armada von Raumern in Bewegung gesetzt. Die SUUK ist unterwegs zur Sonne Nekron, an Bord unter anderem Lhaan-zee, der erfahrenste aller Heilkundigen der Suuks. Die HTO-234 und die HTO-246 kommen im Höllentempo. Außerdem Raumer der Space-Police. Alle Schiffe haben ganze Kolonnen von Ärzten, Medikamente, Nahrungsmittel und weiß der Himmel was sonst noch an Bord. Weitere Einheiten der TERRA STATES, insgesamt fünf Raumer der Kontinent-Klasse, sind ebenfalls angewiesen, zu uns zu stoßen. Mit anderen Worten: Alles, was über ein Borul-Triebwerk verfügt und hyperraumfähig ist, befindet sich mehr oder weniger im Anflug!«

»Gut, ich denke, daß dein Vater das richtige gemacht hat, Peet, denn so werden wir sofort handlungsfähig sein, falls wir irgendwie Kontakt zu den Nekroniden bekommen. Und jetzt an die Arbeit!«

## 5.

In der Beobachtungskuppel der MORAN beobachteten Captain Worner und Sergeant Maxwell zusammen mit Professor Wallis und dessen Asistenten, wie die PROMET II heranglitt. Ihr tropfenförmiger Rumpf leuchtete hell im Licht der Sonne Nekron. Das Schiff glitt langsam vorüber, der Wulst seiner DeGorm-Triebwerke am Heck zog eine glühende Spur zwischen den Sternen.

Langsam wurde die PROMET II kleiner, flog genau dem grauen undefinierbaren Rund des Halos um Negor entgegen, das auf allen Schirmen der Beobachtungskuppel der MORAN zu sehen war und nicht aus den Augen gelassen wurde.

Und dann geschah es. Vor den Augen der Männer an Bord der MORAN löste sich die PROMET plötzlich auf. Für den Bruchteil einer Sekunde hing sie noch als nebliger Fleck im Raum, dann war sie verschwunden.

Captain Worner fuhr sich mit der Hand über die Stirn, wischte den Schweiß ab, der sie in diesem Moment bedeckte.

Als erfahrener Raumerkommandant wußte er: entweder gab es die PROMET II bereits in diesem Augenblick schon nicht mehr und niemals würde jemand von ihr und ihrer tapferen Crew etwas hören, weil die Berechnungen zu dieser wahnwitzigen Transition durch den Halo Negors falsch gewesen waren – oder die PROMET hatte es geschafft.

Nervös sah er auf den Schirm, der die Direktverbindung zur Funk-Z der MORAN darstellte. Die PROMET sollte sich nach dem Gelingen des Sprunges sofort melden, so war es ausgemacht.

Aber es blieb still. Nichts rührte sich. Als er Yoko Maru, die Chefin seiner Funk-Z, schließlich anrief, schüttelte die zierliche Japanerin den Kopf.

»Nichts, Sir, leider noch immer nichts«, sagte sie nur.

Worner starrte auf den Schirm. Er konnte es einfach nicht glauben, daß diese prächtige Crew und dieses Schiff ein solches Ende gefunden haben sollten. Ein Ende, von dem niemand wirklich wußte, wie es aussah. Denn es gab keinen lebenden Menschen und auch keinen Moraner, der je den

Hyperraum bei Bewußtsein durchquert hatte oder wußte, wie diese unbekannte Zone zwischen den Sternen aussah. Man benutzte sie, und das klappte, jedenfalls meistens. Obschon es eine Reihe von Raumern gegeben hatte, die im Hyperraum verschollen waren. Die Moraner wußten ein Lied davon zu singen.

Dann, nach mehr als zwei Stunden des Wartens, flammte der Schirm plötzlich auf. Die schockgrünen Augen des Moraners starrten ihn an. Seinen Kopf zierte ein dicker Verband.

»Wir haben es geschafft!« krächzte er. »Aber die PROMET ist schwer havariert. Worner, fordern Sie bei der HTO bitte sofort das Werkstattschiff IV an. Es hat Sprungtriebwerke. Es soll alles mitbringen, was geeignet ist, den Druckkörper der PROMET wieder raumtüchtig zu machen. Außerdem einen kompletten Satz neuer Antennen, sie sind samt und sonders zum Teufel. So, wie die PROMET im Augenblick aussieht, kommen wir nicht einmal mehr bis zum ersten Planeten der Sonne Nekron!«

Der Moraner schwieg einen Moment. Dann fuhr er mit leiser Stimme fort: »Auf Negor sieht es furchtbar aus. Irgend etwas – wahrscheinlich die Hauptversorgungsanlage – ist in die Luft geflogen. In der Oberfläche des Planeten klafft ein riesiges Loch. Um den Explosionskrater herum, weil sich dort der Raumhafen der Nekroniden befand, liegen in weitem Abstand zerschmetterte Diskusraumer. Zwar hat der größte Teil der Nekroniden die Katastrophe überlebt, aber es fehlt an allem. Kein Wasser, keine Nahrungsmittel, die gesamte Energieversorgung ist zusammengebrochen. Die Nekroniden irren ziellos herum, völlig verstört, viele noch unter dem totalen Schock der Katastrophe. Das Schlimmste aber ist: die meisten ihrer Städte lagen seit dem Galaktischen Krieg unter der Oberfläche Negors. Die Katastrophe, die Explosion der Versorgungsanlage mit all ihrer Automatik, ihren Reaktoren, ihren hyperkritischen Kraftwerken war so heftig, daß die unterirdischen Städte mehr und mehr zusammenfallen. Die Gewölbe stürzen ein, die Nahrungsmitteldepots und Aufbereitungsanlagen sind zerstört oder eben außer Betrieb, die Wasserreservoire in das Innere dieses Wüstenplaneten versickert, weil sie durch die Erschütterungen der Explosion Risse bekommen hatten. Wir müssen hier verdammt schnell etwas tun, wenn wir wirklich helfen wollen!«

Worner hatte dem Moraner fassungslos zugehört. »Bei allen Geistern der Galaxis«, flüsterte er schließlich, »das ist entsetzlich. Aber woher wissen Sie denn das alles in dieser kurzen Zeit?«

»Von einer Gruppe von Nags und von Nagur, dem damaligen Kommandanten des Forschungsraumers, den wir auf dem Planeten der Mira-Ceti zurücklassen mußten, dessen Raumer unsere gute alte PROMET I in Stücke schoß. Sie halten hier die Ordnung aufrecht und haben sich einverstanden erklärt, mit uns zusammen zu versuchen, den Halo um den Planeten auszuschalten. Unglücklicherweise die einzige Einrichtung auf dieser Welt, die noch leidlich intakt ist. Wir haben Nagur und den Nags von Okron und den anderen erzählt, die zu uns gekommen sind, um Hilfe zu holen, und wir haben ihm klargemacht, daß unsere Schiffe, die dem Planeten bereits zu Hilfe eilen, nicht durch den Halo hindurch können!«

»Und wo liegt Ihre PROMET?«

Arn Borul lächelte, wenn auch etwas verzerrt.

»Wo sie zur Zeit hingehört: neben den anderen schwerbeschädigten Diskusraumern, die genau wie unser Schiff nur noch sehr bedingt flugfähig und raumtauglich sind. Mit einem dieser Schiffe ist übrigens Okron mit seinen Nags aufgebrochen, um Hilfe zu holen. Alle Achtung vor dem Mut dieses Herrschers! Was nun weiter zu geschehen hat, läßt sich noch nicht sagen. Auf jeden Fall muß ein Großteil der Nags und der Nekroniden auf die Versorgungsplaneten verteilt werden. Und auf jeden Fall müssen moranische und terranische Spezialtrupps hierher, um zu retten, was noch zu retten ist. Die Nekroniden sind eine Rasse, die im Laufe der Jahrtausende völlig vom Funktionieren ihrer Technik abhängig geworden ist. Aber genug geredet, Worner, wir werden uns jetzt um den Halo kümmern. Sobald Sie den Planeten Negor klar erkennen können, landen Sie hier. Und falls bis dahin auch schon einige der anderen Schiffe da sein sollten, dirigieren Sie die bitte dann in die Nähe der einzigen noch äußerlich intakten Stadt auf der Oberfläche. Sie erkennen sie leicht an dem über tausend Meter hohen Zentralkegel, der auch jetzt noch immer grünlich schimmert. Wieso, das mögen die Cegiren wissen! Ich muß jetzt 'raus zu den anderen. Außer mir ist glücklicherweise nur noch einer etwas verletzt – Pino Tak. Aber Jane Bigs hat ihn bereits verarztet ...«

Der Schirm erlosch, und Worner atmete hörbar auf. »Ich glaube, Wallis, das war knapp«, sagte er nur noch, ehe er die Beobachtungskuppel verließ.

Der Professor nickte. »Da hat jemand den ganz dicken Daumen dazwischen gehalten, Worner, ganz gleich wie man ihn nun nennt ...«

\*\*\*

Mit ihren Turbotriebwerken, extra geschaffen für Flüge innerhalb von Atmosphären, und unter Zuhilfenahme des Antigrav glitt die **PROMET II** langsam über die Bilder des Schreckens und der Zerstörung dahin, die sich den Augen ihrer Besatzung boten.

»Nagur, wie konnte das nur geschehen?« fragte Peet Orell den Nekroniden, der neben ihm in einem der Kontursessel saß und aus seinen goldgelben Augen auf die Kugelschirme starrte.

Der Nekronide hatte sich lange schweigsam verhalten, und auch jetzt pendelte sein flacher, dreieckiger Kopf langsam wie unschlüssig, abwägend hin und her. Nagur war Wissenschaftler, ein Forscher seiner Rasse, der die meiste Zeit mit seinem Diskusraumer im All verbrachte.

»Niemand von uns weiß das genau. Es muß ein Fehler gewesen sein, ein tückischer und versteckter Fehler, der sich den Kontrollen unserer Techniker immer wieder entzogen hat. Außerdem stieg der Energiebedarf unserer Welt in der Zeit nach dem Galaktischen Krieg weiter und weiter an. Wir bauten neue Raumer, neue Städte, die Versorgungsplaneten benötigten zur Steuerung der auf ihnen stationierten Maschinen immer weitere Energien – vielleicht wurde der kritische Punkt erreicht, und wir merkten es nicht einmal.«

»Was ist mit der Kuppel auf dem innersten Planeten, Nagur? Beinahe wäre dort eines unserer Beiboote gefangengehalten worden. Es wurde zur Landung auf einem Plateau zwischen hohen, kegelförmigen Bergen gezwungen. Warum? Wir mußten diese tückische Anlage, die in einer Kuppel untergebracht zu sein scheint, regelrecht überlisten, aber das hat uns wiederum eines unserer Beiboote gekostet!« Jörn Callaghan stellte dem Nekroniden diese Frage ganz bewußt, und er sah, wie Nagur zusammenzuckte.

»Ihr wart dort, und ihr seid der Kuppel entkommen?« fragte er nach einer

Weile ungläubig. »Dieses Plateau, dieser Planet ist keine Falle!« fuhr er nach einer ganzen Weile fort. »Er ist erst kürzlich von uns als Versorgungsplanet erschlossen worden. Auf ihm ziehen wir die Kulturen der Pflanzen, die wir später auf den anderen Planeten ansiedeln. Was dieses Plateau zwischen den Kegelbergen betrifft, so habt ihr unglaubliches Glück gehabt, denn dort ist die Stätte, zu der die Versorgungsraumer von der Kuppel geleitet werden, wenn sie reparatur- oder überholungsbedürftig sind. Normalerweise hätte die Automatik euch und euer Beiboot sofort in den großen Hangar geschafft, dort aber hätten euch die Reparaturrobots als Fremde erkannt und *sichergestellt*, was unter den gegenwärtigen Umständen euer sicherer Tod gewesen wäre, weil keine unserer Patrouillen mehr gekommen wäre, um alles zu überprüfen!«

Nagurs Kopf pendelte hin und her, aber dann schnellte er auf seinem langen Schlangenhals plötzlich nach vorne, auf den Bildschirm zu. Einen Moment lang starrten seine goldgelben Augen, die wie lange Schlitze genau auf der vorderen Kante seines Dreieckkopfes saßen, auf den Schirm. Er wies mit der Rechten auf einen schimmernden in ganz bestimmtem Rhythmus hell aufleuchtenden Punkt vor der PROMET.

Arn Borul beugte sich ebenfalls vor. Seine Züge wirkten angespannt.

»Was ist das, Nagur?«

»Der Impulsator für den Schutzhalo, der unsere Welt umgibt. Die eigentliche Anlage, die die Energie produziert, befindet sich tief im Innern Negors. Aber unter dieser flachen Kuppel haben wir die Aggregate installiert, die die Intensität des Halos steuern – mehr noch, dort befinden sich die Taster, die ununterbrochen – jedenfalls vor der Katastrophe – den Raum durchforschten, ob von irgendwoher Gefahr drohte. Wenn ihr den Impulsator auszuschalten vermögt, dann fällt der Halo in sich zusammen. In die eigentliche Energiezentrale können wir nicht, sie ist zu stark abgesichert.«

Vivien Raid hatte den Nekroniden aufmerksam gemustert.

»Wenn der Halo zusammengebrochen ist, dann müßte es doch möglich sein, die Energie, die ihr bisher für den Schutz eurer Welt verwendet habt, für die provisorische Versorgung der Kegelstadt zu nutzen! Was ihr an technischen Hilfsmitteln dazu benötigt, das wird euch Terra schicken. Wie ist es, siehst du da eine Möglichkeit?«

Der Nekronide dachte eine ganze Weile nach, während sich die PROMET dem Impulsator unaufhaltsam näherte. Dann nickte er plötzlich, aber es war mehr ein vertikales Auf- und Abpendeln seines Kopfes.

»Ich glaube, es wird möglich sein. Aber wie wollt ihr den Impulsator zerstören? Nicht einmal die Waffen unserer Schiffe vermögen ihn zu erreichen, obwohl er dort unter der flachen Kuppel liegt!«

Der Moraner schwang herum.

»Was sind das dort für Deflektoren, Nagur?« fragte er und wies auf eine ganze Reihe gigantischer mattgrauer Schalen, die den flackernden Impulsator umgaben.

»Das sind die Taster, von denen ich sprach. Über sie wird die Intensität des Schirmes automatisch ...«

Er begriff. Wenn man die Taster zerstörte, dann war der Schirm nicht mehr in der Lage, Gefahr zu ertasten, und damit wurde er wirkungslos. Doch Borul kam ihm zuvor.

»Wir sind nicht gekommen, um zu zerstören, Nagur«, sagte er, »sondern um zu helfen. Wir und unsere Freunde besitzen eine Defensivwaffe, die wir Anticomp nennen. Mit ihr werden wir den Schirm jetzt abschalten, ohne daß noch weitere Zerstörungen auf eurer Welt angerichtet werden.«

Nagurs Kopf zuckte unruhig hin und her, seine goldgelben Augen glommen.

»Wenn ihr eine solche Waffe besitzt, warum habt ihr sie dann nicht sofort von draußen eingesetzt? Und warum konnten wir euch dann damals zur Umkehr zu eurer Heimatwelt zwingen ...?«

»Wir haben damals eure Wünsche respektiert, nachdem Okron, der Herrscher der Nags, sich für euch entschieden hatte. Wir hätten uns nicht zwingen lassen, Nagur. Und was deine erste Frage anbetrifft – du wirst sehen: diese Defensivwaffe ist so stark, daß wir sie niemals blind anwenden, es wäre zu gefährlich. Wir müssen das Ziel, das sie treffen soll, immer genau erkennen können!«

Wohlweislich verschwieg der Moraner, wie machtlos sie vor dem Halo gewesen waren, daß sie den Sprung mit der PROMET II, der das Schiff durch die energetischen Kollisionen mit dem Halo beinahe zerstört hätte, nur deshalb wagen mußten, weil es für sie keine andere Möglichkeit gab.

Er hatte das Gefühl, daß die Nekroniden sie nach wie vor für äußerst stark und gefährlich hielten, und daran wollte er zumindest im Moment nicht das geringste ändern.

»Peet, wir müssen den Anticomp aktivieren. Jede Stunde, die jetzt noch verstreicht, kostet unter Umständen Nags wie Nekroniden das Leben. Außerdem werden zumindest die Schiffe der HTO und auch die SUUK bald im System der Sonne Nekron erscheinen, sie sollen sofort landen können!«

Peet sah seine Gefährten fragend an. Alle nickten. Es war festgelegt worden, daß der Anticomp nur aufgrund eines einstimmigen Beschlusses zur Anwendung kommen durfte.

Peet Orell entriegelte die Sperre. Ein tiefes Brummen lief durch die PROMET. Der Moraner manövrierte die PROMET II so, daß er die flache Kuppel des Impulsators genau in der Zielmarkierung des Richtstrahlers hatte. Dann drückte Peet Orell die Taste.

Im ersten Moment geschah gar nichts. Doch gleich darauf glomm die Kuppel plötzlich auf – und erlosch.

Und noch etwas geschah zur gleichen Zeit, es wirkte wie ein Wunder auf Peet Orell und seine Gefährten: die strahlende Sonne Nekron stand plötzlich am Himmel Negor und übergoß alles mit ihrem hellen Licht.

Sie sahen die MORAN herankommen, hörten die Stimme Worners: »Ihr seid Teufelskerle, PROMET! Aber wenn ihr auf mich hört, dann landet so rasch wie möglich, euer Schiff sieht aus, als würde es jeden Moment auseinanderfallen. Bei allen Geistern der Galaxis – wer hat euch nur so zugerichtet?«

Sie hörten den hageren Captain lachen, laut und schallend. Und das war etwas, was sie an ihm überhaupt nicht kannten. Sie erkannten nur daran, von welcher Sorge dieser Mann plötzlich befreit sein mußte.

Nagur sah die Menschen und die beiden Moraner aus seinen goldgelben Augen an. Er sagte nichts, seine Blicke dafür jedoch alles. Dann blickte er wieder zur Sonne Nekron hinüber und fuhr plötzlich zusammen: blitzende Punkte lösten sich von ihr – eine ganze Flotte von Raumern, die rasend schnell herankamen.

Das hübsche Gesicht Mor-eens erschien auf einem Monitor, neben ihr die kantigen Züge Captain Coopers von der HTO-234, und schließlich das strahlende Gesicht Doc Ridgers, der sich an Bord der SUUK befand.

»Wir kommen!« sagte er überflüssigerweise. »Und mit uns viele andere. Die Heilkundigen der Suuks haben die Nags hervorragend behandelt, und auch Okron geht es schon wieder besser. Sagt den Nekroniden und den Nags, daß ihre Not ein Ende hat!« Doc Ridgers, der sonst so stille Mann, war ganz aus dem Häuschen.

Doch dann geriet offenbar die PROMET II in sein Blickfeld, und er runzelte die Stirn.

»He, PROMET!« stieß er betroffen hervor. »Was ist denn mit euch passiert, ihr seid ja total ...«

Vivien Raid schob sich vor die Aufnahmeoptik. Sie lächelte und legte den Finger auf den Mund.

»Pst, Doc! Gar nicht darüber reden! Sie wissen doch: wo gehobelt wird, da fallen Späne!«

Worner lachte zum zweitenmal, denn er hatte das Gespräch wie alle anderen Schiffe ebenfalls verfolgt.

»Verflixt, Vivien, das könnte stimmen. Eure PROMET sieht tatsächlich aus, als wäre sie in den galaktischen Hobel geraten ...«

Allgemeines Gelächter wurde hörbar, und auch die Besatzung der PROMET stimmte ein.

Dann schwang die Raumyacht herum und flog langsam der Kegelstadt entgegen. Es gab noch unendlich viel zu tun – aber es war wirklich gut zu wissen, daß von der Erde Hilfe kam. Und von Suuk. Wie Peet Mor-een und Thosro Ghinu kannte, hatten die beiden alles mobilisiert, was auf Suuk entbehrt werden konnte.

Er wandte sich an Nagur.

»Du solltest versuchen, zusammen mit den Nags ein handlungsfähiges Gremium zu bilden, das von den Nags und den Nekroniden gebilligt wird. In den nächsten Stunden müssen viele und sicherlich auch einschneidende Entscheidungen gefällt werden. Wir können und wollen das aber nicht ohne euch tun. Kannst du so ein Gremium zusammenstellen, das dann auch beschlußfähig ist?«

Nagur nickte. Dann erhob er sich.

»Wartet hier auf mich. Ich hatte schon vor eurer Ankunft einige Schritte unternommen. In zwei, drei Stunden nach eurer Zeit werde ich zurück sein!« Damit verließ er die PROMET und war gleich darauf in dem noch herrschenden Chaos verschwunden.

\*\*\*

Für alle Beteiligten brach eine schwere Zeit an. Menschen, Moraner, Suuks, Nags und Nekroniden taten, was in ihrer Macht stand. Transporter landeten und starteten in schnellem Wechsel. Sie transportierten Aggregate, Nahrungsmittel, Wasser, Medikamente, zahlreiche Trupps von Spezialisten, die sich darum bemühten, wieder einigermaßen Ordnung auf Nekron zu schaffen.

Von Riddle wurden Spezialisten herangeflogen, die sich um die Plantagen der drei Versorgungsplaneten kümmerten, solange die Nekroniden dazu selber noch nicht imstande waren. Ein großer Teil von Nekroniden und Nags wurde auf den ersten Planeten evakuiert, nachdem die MORAN zusammen mit Nagur die tückische Kuppel auf dem Plateau zwischen den Kegelbergen ausgeschaltet hatte.

Eines allerdings stand schon sehr bald unwiderruflich fest: Negor würde in absehbarer Zeit nicht wieder werden, was er gewesen war – der heimliche unsichtbare Planet der Sonne Nekron. Niemand konnte ersetzen oder reparieren, was die Katastrophe zerstört hatte. Die meisten der großen Städte im Innern des Planeten waren nicht mehr bewohnbar. Doch für all diese Dinge, die Nekroniden wie Nags so schlagartig und auf so furchtbare Weise verloren hatten, hatten sie etwas anderes von unschätzbarem Wert gewonnen: Freunde. Wesen, die ihnen halfen, sich ein neues Leben aufzubauen, Nachbarn im Universum, auf die sie sich von nun an verlassen konnten.

An einem sonnigen Nachmittag, als die Sonne Nekron schon tief über der Kegelstadt stand, legte Vivien Jörn Callaghan die Hand auf die Schulter.

Jörn wandte sich um. Wie etliche Mitglieder der PROMET-Besatzung war er damit beschäftigt, zusammen mit den Spezialistentrupps des angeforderten Werkstattschiffes die Schäden, die die PROMET bei ihrem Sprung durch den Halo erlitten hatte, zu beheben.

Er sah Vivien an, wie sie in ihrem verdreckten Overall vor ihm stand und ihn aus ihren grünen Augen anblitzte.

»Die SUUK fliegt gleich mit einer Anzahl von Nekroniden zum ersten Planeten. Peet hat mir aufgetragen, mich um das N-Boot zu kümmern, das noch immer einsam und verlassen auf dem Planeten zwischen den Kegelbergen steht. Er meinte, ich soll dich mitnehmen, und wir könnten uns auch ruhig ein paar Tage Zeit lassen, Jörn. Ehe die PROMET wieder wirklich in Ordnung ist, das dauert noch eine Weile. Na, was sagst du, Jörn? Wie wäre es mit einem Miniurlaub im Paradies?«

Jörn Callaghan stand langsam auf. Er sah, wie Pino Tak ihn angrinste und hörte, wie der Triebwerkspezialist der PROMET dann sagte: »Also so einen Massel möchte ich auch mal haben! Mit einem Girl wie Ihnen, Vivien, würde ich das N-Boot sogar beim Satan persönlich abholen und ihm auch noch alle Feuer ausblasen!"

»Soll das heißen, Pino, daß Sie mich hier entbehren können?« fragte Callaghan scheinheilig.

»Hören Sie mal, Jörn, ich habe noch kein Verbrechen gegen die Menschlichkeit begangen und beabsichtige das auch jetzt nicht zu tun. Mann, fragen Sie nicht so viel, sondern hauen Sie doch endlich mit dem kleinen Dreckspatz in Ihren Armen ab!«

»Da hörst du es, Jörn!« sagte Vivien und schmiegte sich an ihn, um gleich darauf wieder auf Distanz zu gehen.

»Damit du nicht übermütig wirst, Freund: Mor-een und Khuru-la sind mit von der Partie. Außerdem Jane Bigs und ihr Mann, der inzwischen ebenfalls hier aufgetaucht ist und die Nachricht überbracht hat, daß sie nun reiche Leute sind. Der Platinasteroid C-30333 ist ihnen offiziell zugesprochen worden, die Ausbeutung übernimmt die HTO ...«

Jörn sah das Teufelsgirl der PROMET II an.

»Vivy, da hat doch jemand dran gedreht, sonst wäre das bei all diesem Durcheinander in der HTO und den TERRA STATES doch so schnell gar nicht zu machen gewesen! Gib es schon zu: du hast ein wenig nachgeholfen, stimmt es?«

Vivien nickte. »Das ist eben der Vorteil, wenn ein Raumer einen guten Hypersender hat, mit dem man zum Beispiel sogar den Boß der HTO erreichen kann, wo immer man auch zwischen den Sternen gerade steckt. Diese kleine Demonstration hat Jane und ihren Mann restlos überzeugt, ihre JAPETUS liegt auf einer der Werften der HTO und wird vollständig umgerüstet und modernisiert ...«

»Vivy«, flüsterte Jörn Callaghan und zog sie in seine Arme. »Du bist ein Prachtkerl, du ...«

Sie schüttelte den Kopf. »Pracht*frau*, Jörn ...« korrigierte sie ihn und biß ihn ins Ohr.

Da packte Callaghan sie und zog sie mit sich fort. Schließlich wollte er den Start der SUUK zum ersten Planeten nicht verpassen. Und natürlich vergaß er nicht, Vivien daran zu erinnern, daß sie von einem *Miniurlaub im Paradies* gesprochen hatte – und natürlich an die im Paradies vor der Apfelernte geltende »Kleiderordnung«. Worauf sie ihn erwartungsfroh lächelnd darauf hinwies, daß die natürlich nicht allein für Eva, sondern auch für Adam galt ...

# 6.

Szer Ekka war in seinem Element.

Das Nekron-Abenteuer lag ein paar Wochen zurück. Auf Terra hatte man die zunächst provisorisch wieder instandgesetzte PROMET II und ihre Beiboote noch einmal gründlich überholt, und nun war die Crew ein zweites Mal aufgebrochen, um die Erforschung des Objekts Nov-33 vorzunehmen, wiederum im Auftrag der *Union des ciel-labs* in Genf.

Unter der Bezeichnung Nov-33 verbargen sich die Überreste einer Nova. Schon vor über einem Jahr hatte sich die *Union des ciel-labs* an Peet Orell gewandt und ihn gebeten, dieses Objekt bei nächster Gelegenheit näher zu erforschen, von dem sie sich wertvolle Erkenntnisse über die Bildung und Folgeerscheinungen der Novae versprach.

Beim ersten Anflug waren ihnen allerdings die Bruciden dazwischengekommen. Eher unfreiwillig war die PROMET II auf deren Planeten Niklan gestoßen, und die leicht paranoiden Bruciden, die sich vor den Schatten ihrer Vergangenheit fürchteten, in der ihre Vorfahren noch als die berüchtigten *Planetenfresser* diesen Teil der Galaxis unsicher gemacht hatten, fürchteten, als eben diese entlarvt und von Rächern angegriffen zu werden. Dabei lag das damalige Unheil schon unzählige Generationen zurück und war bei anderen Völkern der Milchstraße längst in Vergessenheit geraten. Nur eben bei den Bruciden selbst nicht, die fürchteten, für die Verbrechen ihrer Urahnen bestraft zu werden ... *)

Jetzt, beim zweiten Versuch, Nov-33 zu erforschen, hatte der Astro-Experte Ekka mit seinen Gehilfen Dave Landon und Vian Thoo alle Hände voll zu tun, war es doch das erste Mal, daß sie eine *Postnova* aus der Nähe untersuchen konnten.

Der Begriff *Nähe* war natürlich nur relativ zu werten, denn die immer noch starke Strahlung der Überreste des explodierten Gestirns erforderte die Einhaltung eines erheblichen Sicherheitsabstands. Die fluoreszierenden Plasmawolken breiteten sich mit erheblicher Geschwindigkeit nach allen

*) siehe Raumschiff PROMET Classic 7

Richtungen aus, während von der Sonne selbst nur noch ein Teil existierte, zu einem *Weißen Zwerg* geschrumpft.

Drei Tage lang herrschte im Astro-Lab Hochbetrieb. Zwei der Astronomen waren immer anwesend, der dritte machte Pause und wurde so lange durch Arn Borul, Peet Orell oder Jörn Callaghan ersetzt. Auch diese Männer verfügten über genügend Kenntnisse, um hier mithelfen zu können, und der Hauptcomputer des Schiffes kam kaum noch zur Ruhe.

Alles wurde gemessen, registriert und gespeichert, von den vielfältigen Arten der Strahlung in diesem Gebiet bis hin zur Ausdehnungsgeschwindigkeit der Novawolke, die nahezu 1 000 Kilometer pro Sekunde betrug. Das Objekt selbst war auf der Erde nicht sichtbar, da es durch zwei Dunkelwolken verdeckt wurde. Szer Ekka hatte es auf einer der Reisen mit der PROMET II ausfindig gemacht und in seinen neuen Sternkatalog aufgenommen. Dieser war inzwischen als *Ekka-Katalog* weltweit bekannt und wurde als ein Muster an Akribie gerühmt, obwohl Ekka selbst längst noch nicht damit zufrieden war.

Er hätte sich wahrscheinlich auch noch wochenlang damit beschäftigt, alle Messungen doppelt und dreifach nachzuprüfen, hätte nicht nach Ablauf der drei Tage Jörg Callaghan von der Kommando-Zentrale aus Alarm gegeben.

»So leid es mir tut, Szer, wir müssen das Unternehmen hier bald abbrechen. Die ersten Ausläufer der Plasmawolken kommen uns schon bedenklich nahe, die Strahlung steigt ständig an. Wir müssen uns absetzen, sonst nimmt die Schiffshülle Strahlung auf und wir sitzen in einem *heißen Ofen*.«

»Noch zwei Stunden, Jörn«, bat Ekka, obwohl er kaum noch aus den Augen sehen konnte; mehr als zehn Stunden hatte er in den drei Tagen wohl kaum geschlafen. »Ich habe noch eine Messung laufen, und die muß unbedingt ...«

»Okay«, nickte Callaghan, »aber nur noch diese zwei Stunden, mehr auf keinen Fall. Wenn Sie dann noch weiterarbeiten wollen, müssen Sie das aus größerer Entfernung tun. Die Sicherheit des Schiffes geht vor.«

Gleich darauf kam Peet Orell in die Kommando-Zentrale, rieb sich die Augen und gähnte herzhaft. »Ich habe Ekka eben begreiflich gemacht, daß ich die Nase von Nov-33 gestrichen voll habe, Jörn. Warum sollen wir den

Leuten in Genf alle Arbeit abnehmen? Sie bekommen von uns sämtliche gespeicherten Werte und sollen sie selbst auswerten, und damit basta! Arn ist derselben Meinung. In zwei Stunden bringst du die PROMET II auf Heimatkurs, und wenn Szer sich auf den Kopf stellt, klar?«

Jörn nickte.

Kurz vor Ablauf der Frist kam Arn Borul mit seiner Frau Junici in die Zentrale. Gemeinsam errechneten sie den Kurs zur Erde, und dann verließ das tropfenförmige Schiff den gefährlichen Sektor.

Eine Stunde später ging die PROMET II in Transition, verschwand im Parakon und kam im gleichen Augenblick 3 000 Lichtjahre weiter wieder heraus.

\*\*\*

Die zweite Transition brachte das Schiff in die Nähe des offenen Sternhaufens NGC 7243 im Sternbild Eidechse, ungefähr 2 500 Lichtjahre von der Erde entfernt. Es materialisierte relativ nahe bei einem aus vier Sonnen gebildeten System, und der Computer registrierte eine geringe Kursabweichung, die auf den Einfluß dieser Sonnen zurückzuführen war. Eine neue Kursberechnung wurde erforderlich, aber diesmal streikte Jörn Callaghan.

»Ich bin jetzt schon seit vierzehn Stunden auf dem Posten, und ihr seht auch nicht mehr sehr frisch aus. Ich schlage vor, daß wir jetzt eine Pause machen und uns ausruhen, wir kommen noch früh genug zur Erde zurück. Okay?«

Die anderen stimmten zu, und es wurde eine Pause von acht Stunden vereinbart, während die PROMET II im freien Fall dahintrieb. Junici Borul sollte Vivien Raid ablösen.

\*\*\*

Die Zeit verlief ereignislos, und nach Ablauf der Schlafpause fand sich das gesamte Führungsteam der PROMET II wieder in der Zentrale ein. Alles wäre normal weitergegangen, wäre nicht Szer Ekka vor allen anderen wieder auf seinem Posten im Astro-Lab gewesen.

Er überraschte sie durch einen aufgeregten Anruf. »Peet, ich habe eben eine sehr merkwürdige Entdeckung gemacht. Sehen Sie doch mal auf den Panoramaschirm, im Grünsektor gibt es auf 47:25:43 eine Sonne erster Größe mit weißem Licht. Was fällt Ihnen daran auf?«

»Was soll mit dieser Sonne sein?« fragte Peet Orell verwundert. »Sie sieht nicht anders aus als hunderte von anderen auch.«

Szer Ekka schmunzelte leicht. »Das habe ich zuerst auch gedacht, aber das Dekametro hat mich eines besseren belehrt. Wie weit sind wir denn Ihrer Meinung nach von diesem Stern entfernt?«

Peet witterte die Fangfrage und prüfte darum das Bild auf dem Panoramaschirm nochmals besonders sorgfältig. Dann zuckte er mit den Schultern.

»Er scheint zur Größenklasse minus 1 zu gehören, wie Sirius etwa. Wenn ich das in Relation zu seiner scheinbaren Größe setze, müßte er etwa sechs- bis achthundert Lichtjahre von uns entfernt sein.«

Der Astro-Experte schmunzelte stärker. Der kleine, unscheinbare Mann mit dem breitflächigen Gesicht und dem leicht rötlichen Teint, der auf seine Abstammung von Eskimos und Indianern hinwies, hatte im Laufe der Zeit erheblich an Selbstsicherheit gewonnen.

»Großer Irrtum, Peet! Der Abstand zwischen ihm und uns beträgt 8,5 Lichtjahre, kein einziges mehr ...«

»Das gibt es doch gar nicht!« entfuhr es Peet Orell. Was Ekka da behauptete, war eine astrophysikalische Unmöglichkeit, das wußte er genau. Andererseits kannte er die Tüchtigkeit seines Astro-Experten, der ihm auf seinem Gebiet an Wissen weit überlegen war. Doch so sehr er auch grübelte – er fand keine Erklärung für dieses Phänomen.

Inzwischen war auch Arn Borul aufmerksam geworden und vor den Interkom getreten. »Da muß ich Peet allerdings zustimmen, Szer. Wenn Ihre Entfernungsangabe stimmt, müßte es sich bei dieser Sonne um einen Weißen Zwerg handeln, aber kein Stern dieser Größe kann so ein helles Licht aussenden. Vielleicht hat das Dekametro einen Defekt. Haben Sie alles genau überprüft?«

Szer Ekka nickte. »Zweimal sogar, zusammen mit Vian Thoo. Das Dekametro funktioniert erstklassig, wir haben zur Probe einige andere Sonnen angemessen. Daß die Entfernung stimmt, davon zeugt schon die Tatsache, daß wir bei diesem Stern acht Planeten verschiedener Größe feststellen konnten. Da das Gerät nur eine Reichweite von maximal 300 Lichtjahren besitzt, wäre das im anderen Fall gar nicht möglich gewesen.«

»Dann haben wir es also hier mit einem Phänomen zu tun«, überlegte Peet Orell. »Anders kann man eine Sonne dieser Größe, die schätzungsweise zwanzigmal heller als Sol strahlt, kaum bezeichnen. Hmm ...«

»Was heißt hier *hmm*«, erkundigte sich Jörn Callaghan, der die Diskussion ebenfalls verfolgt hatte. »Ich bin dafür, daß wir einen kleinen Sprung über 8,5 Lichtjahre machen, um uns diesen unmöglichen Stern einmal aus der Nähe anzusehen, Zeit dafür haben wir doch noch.«

»Genau das habe ich mir eben überlegt«, brummte Peet Orell. »Okay, Szer, wir unterbrechen den Rückflug zur Erde, um Ihren Wunderstern zu untersuchen. Zufrieden?«

Das strahlende Gesicht des kleinen Astro-Experten sagte alles. Peet unterrichtete die Besatzung der PROMET II über Interkom von dem beabsichtigten Vorhaben. Dann wurden die Sprungberechnungen durchgeführt, und wenig später ging das Schiff in Transition über 8,5 Lichtjahre und rematerialisierte dicht vor dem Zielsystem.

Grellweiß strahlte nahe vor der Raumyacht die Zwergsonne, die mit knapp 700 000 Kilometern Durchmesser nur etwa halb so groß wie Sol war. Daß diese Zwergsonne ein Stern des Unheils war, sah man ihr nicht an ...

\*\*\*

Die PROMET II trieb im freien Fall dahin.

Wieder herrschte im Astro-Lab Hochbetrieb. Neben Ekka und seinen Assistenten hielten sich auch Borul und Orell dort auf, während Jörn und Junici in der Zentrale Wache hielten. Vivien hatte sich wieder in ihre Kabine zurückgezogen, um noch ein wenig zu ruhen.

Die üblichen Messungen wurden vorgenommen, doch je weiter man damit kam, um so ratloser wurden die Gesichter der Experten.

Es wollte ihnen einfach nicht gelingen, eine brauchbare Spektralanalyse dieser Sonne zu erstellen. Alle charakteristischen Linien der verschiedenen vorkommenden Elemente waren durch Emissionen unbekannter Natur überlagert, die einen Großteil der von dem Gestirn ausgehenden Strahlung ausmachten.

Sie machten sich auch auf dem Funksektor unliebsam bemerkbar. Selbst der Hyperfunk unterlag starken Schwunderscheinungen, und es war Callaghan nur mit Mühe möglich, der HTO auf der Erde die neue Position der PROMET II mitzuteilen.

Schließlich überließ Ekka es seinen Assistenten, sich mit diesem schwierigen Problem abzuplagen. Peet sah sein verkniffenes Gesicht und lächelte ihn tröstend an.

»Nehmen Sie es nicht so schwer, irgendwie wird sich wohl alles noch klären. Wie kommt es eigentlich, daß man die Absonderlichkeiten dieser Sonne von der Erde aus bisher nicht festgestellt hat?«

Ekka zapfte sich einen Becher Kaffee aus dem Automaten. »Das ist nicht weiter verwunderlich, Peet. Sie ist immerhin 2 500 Lichtjahre von der Erde entfernt und trotz ihrer Helligkeit über diese Distanz hinweg nur mit großen Instrumenten zu erkennen. Vielleicht nicht einmal das, denn sie steht vor dem Zentrumskern der Milchstraße, geht also für uns im Gewimmel der dichten Sternballungen einfach unter. Ich hätte sie wahrscheinlich auch nicht entdeckt, wenn ich sie nicht aus einer ganz anderen Perspektive zu sehen bekommen hätte.«

Arn Borul war inzwischen vor eines der Elektronenteleskope getreten und hatte die beiden nächstgelegenen Planeten beobachtet. Beide waren Riesen vom Jupitertyp, die von zahlreichen Monden umkreist wurden. »Wenigstens die Planeten scheinen hier normal zu sein«, stellte er fest.

»Für die habe ich mich bisher noch gar nicht weiter interessiert«, gestand Szer Ekka und warf den leeren Becher in den Abfallvernichter. »Das können wir ja jetzt nachholen. Wollen Sie mir dabei helfen?«

Arn und Peet stimmten zu, und gemeinsam machten sich die drei Männer daran, die Positionen und Bahnen der acht Planeten des Systems zu bestimmen. Da sich die PROMET II etwas oberhalb der Ekliptik befand, hatten sie eine gute Übersicht.

Sie gingen systematisch vor, begannen bei den sonnennächsten Trabanten und arbeiteten sich langsam weiter. Die beiden innersten Welten waren klein und heiß, zwei weitere von annähernder Erdgröße schienen innerhalb der sogenannten Lebenszone zu liegen. Ob sie aber auch atembare Atmosphären besaßen, war nicht feststellbar.

Die beiden Riesenplaneten kamen an die Reihe, danach die zwei äußersten Trabanten jener unheimlichen Sonne. Und hier erwartete die Männer eine gewaltige Überraschung.

Der siebte Planet war ein Plutotyp, er maß kaum 3 000 Kilometer und schien vollkommen vereist zu sein. Der achte dagegen war erheblich größer, besaß fast 9 000 Kilometer Durchmesser und stand unverhältnismäßig nahe bei seinem kleineren Bruder. Verwundert schüttelte Szer Ekka den Kopf.

»Mit diesen beiden Objekten stimmt etwas nicht, das ist sicher! Ich werde mal eine Bahnberechnung für sie vornehmen.«

Minuten vergingen in konzentrierter Arbeit. Ekka rechnete eifrig, zog die Tronik zu Rate und rechnete erneut. Plötzlich richtete er sich steil auf.

»Ich hab's! Der achte Planet gehört eigentlich gar nicht zu diesem System – er ist ein Irrläufer, der von der Sonne eingefangen wurde und mit zunehmender Geschwindigkeit auf den siebten Planeten zutreibt.«

»Kein Irrtum möglich?« fragte Peet gespannt.

Ekka schüttelte nachdrücklich den Kopf. »Vollkommen ausgeschlossen. Hier, sehen Sie sich die Diagramme an: Der siebte Planet unterliegt deutlichen Bahnstörungen, die auf den Einfluß der erheblich größeren Masse des Eindringlings zurückzuführen sind. Doch auch er wirkt auf diesen ein, denn bekanntlich ziehen sich alle Massen gegenseitig an. Die unausbleibliche Folge kann ich Ihnen exakt voraussagen: Diese beiden Planeten werden in ziemlich genau zwanzig Stunden miteinander kollidieren!«

»Dann würden wir also gewissermaßen Zeugen eines doppelten Weltuntergangs?« fragte Arn Borul atemlos.

Der Astro-Experte nickte mit dem zufriedenen Gesicht des erfolgreichen Entdeckers. »Genau das, Arn. Wir sind dann die ersten Menschen, die das überaus seltene Schauspiel erleben, daß zwei Welten zusammenstoßen! Eine Sensation ersten Ranges für die gesamte Fachwelt, und wir können alles genau aufzeichnen und später auf der Erde den Kollegen vorführen. Das gibt vielleicht ein Aufsehen ...«

Peet Orell lächelte über Ekkas Eifer. »Wir fliegen näher an die beiden Planeten heran«, entschied er kurzentschlossen. »So etwas dürfen wir uns einfach nicht entgehen lassen, eine solche Gelegenheit kommt für uns bestimmt nicht wieder, so lange wir leben.«

An das alte Sprichwort, daß günstige Gelegenheiten nicht immer die besten sind, dachte er nicht ...

***

Die Stunden schienen quälend langsam zu vergehen.

Nach wie vor waren die Männer im Astro-Lab bemüht, das Rätsel zu lösen, das ihnen die weiße Zwergsonne aufgab.

Das Hauptaugenmerk aller konzentrierte sich aber auf den bevorstehenden Zusammenstoß der beiden Planeten.

Das Wissen der Menschen um die Geheimnisse im Kosmos war noch immer sehr gering. Jahrhundertelang waren die Beobachtungsmöglichkeiten der Gestirne durch die Erdatmosphäre eingeschränkt worden, eine Tatsache, die auch durch den Bau immer besserer und größerer Teleskope nicht aus der Welt geschafft wurde. Später, als man im Weltall Teleskope wie »Hubble« und seine Nachfolger installieren konnte, hatten sich die Verhältnisse zwar erheblich gebessert, aber erst mit der PROMET war ein Raumschiff geschaffen worden, das allen Ansprüchen genügte – und das vor allem über den unschätzbaren Vorzug verfügte, seine Beobachtungen an Ort und Stelle machen zu können, wie es nun geschah.

Arn Borul hatte das Schiff bis auf eine Million Kilometer an die beiden Planeten herangemanövriert, die nun nur noch knapp 100 000 Kilometer voneinander entfernt waren. Fast alle Instrumente waren auf die todgeweihten Himmelskörper gerichtet, jede Phase der Annäherung wurde mit größter Sorgfalt beobachtet, alle Beobachtungen gespeichert.

Die Bahnstörungen des siebten Planeten wurden immer stärker und waren nun schon mit dem bloßen Auge auf den stark vergrößernden Bildschirmen feststellbar. Bisher hatte die Umlaufgeschwindigkeit des kleinen Trabanten, der rund 3,5 Milliarden Kilometer von der weißen Sonne entfernt war, 5,6 km/sek betragen. Nun war sie bereits bis auf 6,2 km/sek angestiegen, durch die Anziehungskraft des Irrläufers bedingt, der sich mit 12,4 Kilometer pro Sekunde bewegte. Er zwang seinen ›kleinen Bruder‹ aus seiner Bahn, zog ihn auf sich zu, und da sich die Geschwindigkeiten beider Planeten addierten, mußte ihr Zusammenprall verheerende Folgen haben.

»Sollten wir uns nicht vielleicht etwas weiter zurückziehen?« fragte der stets vorsichtige Jörn Callaghan skeptisch.

Der Moraner schüttelte den Kopf. »Wir haben auch dann nichts zu befürchten, wenn die Planeten beim Zusammenstoß völlig zerstört werden. Selbst dann, wenn ein Teil der Trümmerstücke davon auf uns zufliegen sollte, werden sie Stunden brauchen, um uns zu erreichen.«

Der Irrläufer rotierte langsam, und immer neue Gebiete seiner Oberfläche gerieten ins Gesichtsfeld der Beobachter. Deutlich waren Gebirge zu erkennen, aber auch umfangreiche Senken, die vermutlich einmal Meere gewesen waren. Über allem lag eine grauweiße Schicht, vermutlich aus den Resten der Atmosphäre bestehend, die unter dem Einfluß der Weltraumkälte ihre gasförmige Konsistenz verloren und sich auf dem Boden niedergeschlagen hatte.

Was mochte diese fast erdgroße Welt aus ihrer Bahn hinaus in den freien Raum geschleudert haben? Auch sie hatte einmal ihre Bahn um eine wärmende Sonne beschrieben. Vermutlich trieb der Planet nun schon seit Jahrtausenden durch das All, seine Herkunft konnte auch durch sorgfältige Berechnungen nicht mehr ermittelt werden.

Ob es auf ihm auch einmal Lebewesen gegeben hatte, die durch die rasche Abkühlung zugrunde gegangen waren? Vielleicht sogar Intelligenzen, die durch irgendwelche Manipulationen ihr Schicksal selbst verschuldet hatten? Hinweise darauf waren nicht zu finden, da die Oberfläche vollständig unter Eis begraben lag.

Die fünf Personen in der Zentrale – auch Vivien war nun wieder anwesend – diskutierten halblaut darüber, während die Annäherung der beiden Planeten immer rascher vor sich ging. Schließlich betrug die Distanz zwischen ihnen nur noch wenige hundert Kilometer, und nun verstummte auch die Unterhaltung. Das Ereignis schlug alle in ihren Bahn.

»Achtung, letzte Auswertung!« meldete Ekka, der mit seinen beiden Gehilfen unermüdlich tätig war. »Die beiden Objekte werden voll aufeinander treffen, wobei das kleine wahrscheinlich vollkommen zerstört werden dürfte. Der größere Planet wird wahrscheinlich erhalten bleiben, aber seine Geschwindigkeit dürfte durch den Zusammenprall und den Massezuwachs erheblich abnehmen. Es ist zu erwarten, daß er anschließend eine Bahn um die Sonne einschlägt, wobei ihn eine größere Anzahl von Trümmern als Monde begleiten dürfte.«

Dann hielten alle den Atem an, denn nun war es soweit.

Deutlich war der Schatten zu erkennen, den der kleinere Planet auf die beleuchtete Hälfte des Irrläufers warf. Wie zwei große Bälle waren sie auf den Bildschirmen zu sehen, wie zwei Seifenblasen, die sich einander näherten, um dann zu zerplatzen.

»Jetzt ...!« murmelte Jörn Callaghan.

Er hatte dieses Wort kaum ausgesprochen, als eine Million Kilometer vor der PROMET II die Hölle ausbrach!

\*\*\*

Dort, wo sich eben noch die beiden Himmelskörper befunden hatten, loderte nun ein Feuerball auf, so grell, daß auch die sofort automatisch abdunkelnden Bildschirme der Lichtflut nicht mehr Herr wurden. Die Bild-Erfassung schaltete sich daraufhin ab, die PROMET II war nun praktisch blind.

»Was war *das* ...?« ächzte Peet Orell fassungslos.

Niemand kam dazu, diese Frage zu beantworten. Die Energie-Ortung schlug bis weit in den Rotbereich aus, die r-Zähler begannen wild zu ticken und gaben Strahlungsalarm. Automatisch schaltete sich der Kombi-Schutz-Schirm ein, der durch eine Verbundschaltung mit der überlichtschnellen Energie-Ortung verbunden war.

»Nottransition, Peet!« stieß Arn Borul hervor, und Orell reagierte sofort. Seine Hand hieb auf den Schalter, der das unlöschbare Notsprung-Programm auslöste, um das Schiff aus der Gefahrenzone zu bringen.

Es war höchste Zeit!

Obwohl seit dem Beginn dieses Infernos erst einige Sekunden vergangen waren, wurde der Schutzschirm augenblicklich mit fast zwei Dritteln seiner Kapazität belastet. Für Sekundenbruchteile schnellten die Anzeigen noch weit höher, und ein dumpfes Geräusch, das sich wie eine gedämpfte Explosion anhörte, ging durch die gesamte PROMET II. Plötzlich schlugen die Anzeigen voll aus, die Werte überstiegen die Sicherheitsgrenze – der Schutzschirm brach zusammen!

Doch in diesem Augenblick setzten die drei Borul-Triebwerke ein, die unter Verwendung aller verfügbarer Energien schlagartig zur vollen Leistung gebracht wurden. Das Schiff wurden in das Parakon gerissen und materialisierte drei Lichttage von dem System entfernt, ohne daß eine merkbare Zeitspanne vergangen war.

Der Schreck saß allen in den Gliedern. Schiff und Besatzung waren nur um Haaresbreite der Vernichtung entgangen. Die Bildschirme flammten wieder auf, und alle sahen dorthin, wo inzwischen eine neue Sonne entstanden zu sein schien.

Die überlichtschnelle Ortung zeigte den grellweiß leuchtenden Feuerball,der die drei Lichttage entfernte Stelle markierte, wo eben die beiden Planeten kollidiert waren. Er blähte sich rasch weiter auf und erreichte eine Ausdehnung von etwa 250 000 Kilometer, um dann konstant zu bleiben.

Peet Orell stieß pfeifend die Luft aus.

»Das ging um Haaresbreite!« sagte er heiser. »Arn, hast du eine Erklärung für dieses Geschehen?«

Der Moraner nickte. »Antimaterie!« erklärte er lakonisch, und damit war alles gesagt.

Schon seit langem hatten Wissenschaftler die These aufgestellt, daß es im Weltall auch Körper geben mußte, die nicht aus der »normalen« Materie, sondern aus Atomen mit gegensätzlichem Aufbau bestanden. Während bei jedem normalen Atom die Protonen, die den Kern bildeten, eine positive elektrische Aufladung enthielten, die sie umgebenden Elektronen dagegen negativ geladen waren, war es bei den »Anti-Atomen« genau umgekehrt.

Schon im vergangenen Jahrhundert hatte die Existenz der sogenannten Antimaterie in irdischen Kernphysik-Labors tatsächlich nachgewiesen werden können. Die künstlich erzeugten Teilchen waren aber extrem kurzlebig gewesen, aber man wußte, daß Materie und Antimaterie sich durch eine absolute gegenseitige Unverträglichkeit auszeichneten. Sobald auch nur zwei Partikel davon zusammentrafen, reagierten sie aufeinander in dem Bestreben, die gegensätzlichen Ladungen auszugleichen, was in Form einer spontanen Explosion geschah, bei der beide Teilchen vollständig in Energie umgewandelt wurden.

Wieviel Energie dabei freigesetzt wurde, konnte man sich bildlich vorstellen, wenn man bedachte, daß die in den Teilchen gebundene Energie eines Ahornblattes ausreichte, das Wasser eines mittelgroßen Stausees komplett zum Kochen zu bringen ...

Und hier waren zwei ganze Planeten unterschiedlicher Art aufeinander getroffen!

Daraus erklärte sich die Heftigkeit der eingetretenen Katastrophe, die jedes menschliche Begriffsvermögen weit überstieg.

Sekunden später meldete sich Ekka über Interkom und bestätigte Boruls Aussage.

»Jetzt haben wir des Rätsels Lösung über all die Merkwürdigkeiten in diesem System«, dozierte er. »Ich hätte weit früher darauf kommen müssen, aber wer denkt schon an so etwas?«

»Machen Sie sich keine Vorwürfe, Szer«, erwiderte Borul. »Selbst aus der langen Überlieferung meines Volkes ist mir kein Fall bekannt, daß jemand auf Antimaterie gestoßen wäre, obwohl auch wir die betreffende Theorie kannten. Für die Zukunft sind wir jedenfalls gewarnt und werden einen weiten Bogen um jedes System machen, dessen Sonne von der üblichen Norm abweicht.«

»Wir hatten geradezu sagenhaftes Glück, daß wir durch den bevorstehenden Zusammenstoß vom Einflug in das System abgehalten wurden«, ergänzte Jörn Callaghan. »Nicht auszudenken, was geschehen wäre, wenn wir versucht hätten, auf einem dieser Planeten zu landen ...«

»Dann täte jetzt keinem von uns mehr etwas weh«, meinte Vivien in ihrer typischen Art. »Wie soll es nun weitergehen, Peet?«

Orell wollte antworten, kam aber nicht mehr dazu. Pino Tak meldete sich vom Maschinendeck, und was er zu sagen hatte, war schlimm.

»Hier bei uns ist der Teufel los, Peet«, meldete er. »Schon als der Schirm noch stand, kam es zu Energierückschlägen, die wahrscheinlich durch das

Auftreten von Plasmaballungen herbeigeführt wurden, die Anti-Natur besaßen und sofort reagierten. Dadurch wurden drei der DeGorm-Triebwerke beschädigt und fallen ganz aus. Außerdem wurden beim Zusammenbruch des KSS die Schirmfeld-Projektoren stark in Mitleidenschaft gezogen, es ist uns vorläufig nicht möglich, den Schirm wieder zu erstellen.«

»Können wir trotz dieser Schäden zur Erde zurückkehren?« erkundigte sich Peet.

Der Bordingenieur schüttelte den Kopf. »Vollkommen ausgeschlossen! Die beiden Normaltriebwerke, die jetzt noch funktionieren, halten die Belastung beim Durchflug durch das solare System einfach nicht mehr aus. Am besten wäre es, hier in der Nähe auf einem Planeten zu landen, um die erforderlichen Reparaturen vorzunehmen.«

Vivien Raid zog die Nase kraus. «Schon wieder ein neuer Aufenthalt«, beklagte sie sich. »Dabei wollte ich morgen abend schon wieder in Miami sein, um mich am Strand zu aalen.«

Peet lächelte belustigt. »Wenn deine dortigen Verehrer nicht die Geduld aufbringen, ein paar Tage auf dich zu warten, dann taugen sie nicht viel«, stellte er fest. »Gut, Pino, wir werden ein System suchen, das über einen halbwegs zur Landung geeigneten Planeten verfügt. Wir berechnen den Sprung dorthin so, daß wir dicht dabei herauskommen, so daß die beiden restlichen Triebwerke nicht zu stark beansprucht werden müssen, wenn wir landen.«

Er rief wieder das Astro-Lab und erklärte Szer Ekka sein Vorhaben. Der Astro-Experte ging sofort an die Arbeit und hatte wenig später mittels des Dekametro ein System ausfindig gemacht, das dafür in Frage kam. Es war vom augenblicklichen Standort der PROMET II etwa 14 Lichtjahre entfernt und besaß sechs Planeten.

»Zwei davon sind etwas größer als die Erde und liegen innerhalb der Lebenszone«, berichtete er. »Es sind *antipodische Planeten,* denn sie kreisen auf derselben Bahn um ihre Sonne, liegen sich aber genau gegenüber. Eine kuriose Konstellation, aber wenigstens ist dort das Vorkommen von Antimaterie ausgeschlossen.«

»Okay, überspielen Sie uns die Daten in die Zentrale«, ordnete Peet Orell an.

Die PROMET II hatte durch die Gewalttransition viel Energie verloren, und so vergingen Stunden, bis sie wieder sprungbereit war. Dann verschwand sie im Parakon und materialisierte knapp eine Million Kilometer über einem der beiden antipodischen Planeten.

# 7.

Die Zielsonne gehörte bereits zur Gruppe des offenen Sternhaufens NGC 7243, dessen Sonnen relativ weit voneinander entfernt waren. Es war ein gelber Normalstern der Spektralklasse G 4, entsprach also in etwa der irdischen Sonne. Im Ekka-Katalog erhielt er die Bezeichnung Lac-093.

Das Schiff materialisierte über einer Sauerstoffwelt, eine Tatsache, die erfreut zur Kenntnis genommen wurde. Man gab ihr den Namen *Antipod I,* während ihr Gegenüber zur Nummer II erklärt wurde.

Antipod I kreiste wie sein Gegenüber auf einer schwach elliptischen Bahn, die mittlere Entfernung zur Sonne betrug rund 155 Millionen Kilometer. Im Astro-Lab liefen sofort die erforderlichen Messungen an. Sie ergaben einen Durchmesser von 15 056 Kilometer, die Schwerkraft betrug aber trotzdem nur 1,08 Gravos, was auf geringere Massendichte dieser Welt gegenüber der Erde zurückzuführen war. Der Sauerstoffgehalt der Atmosphäre war mit 20,5 Prozent normal.

Drei große Kontinente wurden gesichtet, daneben eine Menge von Inseln aller Größen. Antipod I schien nicht von Intelligenzen bewohnt zu sein, denn es waren keinerlei energetische Emissionen feststellbar. Auch auf dem Funksektor herrschte auf allen Wellenlängen absolute Ruhe, nur lag der Pegel der statischen Störungen auffallend hoch.

Jörn Callaghan hatte den Pilotensitz eingenommen und steuerte die PROMET II in einen Orbit, der in zehntausend Kilometern Höhe über die Pole hinwegführte, die von beachtlichen Eiskappen bedeckt wurden. Die Durchschnittstemperaturen lagen auf dieser Welt etwas niedriger als auf der Erde, was sich aus der größeren Entfernung zur Sonne erklärte.

Alle Flugmanöver dauerten länger als gewohnt, bedingt durch den Ausfall der drei DeGorm-Triebwerke. Dann war die Umlaufbahn erreicht und die Laseroptiken der fünf 360-Grad-Bildschirme wurden auf stärkste Vergrößerung einreguliert, um möglichst viele Einzelheiten ausmachen zu können.

Das wurde aber durch zahlreiche große Wolkenfelder erschwert, die einen Großteil dieses Planeten verhüllten. Es bedurfte einer Menge technischer Kniffe, um trotzdem ein brauchbares Bild der Planetenoberfläche zu erhalten.

Der größte Kontinent, in Höhe des Äquators gelegen, zeigte ausgedehnte Flächen einer rötlich-grünen Vegetation, dazwischen aber auch große unfruchtbare Gebiete.

Junici Borul stieß einen Laut des Erschreckens aus. »Seht doch nur!« stieß sie entsetzt hervor. »Da unten sieht es genauso aus, wie auf der Oberfläche von Moran ...«

Sie hatte recht.

Unter der PROMET II erstreckte sich eine wüste, zerrissene Landschaft, von unzähligen großen Kratern übersät. Kein Stein konnte hier auf dem anderen geblieben sein, das Land war förmlich umgepflügt. Und nun sprachen auch die r-Zähler im Schiff an – dort unten herrschte eine so hohe Radioaktivität, daß es keine Art von Leben mehr geben konnte!

War auch dieser Planet im Großen Galaktischen Krieg von den mutierten Zyklop's heimgesucht und verwüstet worden, die vor etwa 1 350 Jahren unzählige Welten brutal überfallen hatten?

Jörn stellte diese Frage, doch Arn schüttelte den Kopf. »Die Zyklops hätten sich nicht damit begnügt, einzelne Landstriche zu verwüsten, das zeigt das Beispiel von Moran und vielen anderen Welten. Wenn sie in ihrer mörderischen Wut zuschlugen, leisteten sie ganze Arbeit. Ich nehme deshalb an, daß es sich um einen lokalen Krieg auf Antipod I gehandelt haben muß, der allerdings mit erheblicher Erbitterung geführt wurde, wie man sieht.«

Jörn bremste die PROMET II so rasch wie möglich ab und brachte sie noch über der verwüsteten Zone zum relativen Stillstand. Nun konnten detailliertere Beobachtungen vorgenommen werden.

Krater reihte sich an Krater. Die unbekannten Wesen dieser Welt mußten sich mit Atomwaffen von großer Zerstörungskraft bekämpft haben. Nur an wenigen Stellen war der Boden einigermaßen eben, und auf einer davon entdeckte man schließlich die Überreste einer größeren Stadt.

Auch hier hatten sich verheerende Druckwellen ausgetobt, von den Gebäuden waren praktisch nur noch die Grundmauern geblieben. Immerhin ließ sich noch erkennen, daß in dieser Stadt einige Millionen Planetarier gewohnt haben mußten, wenn man die Verhältnisse auf der Erde als Vergleichsmaßstab nahm.

Nicht nur Arn und Junici waren erschüttert, sondern auch die Menschen. So ähnlich hätte es nun auch auf der Erde aussehen können, hätte nicht die Vernunft gesiegt und die Menschheit vor einem atomaren Krieg bewahrt!

Dann sprach der Interkom an und Szer Ekka berichtete, daß die Radioaktivität sich über den gesamten Kontinent erstreckte. Ihre Intensität differierte zwar über den einzelnen Landstrichen, war aber auch in den Vegetationsgebieten noch viel zu hoch, um eine Landung zu erlauben, zumal das Schiff nicht durch den Schutzschirm gesichert werden konnte.

Jörn nahm wieder Fahrt auf, und die beiden anderen Kontinente wurden angesteuert. Doch auch dort bot sich ihnen das gleiche Bild – überall nur Verwüstung und Krater, aber von den Intelligenzen von Antipod I war keine Spur mehr übrig geblieben ...

Schließlich winkte Peet ab. »Es ist doch sinnlos für uns, hier noch etwas zu unternehmen, die gesamte untere Atmosphäre ist radioaktiv verseucht, auch über den Inseln. Es bleibt uns also nichts weiter übrig, als es auf Antipod II zu versuchen. Vielleicht waren die Leute dort etwas vernünftiger.«

Der Gegenplanet war etwas kleiner als Antipod I, besaß aber ebenfalls eine atembare Atmosphäre.

Jörn wiegte den Kopf. »Das ist nicht gesagt, Peet. Vielleicht war es gar kein planetarischer Krieg, sondern eine Auseinandersetzung zwischen den Bewohnern der beiden Welten. In dem Fall könnte es dort genauso aussehen wie hier.«

Peet Orell hob die Schultern, sein Wikingergesicht zeigte einen verkniffenen Ausdruck. »Das ist schon möglich. Da wir aber eine Welt brauchen, auf der wir landen können und es hier nur zwei Sauerstoffplaneten gibt, müssen wir es eben auch dort versuchen. Wir legen jetzt eine Schlafpause ein, in zehn Stunden wird eine Kurztransition nach Antipod II durchgeführt.«

***

Der Gegenplanet war erreicht. Vor der Transition dorthin hatte Peet Orell noch eine Hyperfunkverbindung zu seinem Vater herstellen lassen. Er hatte ihm über die letzten Geschehnisse berichtet und angekündigt, daß sich die Rückkehr der PROMET II um zwei oder drei Tage verzögern würde. Im Gegenzug erfuhr er, daß derzeit auf der Erde alles in bester Ordnung war. Die Arbeiten an den verschiedenen neuen Projekten der HTO-Werke gingen zügig voran, der Medienrummel, der nach dem Auftauchen des Nekronidenraumers im Sol-System entstanden war, hatte sich längst wieder gelegt. Auf Riddle war am Tage zuvor der fünfhunderttausendste irdische Kolonist eingetroffen, die Riesenstadt Alpha City begann sich langsam wieder zu bevölkern.

Antipod II war mit einem Durchmesser von 11 356 Kilometern nur wenig kleiner als die Erde. Seine Gravitation betrug 0,95 Gravos, der Tag dauerte auf ihm 22:17:38 Stunden. Er wurde von zwei kleinen Monden umkreist, die 540 und 830 Kilometer durchmaßen und 87 000 bzw. 146 500 Kilometer von ihm entfernt waren. Der Sauerstoffanteil seiner Atmosphäre war mit 22,6 Prozent beachtlich, die Durchschnittstemperatur lag mit 24,4 Grad ebenfalls ziemlich hoch.

Nach Ermittlung all dieser Werte durch das Astro-Lab liefen die anderen routinemäßigen Messungen an. Bald schon konnte Gus Yonker mitteilen, daß keinerlei energetische Aktivität festzustellen war und auch auf dem Funksektor völlige Ruhe herrschte. Der Gegenplanet schien eine vollkommen unberührte Welt zu sein.

Dieser Eindruck verstärkte sich noch, als das Schiff seinen Orbit in zehntausend Kilometer Höhe erreicht hatte und ihn zu umrunden begann. Fünf mittelgroße Kontinente wurden sichtbar, von denen zwei durch eine schmale Landbrücke miteinander verbunden waren und entfernt an die Gestaltung von Nord- und Südamerika erinnerten. Alle waren zum größten Teil von üppiger Vegetation bedeckt, die hier aber eine satte grüne Farbe zeigte.

Gespannt beobachteten die Insassen der Kommando-Zentrale alle Details der Oberflächengestaltung, doch ihre geheimen Befürchtungen erfüllten sich nicht. Nichts wies darauf hin, daß hier ebenfalls ein Atomkrieg stattgefunden haben könnte.

»Diesmal haben wir Glück«, sagte Peet Orell zufrieden. »Vorsichtshalber werden wir aber noch eine zweite Umkreisung vornehmen und erst anschließend unseren Landeort bestimmen.«

»Du meinst, daß der Planet trotz seiner scheinbaren Unberührtheit doch von Intelligenzen bewohnt sein könnte?« fragte Junici.

Peet nickte. »Das ist durchaus möglich. Vielleicht stehen sie noch auf einer sehr niedrigen Kulturstufe, und dann würde sie unser Erscheinen sehr erschrecken. Deshalb möchte ich in einer möglichst abgelegenen Gegend landen.«

Arn, der nun die Steuerung übernommen hatte, ließ die PROMET II bis auf tausend Kilometer Höhe absinken, um die Beobachtungsmöglichkeiten zu verbessern.

Bald hatte man herausgefunden, daß alle Kontinente sehr tief lagen und offenbar zum größten Teil versumpft waren. Die natürliche Folge war die Bildung riesiger Urwälder, die alle Landmassen fast vollständig bedeckten, und aus denen nur vereinzelte Bergrücken herausragten. Auch die in verhältnismäßig geringer Anzahl vorhandenen Inseln machten hier keine Ausnahme, und Peet Orell runzelte die Stirn.

»Es erscheint mir allmählich fraglich, ob wir hier überhaupt einen geeigneten Landeplatz finden können. Wir brauchen unbedingt einen genügend festen Untergrund, weil während der Reparaturen auch der Antigrav abgeschaltet werden muß. Wenn das Schiff dann einsackt, kann das eine Menge zusätzliche Schwierigkeiten für uns ergeben.«

Die Suche ging weiter, doch Peet schien recht zu behalten. Die Bodentaster zeigten überall die gleiche schwammige Bodenbeschaffenheit, eine Landung erschien problematisch. Jörn Callaghan machte den Vorschlag, einen der beiden atmosphärelosen Monde anzufliegen, fand dafür aber wenig Gegenliebe.

»Das verzögert die Reparaturarbeiten um mindestens das doppelte«, knurrte Peet Orell mißmutig. »Wir haben auch eine ganze Reihe von Außenarbeiten vorzunehmen, und wenn Pino und seine Männer die im Raumanzug durchführen müssen, sind sie stark behindert. Suchen wir also weiter.«

Immer wieder wurden alle Kontinente überflogen und abgesucht. Erst während der dritten Umkreisung entdeckte Szer Ekka eine Stelle, die ihnen geeignet erschien.

Es war eine Lichtung, etwa in der Mitte der Südhälfte des Doppelkontinents gelegen, die offenbar durch einen Waldbrand entstanden war, den möglicherweise ein Blitz entzündet hatte. Das Gelände lag dort etwas über dem sonst vorherrschenden Niveau, und die Bodentaster zeigten an, daß der Untergrund steinig und offenbar fest genug war, um das Gewicht des Raumschiffes zu tragen.

Sie durchmaß einige Kilometer und war von den Überresten verkohlter Bäume bedeckt, die wirr durcheinander lagen. Es gab aber auch halbwegs freie und ebene Stellen, so daß einer Landung nichts mehr im Wege stand.

Arn Borul brachte das Schiff über diese Stelle und hielt es darüber an. Nur vom Antigrav getragen, schwebte die PROMET II in tausend Metern Höhe. Sorgfältige Messungen wurden vorgenommen, um den günstigsten Landeplatz herauszufinden. Man entschied sich schließlich für einen Fleck nahe des Südrandes der Lichtung, wo das Feuer am gründlichsten mit den Baumriesen aufgeräumt hatte. Zwar wucherten dort bereits wieder die ersten neuen Schößlinge, doch sie stellten kein ernsthaftes Hindernis dar.

Die Bildschirme zeigten auch, daß es auf Antipod II tierisches Leben in vielen Variationen gab. Doch alle Arten hatten sich den Gegebenheiten des Planeten angepaßt und bewegten sich ausschließlich fliegend fort. Es gab viele bunte Vögel aller Größen, aber auch eine Reihe anderer Lebewesen, die eindeutig zur Gattung der Säugetiere gehörten, während andere wieder an große Schlangen erinnerten. Allen aber waren die Flügel gemeinsam, die bei den meisten Arten aus weit gespannten Lederhäuten bestanden.

Die Aufzeichnungsgeräte liefen und hielten alles für die Kosmobiologen auf der Erde fest. Doc Ridgers, der sich ebenfalls in der Zentrale eingefunden hatte, war hellauf begeistert und gab nicht eher Ruhe, bis Peet Orell ihm zugesagt hatte, möglichst viele Exemplare der Fauna dieser Welt einzufangen, an denen er Studien betreiben konnte.

Dann senkte sich das Schiff langsam dem Boden entgegen, die Landestützen wurden ausgefahren. Fluchtartig entfernten sich die Tiere im weitem Umkreis.

Dann setzte die PROMET II behutsam auf, die Leistung des Antigravs wurde stufenweise reduziert. Der Untergrund gab kaum nach, kleine Unebenheiten wurden durch die Teleskopstützen ausgeglichen.

Sicher stand das Schiff auf dem Boden des fremden Planeten, Peet Orell rief zum Maschinendeck durch und gab Pino Tak die Order, sofort mit den Reparaturarbeiten zu beginnen.

# 8.

Der *Ruf* erreichte Elem-a mit einer Intensität, die so groß war, daß er ihm heftige Schmerzen bereitete.
Ihm wurde schwarz vor den Augen, und hastig klammerte er sich an den nächsten Ast, um nicht vom Baum zu stürzen. Sein Speer entglitt ihm dabei und fiel mehrere Meter nach unten, bis er schließlich im Gewirr der Lianen hängenblieb.

Elem-a blockierte sofort sein Gehirn und atmete einige Male tief durch, bis sein geistiges und körperliches Gleichgewicht wieder hergestellt war. Dann öffnete er seinen Geist behutsam wieder und sandte die Frage aus: ›*Was ist geschehen, Baro-s?*‹

Die Antwort kam sofort, diesmal jedoch nicht ganz so stark. ›*Du mußt sofort zurückkommen, Elem-a! Endlich ist eingetreten, worauf wir so lange vergeblich gewartet haben – das* Flacka *hat uns sein Zeichen gegeben.*‹

Wieder schrak Elem-a zusammen, doch diesmal war es ein freudiger Schreck. Das *Flacka* hatte sich gemeldet, nach einer fast endlos anmutenden Zeit. Das war ein Ereignis von so außergewöhnlicher Bedeutung, daß er verstehen konnte, warum Baro-s all seine Kräfte in den *Ruf* gelegt hatte.

Wellenförmige Schauer der Erregung liefen durch das grünliche Fell des Jägers, seine spitzen Ohren stellten sich auf. Vergessen war der große Hella, dem seine Jagd gegolten hatte, obwohl er sich nur noch wenige Körperlängen von dessen Nest entfernt befand. Jetzt mußte er schleunigst zu seinem Volk zurückkehren, dessen Oberhaupt er seit dem Hinscheiden des alten Hela-c war.

›*Ich komme sofort, Baro-s*‹, gab er hastig zur Antwort, um sich dann umgehend an den Abstieg von dem Baum zu machen.

Erst auf dem halben Weg zum Boden fiel ihm sein Speer wieder ein. Elem-a verwünschte seine aus der Aufregung geborene Vergeßlichkeit, kletterte noch einmal zurück und holte ihn aus dem Lianengewirr heraus. In dieser Gegend traf man öfters die großen weißen Bodenwühler an, deren Kopfzangen nach allem griffen, was sich bewegte. Ihnen waffenlos zu begegnen, war tödlich, da das dichte Gestrüpp des Waldes eine schnelle Flucht nicht zuließ.

Unten angekommen, entfernte Elem-a die Kletterhaken von seinen Füßen und vertauschte sie gegen die breitgefächerten Laufschuhe, die ihm auf dem weichen Untergrund ein rasches Fortkommen ohne Einsinken ermöglichten. Gewandt schob er sich durch das Unterholz, das die Zwischenräume zwischen den Stämmen der Urwaldriesen ausfüllte.

Er erreichte eine Stelle, an der ein abgestorbener Baum zusammengebrochen war und die Sonne durch die Lücke des dichten Urwalddaches schien. Er sah nach oben und stellte fest, daß das Gestirn gerade seinen höchsten Stand erreicht hatte. Es würde also erst halber Nachmittag sein, wenn er die Wohnstätte seines Volkes erreichte.

Hoffentlich war es trotzdem nicht schon zu spät! Das *Flacka* besaß zwar eine große Reichweite, aber er wußte nicht, wie rasch sich das von ihm gemeldete Objekt dem Planeten näherte.

Baro-s hätte es ihm nicht sagen können, auch wenn er es gewollt hätte. Nur Elem-a besaß das zur Bedienung des *Flacka* notwendige Wissen, das jeweils von einem Oberhaupt an das andere weitergegeben wurde.

Und ausgerechnet an dem Tag, an welchem sich ereignete, wovon sein Volk schon so lange träumte, befand er sich so weit von der Ansiedlung entfernt!

Er verdoppelte seine Anstrengungen, bewegte sich so schnell wie möglich vorwärts. Trotzdem ließ er die Vorsicht nicht außer acht, die in dieser Umgebung unerläßlich war.

Ein toter Elem-a konnte das *große Ereignis* nicht mehr auslösen, das die Sehnsucht des ganzen Volkes war!

***

»Wie sieht es aus, Pino?« fragte Peet Orell, der sich nach einem kurzen Imbiß ins Maschinendeck begeben hatte.

Der Bordingenieur hob die Hände und deutete auf Allan Biggs und Ramon Mara, deren Füße aus einem der Schächte ragten, in denen die DeGorm-Triebwerke untergebracht waren. »Nach einer Menge Arbeit. Da drinnen ist durch den Energieüberschlag allerhand verschmort. Aber ich denke, daß wir das innerhalb von 24 Stunden geschafft haben werden.«

Aus einem Nebenraum tauchte Arn Borul auf, in einem Arbeitsanzug und total verdreckt. Er rieb sich die Hände mit einem Putzlappen ab und lächelte Peet zu.

»Die Schäden an den Schirmfeld-Projektoren sind nicht so schlimm, wie ich zuerst befürchtet hatte. Am meisten wurden die Schwingkristalle in Mitleidenschaft gezogen, von ihnen ist nicht mehr viel übrig geblieben, aber sie sind verhältnismäßig leicht zu ersetzen. Auch die Feldantennen müssen erneuert werden, das wird zum Schluß erledigt.«

»Sollen wir euch helfen?« fragte Jörn Callaghan, der gerade hereinkam. Der Moraner winkte ab. »Nicht nötig, Jörn, das schaffen wir schon allein. Mehr als drei Mann haben in den Feldkammern nicht Platz, ihr würdet uns doch nur im Wege sein.«

Sie kehrten in die Zentrale zu Junici zurück. Doc Ridgers hatte sich zu ihr gesellt, sah mit glänzenden Augen auf die Bildschirme und erklärte der Moranerin die Tierwelt von Antipod II. Als nach der Landung der PROMET II alles still geblieben war, hatten sich nach und nach die geflügelten Planetenbewohner wieder auf der Lichtung eingefunden. Sie ignorierten den metallenen Fremdkörper einfach und gingen wieder der Nahrungsuche oder anderen Beschäftigungen nach.

Junici amüsierte sich über den Eifer des hageren Arztes, bediente aber gehorsam das Aufzeichnungsgerät. Ridgers war besonders von den fliegenden Schlangen fasziniert, und als dann einige Tiere auftauchten, die eine frappierende Ähnlichkeit mit irdischen Vampirfledermäusen besaßen, kannte seine Begeisterung kaum noch Grenzen.

»Eine auffallende Ähnlichkeit zu den irdischen Spezies!« stieß er aufgeregt hervor. »Können Sie nicht wenigstens einen davon einfangen, Peet? Es würde mich sehr interessieren, ob das eine echte Parallelentwicklung zu den *Desmodotiden* in Südamerika ist.«

»Immer diese lästigen Fremdwörter«, beklagte sich Vivien, die in diesem Augenblick in die Zentrale kam. »Hat das etwas mit der Desdemona des eifersüchtigen Othello zu tun?«

»Das glaube ich kaum, Vivy«, lächelte Peet. »Zumindest hat der alte

Shakespeare nichts davon geschrieben, daß sie eine Blutsaugerin war. Es gibt zwar böse Menschen, die behaupten, daß alle Frauen mehr oder weniger ...«

Dann mußte er sich rasch ducken, weil sie ihm ein Feuerzeug an den Kopf zu schleudern versuchte. »Altes Ekel!« zischte sie und wollte noch mehr Worte und Wurfgeschosse hinzufügen, doch Doc Ridgers entschärfte die Situation.

»Desmodotiden nennt man die in Südamerika beheimatete Art der großen Vampire mit ihren Untergattungen«, erklärte er sachlich. »Sie sind tatsächlich Blutsauger und können, wenn sie zu mehreren über ein Tier herfallen, dieses durch Aussaugen des Blutes auch töten.«

Er wandte sich an Peet. »Sie würden mir wirklich einen großen Gefallen tun, wenn Sie eines dieser Tiere zu Beobachtungszwecken fangen würden. Wie Sie wissen, bereite ich ein Buch über außersolare Rassen vor, und darin soll auch die Tierwelt fremder Planeten berücksichtigt werden. Wenn es sich lohnt, wird vielleicht sogar eine eigene Reihe daraus.«

»Tu dem Doc den kleinen Gefallen, Peet«, meinte Junici mit einem leichten Zwinkern ihrer schockgrünen Augen. »Im Augenblick leidest du ja doch unter einem Überfluß an Arbeitsmangel, wie ich sehe. Für eine kleine Expedition hast du auf jeden Fall Zeit.«

»Natürlich wird Peet das tun«, meldete sich Vivien sofort, die Abenteuern jeder Art nie abgeneigt war. »Wir beide werden ihn dabei begleiten, damit er sich nicht fürchtet, nicht wahr, Jörn?«

Callaghan sog an seiner Pfeife und nickte. »Bis es draußen dunkel wird, dauert es noch ein paar Stunden, und unser Mittagessen ist noch nicht fertig. Was hindert uns also daran, ein paar der Tiere für den Doc hereinzuholen?«

Peet zögerte.

Ein unbestimmtes Gefühl schien ihm vom Verlassen des Schiffes abzuraten, eine vage Vorahnung von Gefahr beschlich ausgerechnet ihn, der sonst immer der Draufgänger der PROMET-Crew war. Doch die Blicke aller ruhten nun auf ihm, und so schüttelte er seine Bedenken ab.

»Okay, wir gehen hinaus«, sagte er betont gleichmütig.

\*\*\*

Obwohl es auf *Wild World,* wie man den Planeten inzwischen getauft hatte, bereits Spätnachmittag war, herrschte draußen eine drückende Hitze. Die Temperatur lag bei 35° Celsius, die Luftfeuchtigkeit war außerordentlich hoch. Eigentlich hätte es auf dem Planeten gar nicht so warm sein dürfen, doch seine Atmosphäre enthielt einen verhältnismäßig hohen Anteil von Kohlendioxyd, wodurch der sogenannte Treibhauseffekt zustande kam.

In letzter Sekunde hatte es noch eine Umdisposition gegeben.

Arn Borul hatte sich die linke Hand verstaucht und fiel damit für die Reparaturarbeiten aus.

Doc Ridgers verarztete ihn, und Jörn sprang für den Moraner ein. So kam es, daß Borul Peet und Vivien begleitete.

Als sie die kleine Personenschleuse aufgleiten ließen, sprang sie die Hitze förmlich an. »Puh!« machte Peet Orell, »das wird ein fröhliches Schwitzen geben.«

Alle drei trugen Stiefel und Kombihosen, die beiden Männer hatten dazu leichte kurzärmelige Hemden angelegt und Vivien eine luftige transparente Bluse.

Sie blieben eine Weile in der Schleuse stehen und nahmen die ersten unmittelbaren Eindrücke in sich auf. Bis zu vierzig Meter hoch ragten die Urwaldbäume jenseits der Lichtung empor, und in ihnen wimmelte es von Leben. Am auffallendsten war eine Tierart, die den Seepferdchen der irdischen Meere ähnelte, allerdings eine Körperlänge von etwa einem Meter besaß. Wie alle Bewohner dieser Welt besaß auch diese Spezies Hautflügel, die eine bläuliche Färbung besaßen und von dem braunroten Körper krass abstachen.

Interessiert beobachtete Vivien eines der Tiere, als plötzlich eine der geflügelten Schlangen blitzschnell herankam und zustieß. Spitze Zähne blitzten, dann schnappten die Kiefer zu und der schrille Todesschrei des Opfers erklang.

\*\*\*

Vivien deutete auf eines der Vampirwesen, das in seinem seltsam schaukelnden Flug an der PROMET II vorbeistrich.

»Wollen wir uns den da gleich schnappen? Mit unseren Fluggürteln müßten wir ihn doch leicht einholen können.«

Arn sah skeptisch drein. »Das dürfte leichter gesagt als getan sein, Vivy. Die Biester besitzen immerhin eine Flügelspannweite von zweieinhalb Metern und dazu beachtliche Krallen, die sie bestimmt zu gebrauchen wissen. Es muß ja wohl nicht unbedingt ein ausgewachsenes Exemplar sein, der Doc ist mit einem Jungtier bestimmt auch zufrieden.«

Sie sahen sich um, doch nun war die Luft über der Lichtung plötzlich wie leergefegt. Die drei unbekannten Wesen, die so gar nicht in das Bild dieser Urlandschaft paßten, schienen alle Tiere verscheucht zu haben. Schließlich hob Peet die Schultern.

»Ich schlage vor, daß wir hinüber zu den Bäumen fliegen, wo die Vampire wahrscheinlich auch ihre Nester oder sonstigen Unterkünfte haben. Dort dürfte es nicht schwer sein, eines der Jungtiere zu fangen.«

Sie schalteten die Antigravgürtel ein und flogen auf den Rand des Urwaldes zu. Peet trug eine kleine Pistole, aus der Nadeln verschossen wurden, die mit einem rasch wirkenden Betäubungsmittel präpariert waren. Ihm und Vivien mußte der aktive Teil der Fängeraktion zufallen, während der Moraner mit seinem Verband um das Handgelenk nicht viel tun konnte.

Sie landeten auf einem freien Fleck dicht vor den ersten Bäumen und versuchten, das Dickicht mit ihren Blicken zu durchdringen. Es gab eine Menge Unterholz, und zahllose Lianen mit breiten Blättern wanden sich von Baum zu Baum. Insekten in allen Größen und Farben schwirrten umher. Hier hätte es für irdische Biologen und Botaniker über Jahre hinaus ein Betätigungsfeld gegeben.

Die drei von der PROMET II interessierte das alles aber nur am Rande. Jeder fremde Planet hatte mit anderen Wundern aufzuwarten, und ihre Aufgabe war es, einen Vampir für Doc Ridgers zu fangen, ehe es Mittagessen gab. Mittagessen zur Abendzeit, aber an Bord des Schiffes lebte man nach irdischer Zeit; genau gesagt, nach mittelkanadischer Zeit, wie sie im Bereich des HTO-Hauptwerkes galt.

»Dort oben in der Baumkrone hängt ein kleiner Vampir!« rief Vivien plötzlich aus. »Er scheint zu schlafen, das wäre genau die richtige Gelegenheit.«

Die Männer folgten ihrer ausgestreckten Hand mit den Blicken und entdeckten nun ebenfalls das Tier. Genau wie seine irdischen Verwandten hing es kopfüber von einem Ast herab, seine Hautflügel waren zusammengefaltet. Dicht neben ihm befand sich ein kunstvoll aus Zweigen und Federn errichtetes Nest, dem es aber wohl schon entwachsen war. Sein behaarter Körper schimmerte goldgelb, während die ausgewachsenen Exemplare eine graubraune Färbung besaßen.

»Das besorge ich«, sagte Peet Orell. Er schaltete an seinem Fluggürtel und schwebte langsam zur Baumkrone empor. Auf einem dicken, halb verkohlten Ast faßte er Fuß und bewegte sich dann vorsichtig auf den Jungvampir zu, die Betäubungspistole in der Hand. Er mußte damit rechnen, daß sich die Eltern irgendwo in der Nähe aufhielten, die dem Raub ihres Abkömmlings möglicherweise nicht tatenlos zusehen würden.

Vivien fuhr plötzlich zusammen und sah irritiert um sich.

»Verdammt, Arn, ich habe auf einmal so ein seltsames Gefühl! Ich kann es nicht genau definieren, es ist, als ob mich jemand beobachten würde. Was kann das nur sein?«

Arn Borul zuckte mit den Schultern und sah sich aufmerksam um, ohne aber etwas Auffälliges zu bemerken. Das Leben auf diesem Teil von Wild World hatte sich wieder normalisiert, auf der Lichtung tummelten sich wie zuvor geflügelte Tiere aller Kategorien.

»Ich spüre nichts derartiges, kann auch nichts entdecken, das irgendwie verdächtig wäre. Solltest du neuerdings besonders feinfühlig sein, Vivy? So kenne ich dich ja noch gar nicht ...«

Vivien wollte etwas entgegnen, aber da erscholl dreißig Meter über ihnen ein grimmiger Fluch. Der junge Vampir hatte seine Flügel entfaltet und flatterte davon, im nächsten Moment war er im Gewirr der Äste verschwunden. Peet stand mit der Luftdruckpistole in der Hand auf einem Ast wenige Meter von dem Nest und machte ein verdutztes Gesicht.

»Daneben geschossen?« rief der Moraner, der seinen terranischen Freund als ausgezeichneten Schützen kannte.

Peet schüttelte den Kopf.

»Voll getroffen«, rief er zurück, »aber das Biest scheint gegen unsere Gifte immun zu sein. Moment, ich sehe mal eben in das Nest.«

Es war leer. Ärgerlich löste sich der Mann aus dem Baum und schwebte zu den beiden anderen zurück.

»Vielleicht haben wir anderswo mehr Glück«, tröstete ihn der Moraner. »Fliegen wir also ein Stück weiter. He, Vivy, was machst du für ein Gesicht? Hast du immer noch das komische Gefühl von eben?«

»Was für ein Gefühl?« erkundigte sich Peet, der in luftiger Höhe die unten am Boden geführte Unterhaltung nicht mitbekommen hatte. Arn erklärte es ihm, und Peet grinste skeptisch.

»Vivien und komische Gefühle – das ist wirklich mal etwas Neues. Wer oder was sollte uns auf dieser Welt schon beobachten? Vielleicht kommt das daher, daß du heute ...«

»Blödmann!« fuhr Vivien Raid ihn an. »Verdammt, wenn ich euch sage, daß ich so etwas spüre, dann meine ich es ernst. Es ist fast wie damals, ehe wir das Galaktische Archiv entdeckten, aber doch wieder anders. Wie soll ich es nur erklären ...?«

Sie brauchte es nicht mehr zu erklären, denn in diesem Moment spürten es auch die beiden Männer!

*** 

Elem-a hastete durch den Urwald, der scheinbar kein Ende mehr nehmen wollte.

Er bedauerte zutiefst, daß er keinen Rug-o zur Verfügung hatte. Mit dessen Hilfe wäre es ihm leicht gefallen, die Siedlung ohne Zeitverlust zu erreichen, denn dann hätte er die *Kraft* anwenden können, über die er als Bevorzugter verfügte.

So aber war er gezwungen, sich mühsam zu Fuß durch den Wald zu bewegen, was ein doppeltes Handikap bedeutete. Er mußte zugleich bemüht sein, nicht in den Moorlöchern zu versinken, die es überall gab, und die durch schwimmende Pflanzenkolonien den trügerischen Schein festen Untergrundes erweckten, aber auch ständig auf räuberische Tiere achten, die plötzlich auf ihn herabstürzen konnten, um ihn umzubringen.

Mit angespannten Sinnen arbeitete er sich vorwärts, warf ab und zu einen Blick durch Lücken im Baumdach über ihm und schätzte nach dem Stand der Sonne die Zeit ab, die ihm noch bis zum Einbruch der Dunkelheit blieb. Bis dahin mußte er es geschafft haben. Anderenfalls wäre er gezwungen, sich auf einem Baum ein Nachtlager zu suchen – eine unsichere Angelegenheit, denn es gab eine ganze Reihe Tiere, die erst in der Nacht auf Beutejagd gingen.

Unter seinen Füßen gluckerte es leise, wenn er die Laufschuhe aufsetzte, ohne die er schon nach wenigen Schritten hilflos versunken wäre. Sein Speer schob das Unterholz beiseite, die spitzen Ohren bewegten sich unruhig hin und her, um auch das leiseste verdächtige Geräusch auffangen zu können.

Er hätte gern gewußt, ob es in der Siedlung etwas Neues gab, doch er wagte es nicht, sich noch einmal mit Baro-s in Verbindung zu setzen. Es war durchaus möglich, daß das fremde Objekt den Planeten bereits erreicht hatte, und daß dann seine Insassen ihre Gedanken mithören konnten, wodurch unter Umständen alles verdorben gewesen wäre.

Sie sollten nichts von der Falle ahnen, die ihnen Elem-as Volk hier bereitet hatte!

Auf diesem Kontinent gab es nur eine Stelle, wo der Boden fest genug war, um einem Raumschiff die Landung zu ermöglichen. Dort hatte sein Volk, gewissermaßen als Einladung, eine Lichtung geschaffen, die immer wieder durch Abbrennen der rasch nachwachsenden Vegetation freigehalten wurde. Diese Falle bestand nun schon seit vielen Sonnen, bewacht vom *Flacka,* das ihnen die Annäherung eines Raumers schon über eine große Distanz hinweg melden konnte.

Eigentlich hatten Elem-a und seine Rassegefährten die Hoffnung auf ein solches Ereignis schon fast aufgegeben. Die große Katastrophe von Ori-g lag schon mehrere Generationen zurück, und nie hatte sich seitdem ein Schiff in der Umgebung des Planeten gezeigt. Trotzdem hatten sie gewissenhaft gehandelt, getreu dem Versprechen, das jedes Oberhaupt seinem scheidenden Vorgänger geben mußte.

Ihr Handeln war nun doch nicht vergeblich gewesen! Ein Raumschiff näherte sich dem Kontinent, und wenn es landen wollte, dann mußte das genau dort geschehen, wo die Falle wartete ...

Noch eine Stunde bis zur Siedlung.

Elem-a hatte nun bereits halbwegs festen Boden erreicht und konnte sich schneller vorwärts bewegen. Schließlich hielt er an, entfernte die Laufschuhe von den Füßen und warf sie einfach weg, weil sie ihn beim Weiterkommen behindert hätten. Neue Laufschuhe ließen sich immer wieder anfertigen, aber die Gelegenheit, sich in den Besitz eines Raumers zu setzen, der seinem Volk die Rückkehr ermöglichen sollte, kam vielleicht nie mehr wieder! Diese Gedanken ließen Elem-a für einen Moment unachtsam werden, und das wäre fast sein Verhängnis geworden.

Bisher war er von feindlichen Tieren fast unbehelligt geblieben – nun aber tauchte unvermittelt ein Bodenwühler dicht vor ihm auf.

Elem-a hatte nicht mehr damit gerechnet, auf eines dieser gefährlichen Tiere zu stoßen, da diese den weichen morastigen Boden bevorzugten, in dem sie sich rasch vorwärts arbeiten konnten. Als nun dicht vor ihm plötzlich der Boden aufbrach und der spitze Kopf zum Vorschein kam, an dem die armlangen messerscharfen Zangen saßen, ergriff ihn Panik.

Anstatt sich ruhig zu verhalten, wie es die Vernunft in einem solchen Fall gebot, versuchte er instinktiv zu fliehen. Bodenwühler waren zwar blind, besaßen dafür aber besondere Organe, mit denen sie in mehreren Metern Umkreis jede Bewegung wahrnehmen konnten. War das der Fall, dann griffen sie sofort an. Auf dieser Welt gab es nur wenige Tiere, die gleich ihnen im oder am Boden lebten und ihnen als Beute dienen konnten.

Elem-a stolperte rückwärts, doch er kam nicht weit.

Das Untier hatte seine Gegenwart bereits bemerkt. Blitzschnell warf es seinen Kopf herum und schnellte seinen bleichen, etwa fünf Meter langen Leib förmlich aus dem Boden. Dabei geriet der Untergrund in Bewegung. Elem-a verlor den Halt und fiel auf den Rücken.

Geschmeidig bewegte sich der Bodenwühler auf seinen kurzen Stummelbeinen auf ihn zu, drohend schnappten die messerscharfen Greifzangen nach dem Opfer. Elem-a war schon so gut wie tot, doch der Gedanke an das *große Ereignis,* das nur er allein auslösen konnte, gab ihm die Kraft zu verzweifelter Gegenwehr.

Ruckartig zog er die Beine an und schnellte gleichzeitig seinen Körper vorwärts. So gelangte er in eine sitzende Stellung. Er griff nach dem Speer, der ihm zuvor entfallen war, und führte einen entschlossenen Stoß in das gefräßige Maul, das sich weit geöffnet hatte und die scharfen Knochenreihen sehen ließ, die das Tier an Stelle von Zähnen besaß.

Die scharfe stählerne Spitze des Speeres drang genau in das winzige Gehirn des primitiven Lebewesens und zerstörte es. Doch Bodenwühler starben langsam, und so bewegte sich der Körper des Untieres noch weiter auf Elem-a zu, seine Zangen vollführten Reflexbewegungen, die ihn ohne weiteres töten konnten. Elem-a ließ blitzschnell den Speer los und schnellte sich seitwärts, so daß der zuckende Leib an ihm vorbeischoß.

*Gerettet!* schoß es ihm durch den Kopf.

Keuchend lag er da und spürte nicht die scharfen Kanten der Binsengräser, die durch seinen Pelz in die Haut schnitten. Er lebte noch, hatte das Untier erledigt, und nur das allein zählte jetzt für ihn.

Zufrieden sah er, wie die Bewegungen des weißen, mit einer ledernen Haut überzogenen Körpers verebbten. Dann erhob er sich, ging mit zitternden Knien auf den Kopf des toten Tieres zu und riß seinen Speer heraus.

Das Schicksal ersparte ihm weitere Prüfungen. Unbehelligt erreichte er die Siedlung, wo Baro-s schon ungeduldig vor dem Gebäude des *Flacka* auf ihn wartete.

Das von diesem gemeldete Raumschiff war bereits gelandet! Es stand, nicht weit von der Siedlung entfernt, auf der Lichtung – seine Insassen waren in die vorbereitete Falle gegangen ...

***

»Verdammt, was ist das?« stieß Peet Orell hervor.

Ihm kam die Anlage mit den 109 gigantischen Obelisken in den Sinn, in deren Bereich er und Arn Borul bereits etwas Ähnliches erlebt hatten. Dort hatte gleichfalls eine unbekannte Macht auf sie eingewirkt, die ihnen das Gefühl gab, von jemandem gewissermaßen *von innen her* beobachtet zu werden. *)

Doch dort hatte sie eine grauenhafte, panische Angst erfaßt, der sie hilflos ausgeliefert gewesen waren. Hier war das Angstgefühl nicht zu verspüren, doch das Gefühl des Beobachtetwerdens war fast das gleiche.

*) siehe Raumschiff PROMET Classic 4

Arn runzelte die Stirn. »Also hat Vivy doch recht«, stellte er fest. »Hier versucht jemand, uns telepathisch zu belauschen, Peet! Sollte es auf Wild World doch irgendwelche Intelligenzen geben, die die Landung unseres Schiffes beobachtet haben?«

Peet hob die Schultern. Er sah sich argwöhnisch nach allen Seiten hin um, konnte aber nichts Ungewöhnliches entdecken. Scheinbar unberührt lag der Urwald im rötlichen Licht der schon sehr tief stehenden Sonne, zahlreiche Tiere belebten die Luft. Doch von ihnen konnte man kaum annehmen, daß sie telepathisch begabt waren, sonst hätte sich das schon früher bemerkbar gemacht.

»Kommt, kehren wir ins Schiff zurück«, schlug Vivien vor, die sich unter der Einwirkung dieses seltsamen Gefühles sehr unbehaglich fühlte. Peet schüttelte jedoch den Kopf.

»Genau das werden wir nicht tun. Wenn es hier wirklich jemanden gibt, der sich für uns interessiert, müssen wir versuchen, ihm auf die Spur zu kommen. Vergiß nicht, daß die PROMET II im Augenblick hier hilflos festliegt und nicht einmal eine Nottransition durchführen kann, weil die Basiskonverter stilliegen.«

Der Moraner nickte. »Vollkommen richtig, Peet. Ich will nicht unterstellen daß die fremden Wesen schlechte Absichten haben, aber es gibt mir zu denken, daß sie sich nicht schon längst mit uns in Verbindung gesetzt haben. Sie hatten ja genügend Zeit dazu.«

Peet war bereits dabei, seinen Blaster zu überprüfen. »Wir werden uns hier so gut wie möglich umsehen, so lange es noch hell ist. Später können wir ja die Infrarot-Scheinwerfer des Schiffes einschalten, dann muß ständig jemand in der Kommando-Zentrale Wache halten und die Umgebung beobachten.«

Er holte sein Visophon hervor und unterrichtete Junici von ihrem Vorhaben. Die Moranerin zeigte sich ebenfalls stark beunruhigt und versprach, die Bildschirme ständig im Auge zu behalten. Sollte es zu irgendwelchen Zwischenfällen kommen, war es ihre Aufgabe, sofort ein Hilfskommando loszuschicken, um etwaige Angreifer abwehren zu können.

Dann flogen die drei mit Hilfe ihrer Antigravgürtel langsam am Rande der Lichtung entlang.

Sie hielten sich dicht über dem Boden und untersuchten jeden Quadratmeter des Geländes mit größter Sorgfalt. Sie wußten nicht genau, worauf sie zu achten hatten, aber jede Abweichung von der Norm verdiente ihre Aufmerksamkeit.

Das Gefühl, beobachtet zu werden, hielt unvermindert an, doch Vivien und die beiden Männer ließen sich davon jetzt nicht mehr ablenken. An jeder lichten Stelle zwischen den Bäumen hielten sie an und spähten in den Urwald hinein, ohne allerdings viel erkennen zu können. Die mächtigen Kronen der Riesenbäume schirmten das Tageslicht fast vollständig ab, ein grünliches Dämmerlicht ließ schon nach wenigen Metern alle Konturen verschwimmen, soweit nicht Unterholz und Lianen zusätzlich den Einblick behinderten.

Sie hatten sich etwa zweihundert Meter weit von ihrem Ausgangspunkt entfernt, als Arn plötzlich einen Laut der Überraschung ausstieß. Er hielt abrupt an, und seine Hand deutete auf eine Stelle zwischen zwei großen Büschen.

»Was hast du entdeckt?« fragte Peet.

»Da – eine ganz deutliche Spur! Hier führt ein Pfad in den Urwald hinein! Was sagt uns das?«

»Eine ganze Menge «, knurrte Peet und starrte angestrengt auf die nur schwach erkennbare Spur am Boden. »Bisher haben wir auf Wild World nur Lebewesen gesehen, die sich fliegend fortbewegen – wenn sich hier am Boden ein Pfad befindet, ist das eine auffallende Abweichung von der Norm!«

Der Pfad war nicht viel breiter als einen Meter, aber offenbar wurde er öfters benutzt, sonst wäre er von der üppigen Vegetation längst überwuchert worden. Die Urwaldbäume standen an dieser Stelle weniger dicht, und so war zu erkennen, daß der Pfad fast gerade in das Dickicht hineinführte.

Wo mochte er enden?

Die Neugier der drei wuchs. Peet warf einen Blick auf die Sonne und sah dann seine Begleiter an.

»Es bleibt noch ungefähr eine Stunde lang hell, und diese Zeit sollten wir ausnutzen. Wir können den Pfad einige hundert Meter weit verfolgen und dann umkehren, falls wir nichts finden, das für uns von Interesse ist. Okay, gehen wir also los, zuerst ich, dann Vivy, Arn macht den Schluß. Sobald es irgendwie brenzlig werden sollte, verkrümeln wir uns seitwärts zwischen die Bäume und versuchen, schnellstens das Schiff zu erreichen, klar?«

Arn und Vivien stimmten zu, holten ihre Blaster hervor und machten sie schußbereit. Dann drang die kleine Gruppe in das grünliche Dämmerlicht des Urwaldes vor.

Das Gefühl, dabei beobachtet zu werden, verließ sie auch jetzt keinen Augenblick.

\*\*\*

Das *Flacka* hatte gesprochen!

In leicht gebeugter Haltung stand Elem-a in dem großen Raum, der das Gerät beherbergte. Sein Gesicht zeigte einen fast andächtigen Ausdruck. Das Geschehen, das ihm der Bildschirm zeigte, überwältigte ihn fast.

Das *Flacka* arbeitete zwar automatisch, besaß aber einen Speichersektor, der eine Wiederholung der aufgenommenen Bildfolgen ermöglichte. Elem-a war als einziger seines Volkes imstande, mit dem Gerät umzugehen, alle anderen konnten nur zusehen und seine Geschicklichkeit bewundern, so wie Baro-s und Tirp-p es zur Zeit taten.

Sie waren die ständigen Wächter im Vorraum des Gebäudes, die Elem-a sofort unterrichten mußten, wenn das *Flacka* ein akustisches Signal gab, daß etwas Außergewöhnliches geschah. Ihr technisches Wissen war nur gering, aber das spielte keine große Rolle. Sie besaßen Fähigkeiten, die ihnen im richtigen Moment alles vermitteln konnten, was für sie wichtig war.

Als Elem-a den Raum betreten hatte, war sein Blick sofort auf den erleuchteten Bildschirm gefallen, und sein Herz hatte einen freudigen Sprung getan. Draußen auf der Lichtung stand ein großes Raumschiff! Es war zwar von einer Bauart, die sein Volk nie zuvor kennengelernt hatte, aber das spielte für ihn keine Rolle.

Es war da, nur das allein zählte! Es stand genau an dem Ort, der als Falle präpariert war, und nun war es Elem-as Aufgabe, es an einem vorzeitigen Start zu hindern.

Er hatte sofort gehandelt, hatte sich mit den anderen *Bevorzugten* in Verbindung gesetzt und ihnen ihre Aufgaben zugewiesen. Nun konnte nichts mehr geschehen, ohne daß sie es wollten, und Elem-a konnte sich in Ruhe die vom *Flacka* gemachten Aufzeichnungen ansehen.

Er betätigte die entsprechenden Schalter, und sofort wechselte das Bild. Die Dunkelheit des Weltraums zeigte sich auf der Bildfläche, in ihrer Mitte schwebte ein heller Punkt, der allmählich größer wurde. Über den unteren Rand des Schirmes begannen Schriftzeichen zu laufen und gaben Elem-a Aufklärung über das, was zuvor geschehen war.

Sie unterrichteten ihn davon, daß das fremde Schiff von einem Moment zum anderen über dem Planeten erschienen war und ihn dann mehrmals umkreist hatte. Offenbar waren seine Maschinen nicht ganz in Ordnung, denn es bewegte sich ausgesprochen langsam, und das mochte wohl auch der Grund dafür sein, daß es lange nach einem Landeplatz gesucht hatte.

*Es mußte landen, damit die notwendigen Reparaturen vorgenommen werden konnten!* dachte Elem-a. *Nun, wir haben ihm ja einen Landeplatz geschaffen und nun steht es genau da, wo wir es haben wollten ...*

Er beglückwünschte sich selbst dazu, daß er nicht sofort gehandelt, sondern sich erst einmal die Aufzeichnungen angesehen hatte. Das Schiff wies irgendwelche Schäden auf, und das änderte die Sachlage von Grund auf. Er durfte jetzt noch nicht handeln, sondern mußte den Insassen erst einmal Gelegenheit geben, die Reparaturen auszuführen. Mit einem kaum manövrierfähigen Schiff war seinem Volk nicht gedient.

Während er auf dem Bildschirm die Landung des tropfenförmigen Raumers erlebte, entstand in seinem Geist ein neuer Plan. Er setzte sich sofort mit den anderen *Bevorzugten* in Verbindung und gab ihnen die entsprechenden Anweisungen.

Während er ihre bestätigenden Gedanken empfing, schaltete er das Aufzeichnungsgerät ab und hatte nun wieder die Direktansicht des Schiffes auf dem Bildschirm. Er sah sofort, daß man in der Zwischenzeit eine Luke geöffnet hatte und einige Insassen ins Freie gekommen waren. Interessiert beugte er sich vor und justierte das Bildgerät so, daß es ihnen folgte.

Sie waren fremd, unsagbar fremd! Sie besaßen zwar ebenfalls je zwei Arme und Beine, aber damit waren die Parallelen zu seiner Rasse auch schon erschöpft. Ihre Körper waren nicht rund, sondern häßlich in die Länge gezogen, und ihre Köpfe saßen auf Stielen, die sich ständig bewegten. Was Elem-a aber am meisten abstieß, war die bleiche Färbung ihrer Haut. Sie war nicht von einem weichen Flaumpelz bedeckt, sondern nackt, und der Beobachter schüttelte sich unwillkürlich bei diesem häßlichen Anblick, der nur dadurch, daß sie Bekleidung trugen, einigermaßen erträglich gemacht wurde.

Sie bewegten sich fliegend fort, offenbar mit Hilfe von Geräten, die um ihre Körpermitte angebracht waren, und schienen etwas zu suchen. Gewohnheitsmäßig versuchte Elem-a, sich in ihre Gedanken einzuschalten, um nach dem Grund zu forschen, und zuckte erschrocken zusammen.

Gab es das?

Er spürte deutlich, daß die Fremden keine Gedankenbarrieren errichtet hatten, und doch konnte er ihre Gedanken nicht empfangen! Ihre Gehirne arbeiteten, das spürte er deutlich, aber es gelang ihm nicht, auch nur das winzigste Fragment von Überlegungen oder geistigen Übermittlungen zwischen ihnen zu erhaschen ...

Elem-a war ratlos.

Für ihn war es die natürlichste Sache in der Welt, daß sich erwachsene Wesen ausschließlich telepathisch verständigten. Nur gegenüber gezähmten Tieren verwendete man die Lautsprache, um sie zu dressieren und ihnen zu befehlen, sonst nie. Konnte es sein, daß die Fremden geistig auf dem Niveau von Haustieren standen, so daß sie die Telepathie überhaupt nicht kannten? Aber Tiere konnten doch keine Raumschiffe bauen und fliegen ...

Dennoch verständigten sie sich auf diesem primitiven Niveau, denn nun sah Elem-a, daß sich ihre kleinen Münder bewegten, während sie auf den Boden niedergingen. *Sie haben unseren Weg gefunden,* ging es ihm durch den Kopf. *Es kann also geschehen, daß sie ihm folgen und auf unsere Siedlung stoßen, ehe noch unsere Vorbereitungen abgeschlossen sind ...*

*Wir müssen Zeit gewinnen,* sagte sich Elem-a. Er schaltete das Bildgerät ab und eilte ins Freie, wo die *Bevorzugten* ihn erwarteten.

Die Gedanken der Fremden waren zwar nicht zu empfangen, aber das sollte kein Hindernis für seine Pläne sein. Sie besaßen denkende Gehirne, mußten also auch für mentale Beeinflussung zugänglich sein, sofern diese nur stark genug war. Und Elem-a sah auch schon einen Weg, um das zu erreichen.

»Schafft allen verfügbaren *Rog-o* herbei«, befahl er Baro-s und Tir-p. »Wir werden ihn bald brauchen, denn drei der Fremden aus dem Schiff sind unterwegs zu uns.«

Die beiden Wächter des *Flacka* hasteten davon, und nun entwickelte Elem-a den anderen Bevorzugten seinen Plan. Er war fest davon überzeugt, daß dieser zum Erfolg führen würde.

Er wollte das Schiff der Fremden in seine Gewalt bringen, unter allen Umständen und um jeden Preis! Er wollte das *große Ereignis* auslösen, auf das sein Volk seit langen Zeiten geduldig gewartet hatte.

***

Der Schweiß rann ihnen aus allen Poren.

Draußen auf der Lichtung war es schon heiß genug gewesen, aber unter den Urwaldbäumen war es noch viel schlimmer. Kein Luftzug drang durch das dichte Pflanzengewirr, und die Luft war so feucht, daß die drei von der PROMET sich wie in einem Dampfbad vorkamen. Die Hemden klebten an ihren Körpern, und Vivien Raids hauchdünne Bluse war praktisch kaum noch zu sehen.

In dem diffusen grünen Dämmerlicht um sie herum konnten sie nur wenige Meter weit sehen. Immerhin reichte es aus, sie den Pfad erkennen zu lassen, der sich in zahlreichen Windungen durch den Dschungel schlängelte. Er schien nicht allzu oft benutzt zu werden, denn stellenweise war er hier schon fast wieder zugewachsen.

»Puh!« machte Vivien, als sie etwa zweihundert Meter zurückgelegt hatten und eine kurze Rast einlegten, um sich die nassen Gesichter abzutrocknen. »Wie weit willst du denn noch latschen, Peet? Mir reicht es allmählich.«

Orell sah auf sein Chrono. »Zehn Minuten noch, Vivy! Wenn wir bis dahin keine Spur von den ominösen Wesen gefunden haben, kehren wir um, damit wir noch vor dem Dunkelwerden beim Schiff sind. Morgen ist ja auch noch ein Tag.«

Er holte den Bio-Analysator hervor und untersuchte einige Früchte, die er unter Verwendung eines Erfrischungstuches als Handschutz abgepflückt hatte. Seit dem Zwischenfall auf dem Ringplaneten Satan II, der dreien von ihnen fast das Leben gekostet hatte, waren die Besatzungsmitglieder der PROMET in bezug auf die Gewächse fremder Welten sehr vorsichtig geworden. *)

»Für uns ungenießbar«, stellte er dann fest und ließ die Früchte zu Boden fallen. »Sie sind nicht direkt giftig, enthalten aber Allergika und Bitterstoffe, die uns nicht gut bekommen würden.«

Arn Borul hatte inzwischen den Verband von seinem Handgelenk gelöst und bewegte die Hand probeweise. »Schon wieder so gut wie okay«, meinte er zufrieden, »gehen wir weiter?«

Einige Tiere huschten vor ihnen durch das Unterholz, wobei sie ihre Flügel geschickt dazu benutzten, sich von den Bäumen und Gewächsen abzustoßen, was ihnen das Passieren schmalster Lücken ermöglichte. Sie wurden nur schemenhaft sichtbar, man hatte den Eindruck, daß sich da Waldgeister oder Dämonen bewegten, und sie machten keinerlei Anstalten, die drei ihnen fremden Wesen anzugreifen.

Wieder einmal machte der Pfad eine Biegung, und dann blieb Peet so abrupt stehen, daß Vivien auf ihn prallte. »Was hast du?« fragte sie, doch eine Antwort erübrigte sich. Sie sah selbst, daß sie am Ziel ihrer Wanderung angekommen waren.

Vor ihnen war es bedeutend heller, denn dort waren Unterholz und alle Lianen und tiefhängenden Baumäste sorgfältig entfernt worden. Dadurch war eine große Lichtung entstanden, die nur durch die Kronen der Bäume der Sicht von oben entzogen wurde. Auf diesem freien Platz standen, unregelmäßig zwischen den Stämmen der Urwaldriesen verteilt, schätzungsweise fünfzig Blockhütten!

Sie besaßen verschiedene Formen, waren aber durchweg sehr solide gebaut und mit Schindeln aus Baumrinde gedeckt. Doch nicht sie zogen die Blicke der drei Besucher auf sich, sondern die Geschöpfe, die sich auf dem freien Platz am Rande dieser Siedlung versammelt hatten und ihnen starr entgegensahen.

*) siehe Raumschiff PROMET Classic 7

»Himmel, sind die häßlich!« entfuhr es Vivien.

Peet gebot ihr mit einer Handbewegung, zu schweigen, obwohl er ihre Meinung voll teilte.

Die intelligenten Bewohner von Wild World besaßen zwar auch je zwei Beine und Arme, waren aber trotzdem kaum als humanoid anzusehen. Im Durchschnitt etwa anderthalb Meter groß, waren ihre Körper rund und so gedrungen, daß sie schon fast Kugelform erreichten. Der ebenfalls runde Kopf saß übergangslos auf deren Oberseite und wurde von zwei großen spitzen Ohren gekrönt, die nach allen Seiten hin beweglich waren. Einige Zentimeter darunter befanden sich zwei große dunkle Augen, die senkrecht gestellt und oval waren. Nasen schienen diese Wesen nicht zu besitzen, dafür waren ihre mit Wulstlippen versehenen Münder so breit, daß sie von einer Seite des Kopfes zur anderen reichten.

»Mensch, die können ja ohne weiteres eine Banane quer essen!« flüsterte Vivien belustigt; für das Teufelsgirl der PROMET II gab es einfach keine *heiligen Kühe* ...

»Mund halten!« knurrte Orell sie an, dem daran gelegen sein mußte, daß zwischen ihnen und den Eingeborenen keine Mißverständnisse aufkamen. Er hatte beide Arme vom Körper abgespreizt, winkelte sie nun langsam an und zeigte den Fremden seine leeren Handflächen; eine Geste, die fast überall im Weltall verstanden wurde.

So auch hier.

Aus der Schar der etwa einhundert Wesen – sie trugen uneinheitliche Kleidungsstücke, die ihre grün bepelzten Körper zum Teil verhüllten – löste sich eine Gestalt. Dieser Eingeborene erschien klein und gegenüber den anderen verhältnismäßig schmächtig, doch seine Augen verrieten wache Intelligenz. Auch er bot den Ankömmlingen die Innenflächen seiner sechsfingrigen Hände dar, und sie waren ebenfalls leer.

»Jetzt könnten wir den Translator brauchen«, raunte Arn Borul. Dieses von den Asistronikern der HTO nach moranischem Vorbild entwickelte Übersetzungsgerät besaß zwar noch einige Schwächen, bot aber bisher die beste Methode, sich mit fremden Intelligenzen zu verständigen.

Er schrak zusammen, als unvermittelt in seinem Kopf eine telepathische Mitteilung aufklang, die Peet und Vivien ebenfalls vernehmen konnten.

*›Seid willkommen bei den Zorb-i, Fremde! Wir kennen eure Art nicht und glaubten bisher, die einzigen denkenden Wesen auf dieser Welt zu sein. Trotzdem laden wir euch ein, unsere Gäste zu sein.‹*

Arn Borul, der selbst ein schwacher Telepath war, übernahm es, Elem-a zu antworten.

Er gebrauchte die in einer solchen Situation angebrachten Wendungen und wurde gut verstanden.

Bald schon war ihm klar, daß die Wesen, die sich Zorb-i nannten, sich auch untereinander gedanklich verständigten. Er vernahm keinen Laut, doch ein Teil der Eingeborenen wandte sich wie auf Kommando ab und verschwand in den Blockhäusern.

Elem-a lud die drei Besucher zu einer Besichtigung der Siedlung ein. Während dieser erfuhren sie, daß in den 48 großen Häusern rund fünfhundert Zorb-i wohnten, die sich ausschließlich von den Früchten des Urwalds und dem Fleisch erlegter Tiere ernährten. Auf eine Frage des Moraners nach weiteren Ansiedlungen winkte Elem-a ab.

*›Soweit wir wissen, sind wir hier in weitem Umkreis die einzigen Zorb-i. Wir sind auch auf unseren Jagdzügen nie auf andere Wesen gestoßen, die uns gleichen. Das mag vielleicht daran liegen, daß ringsum nur Sumpf ist; wir haben uns auch noch nie Gedanken darüber gemacht.‹*

Peet Orell und Vivien Raid hatten Schwierigkeiten, dieser gedanklichen Unterhaltung zu folgen, da sie Arn Boruls Fragen und Antworten nicht mithören konnten. Der Moraner verständigte sie zwischendurch kurz über das Wichtigste.

»Ich habe festgestellt, daß dieser Elem-a mich erheblich schlechter verstehen kann, als ich ihn«, erklärte er. »Scheinbar differiert der Aufbau unserer Gehirne erheblich, und wir *senden* und *empfangen* gewissermaßen auf einer anderen Wellenlänge.«

Der Rundgang dauerte etwa zehn Minuten, und da die Blockhütten durchweg offene Eingänge besaßen, erhielten Peet und seine Begleiter einen guten Überblick. Die Gebäude waren nur spärlich möbliert, alle Möbel waren aus Holz hergestellt, und es gab daneben Gefäße und andere Gebrauchsgegenstände aus Ton. Als Beleuchtung dienten die Steinöfen, deren flackernde Feuer bizarre Schatten warfen.

Es wurde schon dämmerig und die Besucher merkten, daß rings um die Siedlung Eingeborene mit langen Speeren Posten bezogen hatten, wahrscheinlich, um Überfälle durch wilde Tiere abzuwehren. Elem-a bestätigte diese Vermutung auf eine Frage Arn Boruls hin.

Dafür hüllte er sich in Schweigen, als ihn der Moraner nach der Bedeutung eines großen runden Gebäudes befragte, das sich im Mittelpunkt der Ansiedlung befand. Es besaß als einziges eine verschließbare Tür und Arn Borul vermutete, daß es sich bei ihm um einen Tempel oder eine Kultstätte handelte, die für Fremde tabu war. Er verzichtete darum auf weitere Fragen.

Plötzlich fing er aber einige Gedanken auf, die offenbar nicht für ihn bestimmt waren, sondern für Gefährten des Oberhauptes der Zorb-i, und Arn empfing sie deshalb auch nur bruchstückweise. Der Ausdruck *Flacka* kam darin vor, weiter die Begriffe *Fremde* und *Falle,* und plötzlich stieg Mißtrauen in dem Moraner auf.

Bisher war er infolge der ständigen Konzentration auf die geistige Unterhaltung mit Elem-a noch nicht dazu gekommen, sich Gedanken über die Fremden und ihr Verhalten zu machen. Jetzt aber begann er, die Lage zu analysieren, und nun fiel ihm verschiedenes auf.

Daß die Zorb-i ihr Auftauchen so gelassen hingenommen hatten, wurde einigermaßen durch die Tatsache erklärt, daß sie die Annäherung der kleinen Gruppe schon lange zuvor telepathisch hatten feststellen können. Trotzdem war ihr Verhalten nicht normal gewesen!

Elem-a hatte keinerlei Neugier gezeigt, hatte kein einziges Mal danach gefragt, woher sie kamen und wie sie in diese Gegend gelangt waren! Ihren Gedanken hatte er es nicht entnehmen können, er verstand nur die Fragen und Antworten, die von Arn konzentriert an ihn gerichtet wurden.

*Er weiß bereits alles über uns!* schoß es dem Moraner durch den Kopf. *Die Zorb-i hatten es gar nicht nötig, sich lange nach unserer Herkunft zu erkundigen, weil sie schon längst über alles Bescheid wissen ...*

Sie wußten also, daß die Besucher mit einem Raumschiff auf dieser Welt gelandet waren, und trotzdem hatten sie in keiner Weise darauf reagiert. Verhielten sich so die Eingeborenen einer Dschungelwelt, die auf einer primitiven Entwicklungsstufe standen? Nein, auf gar keinen Fall!

Normal wäre es gewesen, wenn sie nach Beobachtung der Landung der

PROMET II ihre Ansiedlung in panischer Furcht verlassen hätten, vor dem Unbegreiflichen geflüchtet wären, das da aus dem Himmel heruntergekommen war. Oder auch, daß sie furchtsam und zitternd gekommen wären, um sich vor den fremden Wesen zu Boden zu werfen, die ihnen zweifellos als Götter oder andere übersinnliche Wesen erscheinen mußten. Daran konnte auch die Tatsache nichts ändern, daß sie über Para-Fähigkeiten verfügten.

Sie hatten nichts von alledem getan ...

Im Gegenteil, sie hatten Peet und seine Freunde behandelt, als wären sie Geichgestellte. So, als ob lediglich Besucher aus einer Nachbarsiedlung zu einer kurzen Visite gekommen wären – dabei hatte Elem-a vor kurzem noch selbst erklärt, daß sie noch nie zuvor mit anderen Fremden zusammengekommen waren!

Nein, hier stimmte einiges nicht, davon war Borul nun felsenfest überzeugt. Diese Eingeborenen waren nicht das, was sie zu sein vorgaben, und sie führten etwas gegen ihre Gäste im Schilde. Hing ihr Vorhaben vielleicht mit dem runden Gebäude zusammen, über das Elem-a ihm keine Auskünfte gegeben hatte? Wenn dieses eine Kultstätte war, hatte man sie dann vielleicht als Opfer ausersehen, die auf einem Altar verbluten sollten ...?

Der Moraner schrak zusammen, als sich das Oberhaupt der Zorb-i nun wieder an ihn wandte.

»Die Nacht bricht bald herein, und der Urwald ist für euch voll unbekannter Gefahren. Darum lade ich euch ein, bis morgen unsere Gäste zu sein. Ich werde sofort ein Nachtlager für euch herrichten lassen.«

Arn Borul trug diese Einladung Peet und Vivien vor, worauf beide eifrig nickten.

»Daran habe ich selbst schon gedacht«, sagte Peet wie verträumt. »Diese Leute hier sind so nett zu uns, bei ihnen drohen uns bestimmt keine Gefahren.«

»Ich sehe auch keinen Grund dafür, weshalb wir heute noch durch den dunklen Urwald zum Schiff zurückkehren sollten«, stimmte ihm Vivien Raid zu. »Wir trocknen unsere nassen Sachen an einem dieser Öfen, schlafen uns aus und kehren morgen in aller Ruhe zu den anderen zurück, so ist es doch am einfachsten.«

Jetzt erschrak der Moraner.

Auch das Verhalten seiner beiden Begleiter war nicht normal! Nie im Leben wären Peet und Vivien von selbst auf den Gedanken gekommen, bei einem fremden Volk zu übernachten, über das sie praktisch nichts wußten, das sie erst vor einer guten halben Stunde kennengelernt hatten. Was ging da vor …?

In diesem Moment kam es auch über ihn.

Plötzlich fühlte er sich müde, viel zu müde, um noch den langen Weg zur PROMET II zurückzulegen. Natürlich hatte Vivy recht – es war wirklich am einfachsten, hier zu übernachten, bei den freundlichen Zorb-i, die harmlos und gutmütig waren. Im Schiff würde man auch ohne sie zurechtkommen, und am anderen Morgen …

*Da sind wir vielleicht schon tot!* durchzuckte es ihn plötzlich. *Bei den Cegiren, diese Grünpelze hier sind alles andere als nett und harmlos – sie sind nicht nur Telepathen, sondern besitzen auch noch suggestive Gaben, die sie eben gegen uns eingesetzt haben, um uns zum Hierbleiben zu bewegen!*

Gewaltsam schüttelte er den Bann der fremden Beeinflussung von sich und bemerkte zufrieden, daß er ihm ohne weiteres widerstehen konnte, nachdem er sich über seine Natur klar geworden war. Sorgfältig formulierte er nun seine gedankliche Antwort an Elem-a.

›*Es tut uns wirklich leid, daß wir deiner freundlichen Einladung nicht Folge leisten können, Oberhaupt der Zorb-i. Wir haben nichts zu essen bei uns und haben bereits festgestellt, daß wir die Nahrung deines Volkes nicht zu uns nehmen können, weil sie Gift für uns ist. Außerdem werden wir von unseren Gefährten, die sich draußen auf der Lichtung aufhalten, noch heute zurückerwartet. Wenn wir nicht zurückkehren, kommen sie bestimmt, um uns zu suchen, und das würde euch viel Unruhe bringen. Wir kehren aber morgen zu euch zurück, das verspreche ich dir.*‹

Sekundenlang stand Elem-a wie erstarrt da, in seinem fremdartigen Gesicht zuckte es. Arn Borul fühlte förmlich, wie sich in dem Kopf des Zorb-i die Überlegungen jagten, wie er nach einem Mittel sann, sein Ziel doch noch zu erreichen.

Dann aber fielen seine Arme plötzlich herab, der intensive Glanz in seinen großen dunklen Augen erlosch. ›*Es ist gut*‹, kam seine Antwort wie aus weiter Ferne. ›*Wir werden euch morgen erwarten, ihr seid jederzeit willkommen.*‹

»Was soll das heißen, Arn?« empörte sich Vivien daraufhin. »Hast du etwa diese Einladung abgelehnt, du Heimtücker?«

Der Moraner legte ihr die Hand auf die Schulter und drückte leicht zu. Sie zuckte zusammen, Arn wiederholte den Vorgang bei Peet Orell und gab erst dann Antwort.

»Ich habe Elem-a begreiflich gemacht, daß wir einfach nicht bleiben können, und er hat das eingesehen. Ich erkläre euch das alles später, kommt jetzt, wir müssen fort, ehe es dunkel wird.«

Peet und Vivien schienen verwirrt, aber der fremde Einfluß war nun offenbar auch von ihnen gewichen. Sie winkten Elem-a und den zwölf Zorb-i, die sich im Hintergrund gehalten hatten, noch einmal zu, und traten dann den Rückweg durch den Dschungel an. Da sich in den unergründlichen Taschen Peets auch eine lichtstarke Bleistiftleuchte befand, bereitete es ihnen keine Schwierigkeiten, den Rückweg zu finden.

Elem-a stand noch lange da und sah ihnen nach. Er hatte irgend etwas falsch gemacht – aber was?

Offenbar war die Menge *Rug-o*, die er und die anderen *Bevorzugten* zu sich genommen hatten, zu gering gewesen. Die Gehirne der Fremden waren andersartig, sie waren weit schwerer zu beeinflussen als die seines Volkes. Das war die einzige Erklärung, nur daran konnte sein Vorhaben gescheitert sein.

Doch die Bleichhäute würden am anderen Tage wiederkommen, vermutlich in noch größerer Zahl. Je mehr, um so besser – er und seine Vertrauten würden dann entsprechend gerüstet sein! Ein zweites Mal sollte es kein Mißlingen geben ...

# 9.

»Spät kommt ihr, doch ihr kommt«, deklamierte Jörn Callaghan, als die drei wieder bei ihm im Schiff auftauchten. »Jetzt nur schnell unter die Dusche mit euch, das Essen wartet schon.«

Peet zog eine Grimasse. »Ich fürchte, daß mein Appetit heute nicht besonders sein wird, Jörn. Wir haben da im Urwald etwas entdeckt, das uns noch allerhand Kopfzerbrechen bereiten wird!«

Jörn sah ihn fragend an, doch Peet winkte ab. »Wir berichten nach dem Essen in der Messe darüber, denn es ist eine Sache, die alle wissen müssen. Ist das Schiff schon für die Nacht gesichert?«

Callaghan nickte. »Die Infrarot-Scheinwerfer sind aktiviert, es kann nichts an uns heran, ohne daß wir es sehen. Natürlich muß dann jemand die ganze Nacht in der Kommando-Zentrale bleiben und aufpassen. Willst du mir nicht doch sagen …?«

»Später«, schnitt Orell ihm das Wort ab, und die drei begaben sich zu ihrem Kabinentrakt.

Fünfzehn Minuten später war fast die ganze Mannschaft in der Messe versammelt.

Nur der dicke Dave Landon fehlte, er hatte freiwillig die Sitzwache in der Zentrale übernommen.

Die Männer waren abgespannt, denn sie hatten die ganze Zeit intensiv gearbeitet. Dafür konnte Pino Tak auch berichten, daß der Austausch der defekten Triebwerksteile bereits vollendet war. Allerdings waren noch eine Menge Anschlüsse zu legen, und dann mußte ein Probelauf Aufschluß darüber bringen, ob alles einwandfrei funktionierte.

Auch die Schirmfeld-Projektoren waren wieder betriebsbereit, nur die Außenarbeiten mußten noch vorgenommen werden. Das war eine Sache von wenigen Stunden, dann konnte die PROMET II wieder durch den Kombi-Schutz-Schirm gesichert werden.

»Ausgezeichnet«, nickte Orell, den diese Tatsache angesichts der Ereignisse in der Siedlung der Zorb-i sehr beruhigte.

Als dann nach dem Essen der obligatorische Kaffee auf den Tischen stand, bat Peet um Ruhe.

Arn Borul übernahm es, die anderen von ihrem Zusammentreffen mit den Bewohnern von Antipod II zu unterrichten. Davon wußten bisher nur Junici und Doc Ridgers, mit denen sie sich auf dem Rückweg über Visophon unterhalten hatten.

»Das ist wirklich ein dicker Hund«, sagte Callaghan und entlockte seiner Pfeife dichte Rauchschwaden. »Ein Glück, daß Arn schwerer zu beeinflussen war als Peet und Vivien, wer weiß, was sonst jetzt schon geschehen wäre.«

»Es kann immer noch allerhand geschehen«, meinte Peet ernst. »Wir wissen nicht, was die Eingeborenen mit uns vorhatten – etwas Gutes kann es aber schwerlich gewesen sein! Nachdem ihr erster Plan gescheitert ist, kann es gut geschehen, daß sie bereits etwas Neues gegen uns aushecken. Vielleicht müssen wir in dieser Nacht sogar mit einem Überfall auf das Schiff rechnen. Die Grünpelze kennen das Gelände hier ausgezeichnet und könnten sich gute Chancen ausrechnen, sich im Schutz der Nacht anzuschleichen. Daß wir sie mit Infrarot beobachten können wie am Tage, ahnen sie ja nicht.«

Plötzlich hob Arn Borul die Hand. Seine schockgrünen Augen blitzten, sein bräunliches Gesicht war erregt. »Die Zorb-i sind keine Eingeborenen von Wild World!« sagte er heiser.

Für einen Moment war es in der Messe totenstill. Dann lachte Peet kurz auf und schüttelte den Kopf.

»Jetzt geht aber deine Phantasie mit dir durch, Arn. Wir haben doch schließlich selbst gesehen, wie sie leben, in primitiven Blockhäusern ohne jeden Komfort. Ihre Kleidung ist aus Pflanzenfasern hergestellt und sie leben wie richtige Wilde von den Früchten der Wildnis und von den Tieren, die sie mit ihren Speeren ...«

Er unterbrach sich abrupt, seine Augen wurden groß, und er schlug sich klatschend mit der Hand vor den Kopf.

»Natürlich hast du recht, Arn! Himmel, habe ich denn auf meinen Augen gesessen? Gerade ihre Speere hätten mir doch sofort sagen müssen, daß sie nicht das sind, für das sie sich uns gegenüber ausgegeben haben ...«

Vivien sah von einem zum anderen. »Dunkel ist der Rede Sinn, wie der alte Dichter sagte. Darf ich als unwissende Frau die hohen Herren um Aufklärung bitten, worum es hier geht?«

Der Moraner lächelte, seine Aufregung hatte sich wieder gelegt. »Wir wurden alle drei durch die telepathische Unterhaltung zu sehr abgelenkt, sonst wären wir bestimmt früher darauf gekommen. Die Speere, die etliche der Zorb-i mit sich herumtragen, sind wohl aus Holz, aber sie haben Spitzen aus solidem Stahl! Nun ist es aber ein Ding der Unmöglichkeit, daß jemand, bei dem Holz das einzige Heizmaterial darstellt, Stahl herstellen und daraus Gegenstände anfertigen kann.

Das ist aber nur der letzte Beweis, der das Bild abrundet, das ich mir schon zuvor gemacht hatte. Mir fiel schon vorher auf, daß die Zorb-i sich in keiner Weise wie Eingeborene benahmen, die zum ersten Mal mit andersgearteten Intelligenzen zusammentrafen. Schreck, Verwirrung, instinktive Abwehr der fremden Eindringlinge, oder auch demütige Unterwerfung unter Wesen, die vom Himmel herabgekommen waren – all das wäre normal. Doch die Zorb-i haben uns vom ersten Augenblick an wie Gleichgestellte behandelt. Elem-a machte außerdem den Fehler, sich nicht einmal nach unserer Herkunft zu erkundigen. Ich glaube, das sagt alles.«

Jörn Callaghan meldete sich zu Wort. »Deshalb ist aber noch lange nicht gesagt, daß dieses Volk nicht von Wild World stammt! Schließlich besteht doch die Möglichkeit, daß sie schon früher Besuch aus dem Weltall hatten, zumal dieser Ort hier der einzige ist, an dem Raumschiffe landen können. Das wäre die Erklärung dafür, daß sie nicht vor euch erschreckten, und das Metall können sie auch von den früheren Besuchern erhalten haben.«

Junici wiegte den Kopf, ihre leicht schräg stehenden Augen waren überlegend zusammengekniffen. »Das klingt nicht sonderlich plausibel, Jörn. Ich glaube, in diesem Fall hätten die Zorb-i sich damit gebrüstet, daß wir nicht die ersten Fremden sind, die sich hier sehen ließen. Das würde weit besser zu der Mentalität eines primitiven Volkes passen, das sie trotz ihrer Para-Fähigkeiten immer noch sein müßten. Der so klug ausgedachte Plan, Arn, Peet und Vivy suggestiv zum Bleiben in ihrer Siedlung zu veranlassen, barg zweifellos schlechte Absichten …«

Sie unterbrach sich, denn der große Schirm des Interkom leuchtete auf, und Dave Landons Gesicht erschien auf der Bildfläche. Es war ungewöhnlich ernst, der übliche verschmitzte Ausdruck war völlig aus seinen Zügen verschwunden.

»Peet, kommen Sie doch bitte schnellstens in die Zentrale! Ich habe hier eben eine recht befremdliche Feststellung gemacht ...«

*\*\**

Elem-a war tief enttäuscht und versuchte auch gar nicht, das zu verbergen.

Die *Bevorzugten* hatten seine Bemühungen, die Fremden zum Bleiben zu bewegen, verfolgt und durch ihre eigenen suggestiven Gaben verstärkt. Daß dieses Vorhaben trotzdem fehlgeschlagen war, war ihnen unbegreiflich geblieben, und nun versuchte Elem-a, ihnen die Gründe dafür klarzulegen.

Das Oberhaupt der Zorb-i hielt sich mit seinen zehn Vertrauten, die den Titel der *Bevorzugten* ihrer besonders ausgeprägten Para-Fähigkeiten wegen besaßen, in einem Raum seines Hauses auf. Auch die beiden Wächter des *Flacka* waren anwesend, da es seit der Ankunft der Fremden überflüssig geworden war, eine Wache bei ihm aufzustellen.

In der Siedlung war es bald nach Einbruch der Nacht still geworden. Die Leuchtstäbe, die bei Bedarf vom Energieaggregat des *Flacka* neu aufgeladen wurden, waren auf Elem-as Befehl hin sorgfältig versteckt worden und durften vorerst nicht zur Beleuchtung der Häuser verwendet werden. So hatte sich das Volk der Zorb-i frühzeitig zur Ruhe begeben.

Sein Oberhaupt dagegen war recht aktiv.

Elem-a setzte seinen Zuhörern auseinander, worauf seiner Meinung nach ihr Versagen zurückzuführen war. Seine Beweisführung fand allgemeine Zustimmung.

›*Trotzdem hätten wir Erfolg gehabt, wäre nicht dieser silberhaarige Fremde gewesen*‹, stellte Alo-e, der *Sprecher* der Bevorzugten, fest. ›*Seine Gaben sind zwar nur schwach entwickelt, aber sie machen ihn trotzdem widerstandsfähiger gegen unsere Bemühungen als die beiden anderen. Nur auf ihn ist es zurückzuführen, daß uns der Erfolg versagt geblieben ist.*‹

Elem-a hob bestätigend die rechte Hand.

›Trotzdem ist noch nicht alles verloren. Der Mann mit dem Silberhaar hat selbst nicht bemerkt, was wir bezweckten. Die Gründe, die er mir für die Notwendigkeit ihrer Rückkehr zum Schiff angab, waren überzeugend. Hätte er nicht die Wahrheit gesprochen, hätte ich das aus dem Gegensatz seiner Emotionen zu seinen Worten herausgefühlt. Die beiden anderen waren verwirrt, das werdet ihr auch gefühlt haben, denn ihr Geist war bereits auf uns eingestimmt. Da aber der dritte über eine besondere Autorität zu verfügen scheint, ließen sie sich doch noch von seinen Argumenten wieder aus unserem Bann reißen.‹

›Was wird nun weiter geschehen?‹ fragte Alo-e.

Elem-a bewegte seine spitzen Ohren.

›Es ist uns gelungen, die Fremden über unsere wahre Natur zu täuschen. Hätten sie auch nur den geringsten Argwohn geschöpft, hätten sie ganz anders gehandelt, und gegen die Waffen, die sie mit sich führten, hätten wir nichts ausrichten können. Auch unsere Vorfahren besaßen einst diese Lichtwerfer, das weiß ich aus den Überlieferungen des Walla.‹

›Vielleicht solltest du das Walla noch nach seiner Meinung über die Ereignisse und unser weiteres Vorgehen befragen‹, meinte der Sprecher der Bevorzugten.

Elem-a stimmte ihm zu. ›Das hatte ich ohnehin vor. Ich glaube aber nicht, daß sich dadurch etwas ändern wird. Wir können nur auf die uns gegebene Weise gegen die häßlichen Bleichgesichter vorgehen, eine andere Wahl haben wir nicht. Sie werden morgen wiederkommen, und dann muß es uns gelingen, sie unter unseren Willen zu zwingen. Nur so kann es uns gelingen, das Schiff unbeschädigt in die Hände zu bekommen und das große Ereignis herbeizuführen.‹

Er wandte sich an Baro-s und Tir-p.

›Ihr beide habt dafür zu sorgen, daß uns morgen eine dreifache Menge an Rug-o zur Verfügung steht. Das ist das Maximum, das wir ohne gesundheitliche Schäden einnehmen können, aber es sollte schon mit dem Forma zugehen, wenn wir es damit nicht schaffen würden.‹

Damit war die Besprechung beendet.

Die zehn *Bevorzugten* und die beiden Wächter begaben sich in ihre Häuser.

Elem-a dagegen ging auf das große runde Gebäude zu, dessen Inhalt er den Fremden verheimlicht hatte.

Dort befanden sich die beiden einzigen Anlagen, die ihnen noch als Erbe der Vorfahren verblieben waren: Das *Flacka*, die Raum-Ortungsanlage, und das *Walla*, ein Rechengehirn von mittlerer Kapazität. Beide besaßen Energieerzeuger, die ihre Kraft dem planetaren Magnetfeld entzogen und darum nie versagen konnten, so lange sie nicht anderweitig defekt wurden.

Elem-a betätigte einen verborgenen Kontakt, und sofort öffnete sich die Außentür. Er verschloß sie sorgfältig wieder hinter sich, nahm einen bereitliegenden Leuchtstab auf und begab sich dann am abgeschalteten *Flacka* vorbei in den anschließenden Raum, in dem sich das Rechengehirn befand.

Daß nur er allein mit diesen Anlagen umgehen konnte, bereitete ihm oft Sorge. Er war zwar das Oberhaupt dieses kleinen Volkes, doch er mußte genau wie alle anderen Männer auf die Jagd gehen, um seine große Familie zu versorgen. Wie leicht konnte ihm dabei etwas zustoßen, und dann dauerte es eine lange Zeit, bis sein Nachfolger herausgefunden hatte, wie sich diese Geräte bedienen ließen.

Doch das spielte jetzt keine Rolle mehr!

Die Fremden waren da und zweifellos bereits eifrig damit beschäftigt, ihr Schiff wieder instandzusetzen. Doch wenn das geschehen war, würden es die Zorb-i übernehmen, und die Not seines Volkes fand ihr Ende.

Mit dieser festen Überzeugung ließ sich Elem-a in den Sitz vor dem *Walla* nieder, schaltete es ein und begann, ihm seine Schilderung zu geben. Vielleicht fand die Maschine doch noch etwas heraus, das er bisher übersehen hatte.

Daß er durch dieses Vorgehen den Fremden in die Hände spielte, konnte er nicht ahnen ...

\*\*\*

Peet Orell sprang vom Expreß-Laufband im Hauptkorridor der PROMET II, die anderen Mitglieder des Führungsteams folgten ihm dichtauf. Das Schott zur Kommando-Zentrale glitt automatisch auf, und die fünf Personen eilten hinein.

»Was gibt es, Dave?« fragte Orell knapp.

Landon wies auf einen Oszillo, der zur Energie-Ortung gehörte. »Da, sehen Sie es sich selbst an. Ich hatte Langeweile, und so habe ich mal kurz unsere Ortungen anlaufen lassen – und plötzlich hatte ich das da auf dem Schirm!«

Einige Anzeigen der Energie-Ortung variierten leicht, und auf dem Oszillo stand eine schwache Feldlinie, über der sich zuweilen einzelne Blips oder Amplituden abzeichneten. Betroffen starrten die drei Männer und zwei Frauen darauf.

Energieemissionen auf Wild World, einem urtümlichen Planeten, auf dem es allem Anschein nach nur eine Handvoll Halbwilder gab? Arn Borul faßte sich zuerst und lachte heiser auf.

»Na, glaubt ihr mir jetzt, daß uns diese angeblichen Eingeborenen ganz schön hinters Licht geführt haben? Dieser Elem-a hat für uns eine große Schau der Harmlosigkeit abgezogen, und hätte er nicht den Fehler begangen, uns suggestiv beeinflussen zu wollen, wären wir auch glatt darauf hereingefallen. Dave, lassen Sie mich bitte an das Pult, ich will den Ausgangsort dieser Strahlung feststellen.«

Der Astro-Experte räumte seinen Platz und sofort flogen die Finger des Moraners über die Bedienungselemente der Energie-Ortung. Er brauchte nur Sekunden, um herauszufinden, daß diese Emissionen tatsächlich genau von dem Ort kamen, an dem sich die Siedlung der Zorb-i befand.

Die aufgefangenen Impulse waren charakteristisch für einen Transformer, der Niederspannung in Arbeitsstrom verwandelte und an irgendwelche Apparate weitergab, die sich in Betrieb befanden. Die Natur dieser Geräte ließ sich allerdings nicht feststellen; da aber die Funk-Ortung nicht ansprach, konnte es sich nicht um Kommunikationsgeräte handeln.

Arn Borul sah erleichtert auf.

»Ich hatte schon befürchtet, daß diese Siedlung hier auf Wild World so etwas wie ein Vorposten sein könnte, der nun den Herkunftsplaneten der Grünpelze über unser Hiersein informieren will. Das ist zum Glück nicht der Fall. Wir hätten gegenwärtig gegen irgendwelche angreifenden fremden Schiffe nicht die geringste Chance!«

An Bord der PROMET II gab es kein Klischeedenken, niemand dachte je daran, die Angehörigen einer fremden Rasse automatisch als Feinde einzustufen, solange sie sich nicht selbst als solche zeigten. Aber leider war das schon oft der Fall gewesen, also hieß es stets vorsichtig sein. Diesmal ganz besonders, weil das notgelandete Schiff nicht einmal fluchtbereit war.

Peet Orell runzelte die Stirn.

»Die Sache gefällt mir trotzdem nicht. Ich befürchte stark, daß sich diese energetische Aktivität bei den Zorb-i irgendwie gegen uns richten könnte. Wer weiß, was sich bei den Grünpelzen gegen uns zusammenbraut, nachdem sie mit ihrer geistigen Attacke erfolglos geblieben sind?«

Das war sozusagen das Stichwort für Vivien Raid, der Passivität noch nie gelegen hatte: »Angriff war schon immer die beste Verteidigung, Peet! Deshalb sollten wir uns schleunigst auf die Socken machen und sofort nachsehen, was sich in der Siedlung tut.«

Peet nickte. »Genau! Man wird nicht darauf gefaßt sein, daß wir vor morgen zurückkehren; daß wir uns mit Hilfe von Infrarot auch bei Nacht sicher bewegen können, wird man wohl kaum vermuten.«

Es wurde beschlossen, daß sich Peet und Jörn auf den Weg machen würden, von Elker Hay begleitet. Dieser bärenstarke Mann war der richtige Ersatz für den Moraner, den Peet in dieser prekären Situation lieber an Bord der PROMET II sah.

Noch während dieser Einsatzbesprechung erloschen plötzlich die Lichtzeichen auf dem Oszillo, alle Anzeigen der Energie-Ortung fielen wieder auf Null zurück.

»Ausgezeichnet«, meinte Peet Orell befriedigt. »Wahrscheinlich haben die Zorb-i jetzt ihre Vorbereitungen beendet und gehen schlafen, um uns morgen frisch und ausgeruht gegenübertreten zu können. Na, die sollen sich wundern ...«

Man einigte sich darauf, noch zwei Stunden zu warten, ehe der Erkundungsgang unternommen wurde. Um eine Stunde nach Mitternacht planetarer Zeit – nach Bordzeit war es dann 16 Uhr – würde in der Siedlung außer den Wachposten wohl kaum noch jemand auf den Beinen sein.

\*\*\*

Die Zwischenzeit wurde für die erforderlichen Vorbereitungen genutzt. Die Nachtsichtgeräte – eine Kombination von Infrarot-Brillen und Scheinwerfern, die mit Elastikbändern am Kopf befestigt wurden – wurden hervorgeholt und getestet. Die Blaster bekamen neue Energiezellen eingesetzt. Neben verschiedenen Handwerkzeugen gehörten auch die Antigravgürtel wieder zur Ausrüstung.

Inzwischen gingen die Reparaturarbeiten an der PROMET II mit Hochdruck weiter. Doc Ridgers verteilte unschädliche Anregungsmittel, die den natürlichen Ermüdungserscheinungen der Techniker entgegenwirkten.

Mit einem leisen Surren glitt die Personenschleuse auf, die drei Männer spähten ins Freie. Die Infrarot-Geräte ließen sie die gesamte Umgebung klar und deutlich erkennen. Zusätzlich verbreitete einer der kleinen Monde, der zuweilen durch vorbeiziehenden Wolken verdeckt wurde, etwas Helligkeit.

Gedämpfte Rufe von Nachttieren erschollen ringsum, die schemenhaft über die Lichtung huschten und sich durch das Licht der Infrarot-Scheinwerfer der PROMET II nicht stören ließen.

Peet Orell nickte seinen Begleitern zu.

»Ich wiederhole noch einmal: Wir stoßen bis zur Siedlung vor, umgehen die aufgestellten Wachen und versuchen, in das hohe Gebäude im Mittelpunkt einzudringen, in dem sich die geortete Anlage befinden muß. Ich rechne nicht mit Zwischenfällen, da man uns um diese Zeit wohl kaum erwarten wird. Wir bleiben aber auf jeden Fall dicht beisammen, um uns gegebenenfalls wirkungsvoll wehren zu können. Nach Möglichkeit jeden Kampf meiden, und die Blaster nur im äußersten Fall zur Abschreckung einsetzen! Sollte einer von uns Anzeichen einer geistigen Beeinflussung bemerken, verständigt er die anderen durch drei kurze Pfiffe. Das Unternehmen wird dann sofort abgebrochen, wir steigen mittels der Fluggürtel senkrecht auf und arbeiten uns durch die Baumkronen über der Siedlung ins Freie, um uns dann zum Schiff zurückzuziehen. Alles klar?«

Die beiden anderen bestätigten, dann stießen sich die Männer leicht ab und schwebten auf den Rand der Lichtung zu. Da sie dunkle Kombinationen trugen, mußten sie für normalsichtige Wesen kaum zu erkennen sein.

Wo der Pfad zur Siedlung der Zorb-i begann, landeten sie und bewegten sich in den Dschungel hinein. Ihre Infrarot-Scheinwerfer reichten etwa zwanzig Meter weit und ließen sie den Weg deutlich erkennen. Die weichen Sohlen ihrer Stiefel dämpften die Schritte, und da die Nachttiere von Antipod II für eine ständige Geräuschkulisse sorgten, war die Gefahr des Entdecktwerdens äußerst gering.

Trotzdem bewegten sie sich langsam und vorsichtig.

Sie bekamen keine größeren Tiere zu Gesicht, nur eine Menge von Insekten schwirrte herum.

Je näher die kleine Gruppe der Ansiedlung kam, desto öfter machte Peet halt, um zu lauschen. Kurz vor der Einmündung des Pfades auf die Lichtung blieben sie noch einmal stehen. Im unsichtbaren Licht der Infrarot-Scheinwerfer erkannten sie die am nächsten stehenden Blockhäuser, und bald auch einen der mit Speeren bewaffneten Posten.

Der Zorb-i lehnte an einem der Häuser, stützte sich auf den Speer und lauschte in die Nacht hinein. Das war für ihn die einzige Möglichkeit, Veränderungen in der Umgebung zu erkennen, denn die Dunkelheit im Dschungel war absolut. Zuweilen ging er auch einige Schritte hin und her, einmal trank er aus einem Steingutkrug, der neben ihm stand. Diese Wache schien für ihn nur Routine zu sein, nichts deutete darauf hin, daß die Wesen mit einem nächtlichen Besuch der fremden Raumfahrer rechneten.

Peet drehte sich zu Jörn und Elker um, und die drei Männer steckten ihre Köpfe zusammen.

»Ich denke, daß wir es riskieren können«, flüsterte Peet. »Der Wächter ist etwa fünfzehn Meter von uns entfernt, er wird uns nicht bemerken können. Natürlich müssen wir hier noch vorsichtiger sein. Wir bewegen uns seitwärts bis zum nächsten Haus rechts, von da aus dringen wir dann zum Mittelpunkt der Siedlung vor. Die Wachen scheinen nur am Rande zu stehen und ihre Position nicht zu verändern, also dürften wir relativ sicher vor Entdeckung sein, sobald wir an ihnen vorbei sind.«

Callaghan und Hay nickten, und dann huschten die drei lautlos auf die Lichtung hinaus.

Ihre Sinne waren aufs höchste angespannt, denn bisher hatte keiner von ihnen Erfahrungen in derartigen Unternehmen. Sie waren den Naturmenschen von Wild World gegenüber eindeutig im Nachteil – und zudem bestand auch noch die Gefahr, daß sie einer der Zorb-i auf telepathischem Wege »ortete«!

Arn Borul hatte zwar die Meinung vertreten, daß nur jene Zorb-i dazu imstande wären, die sich beim ersten Besuch in der Gesellschaft Elem-as befunden hatten, aber sicher konnte man dessen nicht sein. Und selbst wenn es so war, bestand immer noch die Möglichkeit, daß einer von diesen zufällig erwachte und die Anwesenheit der drei Menschen spürte ...

Im Zeitlupentempo arbeiteten sich die drei vor. Der lehmige Boden auf der Lichtung war zwar einigermaßen eben, aber überall lagen Zweige und Blätter herum, die von den sie überspannenden Bäumen herabgefallen waren. Jedes Rascheln konnte sie verraten. Erst als sie den Posten weit hinter sich wußten und das nächste Haus erreicht hatten, bewegten sie sich rascher vorwärts.

Zwischen diesem und dem benachbarten Gebäude gab es keinen Wächter. Der Weg zur Mitte der Siedlung schien frei zu sein. Es war aber ein Handikap, daß sie nur immer zwanzig Meter weit sehen konnten, während hinter dieser Grenze undurchdringliche Dunkelheit lag. Peet nahm sich vor, die Techniker der HTO auch auf diesem Gebiet zu Verbesserungen anzuspornen, die Reichweite der Infrarot-Geräte war entschieden zu gering.

Die Männer erreichten das runde Gebäude im Mittelpunkt der Siedlung, ohne behelligt oder entdeckt worden zu sein. Sie wurden nur einige Male durch Nachttiere erschreckt, die über die Häuser hinwegflogen und dabei krächzende Laute ausstießen, die den Eindruck des Unheimlichen noch verstärkten.

»Puh!« machte Jörn leise, als sie schließlich vor dem Bau standen und sich dagegenlehnten, um eine Weile auszuruhen. »Wenn ich jetzt wenigstens eine Pfeife rauchen könnte ...!«

Peet grinste leicht. »Sind das alle deine Wünsche?« flüsterte er zurück. »Verkneif sie dir und hilf mir lieber, die Tür des Gebäudes schnell und leise zu öffnen.«

Die Tür war etwa 1,80 Meter hoch und 1,20 Meter breit und besaß zur Überraschung der drei Männer weder Schloß noch Klinke. Sie bestand aus glattgehobelten Brettern, die ineinander verfugt waren und ein geräuschloses Aufbrechen fast unmöglich machten. Peet untersuchte sie eingehend und schüttelte dann verwundert den Kopf

»Das gibt es doch einfach nicht! Irgendwie müssen die Zorb-i doch in den Bau kommen können, durch Telepathie läßt sich die Tür wohl kaum öffnen.«

Jörn nickte.

»Das glaube ich auch nicht. Da es hier aber technische Einrichtungen gibt, sollte es mich kaum wundern, wenn auch diese Tür ein entsprechendes Schloß besitzt. Vermutlich dürfte dieser Elem-a Wert darauf legen, daß hier nicht jeder hinein kann, damit nichts beschädigt wird.«

»Okay, suchen wir also«, flüsterte Peet.

Doch sein Gesicht wurde zusehends länger, als nach zehn Minuten intensiver Suche noch immer nicht die geringste Spur von einem Öffnungsmechanismus zu finden war. Er begann leise vor sich hin zu fluchen.

»Verdammt, der Bau besitzt doch nur diese eine Tür! Ich kann mir einfach nicht vorstellen ...«

Er unterbrach sich und starrte verblüfft auf das Objekt seines Zornes, das plötzlich lautlos nach innen aufschwang.

Elker Hay war es, der zufällig mit dem Knie gegen einen unscheinbaren Astknoten in der Türfüllung gestoßen war, als er die Tür noch einmal mit seinen kräftigen Händen abgetastet hatte. Bisher hatten sich alle drei nur auf die Tür selbst konzentriert, ohne den roh zugehauenen Pfosten Beachtung zu schenken – doch gerade dort saß der gesuchte Mechanismus.

Peet zog eine Grimasse. »Da haben wir wieder etwas gelernt, wir Kinder der Supertechnik ...«

Sie schoben sich durch die Tür, die hinter ihnen wieder zufiel, und Callaghan klemmte rasch einen Zweig dazwischen, um ihnen den Rückweg offenzuhalten. Nun standen sie in einem großen Raum, und Peet pfiff leise durch die Zähne, als er das Gehäuse der Raum-Ortungsanlage erblickte, obwohl er sie infolge ihrer fremdartigen Konstruktion nicht sofort als solche identifizieren konnte.

***

In dieser Nacht schlief Elem-a nicht besonders gut. Der vergangene Tag hatte eine tiefe Zäsur im gewohnten Lebensablauf der Zorb-i bedeutet. Seit fast zwei Jahrhunderten hatte das kleine Volk auf diesem wilden Planeten ausgeharrt, hatte sich den Gegebenheiten der Natur angepaßt, um überleben zu können. Und immer hatte es auf diesen Tag gewartet, der ihm endlich das *große Ereignis* bringen sollte, das das Ende aller Ungelegenheiten bedeutete.

Die Fremden waren gekommen, und große Erregung hatte das ganze Volk erfaßt. Doch es hatte auf die telepathischen Anweisungen seines Oberhauptes gehört und geradezu vorbildliche Ruhe bewahrt. Es hatte Elem-a und den anderen *Bevorzugten* vertraut, die wußten, was getan werden mußte.

Diese hatten gehandelt, ohne jedoch in Rechnung zu stellen, daß die häßlichen bleichhäutigen Fremden sich in einiger Hinsicht von ihnen unterschieden.

Elem-a hatte das Rechengehirn befragt, nachdem er ihm alle Informationen über die Ereignisse des Tages gegeben hatte. Zu seiner Enttäuschung hatte es ihm keinen Rat geben können, den er nicht auch selbst gewußt hätte. Nach wie vor lag alle Verantwortung allein auf Elem-a.

An diesem Abend hatte er darauf verzichtet, sich unter den Frauen der Siedlung eine Gefährtin für die Nacht auszuwählen, wie es ihm als Oberhaupt zustand. Er hatte sich allein in seinen Schlafraum zurückgezogen, und seine Gedanken kreisten noch lange um das Problem, das die Ankunft der Fremden aufgeworfen hatte.

Er fragte sich, ob er nicht vorschnell gehandelt hatte. War es vielleicht ein Fehler gewesen, die Fremden sofort beeinflussen zu wollen? Hätte er nicht besser daran getan, sie erst einmal unbehelligt zu lassen, nur in Kontakt mit ihnen zu bleiben, bis er mehr von ihnen wußte?

Er kam zu dem Schluß, daß ihm auch das nichts genützt hätte. Die Gehirne der Fremden besaßen eine natürliche Schranke, die ihn lediglich ihre Emotionen erfassen ließ, nicht aber ihre Gedankenwelt. Zudem war rasches Handeln geboten, denn niemand wußte, wie lange sich das Schiff auf dem Planeten aufhalten würde.

Erst jetzt wußte er, daß sie vorerst nicht abfliegen konnten, und dieser

Gedanke beruhigte ihn schließlich. Mit dem festen Entschluß, sie am kommenden Tag unter den geistigen Bann zu zwingen, schlief er schließlich ein.

Doch sein Unterbewußtsein arbeitete weiter, er hatte wilde Träume und schreckte immer wieder aus dem Schlaf auf. So auch etwa drei Stunden nach Mitternacht, ungefähr zwei Stunden vor dem Anbruch des neuen Tages.

Die wohlbekannten Geräusche der Nachttiere sagten ihm, daß es noch nicht soweit war, die Gedanken der Wächter verrieten ihm, daß im Bereich der Siedlung alles ruhig war. Elem-a ließ sich wieder zurücksinken, als sein Geist ganz schwach etwas erfaßte, das ihn augenblicklich wieder hellwach werden ließ.

Impulse der Fremden ...!

Schwer atmend saß er auf seinem Lager und lauschte angespannt in sich hinein. Ja, das war die Aura, die von den fremden Gehirnen ausging – und ihre Träger befanden sich ganz nahe, innerhalb der Siedlung seines Volkes ...

Panik griff nach Elem-a, lähmte ihn sekundenlang und raubte ihm die klare Überlegung. Gewaltsam kämpfte er sie nieder und sandte seine Gedankenbotschaft an den Anführer der Wachtposten an der Peripherie der Siedlung.

›Zog-u, habt ihr etwas Verdächtiges bemerkt?‹

Augenblicklich kam die Antwort: ›*Nein, Elem-a! Die Nacht ist ruhig, die wilden Maguns schwärmen heute nicht, wie es scheint. Ich denke, daß ...*‹

Ein scharfer Unterbrechungsimpuls ließ ihn augenblicklich wieder verstummen.

›*Es müssen Fremde in der Siedlung sein! Ich kann die Ausstrahlungen ihrer Gehirne empfangen! Kommt alle auf dem schnellsten Weg zu meinem Haus, achtet aber darauf, daß ihr keine Geräusche macht, die euch verraten können. Ich erwarte euch hier.*‹

Zog-u bestätigte durch einen kurzen Impuls. Weiterer Befehle bedurfte es nicht, denn alle achtzehn Wachtposten hatten die Mitteilung empfangen. Elem-a aber sprang hastig auf und warf seine Kleidung über. Seine Gedanken überschlugen sich.

Also hatten die Fremden doch Verdacht geschöpft! Es gab nur diese eine

Erklärung dafür, daß sie im Schutz der Nacht heimlich gekommen waren, um ...

*Das Flacka*, schoß es ihm durch den Kopf. *Irgendwie müssen sie festgestellt haben, daß wir etwas vor ihnen verbergen, daß in dem runden Gebäude unser Geheimnis liegt. Doch wie konnten sie das nur herausfinden ...?*

Elem-a ahnte nicht, daß er selbst ihnen den Weg dorthin gewiesen hatte, als er das Rechengehirn arbeiten ließ. Er war aber Pragmatiker genug, um jetzt keine Gedanken an das *Wie* mehr zu verschwenden. Jetzt galt es, so schnell wie möglich Gegenmaßnahmen zu ergreifen.

Als Angehöriger einer Spezies, die über Para-Fähigkeiten verfügte, haßte Elem-a die Anwendung von körperlicher Gewalt gegenüber denkenden Wesen, doch jetzt blieb ihm keine andere Wahl. Die übrigen Bewohner schliefen, und es war fast unmöglich, sie zu wecken, ohne Aufsehen zu erregen. Außerdem hätten sie erst mit ihren Suggestivgaben gegen die Fremden vorgehen können, nachdem sie *Rug-o* eingenommen hatten, und dessen Wirkung trat erst nach Ablauf einer halben Stunde ein. Dann aber konnte es längst zu spät sein!

Das Oberhaupt der Zorb-i ahnte, daß die Fremden technische Hilfsmittel besaßen, mit denen sie sich auch in der Nacht sicher bewegen konnten. Zweifellos würden sie auch ihre gefährlichen Waffen mit sich führen, also hieß es doppelt vorsichtig sein.

Elem-a wagte nicht, seinen Leuchtstab zu gebrauchen, da die Sichtöffnungen seines Hauses nicht verschlossen waren. Er tastete sich bis zum Ausgang und spürte dabei bereits die Gedanken der sich nähernden Wächter, die Zorn und Erregung ausstrahlten. Befriedigt ließ er seine spitzen Ohren spielen.

Ja, das waren die richtigen Gefühle, um gegen die Fremden anzugehen Sie waren in der Minderzahl, nur drei oder vier, aber ihre Waffen glichen die geringe Zahl wieder aus. Nur das Überraschungsmoment und der Kampfesmut seiner Männer konnten hier die Entscheidung zugunsten der Zorb-i herbeiführen.

Elem-a lehnte sich gegen den Türpfosten und legte sich einen Plan zur Überrumpelung der ungebetenen Gäste zurecht.

***

Arn Borul schrak zusammen, als das Funkgerät in der Kommando-Zentrale ansprach. Er hatte eine Direktschaltung von der Funk-Z hergestellt, weil Gus Yonker und sein Assistent immer noch bei den Reparaturen halfen.

Die Bildfläche blieb dunkel, doch aus der Feldmembrane kam gedämpft die Stimme Peet Orells. »Hallo, Arn?«

»Ja! Ist etwas passiert?«

Peet Orell ließ einen leisen Brummlaut hören. »Nein, das nicht, wir sind ohne Schwierigkeiten bis zu dem runden Bau gekommen. Du hattest verdammt recht, Arn, wir haben hier Dinge gefunden, die überhaupt nicht zum Bild der harmlosen Eingeborenen passen, das uns dieser Elem-a vorgegaukelt hat! Ein Raum-Ortungsgerät und einen Computer, beides etwas primitiv, aber vollkommen betriebsklar – na, was sagst du jetzt?«

»Daß es am besten ist, wenn ihr schnellstens wieder zurückkommt, Peet! Ich bin davon überzeugt, daß die Zorb-i es nicht bei dem einen Versuch bewenden lassen werden, uns hereinzulegen, und ich glaube, ich weiß jetzt auch, warum sie so versessen darauf sind. Die PROMET wird in spätestens vier Stunden wieder startklar sein, und dann sollten wir umgehend von Wild World verschwinden, ehe sich dieser Elem-a etwas Neues einfallen läßt.«

»Ganz meine Meinung«, gab Peet Orell zurück. »Okay, wir machen uns sofort auf den Rückweg – Moment, da tut sich was!«

Ein lautes Poltern war im Hintergrund zu hören, dazwischen die erregte Stimme von Elker Hay, der etwas Unverständliches rief. Der Moraner fuhr zusammen, und mit ihm Junici und Vivien, die mitgehört hatten.

»Hallo, Peet, was ist los? Seid ihr in Schwierigkeiten – braucht ihr Hilfe? Melde dich, Peet!«

Doch die Feldmembrane blieb stumm, die Geräusche endeten wie abgeschnitten. Peet Orell hatte sein Visophon abgeschaltet und meldete sich nicht mehr ...

***

Elker Hay hatte die Tür zum Raum mit dem Ortungsgerät aufgerissen und stürzte in den Teil des Gebäudes, in dem sich Callaghan noch mit dem Rechengehirn befaßte, während Orell in sein Visophon sprach.

»Sofort 'raus hier – ein Trupp von etwa zwanzig Zorb-i nähert sich dem Bau!«

Peet fuhr zusammen und schaltete das Gerät ab, wirbelte herum und lief auf den Ausgang zu, Jörn dicht hinter sich.

»Verdammt, die haben uns gerade gefehlt – ausgerechnet eine Minute, bevor wir abhauen wollten! Wie mögen uns diese Brüder nur entdeckt haben?« knurrte er.

»Telepathie ...«, entgegnete Jörn lakonisch.

Vorsichtig spähten die Männer durch die spaltbreit geöffnete Außentür. Sie sahen, wie sich die Zorb-i zwischen den zunächst gelegenen Häusern auf den runden Bau zubewegten, die langen Speere in den sechsfingrigen Händen. Sie bemerkten aber auch, daß ihnen die totale Dunkelheit trotz ihrer Ortskenntnis Schwierigkeiten bereitete, denn sie kamen nur langsam vorwärts und stolperten zuweilen.

»Okay«, flüsterte Peet Orell seinen Gefährten zu. »Raus hier, und sofort die Antigravgürtel einschalten. In der Luft werden sie uns kaum vermuten. Anschließend müssen wir ...«

Er unterbrach sich abrupt, denn nun geschah etwas, das diesen zwar simplen, aber sicheren Fluchtplan nachhaltig durchkreuzte. Einer der Zorb-i – es war Elem-a, aber für die Menschen sahen sich die Bewohner von Wild World alle zum Verwechseln ähnlich – brachte einen länglichen, schimmernden Gegenstand zum Vorschein, und plötzlich war der freie Platz vor dem runden Gebäude in strahlend helles Licht getaucht!

Die drei Männer fuhren zurück. Schon sauste ein Speer durch die Luft und bohrte sich mit einem dumpfen Aufprall in das Holz der Tür. Elker Hay warf die Tür zu und schob rasch den massiven Riegel vor, durch den sie von innen gesichert werden konnte.

»So«, knurrte er zufrieden, »das wird sie eine Weile aufhalten, schätze ich.«

Weitere Speere schlugen gegen die Tür und die Wand daneben, doch die Männer waren vorerst in Sicherheit. Doch diese Sicherheit war nur relativ, denn in Wirklichkeit saßen sie in der Falle! Das Gebäude besaß nur diesen einen Ausgang, und davor lauerten nun die Zorb-i.

»Ein schöner Mist«, sagte Peet Orell grimmig. »Sicher, wir können leicht mit ihnen fertig werden, wenn wir die Blaster einsetzen, aber gerade das möchte ich vermeiden. Die Zorb-i sind klar im Recht, denn wir sind Einbrecher, wenn auch aus anderen Motiven, als sie wahrscheinlich denken. Ohne die Blaster werden wir aber nicht mit ihnen fertig ...«

Sie hatten sich an dem Ortungsgerät vorbei in den hinteren Teil des Raumes zurückgezogen und konnten die Bemühungen der Wächter hören, die Tür aufzubrechen. Einige von ihnen warfen sich mehrmals dagegen, doch der Riegel hielt. Es trat eine kurze Pause ein, und dann wurden einzelne Schläge hörbar, die vom Geräusch splitternden Holzes begleitet waren. Die Zorb-i setzten ihre Speere ein, und es konnte kein Zweifel daran bestehen, daß die Tür den stählernen Spitzen nicht lange widerstehen würde.

Was war zu tun?

Jörn Callaghan fand einen lächerlich einfachen Ausweg. Er grinste kurz und wies nach oben, wo zwischen den Stützbalken die Schindeln zu sehen waren, mit denen auch dieses Gebäude abgedeckt war.

»Dort oben können wir 'raus und verschwinden, ehe die Grünpelze hier eingedrungen sind! Die werden vielleicht dumme Gesichter machen, wenn sie hereinkommen und wir uns scheinbar in Luft aufgelöst haben.«

Orell atmete auf.

»Gute Idee, Jörn! Ich hatte schon daran gedacht, mit den Blastern ein Loch in die rückwärtige Wand zu brennen, aber dann wäre zweifellos der ganze Bau in Brand geraten. Ob wir damit etwas erreicht hätten, wäre auch noch fraglich, denn das wäre nicht unbemerkt geblieben und man hätte uns draußen schon mit gezückten Speeren erwartet.«

Erneutes lautes Splittern mahnte die drei Männer zur Eile. Sie schalteten die Antigravgürtel ein und stiegen langsam bis unter das etwa fünf Meter hoch gelegene Dach empor, wo sie sich zwischen den Balken hindurchzwängten. Sie faßten auf diesen Fuß und stemmten sich dann gegen die Schindeln, die nur mit Holzdübeln befestigt waren und leicht nachgaben. Nach wenigen Sekunden war ein großes Loch im Dach entstanden, die

Männer schoben sich hindurch, schalteten die Fluggürtel höher und stiegen senkrecht empor, auf die Kronen der mächtigen Urwaldbäume zu.

Natürlich war dieses Unternehmen wegen der über das schräge Dach abrutschenden Schindeln nicht unbemerkt geblieben. Die Zorb-i ließen von der immer noch geschlossenen Tür ab, und Elem-a richtete seinen Leuchtstab nach oben. Sofort flogen auch einige Speere, doch sie erreichten die Flüchtenden nicht mehr.

»Geschafft!« sagte Peet und schwang sich auf einen mächtigen Ast in etwa 30 Metern Höhe, um einen Moment auszuruhen. Der Strahl der Infrarot-Scheinwerfer reichte nun nicht mehr bis zum Boden, doch dort brannte immer noch der Leuchtstab. In seinem Schein waren die Zorb-i zu erkennen, die nach oben starrten, aber nichts mehr unternahmen, weil sie die Männer aus den Augen verloren hatten.

»Die sind ganz schön sauer!« grinste Hay, dem das ganze mächtigen Spaß zu machen schien. Jörn Callaghan dagegen runzelte die Stirn.

»Meiner Ansicht nach wäre es falsch, die Sache auf die leichte Schulter zu nehmen, Elker. Die Zorb-i werden sich zu rächen versuchen, denke ich, und das könnte schlimm für uns ausgehen. Die PROMET II bietet uns zwar Schutz gegen Angriffe mit ihren Waffen, und das werden sie auch wissen. Wenn aber das ganze Volk seine Parakräfte gezielt gegen uns einsetzt, um uns suggestiv zu beeinflussen, sind wir praktisch wehrlos!«

Peet Orell nickte dazu. »Das kann durchaus geschehen, und außer Arn und wohl auch Junici kann die gesamte Besatzung beeinflußt werden. Wir müssen also von Wild World verschwinden, so rasch es geht, denn die beiden allein können das Schiff kaum bedienen. Vor allem nicht, wenn wir anderen dagegen sind ... Wir fliegen jetzt zur Lichtung zurück.«

Sie arbeiteten sich durch das Gewirr von Ästen, Blättern und Lianen nach oben durch, bis sie den Nachthimmel mit den fremden Konstellationen der Sonnen des Sternhaufens NGC 7243 über sich sahen. Dann flogen sie zur PROMET II zurück. Im Osten kündigte bereits ein heller Schimmer den Anbruch des neuen Tages an.

Ein Tag, an den sie später nur noch mit Schaudern zurückdenken würden ...

***

Die Fremden waren entwischt.

Doch nicht diese Tatsache allein war es, die Elem-a mit tiefer Niedergeschlagenheit erfüllte. Viel schlimmer war es, daß diese Wesen jetzt das *Flacka* und das *Walla* gesehen hatten! Sie wußten nun definitiv, daß sein Volk nicht von dieser Welt stammte, denn das Vorhandensein dieser beiden Geräte vereinbarte sich in keiner Weise mit dem niedrigen zivilisatorischen Stand von Eingeborenen eines Urwaldplaneten.

Sie waren gewarnt und würden nun alles daran setzen, den Planeten zu verlassen. Daß sie gegen sein Volk mit ihren überlegenen Waffen vorgehen würden, befürchtete er nicht. Sie schienen ausgesprochen friedliebende Naturen zu sein, das bewies ihm die Tatsache, daß sie sich nach ihrem Einbruch in das Gebäude des *Flacka* zur Flucht gewandt hatten, anstatt sich zum Kampf zu stellen.

Oder fürchteten sie die Geistesgaben seines Volkes, denen sie nichts entgegenzusetzen hatten? Je länger Elem-a darüber nachdachte, um so wahrscheinlicher erschien es ihm.

Ja, so mußte es sein – und diese Gaben waren nun die einzige Waffe, die ihm noch blieb, um sich in den Besitz des Schiffes zu setzen, mit dem die Zorb-i den Planeten verlassen wollten! Nur ihr geballter Einsatz konnte jetzt noch helfen, das *große Ereignis* Wirklichkeit werden zu lassen.

Das Oberhaupt der Zorb-i wandte sich wieder seiner Umgebung zu.

Natürlich hatten der Kampfeslärm und das grelle Licht die gesamte Ansiedlung rebellisch gemacht. Ein großer Teil der erwachsenen Bewohner war ins Freie gekommen, hatte von den Wächtern telepathisch von dem Geschehen erfahren und umstand nun im großen Kreis das Gebäude des *Flacka*. Alle warteten respektvoll darauf, daß Elem-a sich nun dazu äußerte.

Das tat er auch sofort, allerdings nur sehr kurz. Dann wandte er sich sofort an die anderen *Bevorzugten*, die sich ebenfalls eingefunden hatten.

›*Die Fremden wissen jetzt alles über uns! Die Stunde der Entscheidung ist gekommen. Wir müssen direkt gegen das Schiff vorgehen, denn es ist kaum anzunehmen, daß sie sich noch einmal bei uns zeigen werden.*

*Zunächst werde ich alle Wächter ausschicken, damit sie die Lichtung beobachten und mich sofort von jeder Veränderung unterrichten können. Wir aber werden die Höchstmenge* Rug-o *einnehmen und uns für die Phase der erforderlichen Konzentration zurückziehen. Sobald die Wirkung des Mittels einsetzt, begeben wir uns ebenfalls an den Rand der Lichtung und setzen alle Kräfte gegen die Fremden ein, um sie unter den* Bann *zu zwingen. Unserer vereinten Kraft werden sie nicht widerstehen können – das Schiff wird unser sein!‹*

Er empfing die Bestätigung der *Bevorzugten* und unterrichtete dann die Wächter über ihre Aufgabe. Lautlos verschwanden die Männer im Urwald, durch dessen Gewirr nun bereits das erste Tageslicht zu sickern begann. Das Volk zerstreute sich wieder. Elem-a ging mit seinen Vertrauten auf sein Haus zu.

Dort stand bereits der *Rug-o* bereit, eine dickliche braune Flüssigkeit, die aus den Wurzeln einer Pflanze gewonnen wurde, deren Samen die Zorb-i mit nach Wild World gebracht hatten. Sie bewirkte, je nach Dosierung, eine kürzer oder länger andauernde Steigerung der Para-Fähigkeiten, vor allem der suggestiven Gaben. Elem-a, der von Natur aus besondere Anlagen besaß, wurde dadurch außerdem befähigt, sich durch seine Geisteskraft von einem Ort zum anderen zu versetzen, selbst über große Entfernungen hinweg. Schädliche Nachwirkungen hinterließ dieses Stimulans nicht, sofern die Maximaldosis nicht überschritten wurde.

Die Zorb-i begaben sich in den Versammlungsraum, in dem Tir-p und Baro-s bereits warteten, durch einen Gedankenbefehl von Elem-a unterrichtet. Sie füllten genau bemessene Mengen des *Rug-o* in Becher und reichten sie den *Bevorzugten*. Fast andächtig nahmen diese das Getränk zu sich, ließen sich dann nieder und versanken in einen Zustand, der völlige Entspannung und höchste Konzentration zugleich war.

Schon nach kurzer Zeit wurden sie gewahr, wie sich ihr Bewußtsein auf dem Para-Sektor erweiterte. Sie waren gezwungen, ihre Gehirne vollständig abzuschirmen, denn jeder Gedanke der anderen Bewohner drang fast schmerzhaft in ihr Bewußtsein und störte sie empfindlich.

Dann war die halbe Stunde vorbei, und Elem-a gab das Zeichen zum Aufbruch. Alle *Bevorzugten* verließen das Haus und machten sich auf den Weg zur Brandlichtung.

Sie waren optimal vorbereitet und kannten nur noch ein Ziel: Die Fremden, deren undeutliche geistige Ausstrahlung sie trotz der großen Entfernung bereits deutlich wahrnehmen konnten, unter ihren Willen zu zwingen.

Mit der geballten Kraft ihrer Para-Fähigkeiten wollten sie das fremde Schiff erobern!

\*\*\*

Schon von weitem sahen die drei Rückkehrer, daß an der Außenhülle der PROMET II eifrig gearbeitet wurde.

Pino Tak hatte alle verfügbaren Männer eingesetzt, um die Schäden zu beheben, die durch den energetischen Sturm nach der Antimaterie-Explosion entstanden waren. Die Feldantennen der Schutzschirm-Projektoren waren regelrecht verschmort, ebenso der Kunststoffüberzug der Hülle in ihrer Umgebung. Nun zischten die Schneidbrenner und entfernten die Metallfragmente, und praktisch im gleichen Arbeitsgang wurden neue Antennen angebracht und sorgfältig justiert.

Peet Orell schwebte an den Bordingenieur heran, der sich durch seine rote Arbeitskombination von den anderen abhob. »Wie steht es, Pino?« erkundigte er sich.

Tak schob die Infrarotbrille hoch und nickte ihm zu. »Prächtig. Ich denke, daß wir in etwa vierzig Minuten alle Antennen erneuert haben werden. Für das Flicken der Hülle brauchen wir dann noch etwa eine Stunde.«

Orell winkte ab. »*Das* kann in der Werft auf der Erde gemacht werden, Hauptsache ist, daß die Projektoren wieder funktionieren. Ich will so schnell wie möglich von hier weg.«

»Hat es drüben Ärger gegeben?« fragte der Ingenieur.

Peet lachte kurz auf. »Das kann man wohl sagen. Die Zorb-i werden nicht gerade gut auf uns zu sprechen sein. Ist drinnen alles fertig?«

»Nur noch ein paar Aufräumungsarbeiten, dann können wir den Probelauf der neuen Triebwerke vornehmen. Ich denke, daß sie reibungslos funktionieren werden. Wir haben alles dreimal durchgecheckt.«

»Okay«, nickte Orell und folgte dann den beiden anderen Männern, die bereits in der Luftschleuse verschwunden waren. Es war nun schon fast hell; in wenigen Minuten mußte die Sonne aufgehen.

Arn und Junici Borul befanden sich noch in der Kommando-Zentrale, als Peet und Jörn eintraten. Peet hatte sie schon während des Rückflugs angerufen, um ihnen ein Lebenszeichen zu geben. So hatte er den Moraner gerade noch davon abhalten können, ein Hilfskommando in den Urwald zu schicken.

Peet berichtete.

»Jetzt haben wir den letzten Beweis, daß die Zorb-i nicht von Wild World stammen, wie ich längst vermutet habe«, sagte Borul. »Sie sind wahrscheinlich Flüchtlinge vom Gegenplaneten, die mit einem Schiff dem allgemeinen Chaos entkommen sind.«

»Wo ist dann aber dieses Schiff geblieben?« warf Callaghan ein. »Wenn es sich irgendwo hier in der Nähe befände, hätten das unsere Metalltaster doch sofort festgestellt.«

Der Moraner hob die Schultern. »Ich tippe auf eine Bruchlandung im Sumpfgebiet, in dem der Raumer nach einiger Zeit versunken ist. Es ist den Zorb-i aber noch gelungen, das Ortungsgerät und den Computer hierher zu bringen, und nun warten sie seit langer Zeit darauf, den Planeten wieder verlassen zu können.«

»Mit unserem Schiff«, knurrte Peet Orell, »das sie uns durch heimtückische Methoden abnehmen wollten. Verdammt, warum sind diese Burschen nur so mißtrauisch? Sie hätten uns doch ihre Situation offen schildern können, statt es durch die Hintertür zu versuchen. Dann hätten wir ihnen auch sagen können, daß Antipod I noch immer eine atomare Hölle ist, auf der sie keinesfalls leben können.«

Borul lächelte, aber seine Augen blieben ernst.

»Würdest du jedem Fremden, der in einer solchen Situation zu dir käme, sofort deine ganze Lebensgeschichte erzählen? Einem *Menschen* vielleicht, aber wohl kaum irgendwelchen fremden Wesen! Wie sollen die Zorb-i wissen, was sie von uns zu halten haben? Sie waren nicht mißtrauischer, als du es an ihrer Stelle auch gewesen wärst; ich vielleicht auch, das muß ich ehrlich zugeben. Vor allem wird es sie geschockt haben, daß sie unsere Gedanken nicht lesen können, was in ihren Augen wahrscheinlich mehr zählt als unser fremdartiges Aussehen. Sie erfuhren von uns nur das, was wir ihnen mitzuteilen bereit waren – und woher sollen sie wissen, daß das nicht gelogen ist?«

Callaghan nickte sinnend.

»Darin muß ich Arn vollkommen recht geben, Peet. Genaugenommen haben sie sich uns gegenüber auch nicht feindselig verhalten. Ihr Moralkodex sieht wahrscheinlich erheblich anders aus als unsere Auffassungen, bedingt durch ihre Para-Fähigkeiten. Vielleicht halten sie es für die natürlichste Sache der Welt, andere durch Suggestion dazu zu bringen, ihnen zu helfen. Uns wäre ja praktisch auch kein Schaden dadurch entstanden, daß wir sie auf einen anderen Planten transportiert hätten.«

Peet Orell sah ihn skeptisch an.

»Und wer sagt uns, daß die Grünpelze wirklich so harmlos und friedlich sind, wie du sie darstellst? Vielleicht hätten sie auch Geschmack daran gefunden, uns als ihre Sklaven zu behalten, nachdem wir sie von hier weggebracht hätten! Wir haben eine Menge Dinge, die sie gut brauchen könnten, und ...«

Er wurde von Junici unterbrochen, die weiter die Bild-Erfassung beobachtete.

»Peet, da drüben am Waldrand tut sich etwas! Ich glaube, daß sich dort mehrere Zorb-i aufhalten und das Schiff beobachten. Zumindest habe ich dort mehrere Gestalten gesehen, die sich im Unterholz bewegten.«

Mit flinken Fingern regulierte sie die Bildsensoren auf starke Ausschnittvergrößerung ein. Im ersten Licht der eben aufgegangenen Sonne waren tatsächlich flüchtige Bewegungen zu erkennen, die allerdings auch von irgendwelchen Tieren stammen konnten, denn die Fauna von Wild World war inzwischen wieder vom Schlaf erwacht.

Es dauerte eine Weile, bis die Betrachter wußten, daß es sich wirklich um Zorb-i handelte, die sich in der Nähe des Pfades zur Siedlung aufhielten. Sie waren nur schwer zu erkennen, da sich ihre grün bepelzten Gestalten kaum von der Vegetation hinter ihnen abhoben.

Orell runzelte die Stirn. »Hoffentlich kommen sie nicht auf den Gedanken, gegen uns vorzugehen, ehe die Außenarbeiten beendet sind. Wir können nicht von hier starten, ehe sich der KSS wieder errichten läßt.«

Vivien Raid tauchte in der Kommando-Zentrale auf. Aus schmalen Augen starrte sie auf den Schirm.

»Peet, das sieht verflixt bedenklich aus!« sagte sie.

Orell nickte.

»Ich werde eben mal bei Pino Tak anfragen, wie weit seine Leute sind. Ich fürchte, die Zorb-i haben tatsächlich etwas vor!«

Der Bordingenieur berichtete, daß das Arbeitsteam in wenigen Minuten ins Schiff zurückkehren würde, was Orell mit Befriedigung zur Kenntnis nahm.

»Ausgezeichnet, Pino, am Rande der Lichtung drücken sich nämlich einige Zorb-i herum und beobachten uns. Starten sie nach der Rückkehr ins Schiff sofort den Probelauf der Triebwerke. Ich möchte keine Sekunde länger hierbleiben, als unbedingt nötig.«

Tak bestätigte und Orell schaltete ab. Er sah wieder auf die Bildschirme und erhaschte einen Blick aus großen, senkrecht stehenden Augen eines Planetariers, der ihn unwillkürlich frösteln ließ.

Die Zorb-i verhielten sich vollkommen passiv, aber gerade das war es, was ihm Sorgen bereitete. Sie waren keine gewöhnlichen Gegner, die mit ihren lächerlich primitiven Waffen dem Schiff etwas anhaben könnten – dafür besaßen sie übersinnliche Gaben, gegen die auch eine hoch entwickelte Technologie machtlos war ...

Er atmete auf, als ihm die Anzeigen verrieten, daß die Luftschleusen geschlossen waren, das Arbeitsteam also wieder an Bord war. Jetzt konnte es höchstens noch eine Viertelstunde dauern, bis die Erprobung der neuen Triebwerke vollzogen war und die PROMET II Wild World wieder verlassen konnte.

Eine Viertelstunde nur – aber das waren genau fünfzehn Minuten zuviel!

# 10.

Da stand das Schiff der Fremden!
Per Gedankenbefehl beorderte Elem-a einen der Beobachter zurück und nahm selbst seine Stelle ein. Mit glänzenden Augen starrte er zu dem riesigen tropfenförmigen Raumer hinüber, der seinem Volk die Rückkehr nach Zorb verhieß.

Es war das erste Raumschiff, das er sah. Es ähnelte in keiner Weise den Raumern seines Volkes, die er von alten Bildern her kannte. Trotzdem war Elem-a davon überzeugt, daß er dieses Schiff beherrschen konnte.

Denn die Fremden selbst würden es sein, die den Zorb-i aufs Wort gehorchen und sie zum Gegenplaneten fliegen würden. Sie würden sogar glauben, aus eigenem Antrieb zu handeln, sobald sie erst einmal unter dem geistigen Einfluß der *Bevorzugten* standen ...

In der Siedlung waren jetzt bereits die Hausältesten dabei, das Volk zu sammeln und auf die Übersiedlung in den Raumer vorzubereiten. Nur das Notwendigste sollte auf die Reise mitgenommen werden – was man für einen neuen Anfang auf Zorb brauchte, würden die Fremden ihnen ebenfalls freiwillig zur Verfügung stellen. Auch das *Flacka* und das *Walla* mußten zurückbleiben, aber sie hatten ihren Zweck ja inzwischen erfüllt.

Elem-a wurde aus seinen Gedanken gerissen, als er sah, daß die Menschen, die eben noch außen am Schiff gearbeitet hatten, sich zurückzogen und in den Luftschleusen verschwanden.

Es war also soweit! Die Reparaturarbeiten waren beendet, der Raumer wieder startbereit. Jetzt war der große Augenblick gekommen.

Elem-a hatte schon zuvor versucht, die Gedanken der Fremden zu lesen, doch das war ihm trotz der Wirkung des *Rug-o* nicht gelungen. Er hatte zwar Gedankenfetzen empfangen, die von dem silberhaarigen Mann stammten, der ebenfalls telepathisch begabt war, doch er hatte sie in keinen sinnvollen Zusammenhang bringen können. Trotzdem zweifelte er nicht daran, daß die koordinierten Kräfte aller Bevorzugten ausreichten, auch die andersartigen Gehirne der Menschen zu überwältigen.

Er setzte sich mit den hinter ihm versammelten zehn Helfern in Verbindung, und diese stimmten die durch die Droge stimulierten Para-Sektoren ihrer Gehirne auf ihn ein. Durch dieses Verfahren bildeten sie nun einen parapsychischen Block, dessen Suggestivkraft alles übertraf, was auf diesem Sektor überhaupt vorstellbar war.

Elem-a konzentrierte sich auf einen suggestiven Stoß, der schlagartig jeden Widerstand ausschalten und die Menschen für die dann folgenden Befehle gefügig machen sollte. Seine Augen schlossen sich, die Welt um ihn herum versank – doch im nächsten Augenblick wurde er abrupt aus dieser Versunkenheit gerissen.

Vom Schiff her erklang Grollen und Tosen, das sich zu infernalischem Lärm steigerte, der seine Trommelfelle zu sprengen drohte. Entsetzt preßte Elem-a die Handfläche gegen die Ohren, riß die Augen wieder auf und sah verstört zu dem Raumer hinüber.

Aus dessen stumpfem Heck, das von einem Wulst umgeben war, schoß eine grelle Lichtflut. Rasch schirmte Elem-a seinen Geist wieder ab, denn nun erreichten ihn überstark die telepathischen Schreckensäußerungen der anderen *Bevorzugten*, die ebenfalls aus dem tranceähnlichen Zustand erwachten und in Panik verfielen.

*Es ist bereits zu spät,* schoß es Elem-a durch den Kopf. *Die Fremden haben eben ihre Triebwerke gezündet, sie starten und verlassen den Planeten – wir sind zu spät gekommen ...*

Nein, das durfte nicht passieren! Sollte das *große Ereignis*, das bereits greifbar nahe war, im letzten Augenblick noch vereitelt werden? Sollte sein Volk, das auf seine Fähigkeiten vertraut hatte, die Enttäuschung erleben müssen, vielleicht für alle Zeit auf diesen unwirtlichen Planeten verbannt zu sein?

Elem-a versuchte, die anderen *Bevorzugten* zur Ruhe zu bringen, doch das gelang ihm nicht. Auch sie hatten begriffen, was draußen auf der Lichtung geschah, sie gaben alles verloren und waren zu keiner erneuten Konzentration mehr fähig.

Nur ein einziger Ausweg blieb ihm noch.

*Helft mir, Götter von Zorb!* dachte Elem-a.

Rasch sandte er noch einmal seine telepathischen Fühler aus, um in dem

Schiff eine Stelle zu finden; an der sich keine Menschen befanden. Im Unterschiff schien sich niemand aufzuhalten, jedenfalls drangen von dort keinerlei Gehirnwellen zu ihm heraus. So konzentrierte er sich darauf und aktivierte jenen Sektor seines Gehirns, der ihn dazu befähigte, die *Kraft* einzusetzen, über die nur er allein verfügte.

Die anderen *Bevorzugten* spürten, wie von seinem Hirn eine besondere Aura ausging, dann sahen sie, wie sich Elem-as Körper veränderte; wie er zuerst von einer schimmernden Aureole umgeben war, dann allmählich durchsichtig wurde wie ein feiner Nebel, und wie er dann plötzlich spurlos verschwand.

Es war gelungen! Elem-a befand sich im Schiff der Fremden und hatte nun alle Chancen, ihnen seinen Willen aufzuzwingen. Die *Bevorzugten* empfingen seine triumphierenden Gedanken und beeilten sich, erneut einen Para-Block zu bilden, um ihn bei seinen Bemühungen zu unterstützen.

Sie erbebten in einem geistigen Hochgefühl, als plötzlich die Triebwerke abgeschaltet wurden und die Flammen am Heck des Raumers erloschen. War das bereits Elem-as erster Erfolg? Hatte er die Menschen bereits suggestiv überwältigt und davon abgehalten, den Planeten zu verlassen?

Sie erfuhren es nicht mehr, denn von einem Moment zum anderen brach die Verbindung zu ihrem Oberhaupt ab. Ihre geistigen Kräfte stießen auf eine übermächtige Barriere, die sie auch mit ihren vereinten, durch den *Rug-o* potenzierten Kräften nicht überwinden konnten.

Verstört lösten sie ihren geistigen Block und starrten zu dem Schiff hinüber. Es war nun von einem irisierenden Schimmer umgeben, der seine Konturen verschwimmen ließ. Doch nicht genug damit – plötzlich erhob sich der mächtige Körper langsam in die Luft! Kreischend stoben die über der Lichtung kreisenden Tiere nach allen Richtungen davon, ebenso von Angst erfüllt wie die *Bevorzugten* der Zorb-i.

Die Landestützen der PROMET II wurden eingezogen, immer rascher stieg das Schiff durch die Dunstschicht empor, die sich unter dem Einfluß der Sonnenstrahlung gebildet hatte. Es verließ Wild World, doch es nahm einen ›blinden Passagier‹ mit sich.

Einen blinden Passagier, der zu allem entschlossen war, um seinem Volk die Rückkehr nach Zorb zu ermöglichen.

***

Interkom in der Kommando-Zentrale sprach an. Auf dem Bildschirm erschien das abgespannt wirkende Gesicht des Bordingenieurs.

»Wir sind soweit, Peet«, meldete er, »der Probelauf der drei Triebwerke beginnt jetzt. Achten Sie bitte auch auf Ihre Instrumente, damit wir eine doppelte Kontrolle haben.«

Orell nickte. Pino Tak unterbrach die Verbindung und begab sich zum Kontrollstand, wo Mara und Biggs bereits warteten. Auf sein Zeichen hin nahmen sie die vorbereiteten Schaltungen vor, die Triebwerkskammern wurden angewärmt, die Magnetfelder bauten sich auf. Gespannt beobachteten die drei Männer die Kontrollinstrumente, und sie konnten zufrieden feststellen, daß alle Werte normal waren.

»Zündung!« sagte Pino Tak und drückte den Sammelschalter.

Die Pumpen begannen zu arbeiten, genau dosierte Mengen der Stützmassen wurden in die Kammern geleitet, dort schlagartig aufgeheizt und durch die Magnetfelder in Richtung der Düsenöffnungen hin abgestoßen. Ihre Menge war so bemessen, daß sie nicht ausreichte, um das Schiff von der Stelle zu bewegen, aber doch hoch genug war, um verläßlich Aufschluß darüber zu geben, ob die Triebwerke einwandfrei funktionierten.

Sie taten es, das zeigten die Kontrollinstrumente einwandfrei an. Tak meldete den Erfolg der Kommando-Zentrale. Die PROMET war wieder flugtüchtig, der Rückkehr zur Erde stand nichts mehr im Wege.

Orell gab Order, die drei Triebwerke wieder stillzulegen und schaltete dann den Kombi-Schutz-Schirm ein. Auch er baute sich ordnungsgemäß auf, und Peet nickte Arn Borul zu, der neben ihm im Ko-Sitz saß.

»Alles wieder okay, Arn. Dafür bekommen unsere Leute eine Prämie und Sonderurlaub. Sie haben sich redlich abgeplagt. Jetzt aber nichts wie weg von hier, ehe uns die Zorb-i drüben im Urwald noch irgendwelche Schwierigkeiten bereiten können.«

Er schaltete den Antigrav hoch, und langsam hob der Raumer von der Lichtung ab. Die Teleskopstützen zogen sich in den Rumpf zurück, und auf den Bildschirmen verschwand der Urwald, machte der vertrauten Schwärze des Weltraums Platz.

Peet griff nach den Kontrollen, um die DeGorm-Triebwerke einzuschalten, doch plötzlich zog er die Hände wieder zurück. Ein verwirrter, unentschlossener Ausdruck erschien auf seinem markanten Gesicht.

»Was hast du?« fragte Vivien verwundert, die hinter ihm stand.

Peet hob die Schultern. »Ich weiß es selbst nicht, Vivy. Plötzlich habe ich das Gefühl, daß wir auf Wild World etwas übersehen haben, etwas, das für uns ungeheuer wichtig sein könnte. Es muß mit den Zorb-i zusammenhängen und ich meine, daß wir noch einmal landen und uns mit ihnen in Verbindung setzen sollten, um näheres darüber zu erfahren.«

»Du spinnst«, gab Vivien mit spöttisch verzogenem Gesicht zurück. »Auf dem Planeten gibt es nichts, für das sich eine zweite Landung lohnen könnte, und vor zwei Minuten hattest du es noch sehr eilig, von den Grünpelzen mit ihren Para-Fähigkeiten wegzukommen. Was soll also der Unsinn?«

Sie unterbrach sich, denn plötzlich kam Doc Ridgers in die Zentrale gestürzt, aufgeregt und mit allen Zeichen des Unmuts.

»Wie kommen Sie dazu, jetzt schon zu starten?« fuhr er auf Peet Orell los. »Sie haben mir versprochen, eine ganze Anzahl von Tieren dieses Planeten einzufangen und was habe ich bekommen? Noch nicht mal einen von den Vampiren, an denen ich vergleichende Untersuchungen anstellen könnte ... Ich verlange, daß Sie sofort umkehren, damit wir möglichst viele Tiere einfangen können, über die ich dann in meinem Buch schreiben kann!«

Arn Borul wußte zwar, daß der Arzt, der normalerweise zurückhaltend war, sich zum Choleriker entwickelte, wenn es um seine Fachgebiete ging. Trotzdem erschien ihm seine Reaktion gewaltig übertrieben, denn es existierten genügend Aufnahmen von der Fauna dieser Welt, die als Belege gelten konnten. Doch er wunderte sich noch mehr, als nun auch Jörn Callaghan das Wort ergriff und in die gleiche Kerbe hieb.

»Ich bin auch dafür, daß wir nochmal zurückfliegen und auf der Lichtung landen«, sagte er lebhaft. »Wir haben es dem Doc versprochen, und er hat schon so viel für uns getan, daß wir ihm diesen kleinen Gefallen tun sollten. Außerdem ist es gut möglich, daß ein weiterer Meinungsaustausch mit den Zorb-i uns wertvolle Aufschlüsse bringen könnte, wie Peet eben sagte.«

Vivien Raid verzog das Gesicht und wollte neuerlich protestieren, doch plötzlich glätteten sich ihre Züge wieder. »Na, dann landen wir eben in Gottes Namen wieder. Wir haben schließlich nichts zu versäumen, es kommt nicht darauf an, ob wir nun einen Tag früher oder später zur Erde zurückkommen. Die Zorb-i haben uns ja nichts getan, und wir können ihnen aus dem Weg gehen, wenn sie noch einmal versuchen sollten, uns einen ihrer komischen Streiche zu spielen.«

Arn Borul warf seiner Frau einen schnellen Blick zu, und er sah in ihren Zügen das gleiche Mißtrauen, das ihn überkommen hatte. »Da stimmt doch etwas nicht, Nici«, sagte er in moranischer Sprache, die die anderen nur verstanden, wenn er langsam sprach. »Plötzlich fällt Peet ein, daß wir etwas Wichtiges übersehen haben könnten, und er will zurückkehren. Im nächsten Moment taucht der Doc auf und fordert kategorisch dasselbe, und nun sind der vorsichtige Jörn und die stets oppositionelle Vivien der selben Meinung. Kann das mit rechten Dingen zugehen?«

Die Moranerin zog die schockgrünen Augen zusammen.

»Sicher, das scheint mir auch etwas merkwürdig, aber was soll dabei nicht mit rechten Dingen zugehen? Wenn wir noch auf Wild World wären, könnte man an suggestive Beeinflussung durch die Zorb-i glauben. Da wir jetzt aber schon etwa dreihundert Kilometer hoch und mindestens fünfhundert Kilometer von ihrer Siedlung entfernt sind, scheidet diese Möglichkeit vollkommen aus. Oder kannst du dir vorstellen, daß es eine geistige Beeinflussung über eine solche Entfernung hin gibt?«

Arn schüttelte den Kopf.

»Nein, das halte ich für ausgeschlossen, die Grünpelze haben uns nicht einmal ganz unter Kontrolle bekommen, als wir uns direkt unter ihnen befanden. Verdammt, wenn ich nur wüßte, was da …

»Heh, was habt ihr beide da zu tuscheln?« fuhr Orell plötzlich dazwischen. »Paß lieber auf die Instrumente auf, Arn! Wir fliegen jetzt zurück und landen wieder auf Wild World.«

»Was du nicht sagst«, meinte der Moraner spöttisch, obwohl ihm ganz anders zumute war. »Uns beide zu fragen, habt ihr wohl gar nicht mehr nötig, wie? Mit welcher Begründung …«

Er unterbrach sich kurz und sagte dann in gänzlich verändertem Tonfall:

»Okay, wenn es euch Spaß macht, kehren wir also noch einmal um und fangen ein paar Tiere für den Doc, die paar Stunden können wir ihm schon opfern.«

»Arn«, schrie Junici da entsetzt auf, »Arn komm zu dir ...! Wir werden tatsächlich parapsychisch beeinflußt, jetzt merke ich es ganz deutlich. Irgend etwas macht sich an meinem Gehirn zu schaffen, will auch mir einreden, daß wir auf den Planeten zurückkehren müßten – wehre dich dagegen, Arn!«

Der Moraner fuhr aus seinem Kontursitz hoch, in seinem Gesicht zeigten sich alle Anzeichen von Bestürzung. »Verdammt, du hast recht, Nici! Ich war eben auch schon so weit, daß ich kritiklos zustimmen wollte, völlig gegen meine Überzeugung. In meinem Kopf ist jetzt das gleiche Gefühl wie während unseres Marsches zur Zorb-i Siedlung – wir müssen eines dieser Wesen hier an Bord haben ...«

»Unsinn«, polterte Peet Orell, aber plötzlich veränderte sich auch sein Gesichtsausdruck. »Tatsächlich, du hast recht, dieses Gefühl ist wieder da. Wenn ich in mich hineinhorche, höre ich so etwas wie eine innere Stimme, die mir immer wieder vorsagt, daß wir unbedingt umkehren müßten. Vivy, Jörn, spürt ihr das auch?«

Nachdem es einer erkannt und ausgesprochen hatte, fiel der fremde Bann auch von den anderen ab. Sie erkannten plötzlich, daß sie im Begriff gewesen waren, vollkommen unsinnig zu handeln, daß es in Wirklichkeit überhaupt keinen Grund gab, noch einmal nach Antipod II zurückzukehren. Vivien schüttelte sich entsetzt.

»Da hätten wir ja beinahe eine kapitale Dummheit begangen, Herrschaften. Meinst du im Ernst, daß einer der Zorb-i hier an Bord ist, Arn? Himmel, das wäre schrecklich.«

»Wir werden es herausfinden!« versprach Peet Orell mit grimmigem Gesicht. »Zuerst bringen wir das Schiff in eine stabile Umlaufbahn, und dann werden wir so lange suchen, bis wir den ungebetenen Gast gefunden haben. Wie er hier hereingekommen sein mag, ist mir schleierhaft, aber er bildet mit seinen Suggestivkräften eine ernste Gefahr für uns, die wir erst ausschalten müssen, ehe wir zur Erde zurückfliegen können.«

***

Elem-a mußte sich in einem Lagerraum befinden, darauf ließen die Regale schließen, in denen sich ihm unbekannte Gegenstände befanden. Hier war er vorerst vor Entdeckung sicher, denn seine geschärften Para-Sinne sagten ihm, daß sich in der Nähe keiner der Fremden befand.

Gedämpft klang das Tosen der Triebwerke zu ihm herein, verstummte aber nach wenigen Sekunden. Elem-a, der sich eben aufgerichtet hatte, stutzte. Was mochte das zu bedeuten haben? Das Schiff konnte doch innerhalb dieser kurzen Zeit unmöglich schon den Weltraum erreicht haben.

Doch nicht nur in seinen Ohren war es still geworden – auch sein Geist war plötzlich von einer seltsamen Leere erfüllt. Als er begriff, woran das lag, stöhnte er unwillkürlich leise auf.

Der geistige Kontakt zu den anderen *Bevorzugten* war unterbrochen! Wie war das nur möglich ...?

Elem-a zermarterte seinen Kopf und durchforschte das Wissen, das er von seinem Vorgänger und dem *Walla* erhalten hatte, nach einer Erklärung für dieses Phänomen. Besaßen die Fremden irgendwelche technischen Mittel, die es ihnen ermöglichten, ihr Schiff gegen geistige Impulse abzusichern, für die es normalerweise doch keine Hindernisse gab?

Der Begriff *Schutzschirm* kam ihm in den Sinn, eine Barriere aus Energie, durch die sich einst auch die Raumschiffe der Zorb-i geschützt hatten. Elem-a streckte seine geistigen Fühler aus und spürte tatsächlich eine Art von Wall, der den Raumer von allen Seiten umgab. Darin war er gefangen wie ein Tier in einem Käfig, und auch die *Kraft* zur Überwindung von Entfernungen konnte ihm nicht heraushelfen ...

Für einen Moment wollte ihn Mutlosigkeit überkommen, doch er schüttelte sie rasch wieder ab. Er hatte eine große Aufgabe zu erfüllen, und er besaß die Fähigkeiten dazu, durch den *Rug-o* um ein Vielfaches verstärkt. Auch ohne die Hilfe der anderen mußte es ihm gelingen, die Fremden unter seinen Bann zu zwingen.

Er unternahm einen kurzen Orientierungsgang durch den langgestreckten Raum und kam an eine Tür, neben der sich ein Bildschirm befand. Er besaß nur eine Bedienungstaste, und Elem-a riskierte es, sie zu drücken.

Prompt erhellte sich der Schirm, und dann erkannte Elem-a darauf die Lichtung, die das Raumschiff umgab. Schreck durchfuhr ihn, als er bemerkte, wie sie plötzlich zurückzuweichen schien, wie sich der Horizont laufend vergrößerte und ein Teil des umgebenden Urwaldes in Sicht kam.

Das Schiff der Fremden war gestartet und nahm ihn mit in den Weltraum!

Doch damit hatte er ja von Anfang an gerechnet, und so beruhigte er sich rasch wieder. Wenn er es jetzt geschickt genug anfing, konnte er die Menschen ohne weiteres wieder dazu bringen, daß sie umkehrten und erneut auf der Lichtung landeten.

Er konzentrierte sich und begann, den Raumer telepathisch zu durchforschen. Es waren nur etwa zwanzig Fremde an Bord, über das ganze Schiff verteilt. Er verwünschte die Tatsache, daß er ihre Gedanken trotz des *Rug-o* nicht lesen konnte, aber er fand wenigstens die vertrauten Impulse jener heraus, die schon in der Siedlung seines Volkes gewesen waren.

Sie waren die Befehlshaber des Raumers, das wußte er von dem Mann, der sich Arn Borul nannte. Wenn er ihnen den Gedanken an eine Rückkehr zum Planeten suggerieren konnte, hatte er gewonnenen!

Elem-a ließ sich auf einem Hocker nieder, schloß die Augen und konzentrierte sich.

Das von ihm ausgehende Suggestivfeld erfaßte die ganze Gruppe, die sich in einem Raum weit vorn im Schiff befand. Elem-a gab ihnen keine speziellen Befehle. Er begnügte sich damit, ihnen den Wunsch zur Rückkehr aufzuoktroyieren, dessen Motivation dann vom Unterbewußtsein der einzelnen Wesen selbst gestaltet wurde.

Triumphierend bemerkte er, wie der Mann, der sich Peet Orell nannte, als erster von ihm beherrscht wurde, und wie sein Einfluß nach und nach auch auf die anderen übergriff. Auch ein Mensch, der sich in einem vor ihnen angeordneten Raum befand, wurde von dem Suggestivfeld erfaßt und begab sich daraufhin hastig zu den anderen.

Nur der Mann mit den schwachen telepathischen Gaben und ein zweites Wesen mit gleicher Gehirnstruktur leisteten ihm unbewußt Widerstand. Elem-a verstärkte seine Anstrengungen noch mehr, und auch dieser Mann verfiel seinem Bann. Nun waren es bereits fünf Fremde, deren Emotionen aussagten, daß sie seine telepathischen Befehle bedingungslos ausführen würden.

Jetzt mußte er ihnen nur noch den Wunsch eingeben, das Kraftfeld auszuschalten, das ihr Schiff umgab. Dann konnten ihm die anderen Bevorzugten mit ihren Kräften zu Hilfe kommen, und alles würde nur noch ein Kinderspiel sein ...

Das Schiff würde auf dem Planeten landen, und das Volk der Zorb-i würde an Bord kommen. Geistige Befehle würden dann die Besatzung ununterbrochen lenken, das Schiff würde wieder starten und Kurs nach Zorb nehmen. Und dann ...

Elem-a fuhr zusammen.

Deutlich spürte er, wie von dem Wesen, das sich noch nicht unter seinem Einfluß befand, plötzlich eine starke Aura des Widerstandes ausging. Er wußte nicht, was diese Person tat, doch plötzlich veränderten sich auch die Emotionen der übrigen wieder in negativem Sinn. Sie entglitten seinem Zugriff, lösten sich aus seinem geistigen Bann!

Elem-a sank resigniert in sich zusammen.

So nahe war er seinem Ziel schon gewesen, und nun hatte ein einziges dieser *geistig tauben* Wesen seine ganzen Bemühungen zunichte gemacht ... Es war äußerst schwierig, sie zu beeinflussen, und ein zweites Mal würde es ihm nicht mehr gelingen, denn nun waren sie gewarnt.

Doch noch hatten die Fremden nicht gewonnen – er verfügte noch immer über genügend übersinnliche, durch den *Rug-o* gewaltig gesteigerte Kräfte, um sie besiegen zu können!

\*\*\*

Die Alarmsirenen heulten durch die PROMET II, und Pino Tak zuckte zusammen.

Er hatte gerade einen Becher Kaffee aus dem Automaten gezapft, und nun entglitt dieser seiner Hand, und sein Inhalt verteilte sich gleichmäßig über seine Hose und die Stiefel. Der Bordingenieur stieß einen langen Fluch in seiner finnischen Heimatsprache aus.

»Was ist denn jetzt schon wieder los?« knurrte er.

Die Sirenen verstummten wieder, und Peet Orell unterrichtete über das auf Rundspruch geschaltete Interkom die Besatzung von dem Vorgefallenen.

Tak schüttelte den Kopf. »Das verspricht ja lustig zu werden«, sagte er zu Ramon Mara und rieb sich die rotgeränderten Augen. »Da hat man geschuftet wie ein Roboter und denkt, jetzt wäre alles ausgestanden, und schon geht's wieder los! Einer dieser Wilden ist an Bord, der uns klammheimlich Dinge suggerieren kann, die wir gar nicht tun wollen; und teleportieren kann er auch noch, wie Borul meint. Was sagen Sie dazu, Ramon?«

Der Mestize fuhr mit den Fingern durch seinen dichten schwarzen Haarschopf.

»Ein schwieriges Problem, Chef, beinahe unlösbar, möchte ich sagen. Dieser Zorb-i kann vor uns auftauchen und uns vorgaukeln, er wäre gar nicht da – und wenn wir nicht darauf hereinfallen, macht er sich per Teleportation aus dem Staub! Wie soll man so einen Burschen fangen? Der ist nur zu kriegen, wenn man auf ihn schießt, sobald man ihn zu Gesicht bekommt. Sollen wir nicht vorsichtshalber doch unsere Blaster holen?« fragte Ramon Mara.

Sein Vorgesetzter hob unschlüssig die Schultern und war erleichtert, als sich Orell erneut meldete.

»Passen Sie auf, Pino«, sagte er. »Sie und Mara begeben sich in Ihre Kontrollkabine und beobachten das Maschinendeck über die Kontrollbildschirme. Dies ist die zuverlässigste Methode, denn den Kameras kann niemand etwas suggerieren, und falls der Zorb-i bei Ihnen auftaucht, verständigen Sie mich sofort. An den anderen wichtigen Punkten im Schiff wird ebenso verfahren, und inzwischen durchstreifen die restlichen Leute ständig die übrigen Räume.

Es ist wichtig, daß nie einer allein bleibt, zwei Männer sind naturgemäß schwerer zu beeinflussen als ein einzelner. Alles klar?«

Tak bestätigte, und Orell beorderte Biggs auf den Hauptkorridor, wo ihn Hay bereits erwartete, um einen Patrouillengang durch die Lagerräume anzutreten.

Alle wurden verständigt. Dann schaltete Peet wieder ab und sah auf die

Bildschirme. Darauf war Wild World bereits als Kugel zu sehen, denn Arn Borul hatte das Schiff inzwischen in 10 000 Kilometern Höhe auf eine Umlaufbahn gebracht.

»Ob wir mit diesen Maßnahmen Erfolg haben werden?« fragte der Moraner.

Orell hob die Schultern. »Mehr können wir wohl kaum tun. Keiner von uns hat Erfahrung im Umgang mit mehrfach übersinnlich begabten Wesen, wir können nur im Rahmen unserer normalen Logik handeln. Ob Elem-a aber auch so denkt wie wir ...

»Vermutlich nicht«, sagte Junici. »Trotzdem dürfen wir annehmen, daß er jetzt verzweifelt ist, denn er muß unseren Start längst bemerkt haben. Da er an so etwas nicht gewöhnt ist, muß es ihm schwer zu schaffen machen.«

Jörn Callaghan nickte nachdenklich.

»Wahrscheinlich hast du recht, Junici. Wenn er aber verzweifelt ist, wird er alles versuchen, uns zu überwältigen, ohne Rücksicht auf sich selbst. Es können uns also noch schwere Stunden bevorstehen, bis wir ihn irgendwie unschädlich gemacht haben!«

\*\*\*

Elem-a hatte den Lagerraum verlassen.

Sein technisches Wissen war nur gering, aber sein Verstand sagte ihm, was er zu tun hatte. Die wichtigsten Anlagen jedes Raumschiffes waren die Maschinenräume. Dorthin mußte er, wenn er Erfolg haben wollte.

Das Geräusch der laufenden DeGorm-Triebwerke zeigte ihm den Weg.

Das Geheul der Alarmsirenen hatte ihn erschreckt, bis er begriff, was sie bezweckten. Nach ihrem Lärm waren die Menschen im Schiff in Bewegung gekommen. Ein großer Teil war nun unterwegs, das verrieten ihm seine sondierenden Sinne, und zweifellos auf der Suche nach ihm.

Verächtlich verzog er seinen breiten Mund.

*Ihr könnt mich lange suchen,* dachte er grimmig. *Wenn ich auch eure Gedanken nicht lesen kann, so kann ich doch eure Anwesenheit spüren und mich immer rechtzeitig in Sicherheit bringen. Irgendwie wird es mir doch gelingen, euch zu überlisten.*

Er teleportierte wieder ein Stück weiter und kam in einem der Ersatzteildepots heraus. Gleichzeitig spürte er aber, wie sich zwei der Fremden diesem Raum näherten, und auf eine Begegnung mit ihnen legte er keinen Wert. Er konzentrierte sich kurz und vollführte den nächsten Sprung.

Dieser brachte ihn auf den Hauptkorridor des Schiffes, der sich von den Triebwerksanlagen bis zur Kommando-Zentrale erstreckte. Elem-a hatte Glück, denn er materialisierte genau auf dem schmalen Streifen zwischen den beiden in gegenläufiger Bewegung befindlichen Expreß-Transportbändern. Verständnislos starrte er auf die schnell dahinrasenden Kunststoffstreifen, die ihm im ersten Moment wie lebende Wesen erschienen. Aber er begriff schnell, wozu sie dienten.

Dann erspähte er weit im Hintergrund eine Bewegung. Dort hatten sich zwei Menschen auf das zum Maschinendeck führende Band geschwungen und kamen rasch näher. Noch schienen sie ihn nicht bemerkt zu haben, denn ihren Emotionssphären war keine besondere Erregung anzumerken. Elem-a verließ diese exponierte Stelle rasch und teleportierte weiter.

Diesmal kam er bereits im Maschinendeck an.

Er landete etwas unsanft auf der untersten der drei Galerien, die durch Treppen miteinander verbunden waren. Dicht vor ihm brummte ein mächtiger Transformator, Kontrollanzeigen leuchteten in raschem Wechsel auf. Die meisten anderen Zorb-i wären vor diesem Ungetüm zu Tode erschrocken, doch Elem-a blieb ruhig.

Seine geistigen Fühler griffen aus und spürten zwei Männer auf, die sich am anderen Ende des großen Raumes befanden.

Sie hatten ihn noch nicht bemerkt, denn der Transformator deckte ihn ausgezeichnet gegen Sicht. Doch ihm ging es nicht anders, er konnte nur einen kleinen Teil des Maschinenraumes überblicken. Er versuchte, die beiden unter geistige Kontrolle zu nehmen, hatte aber damit keinen Erfolg, denn die fremdartige Umgebung behinderte seine Konzentrationsfähigkeit.

Er mußte näher an sie heran.

Vorsichtig schob er sich an dem Transformator entlang, bis er in die Richtung sehen konnte, in der sie sich befanden. Er entdeckte sie in einem kleinen, separaten Raum, dessen transparente Wände ihnen den Überblick über den ganzen Maschinenraum erlaubten. Doch sie sahen nicht hinaus, sondern auf eine Schaltwand vor ihnen, zuweilen führten sie auch kurze Unterhaltungen. Für Elem-a war es aber sicher, daß sie ihn sofort entdecken würden, so bald er seinen Sichtschutz verließ.

Er suchte nach einer Möglichkeit, in die Nähe der beiden Männer zu kommen, ohne sofort von ihnen gesehen zu werden. Er benötigte einige Augenblicke, um sie in seine geistige Gewalt zu bekommen, erst dann durfte er sich ihnen unbedenklich zeigen.

Schließlich entschied er sich dafür, auf dem Dach der Kontrollkabine zu materialisieren, das aus undurchsichtigem Material bestand und sein Gewicht bestimmt aushalten würde.

Ein kurzer Moment der Konzentration, dann verschwand er von seinem Platz und tauchte augenblicklich auf dem Dach der Kabine auf.

***

Es geschah von einem Augenblick zum anderen.

Eben hatten sich Tak und Mara noch auf die Monitoren konzentriert, die ihnen die verschiedenen Sektoren und Galerien des Maschinendecks zeigten. Doch plötzlich legte sich ein dumpfer Druck auf ihre Sinne, für Sekunden verschwand für sie das Bild ihrer Umwelt. Als sie wieder klar sehen konnten, waren sie nicht mehr sie selbst.

Sie bekamen noch alles mit, was um sie herum vorging, doch sie besaßen keinen freien Willen mehr. Ein fremder Zwang beherrschte sie und suggerierte ihnen Handlungen, die sie im Besitz ihrer Willensfreiheit nie ausgeführt hätten.

Die Bilder auf den Kontrollschirmen waren für sie bedeutungslos geworden, die Existenz eines fremden Wesens an Bord hatten sie vergessen. Für sie war jetzt nur noch eines wichtig: Die PROMET II auf die Lichtung des Planeten Wild World zurückzubringen, ohne jede Rücksicht auf sich selbst oder auf andere.

Sie waren aufeinander eingespielt, zwischen ihnen bedurfte es keiner langen Erklärungen.

Der Bordingenieur erhob sich, ging zu einem Schaltpult und unterbrach die Verbindung zwischen den Triebwerksanlagen und der Kommando-

Zentrale. Ganz gleich, welche Schaltungen jetzt dort ausgeführt wurden, das Schiff konnte auf keine von ihnen mehr reagieren!

Er nickte Mara kurz zu, und der Mestize handelte ebenfalls. Er stand vor der Steuereinheit, die die Bedienung der Triebwerke auch dann ermöglichte, wenn es in der Zentrale zu Störungen kam. Er schaltete mit sicheren Händen, und nach einem kurzen Übergang begannen die DeGorm-Triebwerke entgegen der bisherigen Flugrichtung zu arbeiten. Das bedeutete, daß die PROMET II nun abgebremst wurde, aus dem Orbit ausscherte und dem Planeten entgegenstürzte.

Dann nahmen beide Männer wieder ihre Plätze ein, als wäre nichts geschehen ...

Mara steckte sich eine neue Zigarette an und Tak schaltete den Interkom ab, als wäre das die natürlichste Sache in der Welt. Für sie war die Welt vollkommen in Ordnung, sie verschwendeten keinen Gedanken daran, daß ihr Handeln den Untergang für Schiff und Besatzung bedeuten mußte.

Zwei Meter über ihnen schwelgte Elem-a im Triumphgefühl des sicheren Siegers. *Sein* Wille beherrschte nun den Raumer und dieser war unterwegs, um sein Volk abzuholen und zurück nach Zorb zu bringen!

# 11.

Arn Borul ruckte hoch, als plötzlich alle Kontrollinstrumente der Steuerungsanlage auf Null zurückfielen. Ungläubig huschten seine Blicke über die Anzeigen, seine Hände flogen über die Tasten und Knöpfe, bewegten Hebel und Rädchen. Doch jede Reaktion blieb aus – das Kontrollpult war tot!

Peet unterhielt sich gerade mit einem der Suchtrupps, der über Interkom eine Meldung abgab, als ihn der Alarmruf seines Freundes erreichte. Abrupt wandte er sich um und wollte eine Frage stellen, doch das Wort blieb ihm im Hals stecken. Auch er sah sofort, was geschehen war.

»Verdammt, wie ist das nur möglich? Die Steuerung *kann* einfach nicht ausfallen, alles ist dreifach abgesichert! Sehen wir hier vielleicht etwas, das gar nicht wahr ist, weil uns dieser Elem-a unter Kontrolle hat?«

Arn Borul schüttelte den Kopf.

»Bestimmt nicht, Peet, ich würde das merken. Die Anlagen sind tot, das ist ganz sicher. Wir müssen sofort bei Pino anfragen, woran das liegen kann.«

»Maschinendeck!« schrie Peet Orell, die Phono-Sensoren des Interkom reagierten sofort und stellten die entsprechende Schaltung her. Doch nichts geschah, der Bildschirm blieb dunkel, die Feldmembrane stumm.

»Himmel, wir stürzen ja ab!« keuchte Callaghan und wies auf die Bildschirme, auf die vorübergehend niemand geachtet hatte.

Sie zeigten deutlich, daß die PROMET II ihre Umlaufbahn verlassen hatte und rapide an Geschwindigkeit verlor. Wenn es nicht mehr gelang, sie rechtzeitig abzufangen, mußte sie auf den Planeten stürzen und zerschellen ...

»Elem-a!« sagte Peet heiser, und Arn nickte schwer.

»Zweifellos, und ich weiß auch schon, wie er das angefangen hat: Er hat Tak und Mara unter seinen Einfluß gebracht, sie haben die Verbindung unterbrochen und die Triebwerke auf Gegenschub geschaltet. Dieser Wahnsinnige!«

»Wir müssen sofort zum Maschinendeck, nur dort kann diese Schaltung wieder rückgängig gemacht werden«, knurrte Orell. »Komm, Jörn, das machen wir; Arn, du übernimmst sofort wieder die Steuerung, wenn die Verbindung wieder klappt, klar?«

Der Moraner nickte, und Peet griff nach seinem Blaster. Wenn es sein mußte, würde er von ihm Gebrauch machen. Denn dieser Wahnsinnige, der vor nichts zurückschreckte, um seine Ziele zu erreichen, brachte ihrer aller Leben in Gefahr!

Hoffentlich war es noch nicht zu spät! Bildschirme und Flugschreiber zeigten an, daß die PROMET II mit etwa 30 000 km/h auf Wild World zustürzte und höchstens noch fünftausend Kilometer von seiner Oberfläche entfernt war. Wenn ihr Kurs nicht innerhalb weniger Minuten korrigiert werden konnte, war das Verhängnis nicht mehr aufzuhalten ...

Die beiden Männer stürmten auf das Ausgangsschott zu, doch bevor sie es erreichten, öffnete es sich und Doc Ridgers erschien in der Öffnung. In seinen Händen hielt er einen Plastikbehälter. »Hören Sie«, sagte er hastig. »Ich habe ein Mittel, mit dem wir den Zorb-i sofort ausschalten können, wir brauchen es bloß ...«

»Was sagen Sie da?« keuchte Peet. »Was für ein Mittel?«

»Eine Art von Flüssiggas, das auf den neuesten Erkenntnissen der Parapsychologie basiert«, erklärte der Doc hastig. »Durch dieses Gas wird jede Art von Para-Aktivität schlagartig neutralisiert. Die vorhandene Menge hier reicht für das ganze Schiff, man braucht sie nur durch die Belüftung zu verteilen!«

Für Orell gab es kein langes Überlegen.

Bis er und Callaghan das Maschinendeck erreicht hatten, mußten trotz Expreß-Laufband mindestens zwei, wenn nicht gar drei Minuten vergehen, und bis dahin konnte es leicht zu spät sein. Das Gas würde viel rascher dort sein, wenn die Luftumwälzanlage entsprechend hochgeschaltet wurde, und wenn dann Pino Tak vom suggestiven Einfluß befreit war, würde er bestimmt wissen, worauf es jetzt ankam.

Doch hundertprozentig konnte er sich darauf auch nicht verlassen, also war es besser, zweigleisig zu fahren. Er riß dem Arzt den Behälter aus den Händen und warf ihn Arn Borul zu.

»Erledige du das, Arn, wir müssen so schnell wie möglich zum Triebwerksraum. Komm, Jörn!«

Die beiden Männer stürmten aus der Zentrale, während Arn mit fliegenden Fingern den Verschluß des Behälters löste. Vivien entfernte bereits die Verschlußkappe des Hauptluftschachtes, um dann sofort die Umwälzanlage auf höchste Leistung zu stellen.

Es war ein dramatischer Wettlauf mit der Zeit, denn die PROMET II schoß steuerlos immer weiter auf Antipod II zu ...

\*\*\*

Elem-a zuckte zusammen.

In seinem Kopf machte sich ein Gefühl breit, wie er es noch nie zuvor empfunden hatte. Seine durch die Einnahme des *Rug-o* übersteigerten Para-Sinne verweigerten ihren Dienst, ganze Sektoren seines Gehirnes schienen plötzlich förmlich taub zu sein. Dieser Zustand war so anomal für ihn, daß er wimmernd zusammenbrach und sich wünschte, tot zu sein.

Unter ihm aber erwachten zwei Männer wie aus einem tiefen Schlaf. Der fremde Zwang war von ihren Gehirnen gewichen, und schlagartig erkannten sie, was sie unfreiwillig getan hatten, um Schiff und Besatzung ins Verderben zu stürzen.

Doch ihre Schrecksekunde währte nicht lange. Wortlos wandten sie sich den Schaltpulten zu, machten die Fehlschaltungen wieder rückgängig und stellten die Verbindung zwischen den Triebwerksanlagen und der Kommando-Zentrale wieder her.

Dort atmete Arn Borul erlöst auf.

Er hatte bereits mit Hilfe des Bordcomputers die Bewegung des Schiffes zum Planeten berechnet und festgestellt, daß mit den Normaltriebwerken allein der Sturz nicht mehr abzufangen war. Rasch aktivierte er die Tronik wieder und drückte auf die Taste für die vorprogrammierte Nottransition.

Schlagartig erwachten die drei Borul-Triebwerke zum Leben, die PROMET II wurde in das Parakon geschleudert und kam zwei Lichttage außerhalb des Systems Lac-093 wieder in den Normalraum zurück.

Orell und Callaghan standen auf dem Expreßband und hatten etwa die halbe Strecke zum Maschinendeck zurückgelegt, als sie den kurzen Transitionsschock spürten. Die Anspannung auf ihren Gesichtern löste sich, und Peet lächelte leicht.

»Das hat also geklappt und viel schneller, als ich dachte. Unser Doc ist wirklich Spitzenklasse – wir sind ratlos und wissen nicht, wie wir diesem Elem-a beikommen sollen, und er schüttelt die Lösung sozusagen aus dem Ärmel.«

Callaghan nickte.

Die beiden Männer sprangen vom Transportband und eilten in den Triebwerksraum. Dort erwartete sie ein seltsames Bild.

Pino Tak und Ramon Mara standen mit gezückten Blastern vor ihrer Kontrollkabine. Auf deren Dach hockte der Zorb-i wie ein Häufchen Elend. Er hatte beide Arme vor den Kopf gelegt, um sich die Augen zuzuhalten, und wimmerte leise vor sich hin. Er schien überhaupt nicht wahrzunehmen, was um ihn herum vor sich ging.

»Der steht unter einem schweren Schock«, stellte Orell fest und wandte sich dann an den Bordingenieur. »Der Kerl hat es verdammt schlau angefangen, denn er hat sich den einzigen Platz ausgesucht, der von den Kameras nicht erfaßt wird. Sind Sie beide wieder vollkommen in Ordnung?«

»Alles okay«, sagte Tak und ließ die Waffe sinken. »Es ist schon eine verdammte Sache mit diesen Para-Fähigkeiten, das kann ich Ihnen sagen. Wir waren uns überhaupt nicht bewußt, daß wir das Schiff in höchste Gefahr brachten. Als wir wieder klar denken konnten, wußten wir zum Glück noch alles, was wir getan hatten, und konnten gleich wieder umschalten.«

»Wir sind noch einmal davongekommen«, meinte Jörn Callaghan. »Doch was fangen wir jetzt mit dem Grünpelz da oben an? Eine telepathische Verständigung mit ihm ist wenigstens zur Zeit unmöglich, und richtig sprechen kann er scheinbar nicht, versteht also auch kein Interstar.«

Orell überlegte kurz und gab dann Mara einen Wink. »Wir brauchen zwei Antigravgürtel, anders bekommen wir ihn kaum herunter. Ich denke, daß er keinen Widerstand leisten wird. Er scheint jetzt aufgegeben zu haben.«

Der Mestize holte die Gürtel, Orell und Callaghan legten sie um und schwebten dann die vier Meter bis zum Dach der Kabine empor. Teilnahmslos ließ Elem-a zu, daß sie ihn ergriffen und auf den Boden hinabbeförderten, wo er stocksteif stehenblieb.

Arn Borul kam in den Maschinenraum und gesellte sich zu der Gruppe. »Alles in bester Ordnung«, meldete er, »das Schiff befindet sich zwei Lichttage über dem System und treibt im freien Fall. Das Abenteuer Wild World scheint beendet zu sein.«

Peet grinste zwiespältig. »Jetzt bleibt uns nur noch das Problem, uns des Zorb-i zu entledigen. Es bleibt uns nichts weiter übrig, als ihn zurück nach Antipod II zu bringen, hier an Bord kann er auf keinen Fall bleiben. Wenn die Wirkung des Gases abgeklungen ist, geht der Ärger nämlich wieder los.«

Der Moraner nickte. »Das werde ich übernehmen. Junici und ich bringen ihn ins T-Boot und springen damit zurück zum Planeten. So ist das Risiko am geringsten, denn uns beide zugleich kann er nur schwer beeinflussen, falls seine Fähigkeiten unterwegs zurückkehren sollten.«

Peet Orell stimmte zu, und Elem-a wurde in den Hangar geführt. Er bewegte sich mechanisch, wie eine schlecht gesteuerte Marionette, seine Augen waren trübe und starrten blicklos vor sich hin.

Das T-Boot schoß aus dem Hangar, Arn Borul beschleunigte intensiv und leitete dann die Transition nach Wild World ein. Das Boot kam fünf Millionen Kilometer vor dem Planeten aus dem Parakon, und der Moraner steuerte wieder die Lichtung im Urwald an, auf der alles begonnen hatte.

Auf dem Flug dorthin bemerkte er überrascht, daß der Zorb-i allmählich aus seiner Lethargie erwachte. Wenig später empfing er seine ersten Gedanken, allerdings nur sehr schwach.

›Warum habt ihr mich nicht getötet, Arn Borul? Ich habe versagt, denn ich konnte das meinem Volk gegebene Versprechen, es zurück nach Zorb zu bringen, nicht halten. Was soll ich ihm jetzt sagen?‹

Der Moraner sah ihm voll in die senkrecht stehenden Augen.

›Sag deinem Volk, daß es eine Rückkehr nach Zorb in absehbarer Zeit nicht geben kann. Der Planet wird noch auf Jahrhunderte hinaus voll von tödlicher Strahlung sein, in der ihr alle jämmerlich umkommen würdet. Wärest du offen zu uns gewesen, hätten wir dir das gleich am Anfang mitteilen können, denn wir haben diese Welt besucht, ehe wir zu euch kamen.‹

Obwohl Arn Borul die Mimik des Zorb-i nur schwer deuten konnte, sah er ihm an, wie hart ihn diese Nachricht traf. Elem-a sank wieder in sich zusammen und machte keine Anstalten mehr, die geistige Unterhaltung fortzusetzen.

Das T-Boot setzte auf der Lichtung auf, der Moraner öffnete die Luftschleuse, und der Zorb-i stieg über die Rampe hinunter. Arn Borul sah ihm nach, bis die kugelförmige Gestalt den Urwald erreicht hatte und langsam darin verschwand. In seinem Geist fühlte er die Anwesenheit zahlreicher Zorb-i in der Umgebung, und plötzlich brach eine Woge suggestiver Befehle über ihn herein, die sein Gehirn förmlich zu sprengen drohten.

Die *Bevorzugten*, die geduldig auf die Rückkehr ihres Anführers gewartet hatten, schlugen zu! Der Moraner bemühte sich mit aller Kraft, ihnen Widerstand zu leisten, aber sein Kampf gegen den Para-Block war aussichtslos.

Er war bereits unterlegen, als die Beeinflussung schlagartig wieder abbrach. Offenbar hatte Junici eingegriffen und Arn aus dem Suggestivbann gerissen. Er war erschöpft wie selten zuvor in seinem Leben und konnte kaum die Mitteilung verstehen, die nun in sein Gehirn drang: ›*Du kannst abfliegen, Fremder!*‹

Nichts sonst, aber Arn war Elem-a trotzdem dankbar. Mit zitternden Händen betätigte er die Kontrollen, und gleich darauf schoß das Boot in den Himmel von Wild World.

\*\*\*

In der Messe der PROMET II war die Besatzung vollzählig versammelt. Der Koch Armand Leon schien sich besonders angestrengt zu haben, denn von der Küche her wehten verführerische Düfte durch den Raum.

Arn und Junici hatten sich nach seiner Rückkehr kurz erfrischt und dann ihren Freunden Bericht erstattet. »Wo steckt eigentlich Vivien?« fragte Arn anschließend.

Jörn Callaghan feixte. »Soweit ich weiß, wollte sie sich für unser

Festessen ein wenig herausputzen. Offen gestanden, Arn, ich befürchte das Allerschlimmste ...«

Er hatte kaum ausgesprochen, als sich bereits die ersten Köpfe zu recken begannen.

Vivien Raid kam nicht einfach in die Messe, nein, sie zelebrierte einen Auftritt, der einer TV-Show würdig gewesen wäre. Sie schritt würdevoll einher, ihr goldfarbener Minirock wippte bei jeder Bewegung, und über diesem saß ein wahrer Hauch von einem Pullover, im Netzmuster gestrickt und in allen Farben des Spektrums schillernd.

Er sah wirklich gut aus, und spontan begannen die Männer zu klatschen und zu pfeifen. Vivien setzte ein berückendes Lächeln auf, hob die Nase noch etwas höher, drehte sich kokett im Kreise und drückte das, was Peet Orell als *abendfüllend* zu bezeichnen pflegte, noch weiter heraus.

Doch gerade das hätte sie nicht tun sollen.

Der Beifall war verebbt, für einen Moment war es in der Messe ganz still. So konnte jeder hören, wie plötzlich ein reißendes Geräusch erklang – Vivien Raids Prunkstück platzte, riß genau in der Mitte von oben bis unten auf, und plötzlich stand sie oben völlig im Freien ...

Dieser Anblick verschlug den Männern für einen Moment den Atem, aber dann klang ein brüllendes Gelächter auf, das auch lange nach ihrem fluchtartigen Abgang noch nicht verstummen wollte.

Einmal hatte es ja soweit kommen müssen ...

# 12.

Langsam trieb das mächtige Bruchstück des fremden Raumschiffs auf das Planetensystem des kleinen gelben Sterns zu. Auf seinem Jahrtausende währenden Weg durch den interstellaren Raum war sein Kurs von den Gravitationskräften zahlloser Sterne beeinflußt worden. Rein zufällig geriet das Wrack in den Anziehungsbereich von Sol und begann, auf den noch fernen Stern zuzuschwenken. Unmerklich fast steigerte sich seine Geschwindigkeit. Sie betrug zur Zeit nur 100 Meter pro Sekunde. Ein Dahinschleichen, gemessen an kosmischen Geschwindigkeiten.

\*\*\*

Auf BASIS I der HTO herrschte normaler Betrieb. Seit der zum Teil zerstörte Kugelraumer einer fremden Rasse auf seiner Umlaufbahn um Sol aufgefunden und als Absprungbasis für interstellare Flüge eingerichtet worden war, befand sich in ihm eine menschliche Besatzung. Sie betreute die neu installierten Anlagen und überwachte den Raum außerhalb des Sonnensystems.

Der diensthabende Radarspezialist saß in der Überwachungszentrale vor seinen Geräten.

Unablässig kreisten die Radarwischer über die blaßgrün leuchtenden Schirme. Leise rauschte die Klimaanlage.

Wenn der Strahl der draußen rotierenden Antennen in Richtung Sol wanderte, erschienen regelmäßig einige kleine Blips auf dem Schirm des Langstreckenradars. Der Spezialist beachtete sie nicht. Es waren seit langem bekannte Objekte. Große Meteoriten, die vor urdenklichen Zeiten von Sol eingefangen worden waren und nun in relativer Nähe von BASIS I um sie kreisten.

Ein plötzlich aufklingender Summton ließ den Funker von seinem Lesegerät aufblicken.

Er drückte die kleine Stoptaste, legte es zur Seite und ließ die geübten Blicke über die Leuchtschirme und die Instrumentenwand vor sich wandern.

Auf den Schirmen war nichts zu erkennen. Aber auf dem Bedienungspult des automatischen Komparators blinkte die rote Lampe. Ein Zeichen dafür, daß das Gerät, von dem die einfallenden Radarechos laufend geprüft wurden, eine Veränderung entdeckt hatte.

»Ist bei dir etwas los?« fragte ein Kollege.

»Scheint so.« Der Radarfunker drückte ein paar Knöpfe, legte Schalter um und veränderte die Stellung von Gleitreglern. »Wahrscheinlich Meteoritenstückchen oder etwas anderes, das auf den Schirmen nicht zu sehen ist. Sie sprechen nicht darauf an, aber der Komparator merkt es.«

»Dann muß er ein kluges Kind sein.« Der andere Funker lachte und lehnte sich gähnend in seinem Sessel zurück. »Halb vier Bordzeit. Unsere Wache ist fast um. Wird Zeit, daß die Ablösung kommt. Man pennt ja ein vor Langeweile.«

»Stimmt aufs Haar. Und ausgerechnet jetzt kommt diese Handvoll Dreck angeflogen. Hätte sie nicht später unseren Erfassungsbereich streifen können?«

»Hätte schon, aber jetzt mußt du noch den Bericht machen.« Der andere grinste. »Sag mal, ist das eigentlich nötig?«

»Nötig nicht, aber Vorschrift. Also stellen wir erst mal Entfernung, Driftgeschwindigkeit, Masse und den anderen Kram fest.«

Der Radarfunker stoppte die Drehantenne des Langstreckenradars und richtete sie nach den Angaben des Komparators, der unbekannte Daten automatisch mit vorliegenden verglich, auf die Stelle, von der das empfindliche Instrument ein winziges Radarecho empfangen hatte. Gleichzeitig schaltete er ein Gravitationsmeßgerät und eine Magnetfeldsonde ein.

Sobald die Meßwerte der beiden letzteren Instrumente auf den Monitoren erschienen, stutzte er. Ganz offensichtlich stimmte hier etwas nicht.

»Eh, Ed, komm und hilf mir doch mal«, bat er seinen Kollegen.

»Was ist denn los?« knurrte der andere

»Entweder ist die Leistung des Langstreckenradars stark gesunken, oder das Ding gibt ein abnorm schwaches Echo.«

»Unsinn, es ist eben klein.« Der zweite Funker trat hinter seinen Kollegen. Gemeinsam lasen sie die Monitoren und Instumentenskalen ab.

»Tatsächlich«, stieß der zweite nach einigen Sekunden hervor. »Da ist etwas faul. Kein sichtbares Echo auf den Schirmen, und doch weisen die Angaben der anderen Geräte auf einen größeren Körper hin.«

»Prüfen wir das Radar durch, Ed.«

Die beiden Männer gaben der Tronik den Auftrag, das Weitstreckenradar zu checken. Nachdem das Programm abgelaufen war, zeigte der Computer Grünwert. Auf einem Monitor flimmerte die Zahl *100*.

»Da, volle Leistung. Wenn man den Angaben der anderen Geräte trauen kann, müßte es ein ganz schöner Brocken sein und deutlich auf dem Schirm erscheinen. Also, wo steckt der Fehler?«

»Vielleicht besteht das Objekt aus einem Stoff, der Radarimpulse reflektiert«, vermutete Ed.

»Eigenartig. Ich melde es lieber mal dem Wachhabenden. Am Ende schleicht sich da ein fremder Raumer an uns ran.«

»Mal den Teufel nicht an die Wand.« Ed starrte mit zusammengekniffenen Augen auf die Schirme. Sein Kollege aktivierte akustisch die Funktion des Interkoms.

»Hallo Zentrale, hier Radarraum. Wir haben ein höchst eigenartiges Objekt aufgefaßt. Sektor Grün sieben-acht-eins.«

Ein längerer Dialog zwischen Radarraum und Zentrale entspann sich. Zusätzliche Geräte wurden eingeschaltet, weitere Meßwerte hereingeholt und Berechnungen angestellt. Nach zwei Stunden stand eine erstaunliche Tatsache fest:

Etwa 50 000 Kilometer von BASIS I entfernt bewegte sich ein Körper von ungefähr 80 000 Tonnen durch den Raum in Richtung Sol. Trotz der Masse und der relativ geringen Distanz gab er fast kein Radarecho.

»Feuern Sie eine Leuchtrakete ab und machen Sie Aufnahmen mit dem großen Teleskop«, bestimmte der Wachhabende.

»Wir müssen wissen, was sich da draußen herumtreibt.«

Wenige Minuten später verließ eine 4 Meter lange Kurzstreckenrakete mit aktivem Zielsuchsystem ihr Abschußrohr. Das Glühen ihres Partikeltriebwerks verglomm rasch in der Schwärze des Raums. Automatisch folgte das große Teleskop von BASIS I dem Funkstrahl ihres Eigenkennungsgerätes.

Nach 3 Minuten blitzte in der Schwärze die grelle Entladung des Leuchtkopfes auf. Für eine Minute hatte er die relative Lichtstärke einer weit entfernten Supernova. Dann verlosch er schlagartig.

Nicht lange danach lagen die Aufnahmen des Teleskops vor. Im Vorführraum wurden sie den eilig zusammengerufenen Wissenschaftlern vorgeführt. Sie zeigten ziemlich deutlich ein unregelmäßig geformtes Gebilde.

»Unbedingt künstlich hergestellt.«

»Sieht aus wie das Bruchstück einer Raumschiffszelle.«

»Die ursprüngliche Form könnte eine Kugel gewesen sein.«

»Jedenfalls annähernd.«

So und ähnlich lauteten die lebhaft geäußerten Meinungen. Geschlossen verlangten die Wissenschaftler, das Objekt mit einem Beiboot anzufliegen. Die Experten interessierten sich brennend für den Werkstoff des Wracks, seit feststand, daß es sich um ein unbekanntes Material handeln mußte. Es verschluckte die Impulse des Radars und der Objekttaster zu etwa 99 Prozent. Auch der Fernanalysator blieb wirkungslos. Auf seinen Leuchtschirmen erschien keine einzige Angabe.

Inzwischen wurde eine unbemannte Sonde gestartet. Man lenkte sie in die Nähe des Objekts. Neugierig umlagerten die Wissenschaftler den Schirm, auf den die Kameras der Sonde ihre Bilder übertrugen.

Langsam schienen die Betrachter an einer zersplitterten Bordwand entlangzugleiten. Die Scheinwerfer beleuchteten geborstene Zwischenwände, zerfetzte Leitungen, abgerissene Verstrebungen und anderes, dessen ursprüngliche Bestimmung rätselhaft erschien.

»Ein riesiges Raumschiff muß es gewesen sein«, flüsterte einer der Wissenschaftler erregt. »Das Ganze sieht nach einer Explosion im Inneren aus.«

»Absolut narrensichere Maschinen gibt es nicht«, versetzte ein zweiter. »Vielleicht ist den unbekannten Erbauern des Raumers eine Panne passiert.«

Die Sonde stieg langsam an der geborstenen Innenseite des Wracks hoch, schwebte über einen Rand aus aufgewölbtem Material und beleuchtete jetzt eine glatte, gerundete Außenhaut.

»Da, bitte, meine Herren, es war ein Kugelschiff«, rief einer der Experten aus.

»Jetzt sehen Sie es ganz deutlich. Bitte halten Sie die Sonde an«, wandte er sich an den Ingenieur am Kontrollpult. »Ich möchte diese Kuppel an der Hülle genauer sehen.«

»Sofort«, sagte der Ingenieur. Er bewegte den kleinen Steuerknüppel, der das Triebwerk der Sonde fernsteuerte. Deren Kameras erfaßten jetzt eine runde Ausbuchtung an der Außenhaut des Wracks. Aus ihrer Mitte ragte ein etwa mannsdickes Rohr mit einer spiraligen Ummantelung aus dünneren Rohren.

»Verdammt, das Rohr bewegt sich.«

Einer der Männer hatte es gerufen. Gebannt blickten alle auf den Monitor.

Kein Zweifel. Das geschützähnliche Rohr bewegte sich. Es wandte seine Mündung der Sonde zu. Plötzlich erschien in der Rohrmündung ein waberndes, rötliches Glühen. Keine Sekunde später schlossen die Männer mit einem Aufschrei die Augen. Vom Monitor her blitzte es grell in die Zentrale.

»Bei allen Planeten, was war das? Das Ding ist noch intakt.«

Ungeduldig warteten die Männer darauf daß die Blendung vorüberging. Dann starrten sie enttäuscht auf den dunklen Schirm.

»Die Telemetrie der Sonde kommt nicht mehr an«, meldete der steuernde Ingenieur verdutzt. »Es sieht so aus, als sei sie zerstört worden.«

Da die Angelegenheit höchst wichtig geworden war, entschloß sich Commander Baxter, der Kommandant von BASIS I, eine weitere Sonde zu opfern. Solange sich der ferngelenkte Fotoreporter neben der Innenseite des Wracks bewegte, geschah nichts. Er meldete lediglich Energie-Ortung.

»Also muß eine Kraftstation angelaufen sein«, kommentierte der Leitende Ingenieur. »Wahrscheinlich dient sie zur Versorgung der noch intakten Abwehrwaffen.«

»Was für eine Art von Waffe war das?« wollte einer der Experten wissen. »Eine Laserkanone auf keinen Fall.«

»Wahrscheinlich ein Energiegeschütz unbekannter Konstruktion«, vermutete ein anderer. »Bei der HTO arbeiten unsere Kollegen auch an derartigen Entwicklungen. Ich habe vor zwei Monaten an Versuchen teilgenommen. Aber die waren kümmerlich gegen das da.«

»Wir müssen wissen, wie groß die Reichweite des Geschützes ist«, forderte der Commander. »Möglicherweise befinden sich in dem Wrack noch andere Waffen, die BASIS I gefährden können.«

»Wie wollen Sie vorgehen?«

»Wir werden die Sonde in großer Entfernung vor die Außenseite des Wracks bringen. Vielleicht können wir dann die maximale Wirkungsdistanz der Waffe kennenlernen.«

Der Vorschlag fand allgemeine Billigung.

Während die Sonde auf eine Bahn gebracht wurde, die sie erst in einer Distanz von 5 000 Kilometer vor die Mündung des geheimnisvollen Geschützes bringen würde, ließ der Kommandant die Erde anfunken. Die Direktion der HTO mußte unbedingt von der Ausnahmesituation verständigt werden, die jederzeit zu einem Angriff von Robotwaffen auf BASIS I führen konnte. Im stillen hoffte der Kommandant, daß die HTO unverzüglich die PROMET II und ihre bewährte Crew in Richtung BASIS I in Marsch setzte.

Inzwischen verfolgten alle Männer und Frauen, die nicht unbedingt auf ihren Stationen bleiben mußten, den Ausgang des Experiments. Der Zentralcomputer verarbeitete die Kurssignale der Sonde und projizierte sie laufend auf die verschiedenen Monitoren. Gleichzeitig berechnete er den ungefähren Schwenkwinkel des Geschützes.

Vom Astro-Lab aus waren computergesteuerte Teleskope mit angeschlossenen Spektrografen auf die Stelle gerichtet, an der sich das optisch nicht auszumachende Wrack befand. Es strahlte weder Licht noch Energie ab. Auch das schwache Leuchten an der Geschützmündung war erloschen.

An einer anderen Tronik lief ein Programm ab, das die Identifizierung des Schiffstyps zum Ziel hatte, von dem das Bruchstück stammte. Dem Rechner dienten die Angaben über alle bekannten Raumschifftypen als Grundlage, sowie die Bilder, die von der ersten Sonde stammten.

Im Astro-Lab versuchten Spezialisten, aus Spektralaufnahmen des Abschußblitzes die Art der verwendeten Energie zu erkennen.

Andere Experten waren bestrebt, aus den wenigen bisher bekannten

Bahnparametern herauszufinden, aus welchem Sonnensystem der unheimliche Eindringling stammen könnte.

Seit der ersten Ortung des Wrackes hatte sich die bis dahin ruhige BASIS I in einen vor Betriebsamkeit summenden Bienenkorb verwandelt.

Inzwischen hatte die zweite Sonde einen Abstand von annähernd 500 Kilometer von dem Wrack gewonnen. Ihre Flugbahn näherte sich jetzt dem Punkt, an dem sie von dem Geschütz erfaßt werden konnte, falls dieses eine so enorme Reichweite besaß.

Vor den Beobachtungsschirmen drängten sich die Männer und Frauen. Die Spannung stieg von Minute zu Minute. Plötzlich durchbrach eine Lautsprecherstimme die atemlose Stille in dem Beobachtungsraum.

»Hier Astro-Lab. Soeben sichten wir am Wrack einen schwach rötlich leuchtenden Fleck.«

»Das Geschütz wird aktiviert«, flüsterte einer der Wissenschaftler. »Unsere Sonde ist tatsächlich geortet worden.«

»Nur gut, daß dieses Teufelsding sich an der von uns abgewendeten Seite des Wracks befindet«, keuchte ein anderer. »Womöglich bekämen wir sonst Beschuß. Da«, rief er und zeigte mit ausgestreckter Hand auf den Schirm, »es feuert wieder.«

Tatsächlich blitzte es vor dem samtschwarzen Hintergrund des Raums grellweiß auf. Ein Energiestrahl, auf die große Entfernung dünn wie ein Spinnwebfaden scheinend, schoss weit ins All.

Der Monitor leuchtete hell auf. Aber er wurde danach nicht dunkel wie beim ersten Mal. Ein Zeichen, daß die Energie des Geschützes auf 5 000 Kilometer Distanz nicht mehr ausreichte, den kleinen Flugkörper sofort zu zerstören.

In rasender Geschwindigkeit speicherte der Zentralcomputer von BASIS I große Mengen von Meßwerten. In der Sonde stieg inzwischen die Temperatur rapide an. Mit dem vollen Schub ihres Triebwerks versuchte der fernsteuernde Techniker sie aus dem Wirkungsbereich des Energiestrahls zu bringen. Es gelang nach vier Minuten. Offenbar vermochte das Energiegeschütz nicht weiter zu schwenken.

Unter diesen Umständen erschien es dem Kommandanten von BASIS I nicht ratsam, die Erlaubnis zum Anfliegen des Wracks mit einem Beiboot zu geben. Er war froh, daß ihm weitere Entscheidungen in dieser heiklen Angelegenheit abgenommen wurden.

Peet Orell, der Sohn des Besitzers der HTO, hatte ihm mitteilen lassen, daß die PROMET II in wenigen Stunden starten werde, um zur BASIS I zu kommen. Ihre Besatzung würde die Erforschung des geheimnisvollen und höchst gefährlichen Wrackes übernehmen.

Um für alle möglichen Fälle vorbereitet zu sein, ließ er BASIS I in Alarmzustand versetzen. Jedes Besatzungsmitglied mußte seinen Raumanzug griffbereit halten. Reparatur- und Lecksicherungstrupps waren aktionsbereit.

»Das Wrack ist mit allen verfügbaren Geräten pausenlos zu überwachen«, schloß er seine kurzen Anweisungen über Interkom. »Wir können nicht ausschließen, daß durch noch intakte Waffen ein Angriff auf BASIS I erfolgt.«

*** 

Die PROMET II, erst vor ein paar Tagen zur Erde zurückgekehrt, schwebte nur einige Dutzend Meter von BASIS I entfernt im Raum. Eigentlich hatten die auf Wild World reparierten Triebwerke von den HTO-Technikern einer eingehenden Prüfung unterzogen werden sollen, aber Peet Orell entschied, daß das seltsame Objekt in der Nähe des Kugelraumers wichtiger war. Die MORAN, deren Crew ebenfalls Erfahrung mit Fremdtechnik besaß, war derzeit nicht verfügbar. Also hatte Peet die Crew wieder zusammengetrommelt, Tak und seine Leute für den versprochenen Sonderurlaub aufs nächste Mal vertröstet und war gestartet.

Jetzt befanden er und Arn Borul sich in BASIS I und überflogen die vorliegenden Berichte.

»Allem Anschein nach das Bruchstück eines Kugelraumers von etwa vierhundert Metern Durchmesser«, faßte Peet zusammen. »Typ unbekannt.«

»Damit wissen wir aber noch nichts über die Erbauer«, sagte der Moraner.

»Richtig, Arn, wir müssen das Ding also untersuchen. Ganz abgesehen davon kann das Wrack gefährlich sein. Möglicherweise befinden sich noch andere Waffen an Bord, die bei Annäherung an einen unserer Raumer oder einen Planeten aktiv werden können.«

»Wir gehen zur PROMET zurück, nehmen ein N-Boot und sehen uns das Ding an.« Arn Boruls grüne Augen blickten hart. »Los, Peet, worauf warten wir noch?«

Die beiden besprachen die nächsten Schritte mit Commander Baxter. Dann begaben sie sich zur PROMET zurück, die direkt an BASIS I angedockt hatte.

Wenig später öffnete sich die Hangarschleuse der Raumyacht. Das N-Boot glitt aus seinem Hangar und nahm Kurs auf das treibende Wrack. Der Kombi-Schutz-Schirm war eingeschaltet. An den Kontrollen saß Arn Borul.

»Vorsicht, Arn, halte dich genau an die Angaben der Tronik«, mahnte Peet. »Wir dürfen auf keinen Fall auf die Seite des Wracks geraten, wo sich das Geschütz befindet. Ich möchte nicht ausprobieren, ob unser KSS dem Energiestrahl standhält.«

»Okay.« Der Moraner bewegte die Steuerschalter. N-1 nahm Fahrt auf.

Eine halbe Stunde später wurde das Wrack auf den Schirmen der lichtverstärkenden optischen Sensoren sichtbar. Borul, Orell sowie Callaghan rückten näher an die Kugelschirme heran. Die beiden Frauen saßen an der kombinierten Ortung.

»Es sieht unheimlich aus«, sagte Vivien.

»Und es ist größer als die PROMET«, ergänzte Junici. »Das unzerstörte Schiff, von dem das Wrackstück stammt, muß riesengroß gewesen sein.«

»Schätzungsweise 400 Meter«, erinnerte Peet.

Mit fortschreitender Annäherung verminderte der Moraner die Fahrt des Bootes. In etwa 500 Metern Entfernung stoppte er.

»Ich schalte jetzt den Scheinwerfer ein«, sagte Callaghan. Er drückte einige Tasten.

»Halte dich für einen Blitzstart bereit«, warnte Peet seinen Freund. »Zwar befinden wir uns auf der zerstörten Innenseite, aber bei einer fremden Supertechnik kann es auch hier Überraschungen geben.«

Der Scheinwerfer leuchtete auf. Sein blendendweißer Lichtkegel erfaßte das Wrack. Langsam ließ Jörn Callaghan ihn wandern.

»Der Raumer muß durch eine Explosion mit sehr hoher Temperaturentwicklung zerstört worden sein!« meinte Arn Borul nach einiger Zeit.

»Deutlich erkennt man große Schmelzstellen an der tragenden Konstruktion.«

»Mehr aber auch nicht. Deshalb müssen wir hinüber.« Peet drängte auf die Untersuchung. Die drei Männer entschieden, daß vier Personen mit den Rückstoßaggregaten der Raumanzüge hinüberfliegen sollten. In dem Wrack mußten sich noch mehr oder weniger intakte Räume befinden. Möglicherweise fanden sich dort Hinweise auf die unbekannten Erbauer des Raumers.

Einer von ihnen mußte aus Sicherheitsgründen an Bord des N-Bootes zurückbleiben. Da niemand dies freiwillig tun wollte, entschied das Los. Vivien Raid verlor. Zähneknirschend verzichtete sie auf den hochinteressanten Ausflug, der allerdings auch tödliche Gefahren bergen konnte. Sie half ihren Freunden beim Anlegen der Raumanzüge. Dann schleusten sich die vier aus. Vivien sah sie langsam zum Wrack hinübertreiben.

Als erster erreichte Borul einen der zerfetzten Träger. Es war unzweifelhaft Metall, aber die Magnethaftsohlen seines Raumanzugs blieben wirkungslos.

»Ein unbekannter Werkstoff«, sagte er über Helmfunk. »Jörn, nimm bitte eine Probe davon.«

»Und womit soll ich sie abschneiden? Das Zeug widersteht meinen sämtlichen Werkzeugen.«

»Okay, dann sehen wir uns erst einmal um«, sagte Orell. Hinter dem Moraner bewegte er sich vorsichtig ins Innere des Wracks hinein. Da die Masse des Bruchstücks zu klein war, um eine merkliche Gravitation zu erzeugen, waren die vier gewichtslos. Sie mußten äußerst vorsichtig sein, um ihre Raumanzüge nicht an einer der unzähligen scharfen Kanten zu beschädigen. Das konnte den Tod bedeuten.

Sie glichen winzigen Insekten an einer riesigen Wand. An manchen Stellen war diese entlang der inneren Verstrebungen des ursprünglichen Raumers gut hundert Meter weit nahezu senkrecht abgebrochen.

»Ich schlage vor, wir verteilen uns«, sagte Arn Borul. »Dann können wir mehr erkunden. Wir bleiben in Funkverbindung. Größte Vorsicht.«

Nachdem er die Bestätigungen der drei anderen und auch die von Vivien aus dem N-Boot erhalten hatte, drang er in die unheimliche Wildnis aus geborstenem Metall ein. Nur sein Helmscheinwerfer verbreitete Licht. Sonst war es an dieser von der Sonne abgewendeten Seite des Wracks völlig dunkel.

Der Moraner fand nach einigen Minuten einen begehbaren Durchschlupf, zwängte sich vorsichtig hindurch und gelangte in einen Gang. Dieser war viereckig, etwa 4 Meter breit und 3 Meter hoch. Die Erbauer schienen ungefähr menschliche Körpermaße gehabt zu haben. Borul stieß sich von den Wänden ab und glitt langsam weiter. Beleuchtungskörper vermochte er nicht zu finden. Hatten die Erbauer etwa keine Augen im menschlichen Sinn besessen?

Wie als Antwort auf diese Frage begann die Decke des Ganges sanft zu leuchten. Sie strahlte ein warmes, gelbliches Licht aus.

»Eh«, sagte er ins Helmmikrofon, »ich habe Beleuchtung bekommen.«

Niemand antwortete. Der Moraner wiederholte die Durchsage. Jetzt meldete sich Vivien vom Boot aus. Sie kam nur schwach durch.

»Das Metall des Wracks scheint Funkwellen zu absorbieren, Arn. Ich habe Verbindung mit den anderen, aber untereinander können sie sich nicht erreichen. Sie hängen noch draußen am Wrack. Dich höre ich am schwächsten.«

»Weil ich schon ziemlich tief eingedrungen bin, Vivy. Also keine Bange, wenn ich mich eine Zeitlang nicht melde. Da vorn im Gang ist nämlich eine Art Schleuse. Falls ich sie aufbekomme, wirst du mich nicht mehr hören.«

»Okay, Arn, verstanden.«

Der Moraner erreichte den Abschluß des Ganges. Offensichtlich handelte es sich um ein Trennschott. Er untersuchte es gründlich. An der Gangwand bemerkte er einige kleine Anbauten, die er als Sensoren für die automatische Öffnung des Schotts deutete. Sie mußten optisch gesteuert gewesen sein. Er bewegte die Hand davor hin und her, aber das rechteckige und oben bogenförmige Schott bewegte sich nicht.

Dann entdeckte er die kleine Schaltleiste mit den Tasten. Er drückte sie nacheinander. Plötzlich bewegte sich das Schott und fuhr zur Seite in die Wand. Borul fühlte deutlich den Druck ausströmenden Gases. Die Abteilung hinter dem Schott mußte also luftdicht gewesen sein. Staub und ein paar dünne Folienstücke wirbelten an ihm vorbei den Gang entlang. Es gelang ihm, einige von ihnen zu fassen. Er steckte sie zur späteren Untersuchung ein. Außerdem entnahm er der ausströmenden Atmosphäre eine Probe.

Gespannt trat er durch das Schott. Es blieb hinter ihm offen. Offensichtlich funktionierte die Automatik nicht mehr. Seine Ausmaße sowie Anbringungshöhe und Form der Schaltleiste festigten in dem Moraner den Eindruck, daß es sich bei den Erbauern um Humanoiden gehandelt haben müsse. Der Bau des Raumers mußte allerdings schon lange zurückliegen. Jahrhunderte, möglicherweise Jahrtausende.

Mit wachsendem Interesse drang Arn Borul weiter vor. Dies hier bedeutete für ihn echtes Neuland. Diese Art von Raumern kannte er nicht.

Er schien sich in einer wissenschaftlichen Abteilung des Schiffes zu befinden. Zu beiden Seiten des Ganges lagen offensichtlich Labor- und Arbeitsräume. Der Moraner wünschte, er könne hier Tage und Wochen mit der Erforschung verbringen. Denn bereits nach der flüchtigen Durchmusterung einiger Räume stand für ihn fest, daß sich hier neue Erkenntnisse würden gewinnen lassen.

Er begnügte sich vorläufig damit, von jedem Raum einige Aufnahmen zu machen. Dann drang er weiter vor. Überall sah er Reste von Tischen, Regalen und Geräten, deren Zweck sich jedoch bei flüchtiger Betrachtung nicht erkennen ließ.

Dann erreichte er einen größeren Raum. Es mußte eine Art von Steuerzentrale für irgend etwas gewesen sein. In der Mitte befanden sich die zerfallenen Reste eines geschwungenen Bedienerpultes. Arn Borul glitt hinüber und stellte sich davor. Es reichte ihm knapp bis zur Hüfte.

»Sie waren etwa so groß wie wir«, murmelte er. Seine Stiefel wirbelten Staub auf, der alles mehrere Millimeter hoch bedeckte. Wenn man die ursprünglich absolut staubfreie Umgebung berücksichtigte, mußte das Wrack ungeheuer alt sein.

Sinnend stand der Moraner vor der großen Wand, an der noch Überreste einstiger Bildschirme hingen. Und hier bemerkte er wieder das eigenartige Symbol, das ihm schon in anderen Räumen aufgefallen war. Es zeigte die Umrisse eines Ringplaneten in Draufsicht, der dem Saturn ähnelte. Solche

Planeten hatte der Moraner bei seinen Raumexpeditionen schon öfters gesehen. Bei diesem hier war die Anordnung von vier großen Monden bemerkenswert. Sie befanden sich genau in der Ringebene, waren gleich weit vom Mutterplaneten entfernt und schienen in einem gegenseitigen Abstand von 90 Grad um diesen zu kreisen.

»Wenn es dieses System gibt, dann muß es künstlich geschaffen sein«, murmelte Arn Borul. »Zumindest sind die vier großen Satelliten niemals von Natur aus auf diese gemeinsame Bahn gekommen.«

Er machte auch hier einige Aufnahmen. Daneben bemerkte er eine große Folie, die er zufällig mit den Füßen vom daran haftenden Staub befreit hatte. Vorsichtig, um es nicht zu zerreißen, hob er das etwa zwei Quadratmeter große Blatt vom Boden auf. Es schien aus einer Art Metall zu bestehen und war unzweifelhaft eine Sternkarte. Der Moraner rollte den wertvollen Fund behutsam zusammen.

Plötzlich bemerkte er, wie er sich einer Wand des Raumes näherte. Genauer gesagt, die Wand näherte sich ihm, verbesserte er sich alarmiert. Das konnte nur bedeuten, daß das Wrack zu rotieren begann. Weshalb auch immer, es bedeutete größte Gefahr.

So schnell er konnte, trat er den Rückzug an. Ständig schien die linke Gangwand auf ihn zuzukommen. Das bedeutete, daß das Wrack mit steigender Geschwindigkeit nach rechts rotierte.

Die Beschleunigung war beträchtlich. Sie spielte der uralten Raumschiffzelle übel mit. Überall lösten sich Stücke des Ganges und segelten an die linke Wand. Arn Borul mußte sich immerfort von dieser abstoßen. Plötzlich brach direkt vor ihm die Decke ein. Eine dicke Staubwolke wirbelte auf. Als sie sich gelegt hatte, fand der Moraner den Weg ins rettende Freie versperrt.

Während er mit dem Blaster eine Öffnung in die sperrenden Trümmer schnitt, jagten sich seine Gedanken. Was war geschehen? Woher kam die Drehbeschleunigung? Wer oder was hatte sie ausgelöst? Sorge um Junici und die anderen befiel ihn. Auch sie waren in das Labyrinth des Wracks eingedrungen. Würde es ihnen gelingen, rechtzeitig aus dieser Falle zu entkommen?

Der weißglühende Laserstrahl hatte sichtlich Mühe, selbst das alte und teilweise bereits zerfallene Metall zu durchschmelzen. Borul zwang sich zur Ruhe. Endlich hatte er den sperrenden Träger zerschnitten. Das schwere Metallstück stürzte vollends um. Wieder wirbelte Staub auf. Als der sich gesetzt hatte, erkannte der Moraner einen Durchschlupf. Er war eng, aber er mußte genügen.

Mit aller Kraft zwängte er sich hindurch. Viel Zeit hatte er nicht mehr. Die Rotation des Wrackes hatte sich inzwischen weiter beschleunigt. Schon begann die Fliehkraft an Arn Borul zu zerren. Sie wirkte zur Außenseite hin und suchte ihn dorthin zurückzureißen, woher er gekommen war. Bald würde sie seine Kräfte übersteigen.

Der Moraner nahm jetzt keine Rücksicht mehr auf seinen Raumanzug. So schnell er konnte, arbeitete er sich den Gang entlang. Ständig löste sich die Struktur des Wracks weiter auf. Jede Sekunde konnte sie in sich zusammenstürzen und ihn erdrücken oder endgültig einsperren.

Endlich sah Borul Sterne vor sich. Genauer gesagt Lichtstreifen. Der Eindruck wurde durch das bereits mit mehreren Umdrehungen pro Sekunde rotierende Wrack hervorgerufen. Mühsam arbeitete er sich weiter nach draußen vor. Dort wirkte die Fliehkraft nach der entgegengesetzten Seite. Er quetschte sich durch die letzte Engstelle, ließ sich los und wurde durch die Fliehkraft in den Raum hinausgeschleudert.

Gleichzeitig schlug aus dem Helmlautsprecher ein wildes Durcheinander von Stimmen an sein Ohr. Erleichtert registrierte er, daß Junici, Peet, Jörn und Vivien sprachen. Schließlich gebot Vivien energisch Ruhe.

»Verdammt nochmal, wenn ihr alle durcheinanderschreit, dauert es bloß länger, bis ich euch aufgenommen habe. Also seid ruhig, antwortet nur, wenn ich euch rufe, schaltet eure Helmscheinwerfer ein und stabilisiert eure Lage. He, Arn! Arn, melde dich.«

»Ich bin auch noch glücklich aus diesem verrückten Karussell herausgekommen«, versetzte der Moraner. Mit dem Rückstoßaggregat des Raumanzuges stabilisierte er seine Fluglage. Zwar jagte er nach wie vor mit beträchtlicher Geschwindigkeit in den Raum hinaus, aber sein Anzug besaß genügend Reserven an Sauerstoff. So konnte er in Ruhe abwarten, bis Vivien mit dem N-Boot ihn und die anderen aufnehmen konnte.

Fasziniert starrte er zu dem Wrack hinüber. An dessen Außenseite stach schräg ein rötlicher Strahl ins All. Es mußte ein Steuertriebwerk sein, das irgendwie aktiviert worden war. Sein einseitig wirkender Schub hatte die Rotation bewirkt.

Trotzdem die Sonne hier, jenseits der Plutobahn, nur noch wie ein kleines Scheibchen erschien, genügte ihr Licht doch, um die Auflösung des Wracks zu verfolgen. Arn Borul sah, wie sich immer mehr Teile ablösten und tangential in den Raum flogen.

Dann glühte es plötzlich im Wrack selbst auf. Es war kein greller Explosionsblitz, sondern ein grünliches Leuchten. Langsam breitete es sich immer mehr aus. In seinem Bereich schien die Struktur des Wracks zu zerkrümeln.

Borul brach das Schweigen. Erregt tauschte er mit den anderen seine Beobachtungen aus. Auch Vivien beteiligte sich. Sie hatte soeben Junici erreicht und war dabei, sie aufzunehmen.

»Bei allen Planeten, das ist kein künstlich herbeigeführter Desintegrationseffekt«, meldete sich Orell, heiser vor Erregung. »Da, seht doch, das Ding löst sich einfach auf.«

»Nein, es verschwindet«, sagte Junici. »Die Atomstruktur scheint vernichtet zu werden.«

»Bin ich froh, daß. wir nicht mehr in dem Ding stecken«, bemerkte Callaghan. »Ich dachte vorhin tatsächlich, ich käme nicht mehr 'raus.«

Borul ließ das Wrack nicht aus den Augen. Er wußte, daß nun interessanteste technische Einzelheiten unerforscht bleiben würden. Um wenigstens den eigenartigen Auflösevorgang festzuhalten, nahm er ihn mit seiner Helmkamera auf.

Es mutete fast gespenstisch an. Das fahlgrüne Licht schien an der Struktur des Wracks zu kleben. Es floß gleichsam daran entlang. Wenige Minuten später leuchtete das gesamte Wrack. Dabei schien es durchsichtig zu werden. Borul vermochte plötzlich die dahinterstehenden Sterne zu erkennen. Sie wurden immer deutlicher. Gleichzeitig verglomm das Leuchten, wurde zusehends schwächer und verschwand. Auch vom Wrack blieb nichts zurück.

Fast eine Stunde verging, ehe Vivien Peet und Jörn gefunden und aufgenommen hatte. Dann flog sie zu Arn Borul. Der Moraner sah das tropfenförmige Boot auf sich zukommen, die Fahrt verringern und schließlich neben sich schweben. Er aktivierte sein Rückstoßaggregat, ließ sich zur Schleuse treiben und betrat die Kammer.

Vivien steuerte das Boot zur PROMET II zurück.

Eine erregte Diskussion entbrannte. Arn Borul versuchte durch Befragen der anderen festzustellen, wer versehentlich das noch intakte Steuertriebwerk eingeschaltet haben könnte.

»Irgend etwas angefaßt haben wir alle«, bekannte Peet. »Vielleicht bin ich es gewesen. Ich war in einer Art Schaltraum. Alles schien tot zu sein. Um die Kontrollen an den Wänden zu untersuchen, habe ich den Staub abgewischt. Plötzlich leuchteten Kontrollampen auf und gleich danach setzte die Rotation ein.«

»Ich dachte, mich laust der Affe, als ich die Beschleunigung spürte«, sagte Callaghan. »Das ganze Wrack war mir sowieso unheimlich. Kurz vorher hatte ich weit hinten in einem teilweise eingestürzten Gang eine Bewegung gesehen. Es sah aus wie ein Roboter. Mann, ich bin froh, daß ich wieder draußen bin.«

»Hat außer mir jemand etwas mitgebracht?« Arn löste die zusammengerollte Sternkarte vorsichtig vom Gürtel und legte sie auf den kleinen Tisch.

»Ich«, sagte Junici. Sie holte vier daumendicke runde Stäbe von etwa 10 Zentimetern Länge aus der Tasche ihres Anzugs. Sie waren aus einem silberähnlichen schweren Metall.

»Was soll denn das sein?« Vivien sah kurz von den Kontrollen auf. Sie war dabei, das Boot abzubremsen.

»Ich weiß es auch nicht …« Junici hob die Schultern. »Der Raum, in dem ich sie fand, scheint ein Archiv gewesen zu sein. Oder eine Bibliothek. Vielleicht auch ein Ersatzteillager. Jedenfalls lagen dort hunderte dieser Stäbe auf dem Boden.«

»Ein Jammer, daß das Wrack sich selbst zerstört hat«, stellte Arn Borul fest. »Wahrscheinlich hätten wir bei einer systematischen Erforschung wertvolle Erkenntnisse gewonnen.« Er betrachtete die hochglänzende Oberfläche der eigenartigen Stäbe. »Wie einfache Bolzen sehen sie nicht aus. Sie müssen einen anderen Zweck haben.«

»Ich möchte wissen, warum der Desintegrationseffekt ausgelöst wurde«, grübelte Peet. »Warum überhaupt haben die Erbauer des Raumers eine Selbstvernichtungseinrichtung vorgesehen? Wo befand sie sich? Wie hat sie gearbeitet?«

»Um diese Fragen sicher zu beantworten, müßte man die Erbauer und ihre Mentalität kennen«, versetzte Junici. »Möglicherweise sollte die fremde Technik vor Unbefugten geschützt werden. Sie muß auf einem sehr hohen Niveau gestanden haben. Bedenkt nur, daß diverse Maschinen über die Jahrtausende hinweg funktionstüchtig geblieben sind. Noch dazu in einem Bruchstück des ursprünglichen Raumers. Sie haben dessen Zerstörung unbeschädigt überdauert.«

»Vielleicht gibt uns diese Sternkarte Aufschluß, woher die Fremden kamen«, sagte Jörn. »Von den komischen Bolzen verspreche ich mir nichts. Wahrscheinlich stellen sie eine Art Rohmaterial dar.«

»Jedenfalls untersuchen wir alles gründlich«, bestimmte Peet. »Sobald wir an Bord der PROMET sind, beginnen wir damit.«

Danach wurde verfahren. Während sich Arn und seine Frau mit dem Astro-Experten Szer Ekka zusammen über die Sternkarte hermachten, nahm sich Peet die seltsamen Stäbe vor. Schon nach kurzer Zeit erkannte er, daß die offenbar hochglänzend polierte Oberfläche von einem superfeinen Raster bedeckt war.

»Aber was ist das?« Orell starrte auf den Leuchtschirm des Elektronenmikroskops, unter dem der Zapfen lag. »Ich bin jetzt bei fünftausendfacher Vergrößerung, und noch immer ist die Struktur des Rasters nicht genau zu erkennen.«

»Sie ist in einer Spirallinie angeordnet«, überlegte Gus Yonker, der Chef der Funk-Z, laut. »Wie bei einer Schallplatte, oder einer Laserdisk.«

»Schallplatte?« staunte Peet.

»Das waren schwarze Vinylscheiben, auf denen die Neandertaler ihre Musik speicherten und den Dinosauriern vorspielten«, versicherte Yonker glaubhaft.

»Ach, und deshalb sind die Saurier ausgestorben?« schlußfolgerte Peet grinsend.

»Ob man den Bolzen wohl abspielen kann?« Der Funker Matu Akiku starrte gleich seinem Chef und Orell auf den Schirm. Er zeigte auf Quadrat-

197

metergröße weniger als einen Quadratmillimeter Bolzenoberfläche. Trotzdem zeigte er tausende winziger Zeichen, die entfernt an die babylonische Keilschrift aus der Frühzeit terranischer Kulturen erinnerte.

»Abspielen, Mann, das könnte es sein.« Orell sprang aus seinem Sessel hinter dem Mikroskop auf. »Aber womit sollen wir ihn abtasten?«

»Dafür kommt nur sehr kurzwelliges Licht in Frage«, sagte Yonker erregt. »Wie ich die Größe des Rasters einschätze, kommt Ultraviolettlicht in Frage. Wir werden den Bolzen rotieren lassen und das reflektierte Licht in den Computer geben. Vielleicht kann die Tronik das Raster deuten.«

»Versuchen Sie es, Gus. Melden Sie sich sofort, wenn Sie ein Ergebnis erzielen. Ich bin im Astro-Lab.«

Die beiden Funkspezialisten gingen sofort an die Arbeit, ein UV-Abtastgerät zu improvisieren. Orell eilte ins Astro-Lab. Er fand seine Freunde über die fremde Karte gebeugt.

»Habt ihr schon eine bekannte Konstellation entdeckt?« fragte er.

Arn Borul schüttelte den Kopf.

»Wir müssen uns erst mit den fremdartigen Symbolen vertraut machen. Aber Szer meint, er könne ein Computerprogramm aufstellen, damit uns die Tronik weiterhilft.«

»Was soll eigentlich das hier sein?« Orell deutete auf ein rotes Symbol in der Mitte der Karte. Es stellte einen Ringplaneten mit symmetrisch zugeordneten vier Monden in der Ringebene dar.

»Das habe ich bereits mehrfach im Wrack angetroffen«, erläuterte der Moraner. »Möglicherweise die Herkunftswelt der Erbauer. Auf jeden Fall ist eine solche Anordnung von Trabanten künstlich herbeigeführt«, setzte er betont hinzu.

»Du meinst ...?« Peet blickte den Freund fassungslos an.

»Ich wette, man kann die ganze Galaxis durchstreifen, ohne einen Planeten mit einem natürlich entstandenen System von Monden zu finden, die so stehen wie diese hier. Natürlich kann es sich auch um ein willkürlich gewähltes Zeichen handeln, das keine reale Bedeutung besitzt.«

»Wir müßten wissen, wo sich dieser Planet befindet.« Orell ging erregt im Astro-Lab auf und ab. »Bedenke doch, eine Technologie, die Monde nach Belieben versetzen kann. Ist sie überhaupt denkbar?«

»Ich glaube, alles, was denkbar ist, kann realisiert werden«, versetzte Arn Borul ernst.

Gemeinsam machten sie sich an die Ausarbeitung des Computerprogramms. Stunden gingen darüber hin. Zwischendurch meldete Yonker, daß er Fortschritte mache. Mehr wollte er nicht sagen. Dann, mehr als eine Stunde später, erschien sein Gesicht wieder auf dem kleinen Bildschirm des Interkom.

»Kommt doch alle mal 'rüber.« Mehr war nicht aus ihm herauszubekommen. Aber man sah ihm deutlich Erregung und Überraschung an.

Die anderen fanden Yonker und Akiku vor einer behelfsmäßigen Apparatur, deren Mittelpunkt einer der weißglänzenden Stäbe bildete. Ein dicker Kabelbaum verband die Apparatur mit einem der Computer.

»Hat das Ding etwas gesagt?« flachste Jörn Callaghan.

Yonkers Augen leuchteten. Er wandte sich an Akiku. »Fahr das Ding ab.«

»Okay.« Der Funker schaltete. Langsam begann sich der Zapfen zu drehen. Den nadelfeinen Ultraviolettstrahl, der die Struktur seiner Oberfläche abtastete, vermochte man nicht zu erkennen. Aus einem mit dem Computer verbundenen Lautsprecher kam leises Rauschen und Knacken.

»Ist das alles?« meinte Callaghan grinsend. Schlagartig verstummte er. Plötzlich ertönte Musik. Sie klang unendlich fremd, aber es war unzweifelhaft Musik.

»Und das ist da drauf?« staunte Vivien. »Auf dem kleinen Bolzen?«

»Ruhe.« Arn hob die Hand.

Gespannt lauschten die Anwesenden. Die Musik stimmte traurig. Lautstärke und Tempo wechselten in unregelmäßigen Abständen. Auf die Menschen, die sie Jahrtausende oder noch länger nach ihrer Entstehung hörten, machte sie den Eindruck, als habe der Komponist sich bemüht, die Erhabenheit des Alls in seiner Musik einzufangen.

»Wie sie wohl ausgesehen haben mögen?« flüsterte Junici.

Gleichsam als Antwort drang plötzlich eine Stimme aus dem Lautsprecher. Sie schien sich aus den verwirrenden Klängen des fremdartigen Orchesters langsam zu lösen, wurde lauter, rückte in den Vordergrund und dominierte. Sie hätte einem Menschen gehören können. Die Worte, die sie sang, waren unverständlich.

»Aber das ist eine Frau!« sagte Vivien mit ungläubigem Staunen. »So hört doch.«

Sie sprach aus, was alle dachten. Diese Stimme klang so menschlich, daß man sich ihre Trägerin nur in humanoider Gestalt vorzustellen vermochte. Ergriffen lauschten Arn Borul und seine Freunde. Sie hörten die Worte, aber deren Bedeutung blieb ihnen verborgen.

»Ohne jeden Zweifel ein humanoides Wesen«, flüsterte der Moraner Peet Orell zu. »Wenn ich nicht wüßte, daß es sich bei der Sängerin um keine Terranerin gehandelt haben kann, würde ich das *a priori* annehmen.«

»Mir geht es genauso.« Orell machte eine Pause. »Wir werden den Text später in den Computer geben. Vielleicht enträtselt er einige seiner Worte.«

»Dazu werden ihm wahrscheinlich die Informationen fehlen«, mischte sich Vivien leise in die Unterhaltung. »Übrigens, für was haltet ihr das Musikwerk? Es klingt wie eine Hymne auf irgend etwas, das sich anhört wie ARLEGA oder so ähnlich.«

Nach einer Stunde stoppten sie die Abtastung. Noch waren mehr als 90 Prozent des Stabes nicht abgespielt. Zudem vermutete Yonker, daß er in seinem Inneren weitere Informationen berge.

Arn Borul und Peet Orell beschlossen, zunächst zur Erde zurückzufliegen. Dort wollte man die Sternkarte und die vier Zapfen mit Hilfe eines Großcomputers untersuchen. Sollte sich die astronomische Position des Ringplaneten bestimmen lassen, würde man dorthin eine Expedition unternehmen.

Die anderen stimmten zu.

Anschließend unterrichtete Peet die Besatzung von BASIS I von den Geschehnissen im Zusammenhang mit dem Wrack. Wenig später flog die PROMET II zur Erde zurück. BASIS I, der riesige Kugelraumer einer unbekannten Rasse, der nun der HTO als Absprungbasis diente, blieb in der Schwärze des Alls zurück.

Die folgenden Tage brachten auf Terra eine Fülle von Arbeit.

Die Asistroniker der HTO, die von Linguisten und Experten für extraterrestrische Musik unterstützt wurden, untersuchten die vier Stäbe. Sie erwiesen sich als höchst melodische Musikkonserven. Wie Gus Yonker bereits vermutet hatte, enthielten sie weit mehr Aufzeichnungen als nur die auf ihrer Oberfläche. Einer allein konnte für etwas mehr als 400 Stunden Musik liefern.

Leider scheiterte der Versuch, einen Schlüssel zu der unbekannten Sprache zu finden. Die Experten waren sich aber darin einig, daß etwas, das die Bezeichnung ARLEGA führte, in den Musikprogrammen eine besondere Rolle spielte.

Arn Borul schlug daher vor, die unbekannte Rasse vorläufig *Arleganer* zu nennen.

Mehr Erfolg hatten die Freunde und ihre Helfer bei der Sternkarte. Mit Unterstützung der größten terranischen Sternwarten ermittelten sie ein Sonnensystem als wahrscheinliche Position des Ringplaneten. Es war 3 654 Lichtjahre von Terra entfernt in Richtung auf das Sternbild Bootes.

»Schade, daß das Spektron von Professor Call hier nicht angewendet werden kann«, bedauerte Jörn Callaghan auf einer der letzten Besprechungen vor dem Start. »Sein Instrument könnte uns sonst bereits jetzt sagen, ob der geheimnisvolle Ringplanet sich tatsächlich dort befindet. Weshalb hat es eigentlich nicht geklappt, Arn?«

»Call weiß es auch nicht genau. Er macht spezielle gravitatorische Verhältnisse in jenem Gebiet für das Unvermögen des Spektrons verantwortlich, uns genaue Angaben über den Hauptstern und die Planeten des Systems zu liefern. Nach seiner Meinung wird das Licht aus diesem Raumsektor dadurch in seiner regulären Ausbreitung gestört. Jedenfalls hat das Spektron keine brauchbaren Resultate geliefert.«

»Na, wir fliegen ja hin und sehen uns an, was dort geboten wird«, meinte Callaghan. »Professor Call hat vielleicht nur vergessen, sein Instrument zu putzen. Wir brauchen ihn nicht.«

Er erntete Gelächter.

## 13.

Einen Tag danach startete die PROMET II wieder. Insgesamt acht Transitionen waren erforderlich, um das Schiff in die Nähe jenes Sonnensystems zu bringen, in dem sich auf der fremden Sternkarte das Symbol des Ringplaneten befand. Der Einfachheit halber hatte man diesem den Namen Arlega gegeben, obwohl es zweifelhaft erschien, ob mit dem Wort tatsächlich die Heimatwelt der unbekannten Raumrasse gemeint war.

Anfängliche Spekulationen, wonach auch BASIS I ein Raumer der Arleganer gewesen sei, hatten sich bald als unhaltbar erwiesen. Da es nicht gelungen war, Materialproben vom Wrack mitzubringen, tappte man auch hinsichtlich dessen Alters im Dunkeln. Borul und Orell waren sich jedoch darin einig, daß der Raumer einige Jahrtausende oder auch Jahrzehntausende alt gewesen sein mußte.

Die PROMET II kam aus der achten Transition. Schlagartig wich das wogende Grau auf den drei Kugelschirmen dem gewohnten Bild des Alls. Allerdings zeigten die Schirme größtenteils unbekannte Sternkonstellationen.

Arn Borul aktivierte per *Phonsens* die Interkomverbindung zum Astro-Lab.

»Hallo, Szer, wie sieht es aus? Können Sie das gesuchte System bereits ausmachen?«

»Das Dekametro arbeitet schon«, gab der Astro-Spezialist zurück. »Wenn Sie 'rüberkommen wollen ...«

Sie wollten.

Gleich darauf beugten sich der Moraner, Orell und Callaghan zusammen mit Ekka über den eigenartigen konkaven Schirm des Gerätes. Er leuchtete blau und zeigte eine Fülle von Sternen. Ekka ließ den Suchpunkt des Instruments wandern. Ein Lichtpunkt nach dem anderen erschien am tiefsten Punkt des Schirms und leuchtete dort besonders hell auf. Wenn er wieder auswanderte, ging er auf seine normale Leuchtstärke zurück.

»Ich bin mir nicht ganz klar, ob dies unser Zielstern ist.« Ekka deutete auf den einen blauen Stern, der jetzt im Zentrum des Dekametroschirms leuchtete. »Nach der alten Sternkarte müßte er es sein. Aber den eigenartigen Ringplaneten suche ich vergebens.«

»Irren Sie sich auch nicht?« Arn Borul setzte sich vor das Instrument. Er holte das System des blauen Sterns mit dem auf Hyperbasis arbeitenden Gerät so weit heran, daß es den gesamten Schirm ausfüllte. Von einer angeschlossenen Tronik wurden nach wenigen Sekunden sämtliche Daten über die Sonne und ihre Planeten auf einem Monitor sichtbar gemacht und gleichzeitig auf Folie ausgedruckt.

»Etwa vierfacher Soldurchmesser«, las Vivien ab. »Vierzehn Planeten. Aber eine Welt, wie sie das Symbol aus dem Wrack und auf der Karte darstellt, ist nicht dabei.«

Arn und Orell gaben nicht so schnell auf. Aber nach zwei Stunden angestrengter Arbeit, während der die PROMET II mit halber Lichtgeschwindigkeit weiter auf das System zuflog, resignierten auch sie.

»Fehlanzeige«, kommentierte Orell. »Arlega befindet sich nicht in diesem System. Der sechste Planet, auf den das Symbol hinweist, ist eine erdähnliche Sauerstoffwelt mit drei kleinen Satelliten.«

»Vielleicht gibt es euer Arlega überhaupt nicht«, meldete sich Junici.

»Auf jeden Fall werden wir den sechsten Planeten anfliegen«, sagte Peet Orell. »Er muß für die Erbauer des alten Raumers eine besondere Bedeutung gehabt haben. Weshalb sonst trüge er das seltsame Symbol?«

Die PROMET II ging in die letzte Transition. Acht Lichtstunden vor der Bahn des äußersten Planeten fiel sie im selben Augenblick ins Einsteinkontinuum zurück. Auf dem Frontschirm leuchtete *Blue Lady,* wie die Sonne genannt worden war.

Während des Einflugs in das System wurden die einzelnen Planeten mit dem Dekametro untersucht. Die äußersten fünf erwiesen sich als Eiswelten, Nummer elf war ein Ammoniakriese ähnlich dem Jupiter. Planet neun bis sieben erinnerten in Größe und Oberfläche an Mars. Nummer sechs war die einzige Sauerstoffwelt des Systems. Weiter auf Blue Lady zu folgten zwei Kohlensäurewelten, die man eventuell mit der Venus vergleichen konnte. Die innersten drei Planeten lagen so dicht bei ihrem Muttergestirn, daß es auf ihnen lediglich glühende Wüstenflächen mit Seen aus Blei und Zinn gab.

Peet steuerte die PROMET II auf den sechsten Planeten zu. Bläulich leuchtend und mit weißen Wolkenbändern umzogen hing er vor der Schwärze des Weltraums.

»Abstand von Blue Lady sechshundertacht Millionen Kilometer«, las Jörn Callaghan von den Meßinstrumenten ab.

»Durchmesser fünfzehntausend. Rotiert in fünfundzwanzig Stunden und achtundzwanzig Minuten um seine Achse. Diese steht nahezu senkrecht zur Ekliptik. Drei Monde in verschiedenen Umlaufbahnen.«

»Wie sieht es mit der Atmosphäre aus?« wollte Borul wissen, der zusammen mit Orell den Anflug kontrollierte.

»Sie müßte gut atembar sein.« Callaghan schaltete am Analysator. »Vierundzwanzig Prozent Sauerstoff, sechzig Prozent Stickstoff. Der Rest fast ausschließlich Helium.«

»Woher kommt der hohe Heliumanteil?« fragte der Moraner. »Soviel ich sehe, gibt es auf diesem Planeten keinerlei Technologie.«

Er hatte recht. Weder Funk- noch Energie-Ortung sprachen an. Eine technische Zivilisation gab es auf *Aloha,* wie man den sechsten Planeten der Sonne Blue Lady wegen seiner geographischen Ähnlichkeit mit der terranischen Südsee genannt hatte, demnach nicht.

»Ich hätte mich auch gewundert, wenn wir Arns Zaubersystem hier entdeckt hätten«, meinte Callaghan zu einem entsprechenden Einwurf Junicis. »Wahrscheinlich stellt das Symbol ein willkürlich gewähltes Zeichen für irgend etwas dar.«

Inzwischen begann die PROMET II die letzte Umrundung Alohas vor der Landung. Der Planet bestand zu drei Vierteln aus Ozeanen mit teilweise großer Tiefe. Die Landmasse war, verteilt auf eine Anzahl Inseln, in der Äquatorialregion konzentriert. Unter den großen Eiskappen der Pole orteten die Geräte weitere Inseln. Wegen der senkrechten Stellung der Rotationsachse Alohas zur Ekliptik mußte dort ewiger Winter herrschen.

»Wir landen auf der größten Insel«, entschied Peet Orell.

Auf dem Hauptschirm präsentierte sich diese als langgestreckt mit den Ausmaßen eines kleinen Kontinents. Überwiegend war sie mit üppigen tropischen Wäldern bedeckt. Blaue Flüsse schlängelten sich durch die Wälder nach allen Seiten zu den Ozeanen.

»Aloha ist genau der richtige Name«, sagte Vivien. Begeistert verfolgte sie die geschwungene Küstenlinie mit dem hell leuchtenden Sandstrand, auf die Orell das Schiff zusteuerte. Längst hatte er auf die Antigravtriebwerke umgeschaltet. Lautlos senkte sich die PROMET II der paradiesisch anmutenden Landschaft entgegen.

Arn Borul war der erste, der die Siedlung am Strand auf dem Sichtschirm bemerkte. Er holte sie mit der Vergrößerung ganz nahe heran.

»Humanoiden«, sagte er überrascht und deutete auf die lichtbraunen Gestalten, die jetzt aus den blättergedeckten Hütten hervorkamen und nach oben blickten. »Sie könnten aus der terranischen Südsee stammen. Wir sind übrigens bemerkt worden.«

»Ich lande auf der Waldlichtung dort«, rief Orell. »Damit sind wir ziemlich nahe beim Dorf. Das wird die Kontaktaufnahme erleichtern.«

Wenige Minuten danach setzte die PROMET II auf dem mit grasähnlichen Pflanzen bedeckten Boden auf. Die Teller der Landebeine sanken etwa einen Meter tief ein. Ein paar Mal wiegte sich der Raumer in der Hydraulik der Stützen, dann stand er ruhig.

Nach einer nochmaligen Analyse der Atmosphäre von Aloha, die die ersten Meßergebnisse bestätigte, wurde die Schleuse geöffnet. Arn Borul betrat zusammen mit seiner Frau und den drei terranischen Freunden die fremde Welt.

Doc Ridgers blieb in der Schleuse stehen.

Sie wurden von einem Trupp der Eingeborenen empfangen, die sich ohne Scheu zum Schiff begaben. Deren Anführer machte mit ausgestreckten und geöffneten Händen die Geste des Friedens. Dann trat der hochgewachsene Mann mit dem auffallend schmalen Kopf lächelnd vor und verbeugte sich. Er begann zu sprechen, und der Translator am Gürtel des Moraners übersetzte in Interstar.

»Seid willkommen, Fremde aus dem unendlichen Raum, wenn ihr in freundlicher Absicht kommt. An eurer Gestalt sehe ich, daß ihr mit uns verwandt seid. Ich bin Kahitu, der Häuptling des Dorfes, das ihr vor euch seht. Wenn ihr wollt, besucht uns. Wir werden uns jetzt zurückziehen und euch nicht weiter stören. Falls ihr etwas braucht, was euch unser Land bieten kann, nehmt es.«

Wieder verbeugte sich der braune Mann und trat einige Schritte zurück. Wie seine Leute trug er ein rockähnliches Kleidungsstück, das mit einem Gürtel aus Pflanzenfasern befestigt war und kurz über den Knien aufhörte. Eine Halskette aus Gliedern eines grünlichen Metalls mochte das Zeichen seiner Häuptlingswürde sein.

»Wir danken dir, Kahitu«, sagte Arn Borul und stellte sich und die anderen vor. »Wenn du erlaubst, werden wir auf unserer weiten Reise hier für kurze Zeit Station machen.«

Der Translator übersetzte und Kahitu machte ein Zeichen des Verstehens. Dann lud er die Fremden ein, mit ihm ins Dorf zu kommen.

Arn Borul und seine Freunde leisteten der Einladung Folge. Während sich der Moraner mit dem Häuptling unterhielt, entbrannte unter den vier anderen sofort eine lebhafte Diskussion über die Alohaner, wie man die Eingeborenen von jetzt ab nannte.

»Ihre Sprache muß viele Merkmale anderer Sprachen aufweisen, die in unseren Translatoren gespeichert sind«, sagte Junici. »Anderenfalls hätten die Geräte erst mit der hiesigen Sprache vertraut gemacht werden müssen und nicht sofort übersetzen können.«

»Genau das ist es«, meinte Doc Ridgers, der sich der Gruppe angeschlossen hatte.

»Ich brenne darauf, einen Alohaner zu untersuchen. Vom Äußeren her könnten die Eingeborenen jederzeit für Menschen gelten.«

»Das sind sie im eigentlichen Sinne zweifellos«, stimmte Peet Orell zu. »Ist euch aufgefallen, wie sie ohne Scheu sofort zum Schiff kamen, noch ehe ich es aufgesetzt hatte?«

»Aber ja, Peet, du hast recht«, stieß Callaghan hervor. »Sie müssen vor der PROMET II schon Raumschiffe gesehen oder zumindest von ihnen gehört haben.«

»Kahitu hat ja auch vom unendlichen Raum gesprochen«, ergänzte Vivien. »Die Alohaner haben also eine Idee vom Weltraum. Woher, frage ich? Ihre Kulturstufe sieht nicht so aus, als verfügten sie über astronomische Wissenschaft.«

»Haben wir die Zorb-i schon vergessen?« erinnerte Junici. »Deren Kulturstufe ist doch auch recht niedrig, und dennoch wußten sie noch, was ein Raumschiff ist und daß man damit andere Planeten erreichen kann ... Daß man hier unser Raumschiff und unsere Anwesenheit so beiläufig akzeptiert, sollte uns zu denken geben. Ein Wild World-Desaster reicht!«

»Ich glaube nicht, daß es uns hier genauso ergeht«, widersprach Vivien. »Das wäre doch ein zu großer Zufall.«

Das Dorf, dessen erste Hütten sie soeben passierten, machte alles in allem ungefähr den Eindruck einer ozeanischen Siedlung auf Terra vor einigen Jahrhunderten. Nirgends gab es etwas zu sehen, was auf eine auch nur primitive Technik hindeutete. Dagegen schien das Kunsthandwerk bemerkenswert weit entwickelt zu sein. Die Schmuckgehänge und Ohrringe der Frauen und Mädchen, aus Metall und bunten Steinen gefertigt, bewiesen dies eindeutig.

Die sechs Terraner wurden in die größte Hütte geführt und bewirtet. Doc Ridgers mußte die Speisen und Getränke, die durchweg appetitlich aussahen und rochen, als erster kosten.

»Dafür sind Sie auch Arzt«, flachste Callaghan lachend. »Wie ich sehe, scheinen Sie Glück zu haben. Gefüllte Würmer oder geröstete Raupen mit Spinnensaft kann ich jedenfalls nirgends entdecken.«

Doc Ridgers warf ihm einen vernichtenden Blick zu, und Arn Borul schaltete rasch seinen Translator ab. Kahitu, der sichtlich erwartungsvoll auf die Gäste blickte und auf ein Lob für das Essen zu warten schien, sollte keinesfalls beleidigt werden.

Der Arzt kostete vorsichtig. Dann nickte er anerkennend.

»Sie können wieder einschalten, Arn. Das Zeug schmeckt vorzüglich, wenn ich auch nicht weiß, was wir da essen.«

Als die Gäste zugriffen, löste sich der letzte Rest von Spannung. Kahitu und seine männlichen Honoratioren wurden von den Terranern mit Fragen bombardiert.

Von den Alohanerinnen durfte keine an dem Empfang teilnehmen. Unter ihnen befanden sich etliche, die außerordentlich hübsch waren, wie Jörn und Peet immer wieder bemerkten, wenn sie nach draußen auf den Dorfplatz blickten.

»Au!« ächzte Jörn plötzlich, als ihm Vivien einen Rippenstoß gab. »Ich werde mir wohl noch die Aussicht ansehen dürfen. Oder gefällt dir der Strand mit den Bäumen etwa nicht?«

»Der Strand und die Bäume schon, aber wenn du die Dorfschönen anstarrst, dann ist das eine andere Sache, Freundchen!« gab Vivien ebenso leise zurück. Dann mußte sie lachen. »He, Doc«, wandte sie sich an den Arzt, »welchen Eindruck haben Sie von den Alohanern? Die Leute scheinen Sie sehr zu beschäftigen.«

»Exakt, Vivien. Sie kennen meine Theorie von dem gemeinsamen Ursprung aller Humanoiden in der Galaxis. Zwar werde ich von einigen Leuchten der Wissenschaft auf Terra deswegen angefeindet, aber andere stimmen mir zu. Der Mensch im weitesten Sinne ist eine Entwicklungsform, wie sie nicht auf diversen Welten mit so großer prinzipieller Ähnlichkeit entstanden sein kann. Einfach so, aus Zufall.«

»Viele Gelehrte meines Volkes waren ebenfalls dieser Meinung«, warf Arn Borul ein.

»Ich denke an eine hypothetische Urrasse aller Humanoiden«, fuhr Ridgers lebhaft fort. »Aus unseren Begegnungen mit anderen Völkern wissen wir, daß vor undenklichen Zeiten in der Galaxis ein großer Krieg stattgefunden hat. In seinem Verlauf müssen die Angehörigen der Urrasse als Raumbrüchige über weite Teile der Galaxis verteilt worden sein. Ich vermute, wir haben auch hier Nachkommen solcher Raumbrüchigen vor uns.«

»Fragen wir doch einfach Kahitu«, schlug Junici vor.

Ihr Mann entsprach dem Wunsch. Gespannt hörten alle auf die Antwort des Häuptlings aus dem Translator.

Sie war enttäuschend. Kahitu und seine Männer wußten nichts über den Ursprung ihrer Rasse. Im Verlauf der Unterhaltung berichteten sie aber über diverse Sagen, Mythen und Tabus.

Junici nahm sich vor, in den nächsten Tagen ausgiebig mit den Alohanern zu sprechen, um mehr von diesen Überlieferungen zu erfahren.

Plötzlich gab es Unruhe auf dem Dorfplatz. Drei Männer eilten herbei und sprachen aufgeregt mit dem Häuptling. Einer von ihnen blutete aus einer klaffenden Wunde auf der Brust.

Wie die Terraner über den Translator erfuhren, hatten Wesen, die Trolos genannt wurden, versucht, eine Alohanerin zu entführen. Bei dem dabei entstandenen Kampf war dieser Alohaner verwundet worden.

Doc Ridgers kümmerte sich sofort um ihn. Über sein Visophon gab er Anweisung, ihm von der PROMET II Instrumente und Arzneimittel zu bringen. Nun bekam er eine Gelegenheit, sich mit der Anatomie eines Alohaners zu befassen.

Der Priester und Medizinmann des Dorfes war ebenfalls herbeigeeilt. Es sprach für seinen Weitblick, daß er ohne Zögern seinem Kollegen aus dem Weltraum den Vortritt ließ.

Wenige Minuten später brachten Akiku und Tak das Gewünschte. Doc Ridgers versorgte den Verwundeten, der sich willig in die Obhut des fremden Arztes gab.

Inzwischen befragte Arn Borul den Häuptling über die Trolos.

»Sind sie eure Feinde? Weshalb wollten sie die Frau rauben? Sehen sie aus wie ihr?«

»Im großen und ganzen haben sie unsere Gestalt, aber sie sind viel kleiner und haben kürzere Gliedmaßen«, versetzte Kahitu. »Es geht die Sage, daß einst Fremde von den Sternen kamen und einige der schönsten Trolofrauen heirateten. Deren Kinder sollen unsere fernen Vorfahren gewesen sein.«

»Höchst interessant, Arn.« Junici blickte ihren Mann bedeutsam an. »Ich werde gleich morgen mit dem Studium der Mythen des Stammes beginnen.«

»Ich werde dir alles berichten, was ich darüber weiß, fremde Frau mit dem Silberhaar«, sagte der Häuptling, der den Einwurf über den Translator gehört hatte. »Die Trolos blieben im Gegensatz zu uns bei ihrem finsteren Kult, der Opfer fordert. Wenn sie Ansa ergriffen hätten, würden sie sie zu dem verbotenen Bezirk geführt und in den Schacht ohne Boden geworfen haben.«

»Das müssen wir uns ansehen«, stieß Peet Orell hervor.

»Machen wir, aber das hat Zeit«, versetzte der Moraner. »Zuerst wollen wir Aloha gründlich kartografieren und die Position des Blue Lady-Systems genau im Sternenatlas festlegen.«

»Wozu das?« wollte Callaghan wissen. »Arlega, oder wie immer dein

Zauberplanet heißt, haben wir nicht gefunden. Weshalb sollte gerade dieses Sonnensystem so interessant sein?«

»Wegen der *Menschen* hier und ihres Sagenschatzes.« Junici machte eine umfassende Handbewegung. »Möglicherweise werden wir auf interessante Hintergründe stoßen.«

Sie wurde unterbrochen. Das Visophon an Peet Orells Gürtel summte. Als er das Gerät abnahm und einschaltete, erschien auf dem kleinen Sichtschirm das Gesicht von Charles Gelon.

»Wir haben Unregelmäßigkeiten in der Hyperdimjustierung der Triebwerke festgestellt, Mister Orell«, meldete der Triebwerkspezialist. »Bevor wir wieder starten, möchte ich einen großen Check machen. Wie lange werden wir hierbleiben?«

»Eine Woche mindestens. Sie brauchen sich mit der Überprüfung nicht zu beeilen. Es genügt, wenn Sie morgen damit anfangen.«

»Okay, Mister Orell, das wollte ich nur wissen.« Gelon unterbrach die Verbindung.

»Na, Junici, jetzt hast du Zeit für deine Studien«, wandte sich Orell an die Moranerin.

»... und ich werde lernen, wie man das da macht«, unterbrach ihn Vivien. Mit ausgestrecktem Arm wies sie zum nahen Strand, gegen den unablässig die Brecher einer langen Dünung rollten.

»Wieso, ich denke, du kannst bereits schwimmen«, frotzelte Jörn. »Oder was meinst du sonst?«

»Sieh doch mal weiter nach draußen. Da, vielleicht drei- oder vierhundert Meter vom Strand entfernt.«

»Eh, was ist das?« fragte Jörn äußerst überrascht »Gibt es hier Riesenvögel? Bis jetzt haben wir doch nur ganz kleine beobachtet.«

»Sieh mal genauer hin«, forderte ihn Vivien auf. »Das ist der tollste Sport, den ich bis jetzt gesehen habe.«

Auch die anderen waren aufmerksam geworden. Interessiert sahen sie hinaus auf das Meer, von wo die endlosen Reihen grünglasiger Wogen heranrollten.

Dicht über den Wellenkämmen schwebten vier Wesen, die auf den ersten Blick wie riesige Vögel anmuteten. Erst bei genauerem Hinsehen entpuppten sie sich als Alohaner, die mit auf dem Rücken befestigten Schwingen im Aufwind der einzelnen Wellen segelten.

Kahitu bemerkte das Staunen seiner Gäste. Da die Mahlzeit ohnehin beendet war, geleitete er sie zum Strand und wies zwei junge Männer an, den Fremden einen dieser Flugapparate vorzuführen.

Es handelte sich um ein zusammenfaltbares Flügelpaar. Die in Holz und Pflanzenfasern sowie Blättern ausgeführte Konstruktion war bemerkenswert leicht. Sie wurde zusammengefaltet auf den Rücken gebunden. Danach schwamm der junge Alohaner ein Stück auf das Meer hinaus. Auf dem Kamm einer Welle entfaltete er in einem günstigen Augenblick die Schwingen, wurde vom Wind vollends aus dem Wasser gehoben und schwebte davon.

Mehr als ein paar Meter Höhe waren beim herrschenden schwachen Wind freilich nicht zu erzielen. Trotzdem schien das Spiel den Männern großen Spaß zu machen. Sie versuchten sich in Bögen und Kurven. Der Geschickteste erntete von den am Strand versammelten lauten Beifall. Stürzte einer ins Wasser, wurde er ausgelacht.

Die Terraner sahen dem Spiel längere Zeit zu. Dabei unterhielten sie sich mit Kahitu und seinen Begleitern über viele Dinge auf Aloha. Mehr und mehr setzte sich bei ihnen die Erkenntnis durch, daß der Planet wesentlich interessanter war, als es zuerst den Anschein gehabt hatte.

Besonders der *verbotene Bezirk* interessierte Arn Borul und seine Freunde. Kahitu und seine Stammesgenossen hatten ihn nie betreten und nur von Ferne gesehen. Er lag etwa eine halbe Wegstunde vom Dorf entfernt und mußte nach den Angaben des Häuptlings so etwas wie eine Ruinenstätte sein. Kein Alohaner vermochte zu sagen, wer sie erbaut hatte. Sie war einfach immer schon vorhanden gewesen. Den Alohanern des Dorfes erschien sie nicht geheuer.

Der Abend brach herein. Nachdem die Terraner sich von ihren Gastgebern verabschiedet hatten, gingen sie die kurze Strecke zur PROMET II hinüber, die blitzend die Strahlen der untergehenden Sonne zurückwarf. Der mächtige Stern tauchte alles in ein unwirklich erscheinendes Licht. Am Horizont ging einer von Alohas drei Monden auf.

»Die Lamos, wie sich Kahitu und sein Stamm nennen, sind tatsächlich sehr menschenähnlich«, faßte Doc Ridgers das Ergebnis seiner provisorischen Untersuchungen an dem Verletzten zusammen. »Bis jetzt konnte ich gegenüber dem *Homo Sapiens* nur geringfügige Unterschiede am Skelett feststellen. Wenn man einen von ihnen in terranische Kleidung steckt, kann er in Joy City ausgehen, ohne als Extraterrestrier aufzufallen.«

»Aber wo ist die hypothetische Urrasse?« fragte Junici. »Wie sieht sie aus?«

»Nennen wir sie doch einfach die Galakter«, sagte Ridgers mit Eifer. »Sie müßten alle positiven Merkmale humanoider Lebensform aufweisen. Also groß gewachsen, nicht grobschlächtig ...«

»Mit einem Wort, so wie ich.« Jörn Callaghan stellte sich in Positur und lachte.

»Aber klar, wie konnten wir das vergessen«, rief Peet und boxte den Freund kameradschaftlich in die Seite. »Am Ende bist du noch einer von ihnen und wir haben es bloß bisher nicht mitgekriegt.«

»Schscht«, machte Vivien Raid, »was ist das für ein Geräusch?«

Alle blieben stehen und lauschten. Landeinwärts waren rhythmische Töne zu vernehmen. Sie klangen wie dumpfes Trommeln.

»Die Trolos sind es«, erläuterte Arn Borul. »Kahitu hat es mir vorhin gesagt. Sie zelebrieren einen ihrer Kulte im verbotenen Bezirk. Unsere Ankunft scheint sie erregt zu haben.«

Unter lebhafter Unterhaltung erreichte die Gruppe das Schiff. Dort stellte sich heraus, daß die Triebwerke während der letzten Transition ganz erheblich aus ihrer Justierungsnorm geworfen worden waren.

Charles Gelon machte ein sorgenvolles Gesicht, als er Arn Borul und Peet Orell davon berichtete. »Es ist fast ein Wunder, daß wir uns bei der letzten Transition nicht total versprungen haben. Unsere Tronik wurde bis an die Grenze ihrer Leistungsfähigkeit belastet, als sie die unterschiedlichen Leistungen der Triebwerke ausglich. Als ich vorhin die Flugaufzeichnungen abrief dachte ich, mich laust der Affe, Mister Orell.«

»Möglicherweise sind die abnormalen Schwerkraftverhältnisse in diesem Raumsektor dafür verantwortlich«, vermutete Arn Borul. »Die Triebwerksanlage muß auf jeden Fall genau überprüft werden. Nehmen Sie sich so viel Zeit, wie Sie für nötig halten, Charles.«

»Wir werden derweil einige Geheimnisse von Aloha enträtseln«, ergänzte Peet Orell. »Außerdem kann Vivien inzwischen Flugunterricht nehmen.«
»Flugunterricht?« fragte Gelon verdutzt.
»Das ist ein toller Sport.« Vivien klärte den Triebwerksspezialisten auf. »Ich werde morgen damit anfangen.«

\*\*\*

Aus den Plänen wurde nichts. Noch in der Nacht erschien ein Bote Kahitus atemlos beim Schiff. Er überbrachte eine dringende Bitte des Häuptlings um Beistand.
»Die Trolos rüsten sich zu einem großen Angriff auf unser Dorf. Sie haben mehr Krieger zusammengezogen als jemals zuvor. Für uns ist es zu spät, Verstärkung von anderen Stämmen zu erhalten. Wenn ihr uns nicht helft, werden viele von uns getötet oder verschleppt werden.«

Die Wache gab im Schiff Alarm. Arn Borul und Peet Orell wurden geweckt. Sie entschieden spontan, daß man den Lamos zu Hilfe kommen müsse.

Bewaffnet mit Blastern machte sich unter Führung der beiden ein Trupp auf den Weg zum Dorf. Neben Peet und dem Moraner gehörten ihm Callaghan, Hay und Biggs an. Außerdem Junici, die darauf bestanden hatte, ihren Mann zu begleiten. Vivien war auf Peets dringende Bitte im Schiff geblieben.

Im Laufschritt rannten die Terraner den schmalen Pfad entlang dem Dorf zu. Das ferne Trommeln war verstummt. Der dschungelähnliche Wald lag still und drohend. Überall im Dickicht war leises Rascheln und Knacken, das eine gefährliche Aktivität unbekannter Lebewesen verriet. Trotzdem wurden die Terraner von dem jähen Überfall der Trolos völlig überrascht. Sie hatten nicht geglaubt, daß die Primitiven von Aloha es wagen würden, sich an ihnen zu vergreifen.

Aus der Höhe der Bäume fiel plötzlich ein grobfaseriges Netz. Es riß die Terraner zu Boden. Die Handscheinwerfer kollerten auf dem Boden herum und beleuchteten eine gespenstische Szene. Das Netz, von dem die überraschten Terraner sich verzweifelt zu befreien versuchten, wies an den

Bindestellen der einzelnen Maschen faustgroße klebrige Knollen auf. Das Zeug haftete zäh. Je mehr die Menschen um sich schlugen, desto enger verstrickten sie sich. Zudem waren sie nur wenige Sekunden nach dem Überfall bereits förmlich bedeckt von kleinen menschlich anmutenden Gestalten.

Peet und Jörn versuchten, ihre Blaster zu ziehen. Hay und Biggs stießen und schlugen mit aller Kraft um sich. Wo sie trafen, flog einer der etwa anderthalb Meter großen Angreifer ins angrenzende Gebüsch. Auch die beiden Moraner wehrten sich so gut sie konnten.

Nach einigen Minuten erwischte Peet Orell seinen Blaster. Der weißleuchtende Strahl durchtrennte das Netz. Dabei bemühte Peet sich, keinen Trolo zu verletzen oder zu töten.

Vom Schiff kam jetzt Verstärkung. Gus Yonker und Doc Ridgers führten den Ersatztrupp. Aber sie brauchten nicht mehr einzugreifen.

»Verdammte Schweinerei«, schimpfte Peet und betrachtete seine zerfetzte Bordkombination. »Ist jemand verletzt?« fragte er laut. Niemand antwortete. »Also alles okay«, stellte Peet erleichtert fest. »Dann los zum Dorf. Diesen hinterhältigen Teufeln werden wir es zeigen ...« Er hielt inne, als er im Licht des Handscheinwerfers Arn Boruls bleiches Gesicht bemerkte. »Hast du was abbekommen, Arn? Ist dir nicht gut?«

»Ich bin okay«, sagte der Moraner dumpf, »aber sie haben Junici erwischt. Sie ist weg.«

»Bist du sicher?« fragte Peet erschrocken. »Los«, wandte er sich an die anderen, »suchen wir sie. Vielleicht ist sie nur besinnungslos und liegt hier in der Nähe.«

Die Suche blieb erfolglos. Arns schlimme Befürchtung bewahrheitete sich. Junici befand sich in den Händen der Trolos.

Orell wollte sofort hinter den Primitiven her in den Dschungel stürmen. Arn Borul bewahrte Besonnenheit, obwohl das Leben seiner Frau auf dem Spiel stand.

»Wir müssen zuerst zum Dorf und die Hilfe der Lamos erbitten«, stieß er hervor. »Es ist ihre Welt, sie kennen sich hier aus. Ohne die Lamos laufen wir mit Sicherheit in die nächste Falle. Die Trolos wissen, daß wir ihnen folgen werden und warten bereits mit einem neuen Hinterhalt auf uns.«

»Okay, Arn. Los, Laufschritt.«

Geführt von Peet Orell rannten die Männer zum Dorf. Auf dem Platz brannte ein großes Feuer. Kahitu und seine Männer, jetzt alle mit langen Haumessern und Speeren bewaffnet, erwarteten sie bereits.

Hastig teilte Arn Borul dem Häuptling mit, was geschehen war.

»Das ist sehr ernst, Borul.« Kahitus Gesicht spiegelte tiefste Bestürzung wider. »Die silberhaarige Frau ist in größter Gefahr.«

»Wohin werden die Trolos sie verschleppen?« fragte Peet Orell atemlos.

»Zum verbotenen Bezirk. Sie wollen sie opfern. Wahrscheinlich glauben sie, daß das Opfer einer Frau von den Sternen ihnen große Gunstbeweise ihrer Götter einbringt.«

»Dann führe uns hin«, drängte Arn Borul.

»Den Bezirk dürfen wir nicht betreten. Er ist tabu.«

»Es genügt, wenn ihr uns bis an seine Grenze führt. Das übrige erledigen wir schon selbst. Aber wie vermeiden wir einen neuen Hinterhalt, und wer schützt das Dorf?«

»Die Trolos sind fort«, sagte Kahitu. »Ich erkenne jetzt, daß sie den Angriff auf das Dorf nur vorgetäuscht haben. Sie wußten, daß wir Hilfe von euch erbitten würden. In Wirklichkeit wollten sie einen der Euren ergreifen. Zu unserem Schutz werden wir einige Vermos mitnehmen. Sie wittern jeden Trolo auf große Entfernung.« Kahitu wandte sich an einige junge Männer. »Holt die Vermos. Dann brechen wir auf.«

Als die Männer mit den Vermos zurückkehrten, sträubten sich den Terranern die Haare. Sie hatten natürlich an hundeähnliche Tiere gedacht. Tatsächlich waren die Vermos riesige Skolopender. Etwa zwei Meter lang und mit den beiderseitig am Rumpf befindlichen Beinpaaren jeweils fünfzig Zentimeter breit, machten sie in ihren schwarzglänzenden Chitinpanzern einen furchterregenden Eindruck. An den platten Köpfen saßen zwei faustgroße Facettenaugen. Spannenlange Zangen und lange peitschenartige Fühler vervollständigten das Bild von Ausgeburten einer wilden Phantasie.

»Ihr habt die Gliederfüßler abgerichtet?« Peet hielt erschrocken die Hand am Kolben seines Blasters. Einer der Vermos, die an langen Baststricken geführt wurden, betastete seine Beine mit den Fühlern. Das riesige Insekt knackte ein paarmal laut mit den Zangen. Dann wandte es sich wieder ab.

»Sie besitzen eine schwache Intelligenz. Wir benützen sie auf der Jagd und zur Spurensuche.« Der Häuptling wandte sich seinen Leuten zu. »Vorwärts, zum verbotenen Bezirk.«

Die jungen Alohaner stießen ein scharfes Zischen aus und winkten. Sofort setzten sich die Vermos wie Hunde in Marsch. Sie zogen mächtig an den Leinen, die um eine Einschnürung hinter dem Kopf geschlungen waren. Ihre Führer hatte Mühe, ihnen zu folgen.

Am Ort des Überfalls wurde den Vermos das Stirnband Junicis gezeigt. Sie betasteten es der Reihe nach mit ihren Fühlern. Dann zogen sie ihre Führer mit Vehemenz in den Dschungel.

Arn Borul und seine Freunde hatten Mühe, den Eingeborenen zu folgen. Kahitu, dem der Moraner eine Handleuchte gegeben hatte, war ihnen stets ein gutes Stück voraus. Sie erreichten einen verwachsenen Pfad und kamen rascher vorwärts.

Von vorn ertönte plötzlich Lärm. Männer schrien durcheinander und Waffen klirrten. Man war auf den erwarteten Hinterhalt der Trolos gestoßen.

Die Terraner rannten los. Dann war auch um sie herum die Hölle. Von allen Seiten sprangen die an Pygmäen erinnernden Trolos aus dem Gebüsch. In ihren Händen hatten sie Kellen, Messer oder Speere.

Ein wilder Kampf entbrannte. Er dauerte allerdings nur kurz. Wieder bemühten sich die Terraner, keinen der Trolos zu töten. Dann kamen die Alohaner zurück. Zuerst die von den Leinen gelassenen Vermos. Erstaunlicherweise schienen die Trolos die Gliederfüßler weit mehr zu fürchten als die sengenden Laserwaffen. Sobald die riesigen Insekten erschienen, räumten sie schreiend das Feld.

Einer allerdings hatte es auf Peet Orell abgesehen. Überraschend sprang er hinter einem farnartigen Baum hervor, um sein Messer in Orells Rücken zu stoßen. Borul bemerkte den heimtückischen Angriff, wirbelte herum und schoß. Er verfehlte den Trolo. Sein Warnruf kam für den Freund zu spät. Peet Orell schien verloren.

Da richtete sich aus dem kniehohen Gras ein Vermo auf und schlug blitzschnell seine Zangen in den Oberschenkel des Trolos. Dieser hielt mitten im Angriff wie gelähmt inne, ließ das Messer fallen und sank zusammen.

Leblos lag er am Boden, das schwarzglänzende Insekt über sich. Als dessen Führer herbeigerannt kam, ließ sich der Vermo ohne Widerstreben zurückpfeifen.

»Es geschieht ihm recht.« Kahitu kam herzu und betrachtete den Toten. »Glücklicherweise ist keiner meiner Männer umgekommen, aber neun dieser Teufel sind tot.«

»Weshalb dieser Haß zwischen euch?« Arn Borul betrachtete den toten Trolo. Er sah aus wie ein terranischer Urmensch von kleiner und zierlicher Gestalt mit langen Gliedmaßen, fliehender Stirn und mächtigen Kiefern.

»Ich weiß es nicht, Moraner. Wir wehren uns nur, wenn sie uns angreifen. Möglicherweise ist der Grund in ihrer geistigen Primitivität zu suchen. Aber gehen wir weiter.«

Ohne weitere Zwischenfälle legten sie eine größere Strecke zurück. Dann gebot der Häuptling halt. Er zeigte nach vorn in die Dunkelheit.

»Hier beginnt der verbotene Bezirk. Ihr müßt nun allein gehen, Fremde von den Sternen. Ich lasse einige Männer hier zurück. Sie werden euch den Rückweg zeigen. Hoffentlich findet ihr die Frau mit dem Silberhaar.«

Arn Borul leuchtete voraus. Dort lichtete sich der Dschungel. Undeutlich erkannte er etwas wie Gebäude. Ihm kam eine Idee.

»Können wir einen Vermo mitnehmen, Kahitu? Wird er mir gehorchen? Immerhin ist er hochgiftig, wie ich vorhin bemerkt habe.«

»Natürlich kannst du das, Moraner. Nimm den, der gerade deinen Freund gerettet hat. Das Tier kennt euch bereits und hat euch als Freunde akzeptiert. Zische nur und zeige ihm die Richtung, dann wird es deine Gefährtin suchen.«

Er winkte einem der Vermoführer.

Bald danach drangen die Terraner weiter vor. Arn hatte an der Bastleine den schrecklichen Spür*hund*, der ungestüm vorwärts drang. Vorher war dem mannslangen Skolopender nochmals Junicis Stirnband gezeigt worden. Offensichtlich hatte der Gliederfüßler verstanden, daß er die Besitzerin des Gegenstandes suchen sollte. Er schien über einen hochentwickelten Geruchssinn zu verfügen. Er lief schnell durch das immer spärlicher werdende Gras.

Nach einer Weile ruckte Arn an der Leine. Gehorsam verhielt der Vermo.

Die Männer versammelten sich um den Moraner. Dabei achteten sie darauf, dem Vermo nicht zu nahe zu kommen.

»Dieser Bezirk ist höchst eigenartig«, stellte Peet fest. »Da«, er beschrieb mit dem starken Handscheinwerfer einen Kreis, »keinerlei Pflanzenwuchs, nicht einmal Gras. Dabei ist diese Ruinenstadt uralt. Sie müßte völlig überwuchert sein.«

»Der Boden besteht aus einem unbekannten Werkstoff.« Jörn Callaghan versuchte, den bräunlichen Grund, auf dem sie standen, mit dem Messer zu ritzen. Das Vorhaben mißlang. »Darauf wächst nichts.«

»Im Lauf der Zeit müsste sich eine Humusdecke gebildet haben«, widersprach der Moraner. »Nein, etwas muß Ablagerungen und Pflanzenwuchs verhindern. Wie groß ist der Bezirk überhaupt?«

»Im Moment nicht festzustellen«, sagte Doc Ridgers. Er leuchtete an einer Stufenpyramide hinauf, die sich in einiger Entfernung erhob. »Das Bauwerk könnte der Mittelpunkt des Bezirks sein.«

»Wir müssen Junici finden«, drängte Peet. »Arn, laß deinen Vermo weitersuchen. Wenn ich daran denke, daß sein Biß sofort tötet, sträuben sich mir die Haare.«

»Ich vertraue dem Häuptling.« Der Moraner gab einen Zischlaut von sich. Sofort wandte sich der Vermo ihm zu. Arn Borul winkte vorwärts und der Gliederfüßler setzte sich in Bewegung. Seine etwa dreißig Beinpaare verursachten ein kratzendes Geräusch auf dem harten Bodenbelag.

Das Tier lief schnurgerade auf die Stufenpyramide zu, die vor ihnen in den dunklen Himmel wuchs. An ihm glänzten unbekannte Sternkonstellationen. Die gelben Scheibchen von zwei Monden gaben ein schwaches Licht.

»Die Pyramide hat Ähnlichkeit mit denen der alten mittelamerikanischen Kulturen«, bemerkte Peet Orell. Er versuchte, die nervöse Spannung zu mildern, die seit dem Verschwinden der Moranerin über ihren Freunden lag. »Ich möchte sehen, wie dein Suchhund da raufkommt, Arn.«

Der Moraner warf ihm einen dankbaren Blick zu. Er wußte, daß der Freund ihn damit abzulenken versuchte.

Überhaupt wurde absichtlich nicht über Junici gesprochen, um die allgemeine Stimmung nicht negativ zu beeinflussen.

»Schscht, vorwärts«, zischte Arn Borul. Der Vermo bewegte sich weiter. Tatsächlich hielt er genau auf die Stufenpyramide zu, die eine Höhe von rund 100 Metern haben mochte. Im Licht der starken Handscheinwerfer erkannten die Männer oben einen kleinen Tempel.

Der Vermo führte sie um das mächtige Bauwerk herum zur gegenüberliegenden Seite. Dort führte eine Treppe mit etwa 30 Zentimeter hohen Stufen hinauf. Die Männer erkannten jetzt, daß die Pyramide den Abschluß eines Tempelbezirks bildete, dessen Mittelpunkt ein oval geformter Platz war. Genaues vermochten sie allerdings nicht zu sehen.

»Was ist das?« rief Jörn. Er hatte auf dem Boden einen kleinen Gegenstand bemerkt. Rasch lief er hin, hob ihn auf und reichte ihn dem Moraner.

»Wenigstens auf der richtigen Fährte, Arn.«

»Junicis Translator«, sagte Borul gepreßt. »Die Trolos müssen sie hier vorbeigeschleppt haben. Der Vermo hat uns richtig geführt.«

Erneut gab er dem schwarzen Riesenskolopender den Befehl, weiterzusuchen. Das Insekt bewegte sich ohne Zögern auf die Treppe zu, die zum kleinen Tempel auf der Spitze der Stufenpyramide führte. Bevor sie hinaufstiegen, leuchteten die Männer nochmals die Umgebung ab.

Nirgends zeigte sich ein Trolo. Bis auf die aus dem angrenzenden Wald herüberdringenden Tierlaute lag der mutmaßliche Tempelbezirk in tiefer Stille.

»Wer mag das gebaut haben?« fragte Elker Hay, während sie die vielen Stufen emporhasteten. »Die Lamos bestimmt nicht und die Trolos noch weniger.«

»Wir müssen uns den Bezirk bei Tag ansehen«, gab Yonker zurück. »Hoffentlich finden wir Junici.«

»Weshalb mögen die Trolos sie hier heraufgeschleppt haben?« meldete sich Doc Ridgers.

»Vermutlich befindet sich auf der Spitze der Pyramide ein Ort, der für ihren finsteren Kult besonders heilig ist«, sagte Peet Orell über die Schulter. »Verdammt, ich mache mir Vorwürfe. Wir hätten besser aufpassen sollen.«

»Ich bin ebenso schuld daran«, beschwichtigte ihn Arn Borul. »Wir alle haben die Trolos unterschätzt. Dabei hätte uns ihr Versuch, eine Frau aus

Kahitus Dorf zu entführen, warnen müssen.« Der Moraner blieb plötzlich stehen und deutete auf die Stufen. »Blut«, flüsterte er.

»Verdammt, er hat recht«, stieß Doc Ridgers hervor. Auf der Treppe zeigte sich der blutige Abdruck eines nackten Fußes, der ganz offensichtlich einem Trolo gehörte. Doc Ridgers holte eilig spezielle Reagenzstäbchen aus der Gürteltasche, tauchte eines davon in den blutigen Boden und hielt es ins Licht seiner Lampe. »Kein moranisches Blut«, keuchte er erleichtert.

»Die Trolos werden für ihren großen Zauber Tiere geschlachtet haben«, vermutete Borul. Er stürmte die letzten Stufe hinauf. Den schußbereiten Blaster in der Faust, blickte er zwischen die Säulen des kleinen Tempels, der etwa 30 Meter im Geviert maß und nach allen Seiten offen war.

»Keiner hier«, rief Peet Orell. An dem Moraner vorbei drang er in den tempelartigen Bau ein. Die anderen folgten. Sie leuchteten umher. Als einer seine Lampe auf die Decke richtete, ließ er den Lichtkegel erstaunt dort verharren.

Die anderen Männer taten es ihm gleich. Für den Augenblick war die verschwunden Junici vergessen.

Die Decke war in tiefem dunkelblau gehalten. Zahllose helle Punkte stellten unzweifelhaft Sterne dar. In der Mitte des Deckengemäldes aber, übermächtig groß, befand sich ein rotes Symbol. Borul, Orell und Callaghan erkannten es sofort. Dieses Symbol hatten sie bereits auf dem Raumerwrack gesehen, das sich später selbst vernichtet hatte.

»Der Ringplanet mit den vier Monden.« Arn Boruls Stimme klang ergriffen. »Also war die Spur doch richtig, die die alte Sternkarte uns wies. Aloha, dieser Planet hier, hat etwas mit den unbekannten Erbauern des Wracks zu tun.«

Ein erstaunter Ausruf ließ ihn wieder zur Decke blicken. Dort hatten die kleinen hellen Punkte, die Sterne darstellten, zu leuchten begonnen.

»Lampen aus«, befahl Peet Orell. Er wollte das erstaunliche Phänomen genauer beobachten.

Tatsächlich war die Nachbildung des Sternenhimmels, denn was sonst konnte das mächtige Deckengemälde sein, zum Leben erwacht. Auch das Symbol von Arlega, wie alle das Zeichen des Ringplaneten nannten, leuchtete in einem warmen Rot. Man konnte glauben, die Decke des Tempels stelle einen riesigen Kartentank dar, denn erstaunlicherweise erschienen die zahllosen Konstellationen dreidimensional.

»Ungeheuerlich«, flüsterte Szer Ekka bewundernd. »Wie ist das möglich? Die Tempeldecke besteht doch aus massivem Material. Außerdem, wodurch ist das Ding aktiviert worden?«

»Durch die Beleuchtung mit unseren Scheinwerfern«, vermutete Doc Ridgers.

»Ich glaube, so einfach liegen die Dinge nicht«, bemerkte Arn Borul in das Schweigen der Männer hinein. Er verspürte in seinem Inneren etwas wie eine telepathisch an ihn gerichtete Frage, ohne allerdings deren Inhalt definieren zu können. »Nach meiner Meinung ist diese Sternkarte«, er wies gegen die Decke, auf der jetzt Zehntausende von farbigen Lichtpunkten glänzten, »allein durch unsere Anwesenheit aktiviert worden.«

»Aber welchem Zweck hat sie gedient?« fragte Callaghan. »Sollte es sich um eine Art Planetarium handeln? Und wenn ja, woher kommt die Energie? Und welche Gegend der Galaxis stellt sie dar?«

»Sobald wir Junici gefunden haben, hole ich mir im Schiff eine Spezialkamera und nehme diese erstaunliche Karte auf«, meldete sich der Astro-Experte. Er konnte keinen Blick von der leuchtenden Tempeldecke wenden. Dort zeigte sich jetzt ein weiteres Phänomen. Einzelne der Lichtpunkte begannen zu blinken. Dann zogen sich winzig helle Linien zu einem anderen Lichtpunkt. Während nun dieser zu blinken begann, leuchtete der erste wieder ruhig.

»Verdammt«, stieß Peet plötzlich hervor, »das Ganze sieht aus wie ein Fahrplan auf der zentralen Rohrbahnstation in Joy City. Die einzelnen Lichtpunkte ...«

Er wurde unterbrochen. Doc Ridgers war zu dem Aufbau gegangen, der sich in der Mitte der Halle erhob. Dieser besaß etwa drei Meter Höhe und sah aus wie eine Verkleinerung der Stufenpyramide, auf deren Gipfelplateau sie standen. Er hatte den Aufbau beleuchtet und stieß jetzt einen Schreckensruf aus.

»Bei allen Planeten, Arn, kommen Sie her!«

Das geheimnisvolle leuchtende Deckengemälde, oder was immer es sein mochte, war vergessen. Die Männer stürzten zu dem Mediziner. Die Strahlen ihrer Lampen vereinigten sich auf den Stufen der kleinen Pyramide. Dort lagen die blutigen, in Stücke zerrissenen Körper mehrerer Kleintiere. Man unterschied Vögel und Reptilien. Auch ein ziegenähnliches Tier befand sich darunter. Blut war die Stufen heruntergeronnen und bildete auf dem bräunlichen und sauberen Boden mehrere große Lachen.

»Also hier haben die Trolos ihr Opferfest abgehalten«, stellte der Moraner mit bemerkenswerter Ruhe fest. »Wenn wir unterstellen, daß sich das leuchtende Deckenbild bei ihrer Anwesenheit ebenfalls aktiviert, so ist verständlich, daß sie diesen Ort für ein besonders wirksames Heiligtum halten.«

Er sprach nicht weiter. Die Frage nach dem Verbleib Junicis lag allen wieder auf der Zunge. Wie auf eine geheime Verabredung wichen sie zurück und gaben Arn Borul den Weg frei. Langsam stieg der Moraner die blutverschmierten Stufen hinauf. Auf der kleinen Plattform, die den Abschluß der Minipyramide bildete, blieb er stehen. Er blickte nach unten. Dann bückte er sich und hob etwas auf. Für kurze Zeit stand er unbeweglich. Dann wandte er sich um.

»Hier ist die Mündung eines Schachtes«, sagte er tonlos. »Am Rand habe ich ein abgerissenes Stückchen von Junicis Bordkombination und etwas von ihrem Haar gefunden.« Ohne ein weiteres Wort kam er die wenigen Stufen wieder herunter, trat zur Seite und lehnte sich an eine der Säulen, die das Dach stützten.

Während Peet Orell zu ihm trat und ihn zu trösten versuchte, stürmten die anderen Männer zur Schachtmündung. Ihre erregten Worte schwirrten durcheinander.

Keiner zweifelte daran, daß sie den von Kahitu erwähnten *Schacht ohne Boden* vor sich hatten.

Das Loch war rund, besaß etwa drei Meter Durchmesser und führte senkrecht nach unten. Es war so tief, daß selbst die starken Handscheinwerfer seinen Boden nicht zu erreichen vermochten.

Die Männer sahen sich betroffen an. Szer Ekka sprach aus, was alle dachten.

»Diese Bestien haben Junici da hinuntergeworfen.«

»Es wäre Selbstbetrug, daran zu zweifeln, Freunde.« Arn Borul war zum Schacht zurückgekommen. Seine grünen Augen schimmerten im Licht der Handlampen. »Ich danke euch für euren Takt und euer Verständnis, aber wir wollen keine Tatsachen totschweigen, nur weil zufällig ich betroffen bin. Sprechen wir ruhig über den Unfall, der Junici aus unserer Mitte riß.«

»Scheußlich«, sagte Callaghan. Er gab dem Moraner die Hand und alle anderen wiederholten diese Geste der Kameradschaft.

»Der Schacht ist sehr tief, Arn.« Peet Orell hatte sich am Rand auf den Bauch gelegt, schob Kopf und Schultern über die Tiefe und richtete den Strahl seines Scheinwerfers hinunter. »Fünfhundert Meter reichen nicht. Ich sehe keinen Grund. Wozu mag er gedient haben? Ein Brunnen ist das auf keinen Fall.«

»Die Wand besteht aus dem gleichen Werkstoff wie Gebäude und Bodenbelag.« Arn Borul untersuchte den Schacht ebenfalls. »Im Moment können wir nichts mehr tun«, setzte er mit schwerer Stimme hinzu.

»Aber später werden wir Junicis ... Leiche bergen«, stellte Peet fest. »Sie wünschte sich für den Fall ihres Todes immer ein Begräbnis im Weltraum. Das soll sie haben. Wenn es hell wird, kommen wir mit einer Seilwinde und Spezialausrüstung wieder.«

»Ich danke dir für die gute Absicht, aber wenn einer hinuntergelassen wird, dann bin ich das«, sagte Arn Borul. »Bevor wir zum Schiff zurückkehren, möchte ich annähernd die Tiefe feststellen. Wir werfen etwas hinab und messen die Fallzeit.«

Dem Vorschlag wurde zugestimmt. Es erwies sich aber als schwierig, etwas zu finden, was man hinunterwerfen konnte. Schließlich lief Allan Biggs hinunter und holte vom Rand des Waldes einen kopfgroßen Stein. Keuchend brachte er ihn dem Moraner.

»Danke, Allan.« Arn Borul hob den Stein über die bodenlose Tiefe. Zwei andere Männer leuchteten in den Schacht hinunter. Peet Orell hielt die elektronische Stoppuhr in der Hand. »Fertig, los.«

Der Stein fiel. Rasch wurde er kleiner und verschwand in der Tiefe. Mehrmals hörte man das scharrende Anstreifen an die erstaunlich glatten Schachtwände. Aber ein Aufschlaggeräusch blieb aus.

»Verdammt, das Ding kann doch nicht ein paar Kilometer tief sein.« Peet

Orell richtete sich auf. Auch die zwei anderen Männer hoben die Lampen aus dem Schacht. Nur der Moraner blieb noch liegen.

»He«, rief er plötzlich in maßlosem Erstaunen, »seht doch ...«

Tief unten im Schacht war ein golden leuchtendes Etwas erschienen. Im Fernglas, das der Moraner blitzschnell vor die Augen riß, sah es aus wie der eben hinabgeworfene Stein. Er schien zu schweben und zu leuchten. Nach wenigen Sekunden wurde das Licht schwächer und erlosch.

Arn Borul berichtete. Die anderen sahen sich bedeutungsvoll an. Ihre Vermutung, der Schacht müsse mehr sein als ein früherer Brunnen, hatte sich bewahrheitet. Was er allerdings in Wahrheit darstellte, wagte keiner zu vermuten.

Schweigend kehrten sie zur PROMET II zurück. Sie wußten nur eines: Sie würden wiederkommen und dieses Rätsel Alohas zu erforschen versuchen.

# 14.

Junici wehrte sich verzweifelt, als die Trolos sie zur Mündung des Schachtes stießen. Im Licht der rußenden Harzfackeln hatte sie mit Schrecken der Zeremonie beiwohnen müssen. Ein phantastisch aufgeputzter Trolo, offenkundig der Priester, hatte um das dunkel gähnende Loch herum einen wilden Tanz aufgeführt. Seine buntbemalten Helfer zerrissen dabei die mitgebrachten Opfertiere. Einige Stücke warf der Zauberer in den Schacht. Dann streckte er die Hand nach der gefesselten Gefangenen aus und schrie einen guttural klingenden Befehl.

Die Moranerin, der die Hände auf den Rücken gebunden worden waren, setzte verzweifelt alle Kräfte ein. Umsonst, die Trolos drängten sie Schritt um Schritt die Stufen der kleinen Pyramide hinauf und auf den Schacht zu. Im letzten Moment durchschnitt einer der kleinen Männer ihre Fesseln. Gleichzeitig bekam sie einen Stoß, der sie über die Kante beförderte.

Sie schrie und fiel. Ihre Geschwindigkeit nahm rasend zu. Luft pfiff an ihr vorbei. Einige Male streifte sie die glatte Schachtwand. Junici zog die Knie an den Leib. Angstüberflutet erwartete sie den vernichtenden Aufprall, der ihr Leben in einer Millisekunde beenden mußte.

*Wenigstens ein rascher und schmerzloser Tod,* schoß es ihr durch den Kopf.

Unvermittelt spürte sie die bremsende Wirkung eines Antigravfelds. Erstaunt und unsäglich erleichtert registrierte sie, wie ihre Geschwindigkeit abnahm. Sie streckte den Arm aus und fühlte die Schachtwand. Nach ihrer Schätzung sank sie nur noch mit etwa einem Meter pro Sekunde.

Unter ihr blieb es finster, aber die unmittelbare Todesgefahr erschien gebannt. Junici kämpfte den Rest ihrer Angst nieder und zwang sich zu logischem Denken.

Sie hatte vorhin die eigenartigen Leuchtzeichen auf der Tempeldecke bemerkt, sowie das beherrschende Symbol des Ringplaneten mit den vier symmetrisch angeordneten Satelliten. Den scheinbar sicheren Tod vor Augen, war ihr das Phänomen gleichgültig gewesen. Jetzt erschien es ihr in einem anderen Licht. Tempeldecke und Schacht mußten eine gemeinsame Bedeutung besitzen.

Schlagartig erschien im Schacht unter ihr ein schwach irisierendes Medium, das die Röhre wie eine Membran verschloß. Als Junici hindurchsank, fühlte sie für einen Moment etwas wie einen ganz leichten Stromdurchgang. Gleichzeitig sah sie nun von unten Helligkeit heraufschimmern.

Etwa 50 Meter tiefer setzte das Antigravfeld die Moranerin auf dem Boden einer Kuppelhalle sanft ab. Junici stand auf und sah sich um. Goldenes Licht, das nirgendwo seinen Ursprung zu haben schien, umflutete sie. Die weiche Helligkeit blendete nicht. Sie gestattete jedoch, jede Einzelheit zu erkennen.

Die Kuppel maß etwa 20 Meter im Durchmesser und 8 Meter in der Höhe. Sie war leer. An den Wänden befanden sich Reliefs verschiedener Sternkonstellationen, die der Moranerin sämtlich unbekannt waren. In mehreren von ihnen kam das Symbol des Ringplaneten mit seinen vier Monden vor. Als Junici den Blick darauf richtete, begannen die einzelnen Lichtpunkte weiß zu leuchten.

Die wissenschaftlich und technisch hochgebildete Moranerin suchte zunächst die Kuppel nach Kontrollen für das Antigravfeld des Schachtes ab. Sie fand jedoch nichts, was danach aussah.

Während sie noch suchte, schwebte aus der Schachtmündung der Körper eines Trolos herunter und blieb auf dem Boden vor ihren Füßen liegen. Der Mann war tot. Er blutete aus mehreren tiefen Wunden, die von Schwertern oder Speeren herrühren mußten. Gleich danach kamen noch vier weitere Leichen. Offensichtlich hatten die Trolos ihre Toten aus dem vorhergegangenen Kampf mit den Terranern ebenfalls in den Schacht gestürzt. Wahrscheinlich, um sie den durch Opfer günstig gestimmten Geistern der Tiefe, an die sie zu glauben schienen, ans Herz zu legen.

Junici erinnerte sich der Worte des Lamoshäuptlings Kahitu. Danach benutzten die Trolos den Schacht schon lange als Opfergrube und wohl auch als Begräbnisstätte. Weshalb aber war der Kuppelraum absolut sauber? Hier mußten sich doch Reste von Trolos und auch von geopferten Lamos haufenweise befinden. Auch die Luft war frisch und geruchlos.

Während die Moranerin noch über diese Fragen nachsann, schwebte von der Decke der Kuppel eine etwa metergroße Plattform mit elliptischem Umriß herab. Darauf befand sich eine undefinierbare Maschine. Von dieser richtete sich ein Strahl, der sich wie eine Konzentration des hier herrschenden Lichts ausnahm, auf die fünf toten Trolos. Die Körper wurden binnen weniger Sekunden durchsichtig, so daß Junici die Skelette durch das Fleisch zu sehen vermochte. Dann glühten sie auf und waren verschwunden.

Sofort danach richtete sich von dem fliegenden Desintegrator ein hellgrüner bleistiftdünner Lichtstrahl auf Junici. Sie erschrak. Würde die Maschine nun auch ihren Körper auflösen?

Gehetzt rannte sie los. Ihr blieb die Flucht in den Gang, der aus dem Kuppelraum führte.

Sobald sie den etwa drei Meter hohen und fünf Meter breiten Stollen betrat, erschien auch hier dasselbe Licht wie in der Kuppel. Junici lief. Vor sich erblickte sie einen schwach gelben Schein. Dann gelangte sie in einen anderen Raum, ebenfalls eine Kuppel. Diese war etwas größer als jene, in die der Schacht mündete. Auf dem ebenen Boden lag, konzentrisch mit der Wand, eine runde schwarzglänzende Platte von etwa einem Meter Höhe. An der Seite des Ganges führten vier Stufen hinauf.

In der Mitte der Platte gab es eine niedrige Vertiefung. Aus ihr schien sich ein Vorhang gelben Lichts bis hinauf zur Decke der Kuppel auszubreiten.

Junici achtete nicht darauf, daß sich hinter dem gelben Schein etwas wie eine schwarze Wand zu befinden schien. Nachdem sie sich vergewissert hatte, daß ihr der schwebende Desintegrator nicht gefolgt war, betrat sie die Platte. Alle Angst fiel angesichts der unsagbar fremden und augenscheinlich noch funktionierenden Technik von ihr ab. Staunen und Wißbegier ergriffen von ihr Besitz.

Sie stellte sich vor den Lichtvorhang. Jetzt registrierte sie seine Undurchsichtigkeit. Gleichzeitig bemerkte sie an der Wand der Kuppel rechts und links wieder leuchtende Sternbilder. Nur vor sich vermochte sie nichts zu erkennen.

Ohne zu überlegen trat sie einen Schritt vor.

Etwas schien sie blitzartig zu streifen, aber die Empfindung ging so schnell vorüber, daß die Moranerin nicht sicher war, ob sie sich die Sache nur eingebildet habe. Doch eine Sekunde später bemerkte sie die radikale Veränderung ihrer Umgebung.

Zwar stand sie noch auf der Platte und befand sich in der Kuppel, aber diese besaß plötzlich fünf weite Toröffnungen. Helles, etwas rötliches Sonnenlicht flutete durch diese herein.

Junicis Herz setzte für einen Moment aus. Ihr wissenschaftlich geschulter Verstand erkannte die Ortsveränderung. Die schwarzen Platten mit dem gelben Lichtvorhang waren Materietransmitter. Von einem dieser offensichtlich auf Hyperbasis arbeitenden Geräte war sie soeben zu einem entfernten Empfänger abgestrahlt worden.

Leicht schwankend verließ die Moranerin die runde Platte und ging durch eines der Tore hinaus. Lauer Wind wehte ihr entgegen. Außer seinem leisen Rauschen vernahm sie nichts.

Als sie wieder ins Freie trat, stockte ihr Schritt. Der grandiose Anblick schleuderte sie fast zurück. Mit aufgerissenen Augen starrte sie um sich.

Ein großer Teil des Horizonts wurde von der Kugel eines mächtigen Planeten ausgefüllt. Bunte Bänder einer farbigen Atmosphäre zogen sich um seinen Äquator. An einigen Stellen zeigten sie die strudelartigen Strukturen gigantischer Wirbelstürme.

Quer über die Planetenkugel und zu beiden Seiten mehr als fünf ihrer Durchmesser weit in den Raum hinaus erstreckte sich die weiß leuchtende Linie eines Ringes. Junici wandte wie betäubt den Kopf. Rechts und links schwebten zwei große Satelliten, die genau gleich groß erschienen. Ihre relative Größe war etwa die des Erdmondes. Durch die Hüllen ihrer Atmosphären vermochte die Moranerin Umrisse von Kontinenten zu erkennen. Das Ganze wurde beleuchtet von einem rötlichgelben Stern, dessen Licht den Schatten Junicis lang über den Boden warf.

»Arlega«, flüsterte sie.

Einige Zeit verging, ehe sie den Schock überwunden hatte. Ihre Meinung, sich noch auf der tropischen Wasserwelt Aloha zu befinden, war durch die jähe Erkenntnis einer interstellaren Transmittierung brutal zerstört worden.

Lange stand sie und schaute. Der grandiose, unglaublich anmutende Anblick des Ringplaneten, die phantastische Versetzung hierher und die Begegnung mit einer so weit überlegenen Technologie belasteten ihren

Verstand auf das Äußerste. Nur allmählich gewann sie ihre Fassung und kühle Überlegung zurück.

Sie sah sich um und musterte ihre nähere Umgebung.

Die Kuppel, aus der sie gekommen war, bestand ebenfalls aus dem bräunlichen Werkstoff wie die Stufenpyramide auf Aloha, dem paradiesischen Wasserplaneten. Aber diese Kuppel war nicht die einzige ihrer Art.

Junici stand auf einem mit parkähnlicher Vegetation bewachsenen Ringwall. Dessen Durchmesser schätzte sie auf 1 500 Meter und die Höhe mochte 100 Meter betragen. In gleichmäßigen Abständen ragten auf dem Ringwall 19 weitere Kuppeln über die Wipfel der Bäume, die terranischen Farnen, Palmen und Schachtelhalmen ähnelten. Dazwischen gab es auch völlig fremdartige Gewächse. Bei näherem Hinsehen erwiesen sie sich als teilweise ineinander verwachsen. Offensichtlich wurde die Parklandschaft nicht mehr gepflegt. Nur die Verbindungswege, ebenfalls aus dem bräunlichen Werkstoff bestehend, waren bewuchsfrei geblieben.

In der Mitte des Ringwalls erhob sich eine einzelne größere Kuppel. Sie ragte etwa 200 Meter hoch auf und mochte den selben Durchmesser haben. Von jeder der kleineren Kuppeln führten Treppen und Verbindungswege zu ihr hinüber.

Die Moranerin sah sich um. Nirgends war ein lebendes Wesen zu sehen, wenn man die Pflanzen ausnahm. Leise rauschte der schwache Wind in den Zweigen und Wedeln. Die Luft war frisch und kühl mit einem schwachen Geruch nach fremden Blüten.

Dies hier mußte der Transmitterbahnhof einer galaktischen Zivilisation sein, sagte sich Junici. *Ein* Transmitterbahnhof, verbesserte sie sich. Wahrscheinlich gab es deren mehrere auf dem Satelliten. Und auf den drei übrigen sicher auch.

Vor dem Trieb zum Forschen traten die Gedanken an Rückkehr vorerst zurück. Junici beschloß, sich die mächtige Anlage näher anzusehen. Sie schlug den Weg zur nächsten Kuppel auf dem Ringwall ein. Er folgte leicht gekrümmt dessen Linie und führte durch ein kleines Wäldchen schlanker Bäume, deren bizarr gebogene Zweige in silbern glitzernde Wedel ausliefen.

Plötzlich stutzte sie. Im Gebüsch neben ihr bewegte sich ein armlanges kriechendes Etwas. Ihre Hand fuhr automatisch zum Holster und fand es leer. Der Blaster war ihr bereits beim Troloüberfall auf Aloha abhanden gekommen. Sie betrachtete das insektenähnliche Ding, das jetzt auf diversen Beinen aus dem Gebüsch kroch und mit einem schwachen Energiestrahl den Wegrand von überwuchernden Pflanzen zu säubern begann.

Es war ein Roboter, eine Art Mäh- und Desintegrationsmaschine. Sie löste das geschnittene Gras augenblicklich auf.

Erleichtert setzte Junici ihren Weg fort. Kurze Zeit später bemerkte sie auch eine kleine fliegende Maschine, die Ähnliches mit den Zweigen einiger Bäume vornahm.

Dann fand sie noch zwei weitere Exemplare des Schneideroboters, die am Wegrand lagen und offensichtlich funktionsuntüchtig waren.

Eine hochentwickelte Zivilisation wie die der Galakter – so nannte Junici die unbekannten Schöpfer dieser Supertechnik – hatte sämtliche Pflege- und Instandsetzungsarbeiten den Maschinen überlassen. Einmal mehr kam die Moranerin zu dem Schluß, daß es sich bei den Galaktern um Humanoiden handeln mußte. Unter anderem sprach die Höhe der Treppenstufen dafür.

Nun erreichte Junici die nächste Kuppel. Sie trat ein. Das Innere unterschied sich in nichts von dem der anderen, in der sie angekommen war. Auch hier befand sich im Mittelpunkt des flachen Bodens die schwarze Platte mit dem gelben Lichtvorhang, hinter dem eine unbeschreibbare Schwärze wogte.

Die Moranerin hütete sich, in das Transmitterfeld zu treten. Vorerst wollte sie sich nicht noch einmal dem Risiko aussetzen, auf eine möglicherweise sehr weit entfernte Welt abgestrahlt zu werden. Sie erkannte auch, daß sie von Aloha nicht hätte fliehen müssen. Höchstwahrscheinlich hatte ihr von dem fliegenden Desintegrator keine Gefahr gedroht. Bestimmt vermochte die Maschine zwischen einem lebenden Menschen und Leichen zu unterscheiden. Sie hatte einfach den Zweck, den Boden des Schachtes sauberzuhalten.

Besorgnis überkam sie.

War es möglich, von hier den Rückweg nach Aloha zu finden? *Grundsätzlich sollte es gehen,* dachte sie. Oder funktionierte der Transmitter nicht in Gegenrichtung? Oder nicht mehr? Die ausgefallenen Parkroboter bewiesen, daß die technischen Einrichtungen hier nicht mehr gewartet wurden. Seit wie langer Zeit bereits nicht mehr?

Konnte sie von den Freunden auf Aloha Hilfe erwarten? *Nein,* sagte sich Junici. Es war unwahrscheinlich, daß diese überhaupt den Schacht auf dem Gipfel der Stufenpyramide finden würden. Und selbst, wenn dies doch geschah, wenn die Freunde wider Erwarten sogar hinunter in die Transmitterkuppel gelangen sollten, was konnte das ihr, Junici, nützen?

**Weshalb war sie ausgerechnet nach Arlega abgestrahlt worden?** Junici verließ die Kuppel wieder und setzte sich draußen auf den von der Sonne schwach erwärmten Boden. Den Rücken gegen die Kuppelwand gelehnt zwang sie sich zu folgerichtiger Überlegung.

**Weshalb war sie ausgerechnet hier herausgekommen?** Logischerweise mußten vom Transmitter auf Aloha auch Verbindungen zu anderen Welten möglich sein. Sie versuchte mit aller Energie, die Situation kurz vor ihrem Durchtritt durch den Transmitter zu rekapitulieren. Mit geschlossenen Augen konzentrierte sie sich.

Da war die zweite Kuppel gewesen, in die sie vor dem Reinigungsroboter geflüchtet war. An den Wänden hatte es die Bilder von Sternkonstellationen gegeben. Als sie hingesehen hatte, waren diese nacheinander hell geworden.

Schlagartig kam ihr die verblüffende Erkenntnis.

Die Transmitter mußten mentale Steuerung besitzen. Wer nach irgendwohin versetzt zu werden wünschte, betrat einfach die schwarze Platte und stellte sich das Zielsystem im Geist vor. Mehr nicht. Alles andere besorgte die unfaßbar geniale Galaktertechnik. Die Sternbilder an den Wänden konnten nichts anderes sein als eine Auswahl möglicher Ziele. Gewissermaßen ein Katalog. Möglicherweise stellten sie auch sämtliche Ziele dar, die man vom betreffenden Transmitter aus direkt zu erreichen vermochte.

Jedenfalls war sie deswegen nach Arlega abgestrahlt worden, weil sich das Bild des Ringplaneten in ihren Gedanken befunden hatte, erkannte die Moranerin. Es war nicht einmal nötig gewesen, konzentriert daran zu denken. Der mentale Abfrageteil des Transmitters hatte ihre Gedanken durchforscht, das Bild des Ringplaneten gefunden und diesen für das gewünschte Ziel gehalten. Der Rest war für die Maschine Routinesache gewesen.

»Also muß es möglich sein, zurückzukehren«, sagte Junici laut. Zugleich wurde sie sich mit Schrecken bewußt, daß sie keinerlei bildhafte Vorstellung von der Sternkonstellation besaß, zu der Blue Lady mit ihren Planeten gehörte. Diese Kenntnis aber war Voraussetzung für jeden gezielten Transmittersprung.

Jedenfalls durfte sie keine andere Kuppel betreten, als die, in der sie angekommen war. Eilig stand sie auf und ging zurück. Dort riß sie ein Stückchen ihrer Bordkombination ab, beschwerte es mit einem Stein aus dem Gebüsch und legte es vor denjenigen Eingang, welcher der Zentralkuppel zugekehrt war. Zudem merkte sie sich Einzelheiten der Baumgruppe, in der eben diese Kuppel stand. Dann machte sie sich auf den Weg zur Zentralkuppel. Bevor sie versuchen würde, nach Aloha zurückzuspringen, wollte sie sich diese ansehen. Denn falls eine Rückkehr überhaupt gelang, war es höchst zweifelhaft, ob sie jemals wieder nach Arlega gelangen würde.

Sie ging die lange Treppe zum Boden des Ringwalls hinunter und dann auf die Zentralkuppel zu. Was waren die Galakter für Wesen, überlegte sie. Einerseits besaßen sie ein interstellares Transmittersystem, das mühelos Versetzung über größte Entfernungen ermöglichte. Andererseits hatten sie die Wege von einer Transmitterkuppel zur anderen zu Fuß zurückgelegt.

Sie mochten also keine Hast, waren der Eile abhold und hatten Zeit. Anders ließ sich das Fehlen jedes Transportsystems für die kurzen Distanzen nicht deuten. Natürlich konnten sie Fahrzeuge besessen haben, Fluggleiter vielleicht. Aber dieser Gedanke an eine weise, abgeklärte Wesenheit, deren Bedürfnisse von einer alles umfassenden Technik befriedigt wurden und die selbst nur den geistigen Dingen lebte, erschien der Moranerin folgerichtig.

Sie betrachtete die weitere Umgebung. Über den rötlichtblauen Himmel zog eine Formation größerer Vögel. Oder waren es fliegende Roboter? Nein, es schienen Vögel zu sein. Mit langsamen Flügelschlägen *schwammen* sie in der lauen Luft. Jetzt hörte sie auch einzelne Schreie. Die Tiere schienen sich miteinander zu verständigen. Sie flogen weiter und gerieten außer Sicht.

Immer wieder fragte sich Junici, wo die Galakter geblieben sein mochten. Wie lang war dieses Planetensystem mit den offensichtlich künstlich an ihren Ort gebrachten Satelliten schon verlassen? War es das überhaupt? Oder erschien Junicis Bild irgendwo auf Beobachtungsschirmen, über die sich fremdartige Gesichter beugten?

Unwillkürlich sah sich die Moranerin um. Sie war allein. Und dann kam ihr eine weitere Erkenntnis.

Sie hatte hinsichtlich der Schwerkraftverhältnisse nichts Besonderes bemerkt, seit sie hier war. Ganz einfach deswegen, weil die Gravitation ziemlich genau 1 g betrug. Also waren dies für Galakter normale Gravitationswerte. Ein Beweis mehr für deren Menschenähnlichkeit.

Ebenso verhielt es sich mit der Lufthülle des Satelliten. Junici hatte durchaus das Gefühl, terranische Atmosphäre um sich zu haben. Vielleicht schmeckte die Luft ein wenig schärfer, aber das machte keinen wesentlichen Unterschied. Also bekam den Galaktern diese Zusammensetzung der Gashülle.

Junici ertappte sich dabei, daß sie sich die Galakter vorzustellen versuchte. Unwillkürlich ging sie dabei von Kahitus Stamm aus. Vielleicht kreiste in den Adern der Lamos noch ein winziger Rest von Galakterblut. Dann waren diese vorstellbar als schlanke, feingliedrige Humanoiden und etwa von der Durchschnittsgröße von Terranern.

Möglicherweise stammten auch diese von den Galaktern ab, ebenso die anderen humanoiden Rassen, denen Junici schon auf ihren Raumexpeditionen begegnet war, entsprechende Sagen und Mythen gab es auf allen, von solchen humanoiden Wesen besiedelten Welten.

Langsam sank die rötlichgelbe Sonne tiefer. Der Satellit des Ringplaneten rotierte also. Die Moranerin blieb stehen, um das grandiose Schauspiel zu betrachten. Gleichzeitig wurde sie sich ihrer Lage bewußt, die trotz der friedlichen Umgebung nahezu verzweifelt war.

Ganz abgesehen von der höchst unwahrscheinlichen Möglichkeit, durch puren Zufall wieder nach Aloha zu gelangen, wovon sollte sie sich ernähren? Gab es hier Lebensmittel?

Der Gedanke an Nahrung war von einem Hunger- und Durstgefühl hervorgebracht worden. In der Nähe floß ein meterbreiter Bach durch den

Park, der die Zentralkuppel umgab. Junici kostete von der wasserhellen Flüssigkeit. Diese schmeckte genau wie Wasser und war sicherlich auch welches. Bei einer so erdähnlich erscheinenden Flora nicht verwunderlich. Als sie zudem noch kleine Fische bemerkte, riskierte sie es, von dem Wasser zu trinken.

Danach setzte sie den Weg fort.

Die Zentralkuppel wuchs um so höher vor ihr auf, je näher sie ihr kam. An der Basis gab es in regelmäßigen Abständen Rundbogentore von etwa fünf Metern Höhe.

Junici wunderte sich über das Fehlen von Türen. Gab es hier kein schlechtes Wetter, keine Kälte?

Dann bemerkte sie das kaum wahrnehmbare Kraftfeld vor dem Eingang. Es flimmerte wie eine zarte Haut. Probeweise warf sie einen Stein dagegen. Wie erwartet wurde er elastisch aufgefangen und fiel vor dem Eingang zu Boden. Die Moranerin dagegen konnte eintreten. Sie fühlte nichts, als sie den kaum sichtbaren Vorhang durchschritt.

Übergangslos befand sie sich in einer mächtigen Halle mit allerdings nicht sehr hoher Decke. Es mußte darüber noch mehr Geschosse geben. In der Halle lagen die schwarzen Transmitterscheiben in langen Reihen nebeneinander.

Junici schritt langsam durch einen der Zwischengänge. Sie sah sich mehrere Scheiben und deren Podeste genau an. Nirgends jedoch ließ sich ein Hinweis dafür finden, welche Zielstationen jeweils erreicht werden konnten.

Ein gigantisches Verkehrssystem, das zahlreiche Sonnensysteme miteinander verbunden hatte. Junici schwirrte der Kopf. Sie wußte von diversen Rassen und Kulturen sowie von deren Technologien. Etwas von dieser Art hatte sie jedoch noch nicht kennengelernt. Nicht einmal andeutungsweise davon gehört.

Hatte diese Hochkultur bereits zu Zeiten des großen galaktischen Krieges bestanden? Möglicherweise schon vor dessen Beginn? Wenn Letzteres zutraf, wie war es ihr gelungen, diese furchtbaren Wirren zu überstehen?

Fragen über Fragen, die sich vor der Moranerin auftürmten. Höchst interessant, gewiß, aber allein, ohne Nahrungsmittel und Hilfsgeräte, abgeschnitten von den Freunden, traten sie zurück. Das Problem hieß überleben.

Junici beschloß, sich wenn möglich noch die oberen Stockwerke der Zentralkuppel anzusehen. Dann wollte sie zu ihrer Ankunftskuppel auf dem Ringwall zurückkehren. Und sie wußte bereits, daß sie gezwungen sein würde, sich aufs neue dem Transmitter anzuvertrauen.

Junici ging geradewegs zur Wand und dann an dieser entlang. In der mächtigen Halle war es dämmerig und geisterhaft still. Das Leuchten der einzelnen Transmitterfelder verbreitete allerdings genug Helligkeit, um alles unterscheiden zu können.

Die Moranerin wußte, daß sie bei der Beurteilung hiesiger Umstände von menschlicher Logik ausgehen konnte. Diese mußte auch für die Galakter gegolten haben. Deshalb fand sie bald eine Batterie von Antigravschächten. Gleich der erste funktionierte, als sie hineintrat. Sanft wurde sie nach oben befördert.

Sie ließ sich bis zum obersten Stockwerk der Zentralkuppel tragen, nachdem sie fünf ähnliche Transmitterhallen wie die im Erdgeschoß passiert hatte. Ihre Hoffnung, dort etwas wie eine Schaltzentrale zu finden, erfüllte sich.

Als sie den Antigravschacht verließ, betrat sie einen runden Raum von etwa 50 Metern Durchmesser. Sie erschrak, als sie auf dem Boden etwas bemerkte, das sich bewegte. Dann erkannte sie einen Reinigungsroboter. Langsam ging sie weiter.

Hier mußten mehrere Galakter gearbeitet haben. Jedenfalls standen sechs sesselartige Stühle vor halbrunden Schaltkonsolen. Hinter jedem Sitz ragte eine schenkeldicke Säule aus dem bräunlichen Boden, die sich U-förmig krümmte und in eine helmartige Haube auslief, die über dem jeweiligen Sessel hing. An den Wänden und an der gewölbten Decke reihte sich ein großer Sichtschirm an den anderen. Sie waren alle dunkel. Den Raum selbst erfüllte jenes scheinbar von nirgendwo kommende Licht, das sie bereits von den unterirdischen Anlagen auf dem Wasserplaneten Aloha her kannte.

Junici untersuchte die einzelnen Schaltplätze. Höchstwahrscheinlich konnte man von hier die Funktion der Transmitterstrecken überwachen und in sie eingreifen. Aber wozu dienten die Hauben? Wurden die jeweiligen Steuervorgänge durch Gedankenbefehle ausgelöst, oder vermochte man den Vollzug seiner Eingriffe auf dem Weg ins Gehirn projizierter Bilder zu verfolgen?

Die Moranerin entschloß sich, einen Versuch zu wagen. Ohnehin würde sie später gezwungen sein, sich unübersehbaren Gefahren bei dem Versuch einer Rückkehr nach Aloha zu stellen. Weshalb also nicht?

Sie setzte sich in den nächsten Sessel. Sofort veränderte er seine Höhe und Lehnenstellung. Junici saß bequem. Auf der Schaltkonsole vor ihr flammte eine zentral gelegene violette Kontrollampe auf. Ein Schaltknopf daneben leuchtete rot in etwa Sekundenabstand auf.

Die Moranerin drückte ihn nieder. Langsam senkte sich die Metallhaube auf ihren Kopf, ließ aber das Gesicht von den Augen abwärts frei.

»Moa talo walbegan?« Junici wußte nicht, ob die Frage laut gestellt worden oder nur in ihrem Geist erklungen war. Eine Frage jedenfalls mußte es dem Ton nach gewesen sein. Die Moranerin glaubte, daß sich der Leitcomputer der Kuppel nach ihren Befehlen erkundigt hatte. Denn die wenigen Schaltelemente auf der Konsole vor ihr deuteten auf mentale Steuerung der Gesamtanlage hin. Anderenfalls hätte es viele Tausende von Bedienungselementen geben müssen.

Funktionierte die mentale Verbindung auch in Gegenrichtung? Junici schloß die Augen. Konzentriert stellte sie sich einen terranischen Großcomputer vor und daneben stehend sich selbst. Würde die geheimnisvolle Leitautomatik sie verstehen? In höchster Spannung wartete sie auf eine Antwort.

Sie kam in schmerzender Deutlichkeit. Vor Junicis geistigem Auge erschien eine riesige Kugel aus glasähnlichem Stoff, die eine Ansammlung zahlloser technischer Elemente enthielt. Daneben, winzig klein, erkannte die Moranerin sich selbst. Der Automat hatte verstanden. Offensichtlich überwachte er den Schaltraum auch optisch und hatte ihr Bild bereits gespeichert.

Die Moranerin vergaß ihre gefährliche Lage. Der begonnene geistige Dialog mit dem Leitcomputer faszinierte sie. Zudem überraschte sie die Tatsache, daß die mentale Verständigung mit der Maschine sofort gelungen war. Deutete dies auf eine geistige Verwandtschaft der Moraner mit den Galaktern hin?

Problem Nummer eins blieb die Rückkehr nach Aloha. Aber um diesen Wunsch dem Computer begreiflich zu machen, mußte Junici zunächst die Verständigungsbasis mit der Maschine erweitern. Dies gestaltete sich höchst schwierig, da der Computer keine der von ihr beherrschten Sprachen verstand.

Also bildlich vorgehen. Konzentriert stellte sich Junici den Planeten Aloha vor, wie sie ihn vor dem Umfliegen mit der PROMET II her im Gedächtnis hatte. Dann dachte sie an die Transmitterstation unter der Stufenpyramide, worauf sie das geistige Bild des Ringwalls mit den vielen kleinen Transmitterkuppeln folgen ließ.

Pause. Sie versuchte, an nichts zu denken und wartete.

Gleich darauf wiederholte sich die Szene vor ihrem Geist ohne ihr eigenes Zutun. Die Maschine hatte die Sequenz empfangen.

»Moa talo walbegan?«

»Ich will zurück«, schrie Junici, der langsam die Nerven durchgingen. »Zurück, verstehst du nicht?«

Die mentale Antwort bestand aus einigen Sätzen in der unbekannten Sprache. Die Moranerin zwang sich zur Ruhe. Sie mußte beherrscht bleiben. Ihr Partner verstand eben nicht. Vielleicht konnte sie ihm ihren Wunsch nach Rückkehr in Bildern begreiflich machen.

Ehe sie damit beginnen konnte, erklang ein lauter Summton. Er schien einen Alarm anzudeuten. Aus Lautsprechern kamen Sätze in unbekannten Worten, die wie Anweisungen klangen. An der Decke über Junici wurden einige Sichtschirme hell. Sie zeigten das Innere einer Zentrale, die dieser hier ähnelte. Außerdem eine mächtige Kuppel von der Höhe aus, als ob der aufnehmende Apparat über dieser schwebe. Auf dem dritten Schirm aber, Junici lief es kalt über den Rücken, erschien das Bild eines schwarzen Hantelraumers, der direkt auf den Betrachter zuflog.

Die Moranerin wurde von Entsetzen gepackt. Sie kannte diesen Raumertyp nur zu gut. Von Moran – ihrer einstigen Heimatwelt. Flog der Schwarze Raumer den Satelliten an, auf dem sie sich befand, um diesen zu zerstören? Unheil hatten die von Robotern gesteuerten Hantelschiffe bereits genug angerichtet. Auch der Untergang von Junicis Heimatplaneten ging auf deren Konto. Nach bisherigen Erkenntnissen handelte es sich bei den

Schiffen und deren robotischen Besatzungen um eine schreckliche Hinterlassenschaft des großen galaktischen Krieges. Und offenbar geisterten immer noch welche von diesen gigantischen Vernichtungsmaschinen durch das Universum.

Junici wollte aufspringen, aber plötzlich fühlte sie ihren Körper nicht mehr. Ihr Geist hingegen schien sich an mehreren Orten zugleich zu befinden.

Sie befand sich überall dort, von wo technisch vollkommene Aufnahmeapparaturen die Bilder auf die Schirme projizierten. In der menschenleeren Zentrale leuchteten Kontrollampen auf und wurden Monitoren hell. Gleichzeitig vernahm Junici eine befehlende Stimme, die immer wieder dieselben Sätze wiederholte. Anscheinend wurde diese Funkbotschaft dem anfliegenden Raumer übermittelt. Wahrscheinlich die Aufforderung abzudrehen.

Junici erwartete nicht, daß der Schwarze Raumer darauf reagieren werde. Er tat es auch nicht, sondern verfolgte unbeirrt seinen Kurs. Nun aktivierte sich in der fernen Zentrale, die sie gleichzeitig mit den beiden anderen Szenerien überschaute, ein weiterer Bildschirm. Er zeigte ebenfalls den Raumer, aber im Schnittpunkt eines grün schillernden Fadenkreuzes.

Eine Zieloptik, erkannte die Moranerin. Kurz danach öffnete sich die Kuppel und ein riesiger Projektor fuhr aus dem Spalt.

Er richtete sich schräg nach oben. Um den Abstrahlkegel in seinem Zentrum begann es rötlich zu irisieren.

Plötzlich schoß ein dicker Energiestrahl ins All. Der Schwarze Raumer wurde getroffen, genau in das drohende, glühende Facettenauge am Bug. Der Energiestrahl fraß sich darin fest. Dann glühte das Hantelschiff düsterrot auf und zerbarst in einer lautlosen Explosion. Glühende Wrackteile wirbelten davon.

Die Stimme, die Junici im Geist hörte, sagte noch einige Worte. Sie klangen wie eine Vollzugsmeldung. Dann verblaßten die mentalen Bilder und sie fühlte sich wieder in ihrem Körper.

Die Vernichtung des Schwarzen Raumers hatte sicher nicht in der Nähe des Satelliten stattgefunden, auf dem sie sich zur Zeit befand. Vielleicht nahe einem der drei anderen. Jedenfalls war die Verteidigungstechnik der

Galakter offensichtlich in der Lage, Angriffen aus dem Raum zu begegnen. Vermutlich gab es in den Waffenkuppeln, von denen sie eine in Aktion gesehen hatte, auch Strahlgeschütze mit noch stärkerer Wirkung.

Junici ließ die Haube hochfahren und stand auf. Die geistige Ortsversetzung, von der sie nicht wußte, wie sie funktionierte, hatte sie ermüdet. Sie verließ die Schaltzentrale, sank in einem Antigravschacht nach unten, durchschritt die unterste Transmitterhalle und machte sich auf den Weg zu ihrer Ankunftskuppel.

Inzwischen war die Sonne hinter dem Horizont versunken. Dieser lag wesentlich höher als etwa auf Terra. Die Moranerin schätzte danach den Durchmesser des Weltkörpers auf Marsgröße. Allerdings lag die Landschaft nicht im Dunkeln. Das von der Atmosphäre des Ammoniakriesen reflektierte Sonnenlicht ließ nur eine ziemlich helle Dämmerung zu.

Die beiden anderen sichtbaren Satelliten des Riesenplaneten zeigten sich als volle Sicheln. Außerdem beobachtete Junici nun ein eigenartiges Phänomen. Von den Monden rechts und links zogen sich deutlich sichtbare Energiebahnen zu dem, auf welchem sie sich befand. Die bläulich leuchtenden Strahlen endeten unter dem Horizont bei irgendwelchen Auffangstationen. Zudem bemerkte sie weitere Verbindungen gleicher Art, die sich direkt zum Hauptplaneten zogen.

Es mußte sich um Energieübertragungen handeln. Vermutlich wurden sie auf dem Ammoniakriesen durch unbekannte Prozesse erzeugt. Oder die Energiestationen lagen auf den Satelliten und speisten irgendwelche Anlagen auf dem Hauptplaneten.

Junici schwindelte der Kopf angesichts solcher Größenordnungen einer Technik. Ein drängendes Hungergefühl wies sie allerdings sofort wieder auf ihr dringendstes Problem hin. Sie mußte nach Aloha zurückkehren. Nur dort konnte sie ihre Freunde und ihren Mann treffen und Hilfe finden.

Sie erreichte die Kuppel, in der sie angekommen war. Grauen befiel sie, als sie vor der runden Platte stand und durch den gelben Lichtvorhang in das unbeschreibliche Schwarz des Transmitterfeldes blickte.

Dann gab sie sich innerlich einen Ruck. Hier konnte sie auf keinen Fall bleiben. So fest sie es vermochte, stellte sie sich das Blue Lady System vor. Dann trat sie durch den gelben Lichtvorhang.

Sie wurde zurückgeschleudert. Keuchend und mit schmerzenden Gliedern lag sie auf dem Boden vor der schwarzen Scheibe. Was war geschehen? Hatte sie etwas falsch gemacht?

Sie wagte noch zwei Versuche. Die Resultate blieben gleich. Junici wankte schließlich erschöpft aus der Kuppel und legte sich draußen nieder. Sie merkte kaum, wie einer der kleinen Mähroboter zu ihr kroch, sie mit einem Suchstrahl betastete und sich weiterbewegte, nachdem er sie als nicht pflanzlicher Natur identifiziert hatte.

Als sie erwachte, spielten eben die ersten Strahlen der Sonne über den Horizont. Die Moranerin richtete sich auf. Mutlosigkeit befiel sie. Am ganzen Körper fühlte sie sich zerschlagen. Zu allem kam die bohrende Ungewißheit. Weshalb funktionierte der Transmitter nicht? War sie dazu verurteilt, hier zu verhungern?

Junici schätzte, daß sie noch zwei bis drei Tage ohne Nahrung einigermaßen bei Kräften bleiben konnte. Bis dahin mußte sie einen Ausweg gefunden haben.

Sie zermarterte sich den Kopf über das scheinbare Versagen des Transmitters. Dann kam ihr die erleuchtende Einsicht. Wahrscheinlich mußte man einen Transmitter der Zentralkuppel benutzen, um weiterzukommen. Vielleicht dienten die kleinen Kuppeln auf dem Ringwall nur zur Ankunft. Sie zwang sich zum Aufstehen und ging die Stufen hinunter. Unten arbeiteten überall Gartenroboter in den Parkanlagen, um sie für wahrscheinlich nicht mehr existierende Galakter instand zu halten. Die Maschinen waren auf die verschiedensten Zwecke spezialisiert, zum Teil schwebefähig und sämtlich mit einem Desintegrationssystem versehen. Abgeschnittene Pflanzenteile lösten sie einfach auf.

Junici betrat die Zentralkuppel. Zunächst schwebte sie im Antigravschacht hinauf bis zur Schaltzentrale. Wieder nahm sie über eine der Kopfhauben Kontakt zum Leitcomputer auf. Die Maschine schien sich einer Kooperation nicht widersetzen zu wollen, verstand aber offensichtlich nicht, was die Moranerin in immer wiederkehrenden Gedankensequenzen zu verdeutlichen versuchte. Entmutigt gab sie schließlich auf.

Es blieb nur der eigene Versuch.

Ehe sie sich zu einem Transmittersprung ins Ungewisse entschloß, untersuchte sie auch die anderen Hallen. Die unterschieden sich in nichts von der im Erdgeschoß. Nirgends gab es Hinweise auf die Ziele, zu denen die jeweiligen Transmitter den Reisenden abzustrahlen vermochten.

Die Moranerin faßte dies auf als einen Beweis für die mentale Zielbestimmung. Aber nach welchen Kriterien erfolgte diese? Was genau hatte man sich vorzustellen, um etwa nach Aloha befördert zu werden? Das Bild des Planeten in seiner Gesamtheit? Das Sonnensystem? Oder ein für den jeweiligen Zielort geltendes Symbol? Eine Chiffre etwa?

Junici hätte sehr viel darum gegeben, wenn der Transmitter unter der Stufenpyramide nicht funktioniert hätte. Aber er hatte es getan. Wenn er sie nach Arlega befördert hatte, weil sich die bildliche Vorstellung des Ringplaneten in ihrem Geist befand, weshalb sollte er sie dann nicht nach Aloha zurückbringen, wenn sie intensiv an den Wasserplaneten dachte?

Unfähig, die Spannung der bohrenden Ungewißheit noch länger zu ertragen, trat Junici vor die nächste Transmitterscheibe. Mit aller verfügbaren Konzentration stellte sie sich Aloha vor. Dann stieg sie entschlossen die wenigen Stufen hinauf und machte einen großen Schritt durch den gelben Lichtvorhang.

Sie wartete auf den Schmerz des Zurückgeschleudertwerdens. Er blieb aus. Aber die Ortsveränderung hatte stattgefunden. Junici fand sich in einer kleineren Kuppel, die jedoch nicht neun, sondern sechs Transmitterscheiben enthielt. Fünf von ihnen waren um eine zentralgelegene verteilt, auf der die Moranerin angekommen war.

Ein kleiner Transmitterbahnhof also. Aber nicht auf Aloha. Junici ging zu einem der Ausgangstore und trat hinaus. Sobald sie das schützende Energiefeld hinter sich gelassen hatte, erfaßte sie ein eisiger Wind. Erst jetzt wurde ihr bewußt, daß es außerhalb der Kuppel finster war. An einem samtschwarzen Nachthimmel funkelten dicht stehende Sternkonstellationen. Der Planet mußte dem galaktischen Zentrum bedeutend näher stehen als Arlega.

Schnee wirbelte ihr ins Gesicht. Die schneidende Kälte durchdrang die leichte Bordkombination. So weit Junici zu sehen vermochte, befand sie sich in einer gebirgigen Landschaft. Voraus wuchtete die dunkle Silhouette eines hohen Bergkammes auf.

Frierend zog sie sich in die Kuppel zurück. Hier herrschte mäßige Wärme. Sie beschloß, zunächst auszuruhen. Doch ein fernes vielstimmiges Heulen schreckte sie bald wieder auf. Es klang wie eine jagende Rotte von Raubtieren. Das unheimliche Geräusch näherte sich. Möglicherweise hatten die Tiere die Moranerin gewittert.

Sollte sie sich auf den Schutz des Kraftfeldes an den Toren verlassen? Sie entschied sich dagegen. Rasch trat sie auf eine der äußeren Scheiben und warf sich durch das gelbe Licht.

Wieder erfolgte die Ortsversetzung, ohne daß Junici etwas davon wahrnahm. Wäre nicht grünes Dämmerlicht durch die Tore der Kuppel gedrungen, sie hätte glauben können, noch in der winterlichen Berglandschaft zu weilen.

Erneut befand sie sich in einer Kuppel mit sechs Transmitterscheiben. Wie vorhin war sie auf der in der Mitte liegenden angekommen. Sie stieg auf den Boden hinunter und ging zu einem der Tore. Vorsichtig spähte sie nach draußen. Sie wollte nicht gleich wieder die möglicherweise höchst gefährliche Aufmerksamkeit blutgieriger Bestien erregen.

Um die Kuppel erstreckte sich üppiger Wald nach allen Seiten. In der Höhe wuchsen fremdartig aussehende Pflanzen zusammen, so daß Junici den Himmel nicht sehen konnte. Den Himmel welches Planeten? Hatte sie eben nur den Sprung von der Eisregion in tropische Zonen vollführt? Oder befand sie sich schon wieder in einem anderen Sonnensystem? Die Frage blieb offen.

Langsam verlor die Moranerin die Scheu vor dem unerklärlichen Transportsystem. Es arbeitete zweifellos auf Hyperbasis. Vermutlich verwandelte es den jeweiligen Körper in einen hyperenergetischen Impuls, der durch das Parakontinuum oder eine noch höhere Dimension zum Empfänger abgestrahlt wurde. Dort erfolgte die Rematerialisation. Aber auch eine andere Möglichkeit erschien Junici plausibel. Vielleicht wurde sie beim Durchgang durch das Feld jedes Mal aufgelöst. Der Transmitter tastete dabei in unbegreiflicher Schnelle ihre gesamte Struktur ab, übermittelte die so gewonnene Schablone dem Zieltransmitter und dort erfolgte nach dieser eine Wiedermaterialisierung aus am Ort befindlicher Materie.

Der Hunger meldete sich erneut. Dieses Mal stärker. Junici beschloß, den

Wald in der Nähe der Kuppel nach Eßbarem abzusuchen. Wo so viele Pflanzen üppig wuchsen, mußte auch etwas für sie Genießbares zu finden sein!

Sie trat durch das fast unsichtbare Schirmfeld des Tores. Wattige Wärme empfing sie. Trotz seiner zarten Struktur hielt das Schirmfeld offensichtlich hermetisch dicht.

Junici ging um die Kuppel herum. Hier gab es keine Gartenroboter. Die Wege zur Kuppel waren von Humus bedeckt und dicht bewachsen. Aus dem Wald ertönten tierische Laute. Es pfiff, schrie, unkte und jaulte verhalten. Zu sehen bekam die Moranerin allerdings keinen der Urheber dieser Geräusche. Vereinzelt summten kleine Insekten an ihr vorbei.

Sie ging nun von der Kuppel weg ein Stück in den Wald hinein. Eifrig spähte sie nach Früchten oder Beeren aus, fand jedoch keine. Dagegen bemerkte sie einen mächtigen Baum, mit mehrere Meter großen schirmartigen Blüten. Er stand allein auf einer Art Wiese und schien sich sachte im Wind zu bewegen.

Neugierig ging Junici auf ihn zu. Als sie näher kam stellte sie erstaunt fest, daß der Baum nicht bewegt wurde. Vielmehr führte er die schlangengleichen Bewegungen seiner Äste selbst aus. Sie näherte sich weiter. Jetzt stand sie fast unter einer der blaßroten Blüten, die nach unten hingen und Glockenform aufwiesen. Darin schienen meterlange Staubfäden zu hängen.

Ganz plötzlich senkte sich der Ast mit der Blüte zum Boden. Junici wurde von der Glocke eingefangen und bedeckt. Nur ihre enorme Reaktionsschnelligkeit rettete ihr Leben.

Noch ehe sich die Blüte mit dem Zackenkranz an ihrem Rand im Boden verkrallen und damit ein unentrinnbares Gefängnis bilden konnte, warf sich Junici zu Boden und kroch unter dem wogenden Blütenrand ins rettende Freie. Sie sprang auf und brachte sich mit ein paar Sätzen außer Reichweite. Der ganze Baum war wild geworden; seine Äste mit den Fangblüten wogten wie im Sturm durcheinander. Aber nicht nur dieser Baum.

Die Moranerin erkannte in maßlosem Schreck, daß der gesamte Wald nur die oberirdischen Triebe ein und derselben Pflanze darstellte. Denn nicht nur der Baum wollte sie fangen.

Äste von Büschen bogen sich zu ihr hin, schaukelnde Lianen versuchten sie zu umschlingen und aus dem lockeren schwarzen Boden schoben sich bleiche Wurzeln, die nach ihren Füßen griffen. So weit sie sehen konnte, befand sich die gesamte Vegetation in wogender Erregung.

Auch die Laute, die sie zu Beginn vernommen hatte, waren viel zahlreicher und stärker geworden. Junici stand starr vor Schreck. Denn diese Geräusche, die sie Tieren zugeschrieben hatte, kamen aus Blüten, blasigen Anhängseln und von Zweigen, die sich immer wieder wie von unsichtbarer Hand bewegt spannten und dann pfeifend durch die Luft schnellten.

*Zurück zur Kuppel!* Junici lief um ihr Leben. Glücklicherweise wußte sie noch die Richtung. Sie konnte sich höchstens 100 Meter von dem rettenden Bauwerk entfernt haben.

Vor ihr schienen Büsche die Wurzeln aus dem Boden zu ziehen, um ihr den Weg zu verlegen. Tentakelgleich langten Schlingpflanzen nach ihr und von oben senkten sich Äste mit wedelnden Fangkrallen herab.

Die Moranerin hastete vorwärts, schlug peitschende Ranken beiseite, riß sich ringelnde Dornenzweige von ihrer Kombination und wich instinktiv hakenden Wurzeln aus. Es schien eine Ewigkeit zu dauern, bis der Lauf um das nackte Leben bei der Transmitterkuppel endete. Mit einem Aufschrei warf sie sich durch das Schirmfeld des zunächst liegenden Tores.

Draußen prasselte ein Regen kleiner Zapfen gegen das Energiefeld. Junici spähte keuchend nach draußen. Sie sah, daß in der Nähe stehende Büsche die Äste zurückbogen, um sie dann vorschnellen zu lassen. Von ihnen stammten die fingerlangen Zapfen, die sich auf dem Boden hin und her wanden, dann aufplatzten und gelblichen Staub in die Luft pufften.

Junici dachte mit Grauen an die pflanzliche Hölle draußen. Dann spürte sie auf der linken Schulter eine Bewegung. Es war einer jener Zapfen. Das eklige Ding drückte soeben wurzelähnliche Senker in das Gewebe.

Ohne lange zu überlegen, riß sich Junici die Bordkombi vom Leib, knüllte sie zusammen und warf sie durch das Energiefeld eines der Tore hinaus. Keine Sekunde zu früh, wie sich sofort erwies. Das fingerlange grünliche Ding platzte und streute den gelblichen Staub aus. Er bereitete sich über die Kombi und begann sofort, diese vor Junicis entsetzten Blicken zu zersetzen.

Es schien sich um extrem schnell wachsende Sporen zu handeln. Der aus organischer Materie gewonnene Stoff löste sich zusehends auf. An seiner Stelle entwickelten sich weiße runde Knollen, die binnen weniger Minuten zu Kopfgröße anwuchsen. Dann war der Stoff verbraucht und das Wachstum hörte auf.

Der Moranerin lief es eiskalt über den Rücken. Was wäre geschehen, wenn sie auch nur einige Sekunden gezögert und die Sporen eingeatmet hätte? Höchstwahrscheinlich lägen dann ihre Reste unter einem Haufen sich in rasender Schnelle entwickelnder Pilze, die wiederum eine Zwischenstufe zu neuen Büschen darstellen mochten.

Die Fauna dieses Planeten mochte für Biologen von größtem Interesse sein. Junici aber verspürte nur einen Wunsch: Fort von dieser Höllenwelt, wo Pflanzen die herrschende Lebensform waren! Was da draußen hin und her wogte und weiterhin einen Hagel von Sporenkapseln gegen die Schirmfelder prasseln ließ, war das Wildeste und Scheußlichste, was Junici je zu Gesicht bekommen hatte.

Einen Augenblick lang kam ihr zu Bewußtsein, daß sie jetzt nackt war, aber was tat es? Ihr Verstand sagte ihr, daß sie wahrscheinlich sowieso niemandem mehr begegnen würde. Sie war dazu verurteilt, in dem interstellaren Irrgarten des Transmittersystems weiter herumzuirren, bis sie entweder durch Zufall einen Planeten fand, der Überlebensmöglichkeiten bot, oder bis der Tod sie erlöste. Das konnte schon bald geschehen.

Aufs Geratewohl ging sie zur nächsten Transmitterscheibe, stieg die vier Stufen hinauf und trat durch das gelbe Licht in die Schwärze.

Sie stolperte über einen Sandhaufen, fiel, sprang wieder auf und fand sich in schneidend kalter und dünner Luft. Ein rascher Blick durch die Tore rundum zeigte, daß die Kuppel sich auf einem sehr hohen Berg befand. Tief unten lag eine weite Ebene, die sich nach allen Seiten erstreckte. Ein großer Mond am dunklen Himmel übergoß diese mit fahlem grünlichem Licht.

Offensichtlich waren bei dieser Kuppel die Schirmfelder defekt. Das bewies der hereingewehte Sand ebenso wie das fehlende Normalklima, das in den anderen Kuppeln geherrscht hatte.

Junici vermochte kaum zu atmen. Die Höhe mußte sehr groß sein. Sie wollte sofort weiterspringen. Zu ihrem maßlosen Schreck befanden sich vier der fünf weiterführenden Transmitterscheiben nicht mehr in Betrieb. Jedenfalls waren sie von Sand bedeckt. Nur eine strahlte noch den charakteristischen gelben Lichtvorhang gegen die Kuppeldecke.

Keuchend und nach Atem ringend sprang die Moranerin durch das Transportfeld. Blitzartig wechselte die Szenerie. Grellweißes Licht und sengende Glut schlugen ihr entgegen. Ohne zu überlegen sprang sie auf eine der weiterführenden Scheiben. In dieser Hitze hätte sie es keine zehn Sekunden lebend ausgehalten.

Sie materialisierte in einer Kuppel am Ufer eines großen Sees. Eine rötliche Sonne hing nahe dem Horizont. Keine 100 Meter entfernt lag ein heller Sandstrand, gegen den in rhythmischen Intervallen eine grünliche Brandung lief. Palmenähnliche Gewächse mit runder Wedelkrone wiegten sich im Wind.

Junici trat vorsichtig durch das flirrende Schirmfeld eines Tores der Kuppel. Erleichtert registrierte sie wohlige Wärme und den Geruch nahen Wassers. Das dumpfe Rauschen der Brandungswellen war Musik in ihren Ohren.

Sie ließ sich im Sand vor der Kuppel nieder, der noch die Wärme des vergangenen Tages ausstrahlte, und schloß die Augen. Um ein Haar wäre sie in ihr Verderben gesprungen. Die Sonne des Planeten, den sie soeben verlassen hatte, mußte in ein Novastadium getreten sein. Nahezu ein Wunder, daß zumindest ein weiterführender Transmitter noch funktionsfähig gewesen war.

Nachdem sich ihre zum Zerreißen gespannten Nerven beruhigt hatten, kehrte Junici in die Kuppel zurück. Erst jetzt bemerkte sie die einzige Scheibe auf deren Boden. Also gab es von hier kein Weiterkommen. Jedenfalls nicht aus dieser Kuppel. Junici war zu erschöpft, um sich darüber Gedanken zu machen. Erst wollte sie schlafen und dann nach Nahrung suchen. Vielleicht würde diese Welt ihr ein Überleben ermöglichen.

Bevor sie die Augen schloß, sah sie die Sonne über die Kimm hinabsinken. Die Nacht auf der fremden Welt brach rasch herein. Irgendwie kam diese der Frau jedoch bekannt vor.

Mitten in der Nacht erwachte sie. Fahles Licht eines weißlichen Mondes ergoß sich über die Landschaft. Junici stand auf und trat an das dem See zugewandte Tor. Sie war durstig. Auch der Hunger bohrte in den Eingeweiden, aber das Verlangen nach Wasser dominierte.

Nachdem sie sorgfältig nach allen Seiten Ausschau gehalten und nichts Verdächtiges bemerkt hatte, eilte sie zum Strand und trank. Es handelte sich tatsächlich um Süßwasser.

Als der Durst gestillt war, entdeckte sie am schaumigen Saum der Brandung kopfgroße dunkle Dinger. Es waren offenbar Früchte der palmartigen Bäume.

Junici nahm einige von ihnen auf und machte sich auf den Rückweg. Dabei blickte sie zu dem Mond auf. Staunend verhielt sie den Schritt und kniff die Augen zusammen, um genauer zu sehen. War das möglich? Konnte das sein?

Der Satellit zeigte genau die ihr vertrauten Konturen des Erdmondes. Junici blickte lange zu ihm auf. Es gab keinen Zweifel, der Satellit dieses Planeten sah genauso aus wie Luna.

»Aber das kann nicht Terra sein«, sagte die Moranerin laut. Sie horchte landeinwärts. wo sie ein blasendes Trompeten gehört hatte. Eilig rannte sie zur Kuppel zurück. Hinter einem der Torpfosten verborgen spähte sie hinaus. Was sie sah, trieb ihr kalte Schauer über den Rücken.

Langsam kamen vom Land her große vierbeinige Wesen mit langen Rüsseln am Kopf. Sie bewegten sich zum Wasser und tranken dort. Ihre Laute erinnerten Junici an die von terranischen Elefanten, die sie im Zoo von Joy City gesehen hatte.

Als die mächtigen Tiere zurückwechselten, kam eines von ihnen nahe an der Kuppel vorbei. Es sah wirklich wie ein Elefant aus, nur besaß es ein langes bräunlich erscheinendes Fell. Ohne die Kuppel und deren Insassin zu beachten, stampfte es vorbei und verschwand in der Nacht.

Junici wandte sich heißhungrig den Baumfrüchten zu. Darin hörte sie eine Flüssigkeit schwappen. Bald gelang es ihr, eine an der Kante der Transmitterscheibe aufzuschlagen. Sie kostete den Inhalt und stutzte. Was sie da schmeckte, nahm sich wie Kokosmilch aus.

»Das ist ungeheuerlich«, flüsterte Junici entgeistert. Für ihren scharf analysierenden Verstand waren drei Parallelen zu viel für einen Zufall. Erst der so bekannt erscheinende Mond, dann die Früchte und schließlich die Mammuts. Denn nichts anderes als diese Ahnen der Elefanten konnten eben draußen vorbeigewechselt sein.

»Ich bin auf Terra in ferner Vergangenheit. Die Transmitter können nicht nur räumlich, sondern auch zeitlich versetzen.« Junici sagte es sich immer wieder laut vor, um die unglaubliche Erkenntnis zu verkraften. Dabei trank sie den süßen Saft der Früchte, die nichts anderes als Kokosnüsse sein konnten, und aß hungrig das weiße Fruchtfleisch.

Gesättigt lehnte sie sich gegen die Kuppelwand und blickte nach draußen. Vermutlich befand sie sich in mittleren Breiten. Anders war das Zusammentreffen von Mammuts und Palmen nicht zu erklären.

Die Moranerin wußte, daß damit ihr Schicksal besiegelt war. Ohne Möglichkeit zur Rückkehr, in ferner Vergangenheit gestrandet, würde sie ihr Leben auf Terra beschließen müssen Immerhin war ihr Überleben gesichert, denn es gab Früchte. Später würde sie auch eine Möglichkeit finden, Tiere zu fangen und zu jagen.

Die Galakter waren also nicht nur Meister des Raumes, sondern auch der Zeit gewesen. Mit diesem Gedanken schlief sie wieder ein. Ihr erschöpfter Körper verlangte sein Recht.

## 15.

Arn Borul und seine Freunde waren bei Tagesanbruch wieder bei der Stufenpyramide. Am Seil einer schnell über der Schachtmündung installierten Elektrowinde ließ sich der Moraner in die Tiefe. Über Visophon blieb er mit ihnen in Verbindung.

»Vierhundertfünfzig Meter«, gab ihm Peet Orell eben durch, als ihn Borul erregt unterbrach.

»Ich habe soeben etwas wie ein Kraftfeld passiert. Scheint ein Schutzschirm zu sein. Da, jetzt fühle ich auch Antigraveinfluß.«

Der Moraner sprach unentwegt, während er mit dem nun schlaff gewordenen Seil tiefer sank. Dann war er in der ersten Kuppel angekommen.

Bald darauf standen Peet, Jörn und Vivien neben ihm. Alle blickten sich erstaunt um. Allein schon das *irgendwo* herkommende Licht verblüffte sie. Aber ihre Hauptsorge galt der Suche nach Junici.

»Hier kann sie nicht umgekommen sein, Arn«, sagte Orell. »Sonst müßte ihre Leiche sich hier befinden. Sie muß durch den Gang weiter vorgedrungen sein.«

»Worauf warten wir dann noch?« Der Moraner, der eine sehr unruhige Nacht hinter sich hatte, ging entschlossen voraus. Dann standen sie in der zweiten Kuppel vor der schwarzen Scheibe. Erregt tauschten sie ihre Meinungen aus.

»Junici ist nicht hier«, stellte Vivien fest. »Aber ich sehe keine Tür.« Sie schritt prüfend die Wand ab. »Der Ausgang muß ausgezeichnet getarnt sein. Jedenfalls ist sie nicht tot, Arn.«

»Ich hoffe es«, meinte dieser ernst. Er umschritt die schwarze Scheibe. Eigenartigerweise konnte man durch den Lichtvorhang nicht hindurchsehen. Von beiden Seiten mutete er an wie von unbeschreibbarem Schwarz unterlegt.

»Aber wo ist der Ausgang?« beharrte Vivien. »Am Ende ist das hier eine Art Kultraum. Die Scheibe könnte einen Lift darstellen. Was meint ihr? Möglicherweise erschienen darauf die Zauberer oder Priester. Ganz schön effektvoll, wenn sie bei dieser Beleuchtung aus dem Boden aufzutauchen schienen. Wenn Junici damit runtergefahren ist, dann muß das Ding noch funktionieren!«

Sie stieg die vier Stufen hinauf. Arn Borul öffnete den Mund zu einem Warnruf, aber das Unfaßliche war bereits geschehen. Vivien war durch den Lichtvorhang gegangen und darin verschwunden. So schnell, daß keiner der drei ungläubig starrenden Männer den eigentlichen Vorgang registriert hatte.

»Aber das ist doch nicht möglich«, stieß Jörn Callaghan hervor. Unwillkürlich wollte er Vivien nach, die Arme tastend ausgestreckt, als sei sie lediglich unsichtbar geworden, aber nach wie vor präsent.

Arn Borul konnte ihm eben noch ein Bein stellen.

»Zurück!« schrie er schreckensbleich. »Das ist ein Desintegrator. Vielleicht stehen wir vor der Hinrichtungsstätte des Tempelbezirks. Wahrscheinlich ist Junici demselben Fehlschluß zum Opfer gefallen und hat die Scheibe für einen Lift gehalten.«

Die drei Männer beratschlagten. Orell äußerte starke Zweifel an Boruls Meinung. Jörn Callaghan sekundierte ihm.

»Weiß der Teufel, was das ist, aber an ein Hinrichtungsgerät glaube ich nicht, Arn«, sagte er. »Da«, er wies auf die Wand der Kuppel. »Hast du schon bemerkt, daß man bloß auf eine der Sternbilddarstellungen zu blicken braucht, und schon wird sie hell. Außerdem, was bedeutet oben die Tempeldecke? Alles lasse ich gelten, aber eine Exekutionskammer ist das nicht.«

»Aber wo sind Vivien und Junici?« Peet Orells Stimme war heiser vor Erregung.

»Ich wage nicht daran zu glauben, aber vielleicht leben sie noch«, flüsterte der Moraner nach einer langen Pause. »Irgendwo, vielleicht viele Lichtjahre entfernt.«

»Was soll das heißen?« Peet Orell blickte den Freund verständnislos an.

»Den Galaktern könnte es gelungen sein, die Transmittierung lebender Wesen zu verwirklichen. Soviel ich weiß, arbeiteten auch Gelehrte meines Volkes daran. Aber sie besaßen noch nicht viel mehr als entsprechende Arbeitshypothesen.« Er entwickelte den beiden anderen seine Gedanken.

»Okay, Arn, aber dann ist es unsere Pflicht, den Frauen zu folgen«, stellte Peet Orell fest. »Sie könnten möglicherweise Hilfe brauchen.«

»Und wenn es keine Rückkehr gibt, Peet?«

»Auch dann. Ich jedenfalls werde es versuchen.«

Die drei Männer kamen überein, daß Arn seiner Frau und Peet Vivien folgen sollte. Jörn wurde mit der vorläufigen Leitung der Expedition betraut.

»Du wartest zwei Tage Standardzeit, Jörn«, wies ihn Peet an. »Wenn du bis dahin nichts von uns hörst, bist du frei in deinen Entschlüssen und handelst nach bestem Wissen.«

»Okay, macht's gut. Und kommt wieder.« Callaghan drückte den beiden Freunden die Hand. Dann machte der Moraner den Anfang. Er ging die vier Stufen hinauf und schritt in den gelben Lichtvorhang. Obwohl die beiden anderen scharf aufpaßten, sahen sie nur, wie er darin verschwand und auf der anderen Seite nicht wieder herauskam.

»Wenn man dabei wirklich sterben sollte, dann tut es bestimmt nicht weh.« Peet Orell brachte ein schwaches Grinsen zustande. Er schlug Jörn auf die Schulter. Wenige Sekunden später stand dieser allein in der unterirdischen Kuppel und starrte in das gelbe Leuchten. Dann drehte er sich um und ging mit schweren Schritten zum Schacht zurück.

»Oben glaubt mir das kein Aas«, sagte er laut zu sich selber. »Ehrlich gestanden, ich glaube es selber nicht.«

***

Vivien Raid schrie vor Schreck auf, als die Szenerie vor ihren Augen blitzartig wechselte. Eben hatte sie sich in der unterirdischen Kuppel befunden, vor sich die dunkle Wand, vom gelben Licht des eigenartigen Vorhangs nur schwach erhellt. Zwar stand sie auch jetzt in einer Kuppel, aber durch ein Rundbogentor fiel ihr Blick hinaus auf eine wahrhaft phantastische Umgebung.

An einem samtschwarzen Himmel schwebte vor dem Hintergrund glitzernder Sterne ein riesiger Ringplanet. Vor seiner zur Hälfte erleuchteten Scheibe ragte ein bizarr geformtes Gebirge auf. Es gehörte zu dem Weltkörper, auf den Vivien durch eine unfaßliche Technik versetzt worden war.

Zunächst mußte sie ihre gesamte Beherrschung mobilisieren, um den Schock zu meistern, den die schlagartige Ortsversetzung in ihr erzeugt hatte. Nachdem Atmung und Puls sich beruhigt hatten, sah sie sich von der Kuppel aus um.

Das Bauwerk stand auf einem etwa 500 Meter hohen und mäßig steilen Berg. Die gesamte Umgebung ähnelte der Oberfläche des Erdmondes. In Richtung des Gebirges lag ein flacher und ziemlich großer Krater mit einem kleinen Zentralberg. Nach rechts zog sich ein weiteres Gebirge und nach links breitete sich eine bis zum nahen Horizont reichende Ebene aus. Alles mutete unwirklich und feindlich an. Anzeichen von Leben gab es nicht.

Vivien wandte sich dem Nächstliegenden zu. Das hieß *überleben*.

Zunächst hatte sie draußen im Sand kleine Wirbelungen und Staubwolken beobachtet und folgerte, es müsse eine Atmosphäre vorhanden sein. Die abschließenden Energiefelder vor den einzelnen Toren waren ihr ebenfalls nicht entgangen. Also mußte es möglich sein, zumindest kurz nach draußen zu gehen. Stellte sich die Atmosphäre dieses Satelliten des Ringplaneten nicht als atembar heraus, konnte sie auf dem Absatz kehrtmachen und in die Kuppel zurückflüchten.

Erst jetzt bemerkte sie die drei großen Monde, die sich genau auf der Ebene des Ringes befanden und dem Hauptplaneten wesentlich näher lagen. Also mußte es sich um Arlega, das geheimnisvolle Planetensystem handeln.

Vivien schossen tausend Fragen durch den Kopf, aber sie schob diese sowie alle Bedenken beiseite. Entschlossen trat sie mit angehaltenem Atem durch den kaum sichtbaren Energievorhang eines Kuppeltors.

Kalter Wind umspielte sie. Ihre Augen brannten nicht. Also enthielt die Atmosphäre des Mondes keine ätzenden Bestandteile. Vorsichtig atmete Vivien ein wenig Luft ein. Sie unterschied sich nicht merklich von der einer winterlichen Gegend auf Terra. Die Frau atmete tiefer.

Einige Minuten später wußte sie, daß sie auch außerhalb der Kuppel nicht ersticken würde. Damit allerdings erschöpfte sich die Menschenfreundlichkeit ihres Aufenthaltsortes. Die kleine Welt war öde und lebensfeindlich. Wahrscheinlich gab es auf ihrer Oberfläche nirgends Wasser, von etwas Eßbarem gar nicht zu reden.

Vivien ging eine Strecke weit. Unter ihren leichten Bordschuhen knirschte Geröll und Sand. Die rötliche Sonne stand tief am Horizont und wärmte kaum. Der Mond mußte über eigene Wärmereserven und über eine ungewöhnliche Dichte verfügen. Anders war die relativ erträgliche Lufttemperatur und die hohe Schwerkraft, die eine Atmosphäre festzuhalten vermochte, nicht zu erklären. Möglicherweise war auch er manipuliert wie die drei großen Monde. Vivien erkannte deutlich die dunstigen Hüllen ihrer Atmosphären und vermochte Kontinente und Ozeane auf ihnen zu unterscheiden. Der vierte, an dessen Vorhandensein sie nicht zweifelte, befand sich hinter der Planetenkugel des Ammoniakriesen.

Langsam ging Vivien zur Kuppel zurück und trat durch das Schirmfeld des Tores in die vergleichsweise wohlige Wärme. Auch hier mußten Maschinen arbeiten, die das Klima aufrechterhielten.

Sinnend starrte Vivien auf den stetig leuchtenden gelben Lichtvorhang. Es drohte ihr die Sinne zu verschlagen, wenn sie sich den Vorhang zu vergegenwärtigen suchte, durch den sie auf diesen Himmelskörper transportiert worden war.

Ein wenig fühlte sie sich an den *Sternenduft* erinnert, der sie im System NO-43 vom Planeten der Jiros zum Mond Fen gebracht hatte. Und trotz der Ähnlichkeit war es hier doch wiederum ganz anders ... *)

Auf dem öden Mond konnte sie nicht bleiben. Aber wie ihn verlassen? Vivien sagte sich, daß es eine Rückkehrmöglichkeit geben mußte. Gleichzeitig gestand sie sich aber ihr völliges Unverständnis der fremden Technologie ein. War diese narrensicher? Oder konnte man durch Fehlbedienung in Gefahr geraten?

Vivien überlegte. Dies hier war offensichtlich ein interstellares Transportsystem. Einseitige Wirkung erschien unsinnig. Aber wie den Rückweg öffnen? Brauchte man dafür nur ein weiteres Mal durch das gelbe Licht zu gehen?

Vivien entschloß sich zu einem Versuch. Unmittelbar darauf lag sie mit schmerzlich zuckenden Gliedern auf der anderen Seite der Transmitterscheibe. Ihr war, als hätte sie einen Hochspannung führenden Leiter berührt.

So ging es also nicht. Nachdem der Schmerz abgeklungen war, stand sie

*) siehe Raumschiff PROMET Classic 3

auf. Meter für Meter untersuchte sie das Innere der Kuppel. Sie fand absolut nichts, was nach Kontrollen aussah.

Als ihr Blick längere Zeit an der gekrümmten Innenwand verharrte, glommen daran zögernd helle Lichtpunkte auf. Sie formierten sich zu einem Sternbild, das entfernte Ähnlichkeit mit einem Trichter aufwies. Wenn sie für eine Minute wegsah, verschwanden die kleinen Lichter wieder.

Staunend erkannte Vivien, daß dieser Vorgang mental gesteuert sein mußte. Sie wiederholte den Versuch an anderen Stellen der Kuppelwand. Dabei brachte sie mehrere Sternbilder – denn was sollten die Gruppierungen anders darstellen? – zustande. An manchen Stellen der Wand klappte es dagegen nicht. Das Ganze wies Ähnlichkeit mit den Vorgängen an der Tempeldecke auf Aloha auf.

Sollte man dadurch den Zielpunkt des Sprunges bestimmen können? Stellten die Sternbilder eine Art Fahrplan dar?

Vivien traute sich nicht, es auszuprobieren. Der Schreck über die höchst unangenehme Empfindung eben steckte ihr noch in den Gliedern. Zudem sagte sie sich, daß es verderblich sein konnte, wenn sie sich in dem sicherlich weitverzweigten Transmittersystem aufs Geratewohl noch weiter versprang.

Trotzdem konnte sie nicht hierbleiben. Sie würde todsicher verdursten, noch bevor sie verhungerte. Auch ein Warten auf das eventuelle Nachfolgen ihrer Freunde erschien sinnlos. Erstens war es höchst zweifelhaft, ob diese den Transmitter nicht für eine Tötungsmaschine halten würden. Aber selbst wenn sie seine wahre Natur erkannten, wer konnte sagen, ob sie ebenfalls hier herauskommen würden? Außerdem standen sie dann vor dem gleichen Problem wie Vivien.

Sie legte sich auf den angenehm warmen Kuppelboden und überlegte weiter. Sie mußte alle ihre Energie aufbieten, um sich nicht von Angst überschwemmen zu lassen. In solch ausweglos erscheinender Lage hatte sie sich noch nie befunden. Ohne jede Möglichkeit, selbst etwas zu ihrer Rettung zu tun. Oder gab es diese Möglichkeit doch?

Sie mußte sich doch wieder dem Transmittersystem anvertrauen, entschied Vivien. Untätiges Verharren bedeutete den Tod. Aber was tun? Dieser Transmitter hier führte offenbar nicht weiter. Er war nur als

Ankunftsstation gedacht. Was hatte ein Galakter getan, wenn er weiter wollte?

Logischerweise mußte er einen anderen Transmitter benutzt haben, schloß Vivien. Und vernünftigerweise mußte sich dieser irgendwo in der Nähe befinden. Zwar ließ sich nichts erkennen, was einer anderen Kuppel ähnlich sah, aber es mußte sich finden lassen.

Vivien beschloß, sie zu suchen. Die Luft war atembar und die Temperatur erträglich. Außerdem konnte sie immer umkehren und hierher zurückkehren.

Sie marschierte los.

Wenn sie alle Verschlüsse der Bordkombination schloß, fror sie kaum. Um warm zu bleiben, ging sie rasch. Das sanft abfallende Terrain des Berghangs beschleunigte ihren Schritt.

Aufs Geratewohl schlug sie die Richtung nach dem fernen Gebirge ein. Möglicherweise befand sich die andere Kuppel, die sie suchte, auf einem von dessen Vorbergen.

Ihr Atem kondensierte in der klaren Luft des Mondes, der eine ziemlich rasche Eigenrotation besaß. Vivien ersah dies aus der Tatsache, daß sich die rötliche Sonne schnell zum Horizont senkte. In etwa einer halben Stunde würde die Nacht hereinbrechen.

Nach einiger Zeit blickte sie sich um. Die Transmitterkuppel lag schon mehrere Kilometer entfernt und war nur noch undeutlich zu erkennen. Vivien blieb plötzlich wie angewurzelt stehen. Vor ihr im Sand zeichneten sich große Fußspuren ab. Sie waren ungefähr 30 Zentimeter im Durchmesser und hatten annähernd runde Form. Nach vorn zeigten sich deutlich die Abdrücke zweier vorstehender Klauen.

Sie sah sich eilig nach allen Seiten um. Nichts war zu sehen. Das unbekannte Wesen konnte sich nicht in der Nähe befinden.

Furcht beschlich Vivien, als sie die Spuren untersuchte. Es konnte sich bei ihrem Verursacher um einen Vierfüßler von beträchtlicher Größe handeln. Oder waren es zwei Tiere gewesen?

Sie mußte sich bald zu der Erkenntnis bequemen, daß die knöcheltiefen Eindrücke in die ziemlich harte Sandschicht nur von einem Wesen mit sechs Beinen herrühren konnten. Es mußte darüber hinaus beachtliches

Gewicht besitzen, denn Viviens eigene Fußspuren waren dagegen vergleichsweise kaum zu erkennen.

Wie sah das Tier aus? War es gefährlich? Vor allem, wovon ernährte es sich auf dem völlig kahlen Mond?

Viviens Gedanken stockten schlagartig. Ihr Blick war in den kleinen, etwa 50 Meter tiefen und ziemlich steilen Krater gefallen, neben dem sie die Spuren bemerkt hatte. Ungläubig weiteten sich ihre Augen. Sie wollte nicht glauben, was sie sah.

Auf dem Grund des Kraters hatte sich niedergerutschtes Geröll angesammelt. Soeben schwebte ein Stein von ungefährer Kopfgröße empor, blieb in etwa zwei Meter Höhe hängen und verschwand Stück um Stück. Dann wiederholte sich der Vorgang.

Vivien lief es eiskalt über den Rücken, als sie die Erklärung fand: Das Wesen, von dem die Fußspuren stammten, war für menschliche Augen unsichtbar! Da unten im Krater, keine hundert Meter von Vivien entfernt, stand es. Und fraß Steine.

Noch während die Frau entsetzt in den Krater hinunterstarrte, fiel ein Stein, der eben dabei gewesen war, stückweise zu verschwinden, plötzlich zu Boden. Dann wirbelte Sand auf und das Geröll an der schrägen Kraterwand begann geräuschvoll zu rutschen. Die Steine spritzten förmlich zur Seite und die Stelle, an der dies geschah, rückte rasch den Hang hinauf. Genau auf Vivien zu.

Sie wandte sich um und rannte davon. Sie wußte, das unsichtbare Monster hatte sie gesehen und verfolgte sie nun.

Kopflos hetzte sie weiter. Jede klare Überlegung war von ihr gewichen. Als sie einmal über die Schulter sah, bemerkte sie am hinter ihr liegenden Kraterrand aufwirbelnden Sand. Das Wesen mußte ihn erreicht haben. Nun, auf ebenem Boden, würde es sie bald einholen.

Angstvoll irrten ihre Blicke umher, während sie das Letzte aus ihrem Körper herausholte. Voraus, etwa hundert Meter entfernt, erhoben sich einige Felsnadeln, die so aussahen, als würde sie sie erklettern können.

Unter Aufbietung aller Kräfte rannte sie darauf zu. Als sie näher kam, erkannte sie mit Erleichterung deutliche Verwitterungserscheinungen in dem rötlichen Gestein. Mit letztem Atem erreichte sie die spitzen Felsen.

So schnell sie konnte, klomm sie daran empor. Auf einer kleinen Plattform, etwa zwanzig Meter hoch über dem Boden, verhielt sie mit keuchenden Lungen. Die kalte Luft verursachte einen quälenden Hustenreiz. Aber darauf achtete sie im Moment nicht.

Mit Grausen vernahm sie den dumpfen Galopp, der sich rasch aus Richtung des Kraters näherte. Die wie aus dem Nichts im Sand entstehenden Spuren wirkten gespenstisch. Sie kamen immer näher, waren dicht vor dem Felsen. Dann erscholl ein dumpfer Anprall. Der Fels zitterte spürbar. Das Wesen mußte ihn mit voller Geschwindigkeit gerammt haben.

Von namenlosem Grauen geschüttelt blickte Vivien hinunter. Sie hörte deutlich ein Schnaufen und Pusten, vernahm die Sprünge des Wesens und dann, sie schrie vor Angst auf, erschienen im ersten Drittel der Wand deutliche Kratzer am Felsen. Das Wesen hatte sich aufgerichtet und kratzte wütend an der steinernen Nadel. Dabei reichte es etwa sechs bis sieben Meter in die Höhe.

Vivien kauerte sich auf der kleinen Plattform zusammen. Sie begriff mit unsäglicher Erleichterung, daß sie hier oben in Sicherheit war. Klettern konnte das unsichtbare Monster offensichtlich nicht.

Aber würde sie diesen Ort jemals wieder verlassen können? Gerade brach die Nacht des kleinen Mondes herein. Der Schatten der Felsnadel wurde rasch länger und länger, und dann herrschte nur noch ein gelbliches Dämmerlicht, erzeugt vom Schein des mächtigen Planeten, der einen beträchtlichen Teil des Horizonts ausfüllte.

Viviens Hoffnung, das Monster würde mit der Zeit seinen Platz dort unten verlassen und ihr die Rückkehr zur Kuppel ermöglichen, erwies sich nach einigen Stunden als trügerisch. Als die ersten Strahlen der Sonne rötlich über die Ebene spielten, war die gesamte Fläche am Fuß der Felsnadel von den tief eingedrückten Spuren bedeckt. Ständig entstanden neue. Vivien konnte die dumpfen Tritte deutlich hören. Und wenn sie sich bewegte, kam das unsichtbare Ungeheuer immer wieder zur Wand, richtete sich auf und kratzte mit offenbar eisenharten Klauen am Stein.

Vivien mußte hier oben aushalten, bis sie die Kräfte verließen. Was dann geschehen würde, sah sie klar vor Augen. Sie würde den Halt verlieren, hinunterstürzen und dabei hoffentlich den Tod finden. Denn danach würde ihr Körper im Maul eines unvorstellbaren Monsters verschwinden, das sie nicht einmal wahrzunehmen vermochte.

\*\*\*

Arn Borul glaubte eine Sekunde lang an einen Traum. Dann akzeptierte sein Verstand das als Wirklichkeit, was ihm die Augen meldeten. Nämlich den Blick durch eines der Rundbogentore einer Kuppel auf einen riesigen Ringplaneten mit zwei großen Satelliten rechts und links, genau in der Ringebene.

Er erschrak maßlos, als er von hinten angestoßen wurde. Erleichtert erkannte er Peet Orell.

»Ich werd' verrückt«, stieß dieser hervor. »Das gibt's doch nicht.« Peet blickte sich suchend um. »Wo steckt Vivien?«

»Keine Ahnung. Vielleicht draußen.« Arn Borul deutete hinaus auf die parkähnliche Landschaft. »Ich bin immer noch verblüfft über diesen Transmitter. Peet, stell dir vor, was das bedeutet. Wir sind lichtjahreweit versetzt worden. Diese Technik ist unfaßbar, unbegreiflich.«

»Und wo sind die Frauen?« erinnerte Orell an den Zweck ihres Hierseins.

»Sehen wir nach.«

Die beiden Männer verließen die Kuppel. Davor bemerkte der Moraner am Boden das mit einem kleinen Stein beschwerte Stückchen Stoff. Er machte den Gefährten darauf aufmerksam.

»Vivien! Junici! Vivien!« Orell schrie die Namen aus Leibeskräften in alle Richtungen. Es kam keine Antwort. Die Männer vernahmen nur das leise Rauschen der Bäume im Wind und hin und wieder einen Vogelruf.

»Der Stoff ist ein Zeichen von Junici«, sagte Arn Borul mit unterdrückter Erregung. »Sie ist also hier durchgekommen. Hätte Vivien es gemacht, müßte sie noch in der Nähe sein.«

»Demnach ist Vivien woandershin gelangt.« Peet sah den Freund niedergeschlagen an. Er wies zu den auf dem Ringwall aufgereihten Kuppeln und auf ihr mächtiges Gegenstück im Zentrum der Anlage. »Bei allen Planeten, Arn, was sollen wir tun? Sieh dir diese mächtige Anlage an. Das Transmittersystem umfaßt garantiert viele Sonnensysteme.«

»Oder noch mehr«, ergänzte der Moraner halblaut. »Vielleicht die gesamte Galaxis!« Er dachte angestrengt nach.

»Eben darum. Wir wissen nicht, wie man damit reist und warum gerade wir hier herausgekommen sind, Vivien aber nicht. Wie, bei allen Galaxien, sollen wir die Frauen je finden, geschweige denn zurückgelangen? Weißt du auch nur annähernd, wohin uns dieses unfaßbare System verschlagen hat?«

»Nach Arlega natürlich«, meinte Arn Borul auffallend ruhig. Er schien einen Entschluß gefaßt zu haben. »Gehen wir zunächst mal rüber zur Zentralkuppel. Sie ist riesig. Wenn überhaupt, dann finden wir dort, was ich suche.« Damit setzte er sich eilig in Bewegung.

»Und was ist das, wenn ich fragen darf?« Peet Orell hastete hinter ihm her.

»Überlege mal, Peet. Ist das Aussterben einer Rasse vorstellbar, die eine solche Technik beherrscht? Stelle dir nur die Probleme vor, die zur sicheren Transmittierung lebender Wesen durch den Hyperraum zu überwinden sind. Den Beweis dafür haben wir soeben erlebt.«

»Ich verstehe. Du glaubst, es muß irgendwo noch lebende Galakter geben und willst dich mit ihnen in Verbindung setzen.«

»Genau das. Ich will sie um Hilfe bitten.«

»Sag mal, betrügst du dich mit diesem Gedanken nicht selbst, Arn? Was wissen wir von ihrer Technik? Ich bin sicher, diese Anlagen erhalten sich von selbst. So wie die Pflegeroboter für den Park.« Er deutete auf eine spinnenartige Maschine, die vor ihnen den Rand des Weges sauber von überwachsendem Gras befreite.

»Komm weiter.« Borul packte den Freund an der Schulter. »Jetzt, wo ich weiß, daß Junici lebt, werde ich nichts unversucht lassen, sie zu finden und zurückzubringen. Ich bin überzeugt, diese Anlagen werden überwacht. Und der überwachenden Intelligenz müssen wir uns bemerkbar machen.«

Sie hasteten weiter. Als sie die Zentralkuppel erreichten und die große Zahl gleichartiger Transmitter in der untersten Halle sahen, wollte allerdings auch dem zuversichtlichen Arn Borul der Mut sinken. Aber nun war es Peet, der vorwärts drängte. Er fand auch die aufwärtsführenden Antigravschächte.

Staunend schwebten sie an den weiteren Transmittergeschossen vorbei und gelangten in den runden Raum unter der Kuppeldecke. Dort entdeckte der Moraner nach einiger Zeit ein langes silbernes Haar an einer der Kopfhauben.

»Junici ist also auch hier gewesen«, stellte er fest. »Sie muß diesen Apparat ausprobiert haben. Wollen sehen, was dabei herauskommt.«

Er setzte sich in den Sessel und ließ die Haube auf seinen Kopf sinken. Sein geschultes Gehirn erkannte sofort die zustandegekommene Verbindung mit dem Leitcomputer der Anlage. Vor seinem geistigen Auge erschien die riesige Kuppel, die sich wer weiß wo befand.

»Moa talo walbegan?«

»Hä«, rief neben ihm Peet verblüfft, »wer spricht da?«

»Es muß der Leitcomputer der Zentralkuppel gewesen sein«, stieß Arn hastig hervor. Sofort konzentrierte er sich wieder, bemüht, die mentale Verbindung mit der Maschine oder was immer sonst die Kugel darstellte, nicht abreißen zu lassen.

Er versuchte, mittels bildhafter Vorstellungen mit dem Computer *ins Gespräch* zu kommen, scheiterte jedoch wie vorher Junici. Die Maschine empfing zwar seine Gedanken und bewies dies damit, daß sie sie nach jeweils kurzen Pausen exakt zurückprojizierte. Offensichtlich verstand sie aber nicht, was ihr *Gesprächs*partner von ihr wollte. Erschöpft gab der Moraner schließlich auf.

Er besprach sein Problem mit Peet Orell.

»Der Computer denkt streng logisch, Peet. Er ist verständigungsbereit, versteht mich aber nicht. Wie würdest du ihm bildhaft nahebringen, daß du den Chef sprechen möchtest?«

»Fragt sich, wie der hiesige Chef aussieht. Der Computer müßte ihn kennen. Ihn und seinesgleichen.«

»Wenn die Galakter uns nicht sehr ähneln, haben wir verloren. Aber ich finde bis jetzt keinen Grund, der dagegen spräche. Also hat der Chef unsere Gestalt. Aber was zeichnet ihn als leitende Persönlichkeit aus?«

»Besondere Kleidung, Arn, und eine Position, die ihn sichtlich vom allgemeinen Niveau abhebt. Was immer du unter dem letzteren verstehen willst.«

»Okay, Peet, ich versuche es mal in dieser Richtung.«

Erneut ließ der Moraner die Metallhaube sich auf seinen Kopf senken. Sofort erschien vor seinem geistigen Auge wieder die durchsichtige Kugel mit ihrem sinnverwirrenden Inhalt.

Arn Borul begann seine Gedankensendung. Dann weitete er die Vorstellung aus. Er dachte sich einen großen Kuppelraum mit einer Empore in der Mitte. Dorthin zauberte er in Gedanken einen technischen Leitstand wie in einem Raumschiff. Zuletzt stellte er sich dort einen Mann vor. In reich geschmückter Kleidung mit einer goldenen, strahlenden Kopfbedeckung. Diesem Mann näherte er sich in Gedanken und streckte ihm bittend die Hände entgegen.

Würde die Maschine verstehen? So stark er es vermochte, hielt der Moraner im Geist die Szene fest. Er merkte nicht, daß er in äußerster Konzentration den Atem anhielt.

Dann wurde es dunkel um ihn. Als er das Bewußtsein wiedererlangte, kniete Peet Orell neben ihm.

»Na Arn, geht's wieder?«

»Was war los?« Der Moraner richtete sich auf.

»Ich glaube, du hast dich zu sehr verausgabt. Jedenfalls bist du plötzlich aus dem Sessel gekippt.«

»Kann sein.« Der Moraner kam schwankend auf die Beine. »Hat der Computer wenigstens verstanden? Ich kann mich an keine Antwort erinnern.«

»In der Mitte des Raumes hat sich eine Antigravplattform aktiviert und in der Decke öffnete sich ein Loch. Offenbar geht es da noch weiter nach oben.«

»Dann nichts wie los«, drängte Arn Borul.

Nacheinander traten sie in das Antigravfeld und schwebten zur Kuppeldecke empor. Oben gelangten sie in einen weiteren Schaltraum, der allerdings viel kleiner war als der, aus dem sie kamen. Ebenso wie in allen anderen Räumen der Kuppel herrschte dort das milde gelbliche Licht, das in der Luft selbst zu entstehen schien.

Auch hier gab es einen Platz mit einer Kopfhaube, aber nur einen einzigen. Bildschirme bedeckten die Wände und die gewölbte Decke.

Arn Borul erreichte den Raum als erster. Er trat aus dem Antigravfeld, blickte sich um und erschrak. Einer der Bildschirme befand sich in Betrieb. Er war fast ausgefüllt von einem Gesicht. Helle Haut mit einem leichten Anflug von Braun spannte sich über hervortretende Backenknochen. Ein breiter, ausdrucksvoller Mund und die scharf hervorstehende Nase gaben dem Gesicht etwas Herrisches. Die hohe Stirn wurde nach oben von glatt anliegendem schwarzem Haar begrenzt. Und die Augen, die ein eigenes Leben zu besitzen schienen, schimmerten golden.

»Ich bin Arn Borul, und das ist mein Freund Peet Orell«, sagte der Moraner nach einigen Sekunden und verbeugte sich vor dem Bildschirm. »Wir brauchen deine Hilfe und bitten dich, hierherzukommen.«

Die Antwort wurde von einer volltönenden Männerstimme gegeben. Die Sprache war Orell und seinem moranischen Freund fremd.

»Wir verstehen dich nicht.« Orell deutete auf seine Ohren, dann auf seinen Kopf und hob anschließend fragend die Schultern.

Der Fremde schien zu begreifen. Von einer Wandfläche, die plötzlich zu leuchten begann, löste sich das durchsichtige Abbild einer Gestalt, die sein Gesicht trug. Diese ging zu dem Sessel hinter dem Kontrollpult und deutete auf die Kopfhaube. Dann blieb das Fiktivbild abwartend stehen.

»Er will sich mit uns verständigen«, rief Arn Borul erregt. Eilig sprang er zu dem Sessel und drückte den rot blinkenden Schaltknopf.

Ebenso wie im unteren Kontrollraum senkte sich die Haube auf seinen Kopf.

Im nächsten Moment glaubte er, sich in geistiger Auflösung zu befinden. Ein Kaleidoskop unbeschreiblicher Farbeindrücke und ein Schwall unnennbarer Empfindungen durchfuhr sein Bewußtsein. Als der beklemmende Zustand abebbte, wußte der Moraner nicht, wie lange das alles gedauert hatte.

»Ich bin Lunastak-Lan, der Wächter des Transmitterknotenpunkts«, sagte der Fremde auf dem Bildschirm. Borul verstand ihn plötzlich. »Wenn ich dich richtig interpretiere, dann wünscht ihr beide meine Hilfe.«

»Ganz richtig«, sagte Orell. »Wir bitten dich dringend darum. Unsere Gefährtinnen befinden sich wahrscheinlich in großer Gefahr.«

Arn Borul staunte einen Augenblick. Dann begriff er. Lunastak-Lan sprach Interstar. Er hatte die Sprache seinem Gehirn entnommen und dem eigenen eingespeichert. Das Fiktivbild des Galakters war verschwunden.

»Ihr habt einen der Außentransmitter entdeckt und seid aufs Geratewohl losgesprungen«, stellte der Galakter fest. Seine Stimme hatte einen Unterton, als amüsiere er sich ein wenig. »Nun, das kommt hin und wieder vor.«

»Wir wußten bisher nichts von euch und eurer Technik«, beteuerte der Moraner. »Es ist bedauerlich, wenn wir dir Ungelegenheiten bereiten. Aber ohne deine Hilfe können wir weder unsere Frauen finden, noch zurückkehren.«

»Nun gut, ich komme zu euch. Wartet auf mich.«

Der Bildschirm wurde dunkel. Peet Orell und sein Freund sahen sich betroffen an.

»Sie leben also noch«, sagte Peet Orell mit trockener Kehle. »Du hattest recht, Arn. Offengestanden, ich bin höchst erleichtert, daß er ein Humanoide ist.«

»Ich habe ohnehin kein scheußliches Monster erwartet«, gab der Moraner zurück. »Wir können uns beglückwünschen, daß Lunastak-Lan nicht abgelehnt hat. Ebenso gut hätte er meinen Ruf unbeantwortet lassen können.«

»Dann wären wir verloren gewesen. Mit größter Wahrscheinlichkeit auch Junici und Vivien. – Hoffentlich erscheint der Galakter rechtzeitig«, fügte er jäh in aufwallender Besorgnis hinzu. »Von wo mag er kommen?«

»Möglicherweise aus einem anderen Sonnensystem. Oder von einem der anderen Monde Arlegas, was weiß ich. Hauptsache, er läßt sich nicht allzu viel Zeit damit.«

»Er dürfte schon auf dem Weg sein.« Peet wies nach links. Dort hatte sich im Boden des Schaltraums eine Transmitterplattform aktiviert. Aus dem schmalen Längsschlitz einer runden schwarzen Plane floß der gelbe Lichtvorhang, hinter dem das wogende Schwarz zu lauern schien.

Keine Minute später erblickten sie den Galakter. Lunastak-Lan schien dem schwarzen Vorhang zu entsteigen. Mit ernstem Gesicht trat er auf die beiden wartenden Männer zu. Er trug eine Art weiter Kombination in irisierendem Violetton und bronzefarbene leichte Schuhe. Auf den ersten Blick hätte man ihn für einen hellhäutigen Indianer halten können. Doch die goldfarbenen Augen, der sehr schmale Kopf und vor allem die sechsfingrigen Hände unterstrichen bei näherem Hinsehen seine Fremdartigkeit. Trotzdem war er ohne Zweifel eine Art *Mensch*, wenngleich ersichtlich kein Terraner.

»Sieh an«, sagte er in fehlerfreiem Interstar und betrachtete die beiden forschend. »Ihr gehört verschiedenen Spielarten der galaktischen Rasse an, aber die Verwandtschaft läßt sich nicht verleugnen.«

»Wir hielten schon lange einen gemeinsamen Ursprung aller Humanoiden für wahrscheinlich«, antwortete Peet.

Auch er ließ keinen Blick von Lunastak-Lan. »Eigentlich möchte ich dir viele Fragen stellen, aber wir wollen deine Zeit nicht unnötig in Anspruch nehmen. Hilf uns nur, die beiden Frauen zu finden und laß uns nach Aloha zurückkehren. Dort wartet unser Raumschiff.«

»Das könnt ihr haben, aber um die zwei Gesuchten zu finden, muß ich zunächst die Transmitterdurchgänge der letzten Tage abrufen und prüfen. Kommt mit, wenn ihr wollt.«

»Gerne«, sagte der Moraner. »Wir möchten möglichst viel von eurer Technik sehen, wenn wir ihre Funktionsweise auch noch nicht kennen.«

Der Galakter winkte ihnen. Dann sank er im umgepolten Antigravfeld hinunter in den größeren Schaltraum. Dort nahm er in einem der Sessel Platz und setzte sich über die Kopfhaube mit dem Leitcomputer in Verbindung. Wenige Minuten später glomm ein Hologramm über dem halbrunden Kontrollpult auf. Lunastak-Lan betrachtete die darin leuchtenden Zeichen oder Symbole mit gerunzelter Stirn.

»Das eine Exemplar eurer Rasse ist ganz nahe«, meinte er nach einer Weile. »Es befindet sich auf einem der kleineren Monde Arlegas. Bei der anderen Person liegen die Dinge schwieriger.«

»Warum?« wollte Arn Borul wissen.

»Sie hat sich nicht nur im Raum, sondern auch in der Zeit versprungen. Dort bestehen zahllose Möglichkeiten. Jede Sekunde bedeutet einen anderen Ort auf der Zeitebene.«

»Aber wie konnte das geschehen?« fragte Peet Orell entsetzt. »Wie werden überhaupt die Transmitter gesteuert und weshalb sind wir ausgerechnet hierher gelangt?«

»Wer durch eine Transmitterstrecke gehen will, konzentriert sich auf den

Zielort«, erläuterte der Galakter sachlich. »Lange Zeit konnte man sich nur in der Gegenwart bewegen. Erst später erfanden unsere Wissenschaftler ein Verfahren, das zugleich eine Bewegung auf der Zeitebene erlaubte. Ohne besondere Vorkehrungen kann man allerdings nur in die Vergangenheit springen, nicht in die Zukunft.«

»Und wie ist das bei unserer Gefährtin zugegangen?« erkundigte sich Arn.

»Wenn jemand wie ihr, der die geistige Bedienung nicht kennt, eine Transmitterstrecke benutzt, dann findet der mentale Abfrageteil der Startstation im Gehirn des Benutzers keine ausgeprägte Zielvorstellung vor. Da aber jedes intelligente Wesen irgendwelche Vorstellungen von Sternen hat, so bringt es der Transmitter zu demjenigen Zielpunkt, der diesen Vorstellungen möglichst nahe kommt und sich unter den möglichen Zielorten befindet.«

»Deshalb also sind zumindest Junici und wir beide nach Arlega gelangt«, sagte Orell in jähem Verstehen.

»Weshalb?« Die goldfarbenen Augen des Galakters blickten fragend. »Woher hattet ihr eine Vorstellung dieses Planeten?«

»In unserem Heimatsystem stießen wir auf ein Raumerwrack.« Der Moraner gab einen kurzgefaßten Bericht von der Auffindung des treibenden Raumerfragments hinter der Plutobahn.

»Welch unerhörter Zufall.« Lunastak-Lan lächelte zum ersten Mal. »Das Wrack stammt wahrscheinlich noch aus der Zeit des Großen Galaktischen Krieges. Und die Tonkonserven enthielten ein Musikwerk, das auf unserem Planetensystem spielt. Nun ist mir alles klar.«

»Jedenfalls hat die Expedition unser Wissen beträchtlich erweitert«, sagte Arn Borul. »Ich wünschte, dieses Zusammentreffen würde nicht das einzige bleiben.«

»Niemand weiß, was die Zukunft bringt«, entgegnete der Galakter. »Aber jetzt wollen wir eure Gefährtinnen suchen. Zunächst die auf Torla. Wie ich aus den Aufzeichnungen sehe, ist sie nicht weitergesprungen.«

Lunastak-Lan schaltete auf dem Pult vor sich. An den Wänden erhellten sich Bildschirme. Arn und Peet blickten gebannt auf die farbigen Bilder. Ihnen war, als flögen sie aus dem System hinaus und näherten sich rasend schnell einem kleineren Satelliten des Ringplaneten. Der Weltkörper schien auf sie zuzustürzen, seine Oberfläche kam näher. Dann glitt sie rasch unter dem Schirm durch.

»Die Aufnahmen stammen von einer Robotsonde«, erklärte der Galakter. »Sie behielt die mentale Kennung der gesuchten Frau eingespeichert, wie sie der Leitcomputer registriert hat. Deshalb wird der Robot sie bald finden – wenn sie noch lebt.«

»Weshalb sollte sie nicht?« wandte Peet beunruhigt ein.

»Auf Torla leben die Woggs. An sich eine uninteressante Spezies mineralverspeisender Wesen. Ohne Sichtgerät sind sie allerdings bei dem dort herrschenden Licht für unsere Augen nicht auszumachen. Stur und angriffslustig wie sie sind, können sie einem Unkundigen gefährlich werden.«

Nicht lange danach verhielt das Bild. Es zeigte eine Gruppe von Felsnadeln. Diese wurden durch Vergrößerungen herangeholt.

»Da, sieh doch, Arn, das ist Vivien«, entfuhr es Peet. Er deutete auf die zusammengekauerte Gestalt auf dem Felsband an der einen Nadel. »Und weshalb bröckelt dort unten der Stein ab?«

»Das sind mehrere Woggs.« Lunastak-Lan sprang auf. »Sie versuchen, die Nadel zum Einsturz zu bringen. Wir müssen rasch dorthin.«

»Durch einen Transmitter?«

»Nein, Arn Borul, wir benötigen Waffen. Wir fliegen mit einer kleinen Raumscheibe nach Torla. Kommt schnell.«

Im Laufschritt folgten sie dem Galakter, nachdem sie über einen Antigravschacht die zweitletzte Transmitterhalle erreicht hatten. Der hochgewachsene Mann konzentrierte sich einen Augenblick, dann faßte er die beiden an den Händen und zog sie mit sich durch das Feld.

Sie rematerialisierten in einem mächtigen Hangar. Dort lagen in langen Reihen diskusförmige Schiffe von etwa 25 Metern Durchmesser. Der Galakter stieg rasch durch die am unteren Mittelpunkt befindliche Luke des vordersten. Kaum waren Arn und Peet ihm gefolgt, schloß sie sich bereits.

Leise summend hob die Scheibe ab. Der dreiteilige Standfächer klappte ein.

Der Diskus schwebte über die anderen Schiffe hinweg zum Ende des

Hangars und stieg durch einen Schacht an die Oberfläche. Dann beschleunigte er mit unwahrscheinlich anmutenden Werten.

Zehn Minuten später war der Mond Torla erreicht. Hochkant ließ der Galakter den Diskus über dessen Oberfläche schießen. Als voraus eine Gebirgsbarriere und ein großer Krater in Sicht kamen, bremste er mit hoher Verzögerung. Sachte landete das Schiff, etwa 500 Meter von den Felsnadeln entfernt.

Durch die Sichtkuppel konnte man wie einen winzigen Punkt die helle Bordkombination der Frau an dem rötlichen Felsen erkennen.

Dann zoomte der Galakter das Bild auf dem Schirm nahe heran. So nahe, daß seine beiden Begleiter Viviens verzweifeltes Gesicht vor sich sahen.

»Wir müssen uns beeilen.« Lunastak-Lan schaltete. »Die Woggs haben es bald geschafft. Wenn die Felsnadel umstürzt, stirbt eure Gefährtin.«

Auf der Oberfläche des scheibenförmigen Schiffes öffnete sich eine Klappe. Ein Energieprojektor fuhr aus und schwenkte auf die Felsengruppe ein. Dann spielte ein grellweißer Strahl über die Ebene. Er näherte sich dem Fuß der Nadel, an deren Wand Vivien in Todesangst klebte. Unten schien sich nichts zu befinden, nur der Sand wirbelte immer wieder auf und an der Felswand war eine tiefe Höhlung entstanden.

Plötzlich schien sich die Energie des Strahls aufzufächern. Sie umfloß ein massiges Wesen mit sechs Beinen und einem unförmigen Kopf, das entfernt einem terranischen Nashorn ähnelte. Das Ungeheuer warf sich herum und suchte zu entkommen. Plötzlich begann es von innen heraus grün zu flimmern, glühte auf und zerfiel.

»Ein Desintegrationsstrahler«, erläuterte der Galakter. Er ließ den weißen Strahl suchend wandern. Bald erfaßte dieser ein zweites Ungeheuer, entriß es der Unsichtbarkeit und löste es auf. Nachdem sich der Vorgang noch fünfmal wiederholt hatte, schaltete Lunastak-Lan ab. »Ihr könnt hingehen und eure Gefährtin holen«, stellte er sachlich fest.

Peet und Arn folgten nur zu gerne der Aufforderung.

Der Galakter brachte die drei zur Zentralkuppel zurück. Dann brach er mit Arn Borul über die Transmitterkette auf, um die verschwundene Junici zu suchen.

Der Moraner vermochte sich später nicht mehr genau zu erinnern, auf wie viele Planeten er mit dem Galakter gelangte. Dieser hatte vor ihrem Start nach Torla dem Computer den Auftrag erteilt, den Weg Junicis durch Raum und Zeit zu rekonstruieren. Jetzt lagen die Daten vor.

Den beiden Männern blieb nichts anderes übrig, als Junici auf ihrem Weg zu folgen. Arn Borul hatte das Angebot des Galakters, ihn zu begleiten, sofort angenommen. Er wollte den freundlichen Helfer wenn nötig unterstützen. Zudem faszinierte ihn der Gedanke, auf Terra in ferner Vorzeit zu landen.

Lunastak-Lan hatte diesen letzten Zielort Junicis mit Vorstellungen in deren Unterbewußtsein erklärt, die von den Abfrageteilen der jeweiligen Transmitter erkannt und als Zielwünsche interpretiert worden seien.

Schließlich traten die beiden in der Kuppel am See aus dem schwarzen Transportfeld. Vor ihren erstaunten Augen breitete sich eine abenteuerliche Szenerie aus. Junici stand nackt in der Brandung. Vor ihr am Ufer kniete eine Horde fellbekleideter Urmenschen. Sie beteten die silberhaarige Fremde an und schienen im Begriff zu sein, diese zu ihrer Göttin zu erheben. Beim plötzlichen Auftauchen zweier weiterer Fremder stoben sie in panischem Schrecken davon.

Nachdem Junici die Tatsache ihrer Rettung geistig verarbeitet hatte, brachte Lunastak-Lan die beiden Moraner und sich selbst auf einer anderen Transmitterstrecke nach Arlega zurück. Dabei gerieten sie auf einen Planeten, der in der Endphase des Galaktischen Krieges dicht vor seiner Vernichtung durch die Schwarzen Raumer stand. Nach einem kurzen Blick auf das unvorstellbare Inferno von Feuer und Zerstörung sprangen sie weiter und erreichten schließlich Arlega wieder in der Gegenwart.

Lunastak-Lan ließ den Fremden Zeit, sich zu erholen. Dann schaltete er eine Transmitterstrecke nach Aloha.

»Ich wünsche euch allen Glück für euer weiteres Leben«, sagte er zum Abschied. »Das Zusammentreffen mit euch war äußerst interessant für mich. Ich glaube, wir Galakter sollten nun wieder ein wenig aus unserer langen Zurückgezogenheit heraustreten. Nur in einem täuscht euch bitte nicht: Wenn euch auch unsere Technik gigantisch und vielleicht sogar unbegreiflich erscheint – wir sind weder allmächtig noch vermögen wir Wunder zu vollbringen. Vielleicht werdet ihr irgendwann einmal den Sinn dieser Worte begreifen – wir werden sehen. Die Strecke nach Arlega bleibt jedenfalls offen – aber mißbraucht sie nicht!«

Nacheinander traten sie ins Transportfeld. Ihr letzter Eindruck von Arlega war der Galakter, wie er ihnen noch einmal zulächelte und dann zum Abschied die Hand hob.

Gleich darauf fanden sie sich in dem unterirdischen Kuppelbau auf Aloha wieder.

Der Moraner sah sich gedankenverloren um. Er entsann sich in diesem Moment der Gespräche mit dem Galakter, die sie miteinander geführt hatten, während sie seiner Frau Junici auf ihren Wegen von Stern zu Stern und in die Vergangenheit gefolgt waren. Arn wußte, daß Lunastak-Lan auch sein Versprechen halten würde, die Trolos und die Lamos auf ihrer Welt zu einem friedlichen Nebeneinander zu führen.

Peets Stimme riß den Moraner aus seinen Gedanken.

»Kommt, jetzt kehren wir schnellstens an Bord unserer PROMET zurück, sonst fliegt Jörn noch ohne uns ab, und wir müssen Lunastak-Lan noch einmal bemühen!«

Alle stimmten ihm zu und folgten ihm unverzüglich, als Peet Orell sich in Marsch setzte.

Aber sie alle wußten auch, daß die Begegnung mit Lunastak-Lan, dem Galakter, bestimmt noch Folgen haben würde, an die sie in diesem Moment noch gar nicht zu denken wagten ...

# 16.

Xarr bewegte sich unruhig unter der Sensorglocke in der Mitte der Zentrale des Kugelschiffes. Sofort begann das silberne Licht, das sie erfüllte, zu pulsieren. Die Umrisse von Xarrs Körper wurden schemenhaft sichtbar.

Wie gebannt starrten seine drei Gefährten zu ihm hinüber, sie spürten mit ihren empfindlichen Gehirnen, daß Xarr eine entscheidende Entdeckung gemacht haben mußte. Aber noch schwieg er beharrlich, und keiner der anderen drei störte ihn.

In der Zentrale des Kugelschiffs herrschte absolute Stille. Nicht einmal das Summen der Triebwerke drang bis dorthin vor, denn die Zentrale befand sich genau in der Mitte des Raumers und wurde durch die sie umgebende Tastersphäre vollständig vom gesamten übrigen Schiff abgeschirmt.

Wieder bewegte sich Xarr. Am heftigen Pulsieren des Silberlichts erkannten die drei anderen, wie erregt ihr Gefährte war.

Endlich ließ das Pulsieren nach. Gleich darauf vernahmen sie Xarrs Impulse.

»Es ist, wie wir vermuteten: Dieses System wird von raumfahrenden Intelligenzen bewohnt. Der größte Teil von ihnen lebt auf dem dritten Planeten. Dorthin müssen wir. Vielleicht finden wir dort Hilfe ...«

Xarr registrierte die jäh aufzuckenden Impulse seiner Gefährten. Mit einem harten, schmerzhaft starken Befehl stoppte er sie.

»Eure Freude ist verständlich, aber unbegründet. Die Wesen auf dem dritten Planeten sind gefährlich. Ich spüre die Heftigkeit ihrer Emotionen deutlich. Sie gehören ihrer Mentalität nach eher zu jenen, die vor langer Zeit mitschuldig wurden am Ausbruch des großen Galaktischen Krieges. Wir müssen auf der Hut sein, denn die Bewohner dieses Systems haben gerade damit begonnen, andere Welten zu besiedeln. Ich kann noch nicht klar erkennen, ob sie dies auf friedliche Weise tun oder andere dabei töten, versklaven oder gar ganze Rassen vernichten.«

Xarr schwieg eine Weile, hin und wieder bewegte sich sein nur schemenhaft zu erkennender Körper zwischen den Mentalfäden der Sensorglocke.

»Von einem Planeten einer ihrem System benachbarten Sonne haben sie bereits Besitz ergriffen. Und es gibt da einige Rassen, zu denen sie enge Beziehungen zu unterhalten scheinen. Außerdem sind sie bereits viel weiter in das Universum vorgedrungen, als ich zunächst annahm – und zwar zur Hauptsache eines ihrer Schiffe mit einer verhältnismäßig kleinen Besatzung. Demnach stimmt es, was wir in den Archiven unserer Wächter nach der letzten Schlafperiode fanden!«

Abermals unterbrach sich Xarr. Er war erschöpft, und er spürte, daß er mit seinen Kräften von nun an behutsam umgehen mußte. Wichtig war nur, daß sie Hilfe fanden, um nach ihrer langen Reise noch rechtzeitig in ihr System zurückzukehren, oder sie waren verloren.

Xarr konzentrierte sich.

»Wir müssen noch einmal in den Hangar des Lebens, auch wenn es gefährlich für uns ist. Aber wir werden auf jenem dritten Planeten mehr Kräfte brauchen, als wir in unserem jetzigen Zustand mobilisieren könnten. Schaltet die Sensoren ab, holt mich heraus. Und setzt die Automatik unseres Schiffes auf Kurs zum dritten Planeten. Danach aktiviert den Mentaldiffusor – nur mit seiner Hilfe kann es uns gelingen, unbemerkt auf jener Welt zu landen!«

In die drei Gefährten Xarrs kam Leben. Sie schwangen in ihren ebenfalls silbrig schimmernden Kontursitzen herum. Das Licht in der Sensorglocke erlosch, die Glocke selbst schien sich vor ihren Augen aufzulösen, aber das war nur eine Sinnestäuschung.

Xarr selbst wurde wieder sichtbar. Die Konturen seines Körpers verfestigten sich, seine metallisch-grün glänzende Kombination entstand wie von Geisterhand gefertigt vor ihren Augen. Xarr schwebte zu seinem Kommandantensessel hinüber und sank anschließend in die sich seinem Körper sofort anpassenden Polster.

Eine Weile blieb er dort regungslos sitzen und kämpfte gegen die Schwäche, die ihn plötzlich befallen hatte. Dann gab er den anderen nach einem letzten Blick auf die Kontrollen ein Zeichen. Wenige Augenblicke später sanken die vier Agaren mit ihren Sitzen durch den Boden der Zentrale.

Die Tastersphäre öffnete sich, nacheinander glitten die Agaren in einen leicht pulsierenden Schacht, der in einen zylindrisch geformten Hangar mündete. Auf Kraftfeldern glitten die Agaren zu einer Vertiefung im Boden, wo Bettungen ihre Kontursitze aufnahmen und arretierten.

Die vier Agaren streckten sich, und auf einen letzten Impuls von Xarr konzentrierten sie sich gleichzeitig.

Ihre Körper verschwammen. Grünliche Energie drang aus den Wänden des Hangars in das zylindrische Gewölbe, erfüllte es im Nu. Genau über ihnen glommen vier Scheiben auf, wurden heller und heller, bis ihr Licht den ganzen Hangar mit einer seltsam wohltuenden Helligkeit erfüllte, die die vier Agaren aber nur noch in ihre Mentalzentren eindringen spürten. Dann wurden sie auf einer Woge todesähnlichen Schlafes davongetragen. Wenn sie wieder erwachten, würden sie längst auf jener Welt gelandet sein, die ihr Schiff jetzt mit Hilfe der Wächterautomatik anflog. Und sie konnten nur hoffen, daß der Mentaldiffusor ihres Kugelraumers auch bei jenen Wesen wirkte, von denen sie sich zwar Hilfe erhofften, denen sie aber zutiefst mißtrauten. Denn die Welt dieser Wesen war voll von aggressiven Impulsen, von Emotionen jener Art, die schon einmal Tod und Unheil über ganze Teile der Galaxis gebracht hatten, in der sie sich befanden.

***

Percy Calder stutzte, als der Blip über den Schirm des Raumcontrollers zuckte. Er wußte, daß die Überwachungszentrale diesen Blip wie alles, was auf irgendeine Weise empfangen wurde, aufgezeichnet hatte und daß man diesen Blip also jederzeit bei einer erforderlichen Analyse beliebig oft würde wiederholen können. Aber an der Form des Blips erkannt er als Spezialist für die Raumkontrolle und den Hyperfunkverkehr sofort, daß irgend etwas nicht stimmte.

Gleich darauf schaltete sich der Schirm automatisch ein. Percy Calder sah einen Schemen, der durch die Koordinatenlinien huschte, aber er vermochte ihn nicht zu lokalisieren. Ihm war, als habe sich sein sonst so scharfer Verstand umnebelt, und sekundenlang wollte er die Sache einfach vergessen.

Er fuhr sich mit der Hand über die Augen. »Komisch!« murmelte er. »Das muß in unmittelbarer Nähe gewesen sein! Denn die Werte, die der ...«

Er warf einen Blick auf die Anzeigen seiner Instrumente und stutzte abermals. Er erinnerte sich genau, daß die Kontrollen etwas angezeigt hatten, und jetzt war nichts mehr da! Außerdem spürte er, wie seine Erinnerung an den Schemen, der durch die Koordinatenlinien des Schirmes gehuscht war, mit jeder Sekunde diffuser, verschwommener wurde.

Percy Calder sprang auf. Das Bild verblaßte mehr und mehr, der Kontrollschirm erlosch.

Mike Castor, sein Freund und Kollege, der nur wenige Meter von ihm entfernt vor dem Kontrollpult des Hypersenders der HTO saß, hatte Percy beobachtet. Und ihm war das seltsame Verhalten des Kollegen nicht entgangen. Auch nicht der erst unschlüssige, dann sogar resignierende Gesichtsausdruck des Freundes.

Castor schwang in seinem Sitz herum.

»He, Percy, ist dir nicht gut?« fragte er und dachte voller Sorge daran, daß er in spätestens einer Viertelstunde abgelöst werden sollte, während der Freund seinen Dienst gerade erst angetreten hatte.

Aber Percy winkte ab.

»Alles okay, Mike. Glaubte einen Moment lang, da sei etwas auf dem Schirm gewesen, habe mich aber geirrt.«

Er wandte sich ab. Er dachte nicht mehr an den seltsamen Blip, nicht mehr daran, daß sich der Kontrollschirm immerhin eingeschaltet hatte. Und das hatte Mike von seinem Kontrollpult aus auch gar nicht sehen können.

»Na gut, Percy. War nur eine Frage. Aber du weißt ja, die letzte Zeit war ziemlich reich an mysteriösen Vorfällen. Ein wenig Mißtrauen und Vorsicht ist also durchaus angebracht. Besonders in unserem Job!«

Damit wandte er sich wieder seinen Kontrollen zu und sprach den abschließenden Bericht – wie üblich – vor seiner Ablösung auf den Recorder. Die Sache mit Percy erwähnte er nicht. Er sollte jedoch noch sehr nachhaltig an sie erinnert werden.

\*\*\*

Xarr erwachte, als die vier Scheiben über ihm erloschen und die grüne Energie sich aus dem zylindrischen Gewölbe zurückzog.

Einen Moment verharrte er bewegungslos in seinem Kontursitz. Dann bewegte er langsam, immer noch wie in Trance, den Kopf und blickte zu seinen drei Gefährten hinüber. Er registrierte, daß auch sie ihren Tiefschlaf beendet hatten und im Begriff waren, zu erwachen.

Xarr wartete nicht auf sie. Er wußte, daß sie ihm ganz automatisch in die Zentrale folgen würden, sobald sie dazu in der Lage waren. Es gab für ihn jetzt eine Menge zu tun. Er durfte keine Zeit vergeuden, denn auch dieser kurze, kräftespendende Tiefschlaf würde in seiner Wirkung nicht allzu lange vorhalten. Und nochmals konnten sie eine derartige Regeneration nicht wiederholen – oder sie starben. Der nächste Tiefschlaf würde von langer Dauer sein müssen, durfte unter keinen Umständen unterbrochen werden.

Xarr konzentrierte sich. Eine Wolke aus silbrig schimmerndem Licht hüllte ihn ein, ließ ihn mit seinem Kontursitz emporschweben in die Zentrale.

Xarr spürte, wie seine Kräfte zurückkehrten. Er verlor keine Zeit, sondern machte sich sofort an die Arbeit. Nacheinander fragte er die Mentalsensoren ab, die inzwischen die gesamte Umgebung des Kugelraumers einer genauen Prüfung unterzogen hatten. Dann drückte er eine Taste, stülpte sich einen grünlich schimmernden Helm über den Kopf. Sofort formten sich in seinem empfindlichen Telepathengehirn Bilder von einer Schärfe und Eindringlichkeit, wie sie keine noch so moderne Wiedergabetechnik auf optischem Wege hätte entstehen lassen können.

Seine Konzentration war so stark, daß er gar nicht bemerkte, wie seine drei Gefährten auf ihren Kontursitzen ebenfalls in die Zentrale schwebten. Denn was die Mentalsensoren ihm an Bildern übermittelten, erregte den Agaren so sehr, daß sein Helm zu pulsieren begann.

*Ich brauche die Tastersphäre!* dachte er. *Ich muß diese Bilder noch deutlicher, noch stärker empfangen!*

Xarr zögerte nur einen kurzen Moment. Er wußte nur zu gut, daß der

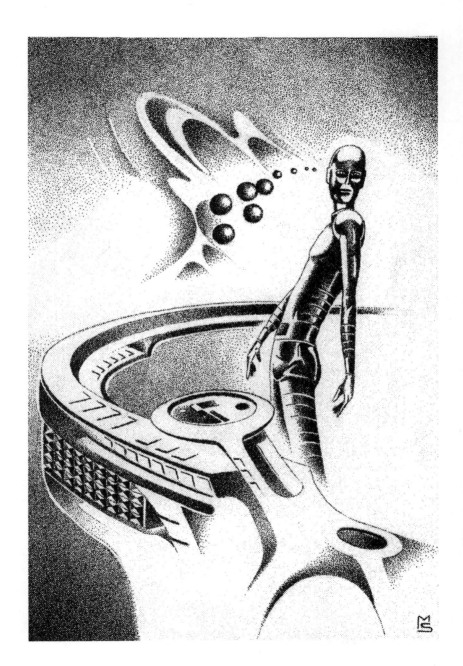

Aufenthalt unter der Glocke viel Kraft kosten würde. Aber das Risiko mußte er eingehen, denn es ging um ihrer aller Leben. Nicht nur um das seine und das seiner drei Gefährten ...

Er gab den Befehlsimpuls, und sofort senkte sich die bis dahin unsichtbare Glocke auf ihn herab, schirmte den Agaren völlig von seiner Umgebung ab. Die silbrigen Mentalfäden glitten auf ihn zu, umspannen ihn wie ein feines Netz und ließen seinen Körper erstarren. Xarrs Konturen verschwammen vor den Augen seiner Gefährten, bis sie nur noch eine kaum wahrnehmbare Linie bildeten.

Xarr nahm die Bilder in sich auf. Er wußte, daß er nicht die geringste Kleinigkeit wieder vergessen durfte. Er sah das tropfenförmige Schiff auf der Piste hinter dem Bergmassiv, das den Abschluß des kleinen Tales bildete, in dem die Wächterautomatik ihren Kugelraumer gelandet hatte. Sah die fremden Wesen und empfing ihre Denkimpulse so deutlich, als würden sie zu ihm sprechen

*** 

Er lauschte den fremden Impulsen weiter. Immer klarer wurde das Bild von der fremden Welt, ihren Bewohnern, ihrer Technik und ihrer Denkungsart, und mit Erstaunen nahm Xarr wahr, daß zwar die Mentalität jener Wesen zu Aggressionen neigte, nicht aber ihr Handeln. Ganz im Gegenteil ...

Er versuchte, diese Diskrepanz zu verarbeiten. Aber diese Rasse war noch verhältnismäßig jung, wahrscheinlich stand sie erst am Beginn einer entscheidenden Phase – der Expansion in das sie umgebende All.

Schon wollte Xarr den Impuls geben, um die Tastersphäre zu entfernen, als er plötzlich wie unter einem elektrischen Schlag zusammenzuckte. Durch die silbrige Helligkeit der Tastersphäre zuckten grüne Lichter. Die drei anderen Agaren, die ebenfalls die Mentalhelme übergestülpt hatten, starrten ihren Kommandanten an. Und dann spürten auch sie die Gefahr, die auf sie zukam. Viel zu schnell, um ihnen noch alle Möglichkeiten zu belassen, über die sie für derartige Fälle verfügten.

»Xarr, was sollen wir tun?« fragten sie fast gleichzeitig. »Wir haben die

Fremden unterschätzt! Es muß etwas geben, was auch unsere Sensoren nicht herausfinden konnten, wir ...«

Ein harter Impuls Xarrs unterbrach sie.

»Verhaltet euch ruhig. Es ist möglich, daß wir uns irren. Vielleicht bilden die beiden Fremden gar keine Gefahr für uns, sondern sind sogar ...«

Er unterbrach sich abrupt. Denn soeben war ihm ein Gedanke gekommen. Eine Idee, die sie sogar auf ungeahnt schnelle Weise ihrem Ziel näherbringen würde.

Er verblieb noch einige Zeit bewegungslos in der Tastersphäre. Dann gewann sein Körper seine ursprüngliche Gestalt zurück. Anschließend klärte er seine drei Gefährten auf.

»Wir müssen rasch handeln!« teilte er sich ihnen mit. »Was ich tun will, wird viel Kraft fordern. Aber es spart uns wahrscheinlich eine Menge Zeit. Wir werden folgendermaßen vorgehen ...«

***

Vor einer guten halben Stunde hatte Mike Castor nach einem letzten Blick auf seinen Freund die Hyperfunk- und Überwachungszentrale der HTO verlassen. Sein Dienst war beendet, drei Ruhetage lagen vor ihm. Zweiundsiebzig herrliche Stunden in Joy City zusammen mit Glory, seiner bildhübschen Freundin, die in Zentrale II der HTO arbeitete. Ihr gemeinsamer Boß, Hank Crugan, hatte es so eingerichtet, daß der Dienstplan die privaten Belange seiner Abteilungsmitglieder berücksichtigte, soweit es möglich war.

Ihr Gleiter überflog eben eines jener Bergmassive, die das HTO-Gelände zum Teil wie eine natürliche Barriere umgaben.

Glory Sanders räkelte sich in ihrem Sitz. Aus halb geschlossenen Augen warf sie einen Blick auf den glutroten Sonnenball, der sich eben anschickte, in den Fluten des Großen Sklavensees zu versinken. Sie wußte, daß sie in spätestens zwanzig Minuten die ersten zuckenden Lichter Joy Citys vor sich auftauchen sehen würde. Daß sie nach abermals zehn Minuten auf einem der Dachlandeplätze ihren Gleiter abstellen und nur wenige Minuten später in Mike Castors Wohnung sein würden.

Sie warf dem Mann an ihrer Seite einen heimlichen Blick zu und lächelte dabei verstohlen. Sie hatte ihn vom ersten Augenblick an gemocht. Irgend etwas an ihm hatte Glory sofort fasziniert, damals, als sie sich in Joy City kennenlernten. Und es war so geblieben, irgendwann würden sie heiraten, sie wußten es, auch wenn sie kaum jemals darüber miteinander gesprochen hatten.

Mike Castor fing ihren Blick auf und erwiderte ihr Lächeln. Er nahm eine Hand von der Steuerung und strich ihr zärtlich über die Schenkel.

»He, Glory!« sagte er schließlich leise. »Ich sehe wieder mal schwarz für Joy City. Wenn wir so weitermachen, dann ...«

Glory richtete sich auf. Dann küßte sie ihn ungestüm.

»Wir haben ganze drei Tage Zeit, Mike. Und wir wollen sie nutzen, in jeder Beziehung ...!«

Mike nickte. Natürlich – es war gleichgültig, wie sie diese drei Tage verbrachten. Sie würden herrliche Stunden miteinander haben, so war es noch immer gewesen. Und selbst wenn er einmal nicht richtig in Schwung kam, dann riß ihn Glory einfach mit. Und gerade diese Eigenschaft mochte Mike Castor so besonders an ihr.

Er konzentrierte sich erneut auf die Kontrollen. Plötzlich verspürte er hinter seiner Stirn ein leichtes Ziehen, das aber sofort wieder verschwand.

Er schüttelte den Kopf. Er war ein kerngesunder Mann. Er kannte weder Kopfschmerzen noch sonst irgendeine Art von Krank- oder Unwohlsein.

Er fuhr sich mit der Hand über die Stirn, warf gleichzeitig einen Blick auf seine Freundin. Aber Glory hatte sich weit in den Sitz zurückgelegt. Ihre Augen waren geschlossen, um ihre Lippen spielte ein entspanntes, glückliches Lächeln.

Ohne es zu merken, änderte Mike den Kurs. Der Gleiter schwang herum, flog zurück in das Bergmassiv, das er gerade überquert hatte und senkte sich schließlich einem kleinen Tal entgegen, das sich wie eine breite Schlucht in die Felsen hineinzog.

Irgend etwas in Mike Castors Bewußtsein wehrte sich dagegen, in diesem Tal zu landen. Entschlossen zog er die Maschine wieder hoch, nahm erneut Kurs auf Joy City und atmete auf, als er nach einer Weile endlich die ersten Lichter der Vergnügungsmetropole unweit der HTO aufleuchten sah.

Jedenfalls glaubte er, sie zu sehen. Daß das in keiner Weise der Wirklichkeit entsprach, ahnte er nicht einmal.

Seine Maschine landete in einem kleinen Tal, unweit eines kugelförmigen Schiffes, dessen Druckkörper den ungefähren Durchmesser von hundert Metern besaß.

\*\*\*

Xarr sah der Landung des Gleiters aus seinen hellen Augen zu. Seine Konzentration ließ keine Sekunde nach, auch nicht die seiner drei Gefährten. Erst als die Sensoren ihnen meldeten, daß die Fremden sich in tiefer Trance befanden, aus der sie von allein auch nicht wieder erwachen würden, erhob sich Xarr aus seinem Sitz. Mit fließenden Bewegungen glitt er durch die Zentrale, verharrte noch für einen kurzen Augenblick vor einem Gerät, dessen Anzeige-Skalen er sorgsam studierte.

Dann wandte er sich zu seinen drei Gefährten um.

»Holt die Fremden her! Wir müssen sie analysieren. Beide verfügen über ein enormes Wissen bezüglich des Raumhafens hinter dem Bergmassiv. Wir müssen von ihnen alles übernehmen, jede noch so unbedeutende Kleinigkeit, wenn unser Plan gelingen soll.«

Die Agaren stimmten zu.

Nur Corr, der älteste von ihnen, hatte noch eine Frage. »Was aber geschieht mit unserem Erkundungsboot, Xarr? Wir können es doch nicht einfach auf dieser Welt zurücklassen! Die Fremden würden es eines Tages finden, und dann ...«

»Wir *müssen* es hier zurücklassen. Wir können es nicht wagen, uns aufzuteilen. Diese Wesen mögen friedfertig sein, aber nur so lange, wie man sie nicht angreift. Wenn das geschieht, brechen sofort ihre früheren Instinkte in ihnen durch, dann werden sie aggressiv und äußerst gefährlich. Wir vier werden ohnehin alle unsere Kräfte brauchen. Außerdem glaube ich, daß wir von den Fremden auf dem Raumhafen die Informationen bekommen werden, die das eigentliche Ziel unserer Reise waren. Es geht nicht nur um unsere Rettung, es geht um weit mehr!«

Doch Corr gab sich immer noch nicht zufrieden.

»Dann sollten wir unser Kugelboot wenigstens vernichten. Es darf nicht in die Hände der Fremden fallen!«

Xarr überlegte. Aber dann lehnte er den Vorschlag Corrs ab.

»Du kennst die Energien, die bei der Vernichtung unseres Schiffes frei würden, so gut wie ich. Wir würden alle in der Nähe lebenden Wesen gefährden, und das können wir nicht verantworten. Nein, es bleibt dabei: Holt jetzt die beiden Fremden, und dann fliegen wir mit deren Maschine dorthin zurück, woher sie gekommen sind. Denn dann verfügen wir über alles Wissen, das wir brauchen, um unseren Plan durchzuführen!«

Corr fügte sich. Er hatte zwar immer noch das Gefühl, daß Xarr irgend etwas übersehen hatte. Doch so sehr er auch alles, was sie erfahren hatten und alles, was inzwischen geschehen war, mit seinem scharfen Verstand überprüfte, er kam nicht darauf, welchen Fehler Xarr gemacht hatte.

Kurze Zeit später brachten die drei Agaren Mike Castor und Glory Sanders auf einer ihrer Transportplatten in den Kugelraumer. Sie schafften beide in eines der unteren Decks, in einen Raum mit blitzenden, schimmernden Geräten und mehreren Konturliegen. Sie betteten Mike und Glory jeweils auf eine der Liegen und schlossen sie an den Analysator an.

Dann begannen die Sensoren ihre Arbeit. Behutsam tasteten sie sich tiefer und tiefer in die Wissens- und Mentalsphären der beiden jungen Menschen vor. Das Ergebnis war für Xarr und seine drei Gefährten über alle Maßen zufriedenstellend.

Sorgsam gingen sie anschließend zusammen noch einmal alle Erkenntnisse durch, die sie durch die Analyse der beiden Fremden gewonnen hatten. Dann erhob sich Xarr und gab der Wächterautomatik des Kugelschiffs genaue Anweisung, wann und auf welche Weise die beiden Fremden aus ihrer Trance zu wecken waren.

»Kommt jetzt!« teilte er sich sodann seinen Gefährten mit. »Wir müssen uns beeilen. Auf dieser Welt herrscht jetzt Nacht, die Ruheperiode der Fremden. Günstiger hätten wir es gar nicht treffen können!«

Die vier Agaren verließen ihr Schiff und verschwanden in der kleinen Flugmaschine der beiden Fremden. Es war Xarr ein leichtes, den Gleiter zu bedienen. Und es würde für ihn ebenfalls ein leichtes sein, alle Fragen der Kontrollen in der HTO zufriedenstellend zu beantworten, denn er hatte das gesamte Wissen zweier Menschen, die sich auf diesem Sektor bestens auskannten, in sich aufgenommen.

Und nicht nur das – keiner der Fremden würde je merken können, daß es nicht Mike Castor oder Glory Sanders war, die ihnen antworteten. Jedenfalls glaubte Xarr ganz fest daran.

Der Gleiter hob ab, stieg steil in den Nachthimmel empor und nahm Kurs auf die HTO.

***

»Nanu!« wunderte sich Sergeant McLean von der Werkspolizei, als er im Sperrkreis I seine Runde machte. Er warf dem Gleiter, der eben zur Landung ansetzte, einen Blick zu, während er stehenblieb. »Das ist doch Castors Maschine. Möchte bloß wissen, was der um diese Zeit noch hier im Sperrkreis I zu suchen hat!«

Aufmerksam beobachtete der Sergeant die Landung des Gleiters. Er überlegte, ob er sich mit der Zentrale in Verbindung setzen sollte, aber dann unterließ er es. Denn er wußte, daß eine Maschine, die ungehindert bis hierher vordrang, durch etliche Kontrollen gegangen war.

»Trotzdem«, murmelte er entschlossen, »werde ich mir die Sache mal aus der Nähe ansehen und Castor selber fragen. Denn immerhin befindet sich im Sperrkreis I die PROMET II!«

Er setzte sich in Bewegung und warf dabei einen Blick auf den im Mondlicht gut zu erkennenden tropfenförmigen Druckkörper der Raumyacht Peet Orells. Er wußte, daß das Schiff schon seit Tagen hier lag, wahrscheinlich wegen irgendwelcher Reparaturarbeiten. Es konnte sich allerdings um keine großen Defekte handeln, denn sonst hätte man die PROMET längst in einen der Hangars gebracht. Aber sich darüber den Kopf zu zerbrechen, gehörte nicht zu seinen Aufgaben.

Er marschierte auf den Gleiter zu, dessen Ausstieg sich eben öffnete. McLean wurde abermals mißtrauisch. Warum hatte Castor so lange mit dem Aussteigen gezögert? Sooft er ihn bei einer Landung beobachtet hatte, war der Ausstieg schon stets geöffnet gewesen, noch ehe sein Gleiter überhaupt aufgesetzt hatte.

Doch dann schüttelte er über sich selbst den Kopf. Castor sprang mit gewohntem Schwung aus dem Gleiter.

McLean sah, wie der Hyperfunker stutzte, als er ihn erblickte.

»He, Sergeant!« glaubte er dann seine Stimme zu vernehmen und ahnte nicht, daß diese Laute direkt in seinem Gehirn entstanden, wie auch das Bild, das er wahrzunehmen glaubten. »Mal wieder auf Wache? Aufpassen, daß die gute alte PROMET samt Junior nicht geklaut wird?«

Der Sergeant lachte. *Typisch Castor!* dachte er. Und dann stand er auch schon neben dem Gleiter.

»Du bist schon einer, Mike!« sagte er und wollte dem Hyperfunker wie gewöhnlich einen freundschaftlichen Rippenstoß versetzen. Aber sein Stoß ging ins Leere. Er stutzte. Das war ihm noch nie passiert. Er war schließlich nicht umsonst Box-Champ der HTO-Mannschaft. Doch er kam nicht mehr dazu, sich weiterhin zu wundern, denn in diesem Moment kletterte Glory Sanders aus dem Gleiter, lächelte ihm zu.

»Hallo, McLean!« hörte er sie sagen. »Sie wundern sich bestimmt, uns hier zu sehen, was? Aber keine Sorge, wir wollen nach Joy City, haben lediglich noch eine Nachricht für die PROMET. Wie sie ja bestimmt wissen, ist die Yacht per Funk nicht zu erreichen, weil die Funk-Z ausgebaut ist und von Boldens Crew überprüft wird.«

Leichtfüßig sprang sie auf den Boden, ging zu Castor hinüber.

»Und natürlich lasse ich mir die seltene Gelegenheit, einmal an Bord der Yacht zu kommen, nicht entgehen. Auch wenn das in ihren Augen nicht ganz unbedenklich ist. Aber sie drücken ein Auge zu, McLean, oder?«

Doch der Sergeant schüttelte den Kopf.

»Ich tu gern jemand einen Gefallen, aber *das* verstößt gegen meine Vorschriften. Habt ihr das der Zentrale gemeldet? Weiß der Werkschutz Bescheid? Ich meine, darüber, daß Sie sich ebenfalls an Bord der Maschine von Mike befanden?«

Castor schaltete sich ein. Und wieder wunderte sich der Sergeant, wie unheimlich intensiv er seine Worte hörte.

»Natürlich nicht, Mac«, sagte er und nannte den Sergeant einfach Mac, wie jeder auf dem Werksgelände, obwohl sein richtiger Vorname eigentlich Sam lautete. »Aber nun stell dich bloß nicht so an und laß Glory den Spaß!«

McLean zögerte, ihm kam die ganze Geschichte äußerst seltsam vor. Und während er noch überlegte, merkte er nicht, daß ein drittes und ein viertes Wesen den Gleiter verließen und sich nun voll auf ihn konzentrierten. Er wurde sich der Tatsache nicht bewußt, daß er sich scheinbar kurz entschlossen abwandte und brummte: »Also gut, aber haltet mir ja den Mund, das kann mich glatt meinen Job kosten!«

Damit wollte er gehen, übersah jedoch, daß vor ihm auf der Piste ein dunkler Gegenstand lag, und stolperte.

Er taumelte, fing sich und schoß nach vorne, genau auf Glory Sanders zu. *Verdammt!* dachte er noch. *Ich reiße das Girl glatt mit zu Boden!*

Er berührte Glory, spürte, wie er fast durch sie hindurchfiel und registrierte sein maßloses Erstaunen darüber. Dann durchzuckte ein greller Blitz sein Bewußtsein.

Im Nu waren Xarr und seine Gefährten heran, zogen den gestürzten Körper blitzschnell in den tiefschwarzen Schlagschatten des Gleiters, hoben ihn in die Maschine und schlossen den Ausstieg.

Dann eilten sie zur PROMET II hinüber, die mit weit offener Hauptschleuse auf der Piste stand.

Sie verschwanden im Inneren. Xarr übernahm die Führung und befand sich wenig später bereits in der Kommando-Zentrale des Schiffes. Und in diesem Moment, als sein telepathisches Gehirn die Umgebung abtastete, merkte er, daß er einen schweren Fehler begangen hatte. Doch um daran noch etwas zu ändern, war es längst zu spät. Er befürchtete, daß dieser nicht einkalkulierte Zwischenfall auf der Landepiste bemerkt worden war.

Xarr hockte in einem der Kontursitze. Die Bedienung der Yacht war für ihn kein Problem, denn das Besatzungsmitglied, das er dazu benötigte und dessen gesamtes Wissen er übernehmen würde, befand sich an Bord. Wenn auch in tiefem Schlaf. Aber ihren ursprünglichen Plan mußten sie ändern, wie, darüber würde er erst später nachdenken können ...

Xarr richtete sich ruckartig auf. Er gab seinen Gefährten auf telepathischem Weg die erforderlichen Anweisungen. Gleich darauf verließen drei Agaren in ihren grünlich schimmernden Kombinationen die Kommando-Zentrale.

Percy Calder hatte natürlich von der Rückkehr seines Freundes erfahren. Er konnte es nicht begreifen. Was, zum Teufel, konnte Mike denn für eine Nachricht für die PROMET II haben? Und wieso befand sich Glory denn immer noch auf dem Gelände? Der Zeit nach hätten sie längst in Joy City sein können!

Aber irgendwie war Calders Gehirn zu träge, um wirklich zu reagieren. Es kam ihm sekundenlang so vor, als umgebe sein Bewußtsein eine Art Schleier, den er auch mit aller Anstrengung nicht zu entfernen vermochte.

Er schaltete den Schirm um, sah, wie der Gleiter auf der Piste landete, wie sein Freund und Glory sich mit dem Sergeant unterhielten.

Er wollte hören, was gesprochen wurde, schaltete die hochempfindlichen Außenmikrophone ein, die die ganze Piste umgaben. Er vernahm jedoch lediglich die Stimme McLeans. Mike und Glory bewegten zwar die Lippen, aber dennoch gaben sie keinen einzigen Laut von sich. Und trotzdem wußte Percy Calder genau, was sie sagten!

Plötzlich bemerkte er die beiden grünlich schimmernden Gestalten, die aus dem Gleiter sprangen, und sich dem Sergeant näherten.

Er sah, wie der Sergeant sich zum Gehen wandte, plötzlich strauchelte und dann auf Glory zuschoß und praktisch durch sie hindurch fiel.

Calder streckte die Hand aus, um den Alarmknopf zu drücken, und daran hätte der von den Agaren errichtete telepathische Riegel ihn auch nicht mehr hindern können, denn so stark wirkte er im Innern der Zentrale nicht.

Aber es war der Moment, in dem jener grelle Blitz das Gehirn des Sergeants durchzuckte und ihn sofort bewußtlos machte. Percy zuckte ebenfalls in seinem Sitz zusammen, rutschte in dem krampfhaften Bemühen, den Alarmknopf zu drücken, nach vorn und stürzte ebenfalls zu Boden.

Sein Kollege am Pult des Hypersenders hörte den Körper aufschlagen. Er drehte sich herum, sah Calder auf dem Boden liegen und sprang auf.

Er verschwendete keinen Blick an den Überwachungsschirm, sondern beugte sich sofort zu Calder hinab. Er spürte den schwachen, unregelmäßigen Puls des Kollegen, überlegte nicht lange, sondern rief sofort über Interkom einen Arzt. Und wieder warf er einen Blick auf den Überwachungsschirm, der noch immer die Piste, die PROMET II und den Gleiter zeigte.

Um das Unglück voll zu machen, war der Arzt innerhalb weniger Minuten zur Stelle. Mit ihm kamen noch einige andere Männer vom Werkschutz, die den Notruf gehört hatten.

Es gab ein erregtes Hin und Her, denn der Arzt wußte, daß Percy Calder absolut gesund war. Er fand einfach keine Erklärung dafür, wie es zu dieser schweren Ohnmacht hatte kommen können, und ordnete die vorläufige Einweisung ins Medocenter der HTO an.

Bis Ersatz für Calder zur Stelle war, verging wiederum einige Zeit. Und so blieb die Piste im Sperrkreis I auch weiterhin völlig unbeobachtet.

# 17.

Pino Tak hatte keine Ahnung, wieso er sich statt in seiner Kabine im Bett plötzlich in der Kommando-Zentrale der Yacht befand. Er handelte wie in Trance und spürte gleichzeitig, wie ihm auf geheimnisvolle Weise alles Wissen abkopiert wurde, das irgendwie mit der PROMET zusammenhing. Aber von wem eigentlich, verdammt nochmal? Wer sollte ihm denn hier, in der Zentrale der PROMET II, sein Wissen entreißen wollen? Ausgerechnet im streng überwachten Sperrkreis I?

Seine Gedanken verschwammen an diesem Punkt seiner Überlegungen, und wieder spürte er das unangenehme Ziehen unter seiner Schädeldecke.

Trotzdem aktivierte er die gesamte Energieversorgung der Yacht. Ließ die Triebwerke anlaufen, schaltete den Antigrav ein.

Gleich darauf hob die PROMET II von der Piste ab, beschleunigte und stieß in den Nachthimmel empor. Es dauerte nur Sekunden, bis von ihr nicht mehr zu sehen war als ein heller Schimmer. Aber auch der verlor sich zusehends. Und dann lag plötzlich wieder Stille über dem Gelände der HTO.

Nicht so in der HTO selber. Die Geräuschentwicklung der startenden PROMET hatte Harry T. Orell, den Chef der HTO, nahezu aus dem Bett seiner Firmenwohnung katapultiert, in der er sich derzeit einquartiert hatte. Voller Verwirrung und noch halb schlaftrunken sprang er ans Fenster seines Schlafzimmers, starrte hinaus. Er sah, wie die PROMET II ruckartig von der Piste abhob und dann mit wahnwitziger Beschleunigung seinen Blicken entschwand.

Harry T. Orell stand wie erstarrt. Aber dann aktivierte er über *Phonsens* akustisch den Interkom. Er ließ sich mit Hank Crugan, dem Chef der Raumüberwachung und des Hypersenders, verbinden.

»Mister Crugan, was ist los? Warum ist die PROMET soeben gestartet? Und wieso bin ich von dem bevorstehenden Start meines Sohnes nicht unterrichtet worden?«

Die Stimme des alten Orell verhieß nichts Gutes. Aber Hank Crugan, ein schmächtiger, unheimlich drahtig wirkender Mann, ließ sich nicht anmerken, daß er mindestens ebenso überrascht war, wie Harry T. Orell selber.

»Mir war über diesen Start ebenfalls nichts bekannt, Mister Orell! Ich werde aber sofort bei Commander Crook nachfragen!«

Der war der Sicherheitschef der Corporation. Orell starrte Hank Crugan ungläubig an.

»Was sagen Sie da? Los, stellen Sie sofort eine Verbindung mit der PROMET her, Mister Crugan! Ich will wissen, was hier gespielt wird. Und dann erwarte ich Sie und den Commander im großen Konferenzsaal! Ende!«

Er sah nochmals aus dem Fenster. Ihn überfiel eine ungute Ahnung. Hier war etwas völlig Unvorhergesehenes geschehen!

Auf der Piste war inzwischen der Teufel los. Die Scheinwerfer brannten, tauchten die Piste und den auf ihr stehenden Gleiter in gleißend helles Licht. Männer und Frauen rannten umher, öffneten den Gleiter und kamen im nächsten Moment mit dem immer noch bewußtlosen McNeal heraus. Eine der schweren Maschinen des Werkschutzes erschien über der Piste, landete.

Orell rannte ins Zimmer zurück, warf sich notdürftig ein paar Kleidungsstücke über.

Der Bildschirm des Interkom flammte auf. Hank Crugans Gesicht war ernst.

»Mister Orell – ihr Sohn befand sich zur Startzeit nicht an Bord der PROMET. Außer Tak, Callaghan und Raid niemand. Eine Verbindung zum Schiff läßt sich nicht herstellen, weil die Funk-Z-Ausrüstung des Schiffes sich nebst allen Nebenaggregaten bei Mister Boldens Crew befindet. Es ist mir unbegreiflich, was die drei veranlaßt haben könnte, mit der Yacht zu starten. Aber ich befürchte Schlimmes, denn soeben wurde Sergeant McLean von der Werkspolizei bewußtlos in einem Gleiter gefunden, der vor einer knappen Viertelstunde in den Sperrkreis I eingeflogen wurde. An Bord befand sich Mike Castor, einer meiner zuverlässigsten Männer. Sobald der Sergeant vernehmungsfähig ist, werden wir wahrscheinlich mehr erfahren, er ist bereits unterwegs ins Medocenter.«

Orell starrte Hank Crugan an. »Kein Irrtum möglich?« fragte er.

Crugan schüttelte den Kopf. »Nein, Mister Orell. In diesem Moment spricht Commander Crook bereits mit Ihrem Sohn, der sich zusammen mit Arn Borul und dessen Frau in Joy City aufhält!«

»Sofort eine Verbindung mit meinem Sohn, Mister Crugan. Sofort. Und versuchen Sie, Captain Worner zu erreichen, ganz gleich, wo er mit seiner MORAN steckt. Er soll unverzüglich hierher zurückkehren!«

Der Schirm erlosch, und Harry T. Orell stand schwer atmend in seinem Schlafzimmer. Seine Gedanken jagten einander. Die PROMET ohne Hypersender, ohne Funk-Z und mit nur drei Mann Besatzung gestartet! Das konnte es gar nicht geben, es sei denn ...

Interkom summte, der Schirm flammte auf, das Gesicht Peet Orells erschien. Hinter ihm drängten sich Arn und Junici Borul. Sie starrten Peets Vater an, als könne der ihnen erklären, was geschehen war.

»Dad – die PROMET ist ...?«

Harry T. Orell nickte.

»Es stimmt, Peet. Ich habe sie mit eigenen Augen starten gesehen. Kommt sofort hierher, vielleicht kann ich inzwischen einiges erfahren!«

Peet nickte. »In einer guten halben Stunde sind wir da. Sorge bitte dafür, daß wir ohne die üblichen Formalitäten einfliegen können, direkt in den Sperrkreis I. Dad – Jörn, Vivien und Pino Tak waren an Bord. Wir ...«

»Ich weiß, Junge. Was in unserer Macht steht, wird geschehen. Kommt jetzt, beeilt euch bitte!«

Er schaltete ab und verließ dann sein Schlafzimmer. Ihm wurde klar, daß es keinen Sinn hatte, zur Piste zu fliegen. Er mußte ins Medocenter, dorthin, wo Sergeant McNeal sich befand. Er wollte gerade durch sein Arbeitszimmer, als ihn das Summen des Interkoms abermals stoppte. Diesmal war es Commander Crook. In wenigen Worten berichtete er von dem Vorfall mit Percy Calder.

»Er liegt ebenfalls im Medocenter – so oder so werden wir etwas erfahren, Mister Orell. Der Sergeant kommt innerhalb der nächsten Minuten wieder zu sich!«

»Danke, Commander. Bin schon unterwegs!«

Damit machte sich Orell auf den Weg zum Medocenter. Er flog den Gleiter selbst, weil sein Pilot nicht zur Stelle war.

Als er das Medocenter betrat, schlug Sergeant McLean gerade die Augen auf. Wenig später auch Percy Calder, der mit ihm zusammen im gleichen Raum lag.

***

Jörn Callaghan erwachte von dem dumpfen Schlag, mit dem sein Körper auf dem dicken Teppichboden seiner Kabine im Wohndeck der PROMET landete. Er spürte, wie eine unheimliche Kraft ihn quer durch den Raum zerrte. Dann erst schalteten sich die Andruck-Absorber der Yacht zu und ermöglichten es ihm, wieder auf die Füße zu kommen. Er begriff lediglich, daß die PROMET mit geradezu unheimlicher Beschleunigung stieg.

»Vivien!« murmelte er.

Es würde ihr nicht besser ergangen sein als ihm. Sie hatte ihre Kabine neben der seinen, und bestimmt war sie von dem Start genauso überrascht worden.

Er hörte, wie die Tür seiner Kabine zurückglitt. In der Türöffnung erschien Vivien. Ihr sonst so braunes Gesicht war totenblaß, außerdem lief ihr aus einer Platzwunde Blut von der Stirn über die linke Wange. Im übrigen war sie genauso nackt wie er, aber das wurde ihnen beiden nicht einmal bewußt.

Jörn war mit einem Satz bei ihr. Behutsam tastete er ihre Stirnwunde ab, aber Vivien schob seine Hand zurück.

»Unwichtig, Jörn«, sagte sie nur. »Aber was zum Teufel ist eigentlich los? Sind die anderen wieder an Bord? Warum ist die PROMET gestartet? Und warum auf eine idiotische Weise, daß man sich fast den Hals bricht?«

Er zog Vivien mit sich zum Interkom und stellte eine Verbindung zur Kommando-Zentrale her. Das unnatürlich bleiche Gesicht Pino Taks erschien auf dem Schirm.

Jörn Callaghan zuckte zusammen, als er die Augen des Triebwerksspezialisten genauer ansah.

»He, Pino!« rief er und registrierte, wie der Chefingenieur der PROMET II bei diesen Worten zusammenzuckte, so als sei er eben aus einem tiefen Schlaf erwacht.

»Mein Gott, Jörn, wieso befinde ich mich eigentlich in der Kommando-Zentrale? Und wieso habe ich die PROMET gestartet? Wir haben doch gar keine Funk-Z an Bord, Peet und die anderen sind ...«

Er unterbrach sich. Jörn und Vivien kam es vor, als erwache er aus einem bösen Traum. Sein Kopf fuhr herum, er starrte irgend jemanden an, den die beiden nicht sehen konnten. Doch das änderte sich sofort. Denn Xarr schob sich in den Aufnahmebereich der Interkom-Optik. Jörn und Vivien zuckten zusammen, als sie die grüne, aus lauter feinen ineinandergefügten Ringen bestehende Kombination des Fremden sahen, seine hellen Augen, die sie aus einem zwar humanoiden, im übrigen jedoch unsagbar fremd wirkenden, von grünlich schimmernder glatter Haut überspannten Gesicht anblickten. Mund und Nase waren nur angedeutet, scharf und beherrschend die hellen Augen und die hohe Stirn. Das Wesen hatte fast den Körperbau eines Menschen oder eines Moraners, aber trotzdem besaßen seine Linien etwas, was sich kaum in Worte fassen ließ. Sie wirkten irgendwie fließend, gleitend, nicht wirklich faßbar.

Jörn und Vivy spürten die mentalen Impulse des Fremden.

»Wir sind auf eure Hilfe angewiesen, Terraner!« teilte sich ihnen das fremdartige Wesen mit. »Aber wir haben einen schweren Fehler begangen, denn dieses Schiff hatte außer euch keinerlei Besatzung an Bord, als wir es durch euren Gefährten starten ließen. Wir müssen diesen Fehler so rasch wie möglich korrigieren, das aber bedeutet, daß wir dieses Schiff so schnell wie möglich an seinen Bestimmungsort fliegen müssen. Wir bitten euch, uns dabei zu helfen. Stellt jetzt keine Fragen, sondern tut, was wir von euch verlangen ...«

Vivien Raids hellgrüne Augen hatten sich bei den Impulsen des Fremden unheilvoll zusammengezogen.

»So, also Hilfe braucht ihr!« sagte sie gefährlich ruhig und ihre Augen begannen zu funkeln. »Und weil ihr Hilfe braucht entführt ihr einfach ein fremdes Schiff, das in seinem gegenwärtigen Zustand nicht einmal raumtüchtig ist, das sich zur Reparatur auf seiner Heimatwelt befand. Wenn ihr sofort umkehrt oder uns die Führung des Schiffes sofort übergebt, wenn ihr uns sagt, was ihr wirklich vorhabt, dann, aber auch nur dann können wir uns vielleicht verständigen. Also, was ist nun?«

Xarr starrte die Frau aus seinen hellen Augen an, die einen seltsamen Kontrast zu seinen tiefblau leuchtenden Pupillen bildeten.

»Wir können nicht mehr umkehren. Da ihr uns also eure Hilfe verweigert, werden wir jetzt auch euren Gefährten wieder zu euch schicken. Wir werden euch die gleiche Frage noch einmal stellen, wenn wir dieses Schiff dorthin geflogen haben, wohin wir müssen. Versucht nicht, unseren Flug zu stören oder zu sabotieren, wir werden von nun an jeden eurer Gedanken überwachen. Wir würden es sehr bedauern, wenn wir zu harten Maßnahmen gezwungen werden sollten, aber für uns geht es um Leben oder Tod. Ihr werdet das noch begreifen. Selbst wenn wir gewollt hätten, wir hätten gar nicht anders handeln können, Terraner.«

Vivien explodierte förmlich, und auch Jörn gelang es nicht, sie zu beruhigen.

»Das alles ist Lüge, Fremder!« fauchte sie. »Wenn ihr schon auf der Erde wart und die PROMET entführen konntet, dann hättet ihr auch die Möglichkeit gehabt, uns um Hilfe zu bitten, uns zu sagen, warum und auf welche Art ihr Hilfe benötigt. Niemand von uns hätte sie euch verweigert. Aber jetzt, jetzt ...«

Xarr hatte den Wutausbruch Viviens über sich ergehen lassen. Und mit Staunen registrierte er, daß sie die Wahrheit sagte. Hatten sie diese Rasse am Ende doch völlig falsch eingeschätzt? Er verneinte diese Frage jedoch sogleich wieder, denn auch dieses Wesen der Erde verhielt sich ja äußerst aggressiv! Was zum Beispiel wäre geschehen, wenn er sich so verhalten hätte, wie es diese Terranerin eben von ihm verlangt hatte? Vielleicht hätte man ihnen die erbetene Hilfe verweigert, vielleicht sie sogar angegriffen und getötet, denn auch Agaren waren keineswegs unverwundbar! Nein, er hatte richtig gehandelt. Er besaß mit diesem Schiff und den drei Wesen nun eine Art Garantie dafür, daß die Terraner tun würden, worum er sie später nochmals bitten, notfalls sogar zwingen würde! Er als Kommandant war ganz allein verantwortlich dafür, daß sein Erkundungsraumer rechtzeitig ins System der Sonne *Agar* zurückkehrte, daß die ihm anvertrauten Agaren überlebten. Und daß sie die wichtigen Informationen ihrer Reise der Wächterautomatik übergaben. Niemand wußte so gut wie Xarr, was allein davon abhing!

»Es bleibt bei meiner Entscheidung, Terranerin. Wenn es soweit ist, werden wir euch abermals fragen. Ich hoffe, ihr werdet meine Gefährten und mich dann besser verstehen!«

Der Schirm erlosch. Vivien stieß eine Verwünschung aus.

»Die sind total übergeschnappt. Was soll dieses dumme Geschwafel von Hilfe brauchen, von nochmal fragen und besser verstehen, Jörn? Wer so handelt wie diese Fremden, darf nicht auf das Verständnis und auf die Hilfe derer hoffen, die er auf solche Weise überfällt! Mich soll der Teufel holen, wenn ich jemals ...«

»Stop, Vivy!« sagte Jörn. »Es ist wirklich besser, wir warten erst einmal ab. Wenn ich mir überlege, daß diese Fremden unsere PROMET so mir nichts dir nichts aus dem Sperrkreis I entführt haben, dann weiß ich, daß mehr dahinter steckt. Außerdem wird man in der HTO unsere Entführung längst bemerkt haben. Dort ist mittlerweile bestimmt der Teufel los, und Peet wird mit den anderen alles daransetzen, uns zu finden. Er ...«

Vivy schüttelte den Kopf.

»Du hast eins vergessen, Jörn: den KSS. Ich wette, daß diese Fremden Pino gezwungen haben, ihn einzuschalten. Und offenbar handelt es sich bei ihnen um starke Telepathen, die nach Belieben unsere Gedanken lesen können.Die ganze Sache stinkt mir, das ist einfach zum Kotzen. Ich glaube«, ein Grinsen huschte über ihre Züge, »wir sollten uns erst einmal anziehen. Pino würde zwar nicht in Ohnmacht fallen, wenn er gleich hier auftaucht, aber es ist durchaus nicht notwendig, daß er uns *so* an Bord erwischt. Okay?«

Vivien Raid verschwand, und Jörn starrte ihr einen Moment lang verblüfft hinterher. Erst jetzt war ihm klar geworden, daß sie sich die ganze Zeit splitterfasernackt mit jenem helläugigen Fremden unterhalten hatten ...

***

In der HTO war tatsächlich der Teufel los. Peet Orell saß zusammen mit Arn Borul, Junici, Doc Ridgers und Szer Ekka seinem Vater gegenüber. Gus Yonker, der Chef der Funk-Z, hatte sein alsbaldiges Eintreffen angekündigt, außerdem befanden sich Elker Hay, der hünenhafte Holländer, und Allan Biggs auf dem Weg zur HTO. Zudem versuchte man fieberhaft, auch noch die anderen Besatzungsmitglieder aufzutreiben.

»Dad, die Lage ist doch folgendermaßen«, sagte Peet Orell. »Wenn die Fremden unsere Yacht entführt haben, dann wahrscheinlich doch deshalb, weil sie kein eigenes funktionstüchtiges Raumschiff mehr besitzen. Aber irgendwie müssen sie zur Erde gekommen sein, es müßte also zumindest ein Beiboot ihres Raumers hier irgendwo in der Nähe sein.«

Commander Crook, ein hochgewachsener Mann, nickte. Zusammen mit Hank Crugan gehörte auch der Sicherheitschef zu den Teilnehmern dieser Konferenz. Er sah Peet Orell erwartungsvoll an.

»Bis Worner mit der MORAN hier sein kann, vergehen bestimmt noch fünf Stunden, wenn nicht mehr. Uns bliebe also noch genügend Zeit, eine Suchaktion nach dem Beiboot der Fremden zu starten. Vielleicht spüren wir es auf und wissen dann schon mehr.«

»Ich glaube, Peet, du hast recht!« ließ sich sein moranischer Freund vernehmen. »Aber da ist noch ein Punkt, der mir große Sorge bereitet: Selbst wenn Worner mit der MORAN so schnell hier ist, wie wir hoffen – was wollen wir dann eigentlich unternehmen? Die PROMET kann sich ohne Funk-Z nicht melden. Wenn sie den KSS benutzt, dann kann auch die MORAN sie nicht orten, niemand kann also herausfinden, wohin die Fremden geflogen sind. Und nicht zuletzt: Wer sagt uns denn, daß dies nicht eine gezielte Aktion war? Ging es den Fremden vielleicht um den Anticomp? Haben sie auf irgendeine Weise von dieser Waffe erfahren? In diesem Fall werden wir nichts finden, erst recht keines ihrer Schiffe, denn dann haben sie lediglich ein Einsatzkommando auf der Erde gelandet.«

Nach den Worten des Moraners herrschte im großen Konferenzsaal lähmendes Schweigen.

Commander Crook durchbrach es als erster. »Nicht auszudenken, wenn das der Fall ist!« sagte er nur.

Doc Ridgers erhob sich.

»Herumsitzen nützt nichts. Machen wir uns auf die Suche, verschaffen wir uns Gewißheit, falls das möglich sein sollte. Im übrigen vertraue ich ein wenig auf unsere Freunde an Bord. Sie werden irgendeine Möglichkeit finden, uns eine Nachricht zuzuspielen oder vielleicht sogar die Fremden zu überlisten. Unterschätzen sie in dieser Hinsicht besonders Pino Tak nicht. Er hat an Bord eine ganze Menge von Möglichkeiten. Kein Mann der Besatzung kennt die PROMET II so gut und so genau wie er!«

Peet Orell sah den Doc an. Dann schlug er ihm ungestüm auf die Schulter. »Sie sind ein Prachtkerl, Doc. Ich habe direkt wieder ein bißchen Hoffnung. Außerdem – ich kenne sie gut genug – sinnt Vivien bestimmt auf Rache. Gerade derartige Dinge kann sie absolut nicht leiden. Jörn wird einen klaren Kopf behalten, da bin ich ganz sicher. Doch, den dreien traue auch ich allerhand zu, zumal sie wissen, daß wir sie suchen werden! Gehen wir. Kommst du mit, Dad?« fragte er.

Harry T. Orell nickte.

Zehn Minuten später startete eine Gruppe von Spezialmaschinen des Werkschutzes. Jede der Maschinen hatte hochentwickelte Suchgeräte an Bord, und wenn es ein fremdes Raumschiff irgendwo gab, und wenn dieses Raumschiff nicht ebenfalls über eine Art KSS verfügte, dann würden sie es auch aufspüren ...

*** 

Mike Castor und Glory Sanders waren seit einigen Minuten wieder bei Bewußtsein. Mike schüttelte seine Benommenheit schnell ab. Er sah die blitzenden Geräte, die ihn und Glory umgaben, die Liegen, auf denen sie sich befanden, und sie hatten beide nicht die geringste Ahnung, wo sie sich befanden.

Aber Castor erinnerte sich daran, daß Glory und er nach Joy City gewollt hatten, aus irgendeinem Grunde aber dort nicht angekommen waren.

Er zog das Mädchen, das von seiner Liege aufgesprungen war und sich in seine Arme geflüchtet hatte, fester an sich.

»Glory«, sagte er und strich ihr über das Haar, »hab keine Angst. Denk mal nach – erinnerst du dich an irgend etwas? Weißt du, ob irgend etwas auf unserem Flug nach Joy City anders verlaufen ist als sonst?«

Glory löste sich aus seinen Armen, sah ihn an. Und dann fiel es ihr plötzlich wieder ein.

»Nein, nicht auf dem Flug, Mike!« sagte sie dann plötzlich. »Aber du hast mir von Percy Calder erzählt, wie komisch er sich kurz vor Ende deiner Schicht benommen hat!«

Mike nickte. Jawohl, da war etwas. Selten hatte er Percy so gesehen.

»Los, Glory, komm!« stieß er hervor und zog das Mädchen, das ihn fragend anstarrte, einfach mit sich fort. Sie gerieten auf einen ringförmig verlaufenden Gang, und ohne daß sie wußten wieso, gingen sie immer weiter. Da war etwas, das sie führte, dachte Mike. Und sein Verdacht bestätigte sich, als sie plötzlich vor einer schwach glühenden Platte standen, die unterhalb eines Schachtes in den Boden des Ganges eingelassen war.

Mike und Glory zögerten. Auf die Idee, daß sie sich im Raumschiff einer fremden Rasse befanden, kamen sie nicht. Dennoch vernahmen sie die deutliche Aufforderung, die Platte zu betreten.

Hand in Hand betraten sie gleichzeitig die Platte, und sofort schwebte sie mit ihnen empor, geradewegs durch den Schacht, dessen Länge Castor flüchtig auf etwa fünfzig Meter schätzte. Der Schacht mündete in einem Gewölbe, dessen halbkugelförmige Wandungen mit seltsam geformten Facetten besetzt waren. Castor sah die schweren Kontursitze, sah die Kontrollen und ahnte plötzlich, wo er und Glory sich befanden.

»Wir befinden uns an Bord eines Raumschiffs!« stieß er atemlos hervor. »Eine fremde, uns unbekannte Rasse muß auf der Erde gelandet sein, wir ...«

Ein Impuls unterbrach ihn. Und wie er vernahm auch Glory ihn.

›Konzentriere dich auf jene Piste, auf der die Raumyacht PROMET II lag, bevor sie mit Xarr und seinen Gefährten startete!‹

Castor schüttelte den Kopf. Er war nicht begriffsstutzig, aber was er da hörte, ging über seinen Horizont.

»PROMET II ...? Lag ...? Mit Xarr, und seinen Gefährten gestartet ...?« fragte er zurück.

›Konzentriere dich, Terraner, oder du bringst nicht nur Xarr und seine Gefährten, sondern auch deine Rassegenossen in Gefahr! Xarr hat einen Fehler gemacht, bevor er euer Schiff übernahm, aber er hat ihn erst viel zu spät erkannt. Wir müssen ihm helfen, oder alles war umsonst!‹

Die Impulse wurden immer drängender. Mike sah, wie Glory sich mit schmerzverzerrten Zügen den Kopf hielt, und auch ihm schmerzte der Kopf. Es waren bildhafte Impulse, sie zeigten Mike und Glory Dinge, die sie im Moment noch nicht verstanden.

Mike schüttelte die Bilder gewaltsam von sich ab.

»Wer sind Sie?« fragte er in die Stille hinein. »Und warum wurden wir hierher verschleppt? Zeigen Sie sich mir endlich, ich denke gar nicht daran, blindlings Auskunft zu geben.«

Wieder durchzuckten schmerzhaft starke und klare Impulse die Gehirne der beiden Menschen.

›*Ich kann euch nicht erklären, wer ich bin, Terraner. Ihr würdet mich Roboter oder Bordgehirn nennen. Vielleicht auch Computer – aber das alles stimmt nicht. Die Technik meiner Erbauer ging andere Wege als eure, die Agaren sind nach euren Vorstellungen zwar Humanoiden, aber sie sind dennoch gänzlich anders geartet als ihr. Sie brauchen Hilfe, denn sie befinden sich mit AGAR III in höchster Not. Also konzentriere dich jetzt endlich, Terraner, oder ich muß mir dein Wissen gewaltsam holen. Zwei Leben gegen das von vielen – ich würde damit nur dem Gesetz der Agaren folgen!*‹

Mike und Glory überlief es eiskalt. Und wie zur Warnung durchfuhr sie ein blendender, äußerst schmerzhafter Blitz.

Mike Castor, beileibe nicht feige, gab auf. Er stellte sich das HTO-Gelände vor, den Sperrkreis I, auf der Piste die PROMET II.

Sofort ließ der Druck in ihren Köpfen nach. Kurz darauf hörten sie, wie im Innern des Kugelraumers schwere Aggregate anliefen. Kontrollschirme, deren Symbole sie nicht verstanden, leuchteten auf. Die Facetten der Kuppel, in der sie sich befanden, übermittelten ihnen auf telepathischem Weg ein farbiges, gestochen scharfes und überaus plastisches Bild ihrer Umgebung.

Der Kugelraumer startete. Er schwebte langsam im Mondlicht aus dem Tal zwischen den Felsen hervor, stieg senkrecht empor und glitt dann mit Kurs auf die HTO davon.

Glory Sanders hielt sich an Mike Castor fest. Sie verfolgten den Flug des Kugelschiffes, sahen die fernen zuckenden Lichter Joy Citys, die dunkle riesige Wasserfläche des Großen Sklavensees. Dann näherten sie sich dem Gelände der HTO. Deutlich erkannten sie den im hellen Licht der Scheinwerfer daliegenden Sperrkreis I, die Piste, auf der immer noch ihr Gleiter stand.

Doch dann zuckten sie plötzlich zusammen. Eine Anzahl von Maschinen näherte sich ihnen mit rasender Geschwindigkeit.

Mike Castor zog das Mädchen unwillkürlich an sich.

»Das sind die schweren Einheiten des Werkschutzes, Glory!« stieß er hervor. »Diese Maschinen sind schwer bewaffnet, wenn sie uns angreifen, dann ...«

Das Wort blieb ihm im Halse stecken. Glory schloß die Augen. Aber das half ihr nichts, denn das Bild, das die Facetten übermittelten, stand wie eingebrannt in ihren Gehirnen.

»Mike, nein ... das ist doch nicht möglich ... wir ...«

Glory verstummte, und auch Mike keuchte vor Aufregung. Was sich in diesem Moment seinem geistigen Auge darbot, war eine Szenerie wie ein Alptraum ...

\*\*\*

Peet Orell verengte die Augen, als der Sichtschirm des Überwachungs-Gleiters plötzlich einen runden Körper erfaßte, der langsam über das vor ihnen liegende Bergmassiv glitt. Genau auf das HTO-Areal zu.

Harry T. Orell brach als erster das Schweigen, während der Gleiter mit singenden Triebwerken bereits Kurs auf den riesigen Schatten nahm, der sich ihnen von Sekunde zu Sekunde weiter näherte.

»Das ist es, Peet!« stieß der Chef der HTO hervor. »Das ist der fremde Raumer, den wir suchen!«

Deutlich erkannten sie den Kugelkörper, den schimmernden Lichtsaum, der seinen Druckkörper wie eine Korona umgab.

»Ich verstehe das nicht, Peet!« schaltete sich der Moraner ein. »Warum entführen sie die PROMET, wenn ihr eigenes Schiff doch ganz offenbar noch vollständig intakt ist?«

Peet antwortete nicht. Er dachte in diesem Moment an das, was sein moranischer Freund noch vor kurzem gesagt hatte: Wie, wenn es den Fremden darum ging, den Anticomp in ihren Besitz zu bringen? Sie hatten diese Waffe mit Erfolg eingesetzt – bei den Nekroniden. Immer mehr hatte Peet Orell in der letzten Zeit erkannt, welche verzweigten Verbindungen es lange vor der Existenz des Menschen schon im Universum gegeben hatte. Sie hatten sich praktisch aus den Relikten des Galaktischen Krieges eine Menge angeeignet – es konnte vielleicht gar nicht anders sein, als daß jene Rassen, die sich durch das plötzliche Auftreten der Menschen im All beunruhigt, möglicherweise sogar aufs neue gefährdet sahen, sich nun auf jene Spuren hefteten, die die PROMET II bei ihren Exkursionen im Universum nur allzu deutlich hinterließ! Vielleicht kannten einige Rassen sogar den Anticomp, vielleicht barg dieses rätselhafte Aggregat noch Möglichkeiten und Gefahren, die Terraner wie Moraner bisher noch nicht erfaßt hatten.

Peet Orell wurde aus seinen Gedanken gerissen. Unweit des Kugelraumers wuchs plötzlich ein riesiger Schatten aus der mondhellen Nacht, nahm innerhalb von Sekunden feste Formen an, näherte sich dem Kugelraumer unaufhaltsam.

Peet Orell starrte seine Gefährten an, sah, wie die Hände der beiden Moraner zu zittern begannen.

»Ein Schwarzer Raumer!« krächzte Peet Orell schließlich fassungslos und spürte in seinem Rücken eine jähe Bewegung. Es war Szer Ekka, der fast vor Schreck aus seinem Sitz gefallen wäre.

Wo kam dieses Schiff plötzlich her? Warum war es nicht von der Raumortung erfaßt worden? Und was hatte es vor? Deutlich erkannte er am Bug des riesigen Hantelraumers das glühende Facettenauge, jene entsetzliche, alles vernichtende Waffe. Und er wußte, daß es auf der ganzen Erde nichts gab, das gegen dieses gigantische Schiff auch nur die geringste Chance besaß.

Commander Crook meldete sich über Interkom.

Auch er war blaß, er hatte genug von diesen Schwarzen Raumern gehört, um zu wissen, in welcher Gefahr sie alle schwebten. Und nicht nur sie, sondern Millionen von Menschen auf der ganzen Erde.

»Was sollen wir tun?« fragte er ratlos.

Arn Borul faßte sich als erster. Von allen Anwesenden vermochte er die Gefahr am besten abzuschätzen.

»Veranlassen Sie sofort, daß sich keine der Maschinen diesem Schiff nähert. Tun können wir absolut nichts, wir müssen abwarten, was weiter geschieht. Lassen Sie die MORAN warnen. Sie darf nicht einfliegen, das würde den Schwarzen Raumer nur unnötig beunruhigen. Worner soll auf einer Parkbahn um den Mond abwarten, aber ständig mit uns in Verbindung bleiben. Beeilen Sie sich, Crook, sie haben von uns allen die günstigste Position, um sich mit der HTO in Verbindung zu setzen!«

Harry T. Orell gab dem Moraner ein Zeichen. Borul trat zur Seite. Die Gleiter des Werkschutzes waren zwar einigermaßen geräumig, aber doch nicht für eine solche Anzahl von Personen eingerichtet.

»Crook«, sagte der alte Orell, »versuchen Sie mit Crugan aufs HTO-Gelände zu kommen. Wir liegen mit unserer Maschine genau im Ortungsbereich des Schwarzen Raumers. Verhindern Sie unter allen Umständen, gleich mit welchen Mitteln, daß irgendein Blödsinn geschieht. Das könnte für uns alle unabsehbare Folgen haben!«

Commander Crook nickte. Gleich darauf drehte seine Maschine ab und flog langsam nur wenige Meter über dem Boden davon. Der alte Orell und die anderen erkannten sofort, was der Commander beabsichtigte.

»Wenigstens ein Mann, der auch beim Anblick dieses Riesenschiffs nicht die Nerven verliert!« stellte Harry T. Orell fest und hatte selbst Mühe, einigermaßen ruhig zu erscheinen.

Wie gebannt beobachteten die Männer an Bord des Gleiters die weiteren Geschehnisse. Der Schwarze Raumer blieb unmittelbar neben dem Kugelschiff, folgte mit einer geradezu erstaunlichen Manövrierfähigkeit allen Bewegungen, die der Kugelraumer machte. Zusammen glitten die beiden unheimlichen Schiffe dem HTO-Gelände entgegen.

Peet Orell, der den Gleiter flog, zog die Maschine behutsam etwas höher, hütete sich dabei jedoch, die Distanz zu dem Hantelraumer zu verringern. Trotzdem war es ein Fehler.

Das dröhnende, hallende *Klong-Klong*, das die schwere Maschine den Bruchteil einer Sekunde später mit voller Stärke traf, trieb ihm erneut den Schweiß auf die Stirn und brachte seinen Puls auf Hochtouren.

Auch Arn Borul war grau im Gesicht. »Er kommt auf uns zu, wir sind ...«

Keiner der Leute an Bord war feige. Aber als sie jetzt in das glühende, hin und wieder rhythmisch pulsierende Facettenauge des rasch näherkommenden Hantelraumers blicken mußten, ohne die geringste Chance, diesem übermächtigen Schiff entkommen zu können, wurden ihre Nerven auf eine harte Probe gestellt.

Der Raumer kam heran, verlangsamte seine Fahrt und verharrte dann knapp hundert Meter vom Gleiter entfernt bewegungslos. Dessen Insassen spürten, wie unbekannte Strahlen sie abtasteten, aus geweiteten Augen starrten sie das gigantische glühende Auge an, aus dem jeden Moment der tödliche Energiestrahl hervorbrechen und sie in eine Wolke glühenden Gases verwandeln konnte. Peet schätzte die Bugkugel des Hantelraumers auf einen Durchmesser von fast dreihundert Metern. Die Länge des Schiffes vermochte er wegen seiner ungünstigen Position und wegen der herrschenden Dunkelheit nicht zu schätzen, aber er wußte aus seinen früheren Erfahrungen mit diesen Schiffen, daß sie einschließlich der Heckkugel mit Sicherheit acht-, wenn nicht sogar neunhundert Meter betragen mußte.

Noch einmal erdröhnte der Gleiter unter dem Ortungsstrahl des Schwarzen Raumers, und das überlaute *Klong-Klong* sprengte fast ihre Trommelfelle. Aber keiner von ihnen gab auch nur einen Laut von sich. Mit zusammengebissenen Zähnen warteten sie auf das unvermeidliche Ende.

Doch nichts dergleichen geschah. Der Schwarze Raumer nahm plötzlich wieder Fahrt auf, glitt über ihre Maschine hinweg, schwang herum und befand sich nur einige Minuten später wieder neben dem fremden Kugelschiff, das sich eben anschickte, auf der Piste des Sperrkreises I zu landen.

Doc Ridgers, der bis dahin keinen Ton gesagt hatte, fuhr sich mit dem Handrücken über die Stirn. Er hatte das Gefühl, in den letzten Minuten glatt um zehn Jahre seines Lebens gealtert zu sein.

»Bei allen Höllen der Galaxis!« krächzte er. »Ich verstehe jetzt absolut gar nichts mehr. Dieser Koloß will wahrhaftig ebenfalls auf der Piste im Sperrkreis I landen! Es ist nicht zu fassen!«

Doc Ridgers behielt recht. Der Hantelraumer schwang abermals herum. Sie beobachteten, wie das unheimliche Schiff seine Landestützen ausfuhr und dann einige hundert Meter von dem Kugelraumer entfernt aufsetzte. Kurz darauf verlosch auch sein Facettenauge, das einen großen Teil der

Bugkugel ausmachte, und es war, als sei in dem Schwarzen Raumer jedes Leben und auch jedes Interesse an seiner Umgebung plötzlich erstorben. Doch dieser Eindruck täuschte ...

Peet Orell sah seinen Vater an. »Was sollen wir jetzt tun, Dad?« fragte er und verwünschte sich im gleichen Moment, nicht in der Lage zu sein, selbst den richtigen Entschluß zu fassen.

Der alte Orell überlegte lange.

»Es hilft alles nichts, wir müssen zur HTO zurück. Und wir werden auch genau dort landen, wo die beiden fremden Schiffe gelandet sind. Zu verlieren haben wir ohnehin nicht mehr viel, denn wenn es noch eine Anzahl von diesen Schwarzen Raumern geben sollte, und wenn sie die Erde und damit diejenigen endlich aufgespürt haben sollten, die damals eine ihrer Basen vernichtet haben, dann hat unsere letzte Stunde ohnehin geschlagen. Entgegenzusetzen haben wir diesen Vernichtungsmaschinen nichts! Also vorwärts, Peet, mal sehen, was sich so in den nächsten zehn Minuten tut!«

Der alte Orell hieb grimmig mit der Rechten auf die Lehne seines Sitzes. Dann sah er die anderen an. »Oder hat jemand von euch einen besseren Vorschlag?«

Die anderen stimmten ihm zu, und Peet zog den Gleiter herum. Gleichzeitig schaltete er die Sichtsprechverbindung zu den anderen Maschinen ein.

»Wenn die beiden Raumer uns ungeschoren landen lassen, sammeln sich alle anderen Maschinen auf Piste II. Die Besatzungen verlassen ihre Maschinen sofort und begeben sich in ihre Bereitschaftsräume. Unnötig läßt sich niemand ohne ausdrücklichen Befehl im Gelände sehen, klar?«

Die einzelnen Kommandanten bestätigten. Anschließend nahm Peet Orell Kurs auf den Sperrkreis I.

***

Unterdessen hockten Jörn Callaghan, Vivien Raid und Pino Tak im Triebwerksraum der PROMET II zusammen. Keiner von ihnen hatte eine Ahnung, wohin die Reise ging. Die Agaren hatten alle Sichtschirme blockiert. Aber im übrigen ließen sie die drei Terraner gewähren, nur ein gelegentliches Ziehen unter ihren Schädeldecken zeigte den drei Gefährten an, daß die Fremden ihre Gedanken tatsächlich überwachten.

Das war der Punkt, der Vivien rasend machte. Sie überlegte schon seit Stunden fieberhaft, wie sie sich dieser Kontrolle entziehen konnte, war sich aber gleichzeitig darüber völlig im klaren, daß auch alles, was sie in dieser Hinsicht dachte, ihren Entführern sofort bekannt wurde.

Plötzlich durchfuhr sie siedendheiß ein Gedanke. Zwar bremste sie sich sofort wieder ab, das leichte Ziehen in ihrem Schädel zeigte ihr jedoch an, daß die Fremden auch diesen Gedanken schon wieder erfaßt hatten. Tränen der Wut standen in ihren Augen, während sie sich krampfhaft darum bemühte, an etwas anderes zu denken, um nicht auch noch diese letzte Möglichkeit zu verraten.

Corr, der zu diesem Zeitpunkt die Aufgabe hatte, die drei Terraner zu überwachen, zuckte bei der Wildheit und Entschlossenheit Viviens förmlich zusammen. Weder Vivy, noch Jörn oder Pino ahnten, wie schlimm es inzwischen um die vier Agaren in der Kommando-Zentrale der PROMET II stand. Die Entführung des Schiffes, die Übernahme des Wissens ihrer drei Gefangenen und die ständige Überwachung der Terraner hatten in einem Maße an ihren Kräften gezehrt, daß sie zweifelten, ohne die Hilfe der Terraner ihr Ziel überhaupt noch erreichen zu können.

»Sie haben etwas vor, Xarr!« teilte sich Corr seinem Kommandanten mit. »Die Terranerin hatte eben einen für uns wahrscheinlich gefährlichen Gedanken, aber sie hat ihn sofort abgeblockt, als ich mich etwas zu unvorsichtig einschaltete. Was sollen wir tun? Meine Kräfte schwinden, ich spüre das mehr und mehr. Es wird schon sehr bald unmöglich sein, die Terraner wirksam zu überwachen oder eines ihrer Vorhaben zu verhindern. Wir ...«

Corr zuckte abermals zusammen, denn wieder war ein überaus heftiger Gedankenimpuls in sein empfindliches Telepathengehirn eingedrungen. Und wieder stammte dieser Impuls von jener Terranerin, die er für die gefährlichste und unberechenbarste der drei hielt.

»Die Terranerin bewegt sich durchs Schiff, und zwar sehr schnell. Aber ich kann nicht erfassen, was sie vorhat, sie sendet Impulse aus, die keinen Sinn für mich ergeben. Sie ...«

Corr unterbrach sich, konzentrierte sich erneut. »Die anderen folgen ihr, auch sie senden Impulse aus, die ich nicht deuten kann! Ich habe die ganze Zeit geahnt, daß sie etwas planen, denn der Terraner, den die anderen Pino Tak nennen, hat schon seit Stunden versucht, Informationen an uns weiterzuleiten, die die Technik dieses Schiffes betreffen, die aber falsch sind und absichtlich verzerrt ...«

Xarr war von seinem Sitz emporgefahren. Seine sonst so hellen Augen wirkten müde, seine grüne glatte Haut hatte bereits den grauen Schimmer des Verfalls angenommen.

Doch in diesem Moment kehrte seine alte Kraft noch einmal in ihn zurück. Er tastete mit seinen Gedanken blitzschnell die PROMET ab, lokalisierte die sich rasch bewegenden Fremden und wußte im gleichen Augenblick, daß seine Kräfte niemals mehr ausreichen würden, sie auf telepathischem Wege aufzuhalten. Denn ihm ging es zu diesem Zeitpunkt noch viel schlechter als seinen Gefährten Corr, Garrar und Cerr. Er hatte die Führung des Schiffes übernommen, er war es gewesen, der Pino Tak sein Wissen über die PROMET abgerungen hatte, er hatte von ihnen allen seine Kräfte am meisten strapaziert. Und in diesem Moment erkannte er, daß auch jener Terraner, der sich Pino Tak nannte, ihn entscheidend getäuscht hatte mit seinen Gedanken und Informationen, die Xarr genau wie Corr alle in sich aufgenommen hatte. Der Terraner hatte die Technik des Schiffes bewußt falsch dargestellt, es den Agaren unmöglich gemacht, ihr Ziel so schnell zu erreichen, wie das unbedingt notwendig gewesen wäre.

Es war schon lange her, daß Xarr den Wunsch verspürt hatte, sich an einem lebenden Wesen zu rächen – aber in diesem Moment verspürte er ihn. Er mußte sich mit aller Gewalt beherrschen, um diese Fremden, die offenbar nichts begriffen, nicht mit einem einzigen gewaltigen Impuls seines Telepathengehirns zu töten. Er wußte aber auch, daß er selbst einen solchen Impuls nicht mehr überleben konnte, daß er damit seine allerletzten Reserven schlagartig verbrauchte.

»Corr, Garrar, Cerr!« teilte er sich seinen Gefährten mit. »Holt die Fremden her, alle drei. Wenn es nicht anders geht, dann wendet Gewalt an, gleich, was dabei passiert!«

Corr warf ihm einen Blick zu, über den Xarr erschrak.

»Einen werden wir zusammen vielleicht noch auf eine Weise überwältigen können, daß er dabei am Leben bleibt. Für alle drei reicht unsere Kraft schon längst nicht mehr. Und die Fremden haben das gewußt, sie haben gewartet, bis wir schwach genug waren. Wir haben die Bewohner des Planeten Erde unterschätzt, Xarr. Wir haben eine Reihe von Fehlern begangen, die vielleicht nicht mehr zu korrigieren sind ...«

Xarr vernahm die Impulse Corrs immer noch, als der längst mit Garrar und Cerr hinter den drei Terranern herjagte, die sich mit großer Geschwindigkeit durch die Längsachse des Raumers bewegten. In einem Tunnel und auf einem schnell laufenden Transportband, wie Xarr erkannte.

***

Vivien war plötzlich die rettende Idee gekommen. Gerade wollte sie den anderen davon Mitteilung machen, als sie wieder dieses verhaßte Ziehen unter ihrer Schädeldecke spürte. Das war der Moment, in dem sich Corr in ihre Gedanken einschaltete.

Sofort blockte Vivien ab und dachte in schneller Reihenfolge an alle möglichen wichtigen und unwichtigen Dinge, ging in Gedanken in Joy City spazieren, dachte an frühere Unternehmungen der PROMET II.

Erst, als das Ziehen in ihrem Gehirn wieder verschwand, handelte sie. Sie sprang auf Jörn und Pino Tak zu, blitzte die beiden aus ihren hellgrünen Augen an.

»T-Boot!« schrie sie den beiden zu und fühlte sofort wieder den bohrenden Schmerz in ihrem Gehirn. Aber sie nahm keine Rücksicht darauf, sondern rannte los, wie von Furien gehetzt. Sie registrierte noch, wie Jörn den verdutzten und völlig in Gedanken versunkenen Pino Tak hochriß und ihr folgte. Sie ahnte nicht, daß Pino Tak die ganze Zeit, während er scheinbar apathisch vor sich hingrübelte, nur darauf bedacht gewesen war, ihre Entführer zu verwirren, durch Gedankenimpulse die Technik der PROMET II zu verfälschen, die Fremden in der Führung der Yacht zu behindern. Und Pino Tak wiederum ahnte nicht, in welchem Ausmaß ihm das aufgrund der ständig nachlassenden Kräfte der Agaren gelungen war.

Vivien erreichte den Tunnel, hechtete durch das Schott, machte auf dem sich automatisch einschaltenden Transportband eine Rolle und stand wieder auf den Beinen. Sie erblickte Jörn, der zusammen mit Pino Tak eben auf das Transportband im Tunnel sprang, aber sie war schon weit voraus.

*Mein Gott!* dachte sie. *Die sind zu langsam! Wir müssen unter der Zentrale hindurch, die Fremden werden uns ...*

Das Transportband trug sie schnell weiter. Sie sah die Abzweigung zur Kommando-Zentrale, und sie entdeckte plötzlich einen der Fremden, der aus einer Abzweigung hervorsprang, die grünen Hände nach ihr ausstreckte und sie aus seinen hellen Augen anstarrte. Dann war Vivien auch schon heran.

Sie zögerte nicht. Sie sprang den Fremden an, schlug mit aller Kraft zu. Sie spürte den Blitz, der ihr Bewußtsein durchzuckte, taumelte, fing sich, packte abermals zu und schleuderte den Fremden mit einem wilden Hebelgriff weit in die Abzweigung zur Kommando-Zentrale zurück.

Sie sah noch, wie er auf seine zwei Gefährten prallte, spürte noch einmal einen jener Blitze in ihrem Gehirn und stieß vor Schmerz einen lauten Schrei aus.

Sie merkte nicht, daß sie auf das Transportband schlug und sekundenlang liegenblieb, den bohrenden fürchterlichen Schmerz im Gehirn. Aber Vivien war zäh. Sie überwand den Blitz, sprang auf, warf einen Blick über die Schulter zurück, sah Jörn und Pino Tak heranspurten und rannte selbst weiter. Zuerst taumelnd nur, dann mit jedem Schritt schneller und sicherer.

Sie erreichte das Schott des Beiboot-Hangars, zwängte sich durch die halboffene Stahltür in die kleine Schleuse, riß Jörn und Pino zu sich herein und drückte den Knopf der Vakuumautomatik.

Und dann hatten sie auch schon das T-Boot erreicht. Wie immer war die Hauptschleuse unverschlossen. Sie sprangen hinein, hasteten ins Cockpit und drückten fast zugleich die rote Taste für den Notstart.

Unter ihnen schloß sich mit dumpfem Geräusch das Außenschott des T-Bootes, dann gab es plötzlich einen Ruck, der auch von den anlaufenden Andruckabsorbern nicht mehr aufgefangen werden konnte.

Vivien, Jörn und Pino Tak wurden quer durch das Cockpit geschleudert, aber das T-Boot schoß aus seinem Hangar und kam von der PROMET frei.

Die drei Kugelschirme flammten auf, als sich die drei Menschen aufrafften. Vivien grinste ihre Gefährten an. Sie warf einen raschen triumphierenden Blick auf die PROMET II, die in allernächster Nähe neben ihnen durch das tintenschwarze Universum glitt. »Wir sind draußen, und jetzt können die uns mal!«

Jörn schwang sich in den Pilotensitz. Er flog das T-Boot von der PROMET fort.

»Sicher ist sicher, Vivy!«

Doch es geschah nichts.

Und erst jetzt erkannten sie, daß sie sich noch immer im Sonnensystem befanden. Und zwar im direkten Anflug auf den Planeten Jupiter.

\*\*\*

»Los, Hyperspruch an die HTO!« kommandierte Vivien und glitt aus ihrem Sitz. »Es wird allerhöchste Zeit, daß wir uns endlich melden. Ich kann mir denken, daß in der HTO der Teufel los ist, und Peets Gesicht, als er von der Entführung der PROMET erfuhr, hätte ich für mein Leben gern gesehen!«

»Okay, Vivy, du hast recht!« stimmte Jörn Callaghan ihr zu. »Melden wir uns erst mal zurück. Ein Punkt macht mir allerdings Sorge: Die Telepathen haben uns um Hilfe gebeten. Ich habe gespürt, daß das dringend war. Wir müssen versuchen, Verbindung mit ihnen zu bekommen, jetzt ist unsere Verhandlungsbasis eine bessere! Und ich denke, sie werden jetzt auch mit der Sprache herausrücken!«

Vivien nickte, ging dann aber zunächst zum Hyperfunkgerät hinüber und setzte den Sender in Betrieb. Merkwürdigerweise reagierte niemand auf ihren Anruf.

Vivien versuchte es ein zweites Mal. Mit dem gleichen Mißerfolg.

Pino Tak, der vorsichtshalber den Triebwerksraum des T-Bootes einer kurzen Kontrolle unterzogen hatte, blieb neben ihr stehen.

»Was ist, Vivy? Meldet sich die HTO etwa nicht? Das kann nicht sein. Die Zentrale ist ständig besetzt, rund um die Uhr. Darin sind die da unten auf der guten alten Erde verdammt pingelig! Der Alte würde jeden persönlich in der Luft zerreißen, der den Hypersender auch nur eine Sekunde ohne Aufsicht ließe!«

Der Chief beugte sich über die Kontrollen, und Vivien ließ ihn ruhig gewähren. Aber auch Pino Tak konnte nur feststellen, was Vivien längst wußte: Der Sender war intakt, er arbeitete einwandfrei.

Vivien versuchte es ein weiteres Mal. Diesmal erhielt sie Antwort, aber anders, als sie dachte.

Captain Worners hageres, braungebranntes Gesicht erschien auf dem Schirm. Der sonst so ruhige, besonnene Kommandant der MORAN machte einen verzweifelten, gehetzten Eindruck.

Vivien schüttelte den Kopf.

»He, Worner, was ist los mit Ihnen? Welche Laus ist Ihnen denn über die Leber gelaufen?«

Worner unterbrach sie abrupt. Hastig unterrichtete er Vivien und ihre beiden fassungslosen Gefährten von den Vorgängen bei der HTO, soweit sie ihm bekannt waren.

»Passen Sie auf!« sagte er. »Ich befinde mich aufgrund einer persönlichen Anordnung von Harry T. Orell seit einigen Stunden mit meinem Schiff auf einer Parkbahn um den Mond. Striktes Landeverbot. Und dieser verdammte Schwarze Raumer liegt immer noch da – ich überspiele!«

Gleich darauf erschien auf einem der Kugelschirme des T-Bootes ein Bild, das Vivien, Jörn Callaghan und Pino Tak das Blut aus den Wangen trieb.

»Ja, aber, was will denn dieser verdammte Schwarze Raumer im Sperrkreis I? Und wieso ist er ...«

»Niemand weiß das. Aber Sie können sich vorstellen, was dort unten geschieht, wenn dieser Hantelraumer loslegt. Es ist die absurdeste Situation, die ich jemals erlebt habe! Und die gefährlichste dazu!«

Worner machte eine kurze Pause, fuhr dann fort:

»Es muß zwischen dem plötzlichen Auftauchen der Telepathen auf der Erde und der Landung des Schwarzen Raumers einen Zusammenhang geben. Versuchen Sie möglichst schnell herauszufinden, was die Telepathen von uns wollen, vielleicht kommen wir so weiter. Mich beunruhigt, daß offenbar immer noch etliche dieser Hantelraumer durch unsere Galaxis geistern und einer von ihnen nun die Erde und die HTO und ihre Einrichtungen entdeckt hat. Falls er Informationen speichern sollte – wo liefert er sie ab und zu welchem Zweck? Und was wissen wir eigentlich tatsächlich über diesen großen Galaktischen Krieg, dessen Spuren wir immer wieder begegnen? Ist er wirklich zu Ende, oder tobt er in anderen uns unbekannten Teilen der Milchstraße etwa immer noch?'— Ich werde jetzt festzustellen versuchen, warum sich die HTO nicht mehr meldet. Der Kontakt riß mitten in einem Gespräch mit Peet Orell ab. Hoffentlich ist da unten nicht irgendeine Schweinerei passiert. Bleiben Sie auf Empfang, ich werde es ebenso machen!«

Vivien nickte dem Captain zu. Sie und ihre beiden Gefährten hatten das Gefühl, daß Worner zu allem entschlossen war.

Jörn Callaghan sah Vivien Raid an.

»Wir sollten versuchen, über Interkom Kontakt zur PROMET aufzunehmen. Vielleicht gehen die Fremden darauf ein, weil ihnen ohnehin keine andere Möglichkeit mehr bleibt!«

Vivien und Pino stimmten zu und machten sich an die Arbeit. Sie konnten nicht wissen, daß Xarr und die Seinen bereits gehandelt hatten. Sie hatten auch gar keine andere Wahl, denn mit jeder Stunde die nun noch ungenutzt verstrich, rückte für sie die Stunde des Unterganges unaufhaltsam näher.

# 18.

Von allen Menschen, die auf dem Gelände der HTO auf den Schwarzen Raumer starrten, waren ihm Mike Castor und Glory Sanders am nächsten. Die Facetten der Zentrale des Kugelschiffes übertrugen das Bild dieses Raumers so deutlich, daß es einfach keine Einzelheit an dem riesigen Schiff mehr gab, die sie nicht kannten, soweit die mondhelle Nacht Details freigab. Xarr und seine Agaren hätten auch in absoluter Finsternis mit der komplizierten Sichtanlage des Kugelraumers alles erkennen können, was sie zu sehen wünschten, nicht aber ein menschliches Gehirn. Sein telepathisches Aufnahmevermögen war gegen das der Agaren äußerst beschränkt.

Vergeblich hatten Mike und Glory nach einem Ausweg aus ihrem Gefängnis gesucht. Der Kugelraumer hielt sie gefangen. Auch Mentalkontakte waren seit der Landung im Sperrkreis I unterblieben.

Trotzdem spürten sie, daß das ganze Schiff vor Aktivität geradezu vibrierte. Seltsame Zeichen und Signale erschienen auf den Schirmen, sie sahen, wie sich manchmal die großen Reflektoren und Sensoren im Gitterwerk, das den Mittelteil des Hantelraumers umgab, bewegten. Sie spürten förmlich die Impulse, die zwischen diesen beiden so verschiedenen Schiffen ausgetauscht wurden, und hatten das Gefühl, selbst längst in Vergessenheit geraten zu sein.

Doch dann überstürzten sich die Ereignisse.

Das Bild, das ihnen die Facetten der Zentrale des Kugelschiffs bisher übermittelt hatten, erlosch schlagartig. Eine silbrige Helligkeit breitete sich in der Kuppel aus. Die Signale auf den Schirmen verstärkten sich, wechselten in immer schnellerer Reihenfolge. Durch den Kugelraumer ging ein eigenartiges Knistern, als ob über alle metallenen Teile Funken eines hochgespannten Stromes sprängen.

Dann herrschte plötzlich tiefe Stille im ganzen Schiff, und die beiden Menschen spürten, wie ihre Gehirne auf rätselhafte Weise aktiviert wurden.

Als sich dann kurz darauf die ersten Impulse in ihrem Bewußtsein formten, wankten sie zu den vor ihnen stehenden Kontursitzen und ließen sich wie in Trance hineinfallen ...

\*\*\*

Peet Orell starrte mit verkniffenem Gesicht auf die Piste hinunter, über der inzwischen längst strahlender Sonnenschein lag.

»So kann es nicht weitergehen!« sagte er schließlich und sah seinen moranischen Freund an. Der nickte.

Arn wußte, in welch teuflischer Situation sie sich befanden. Noch während der Nachtstunden hatten sie immer wieder versucht, irgendwie Verbindung mit der PROMET zu bekommen. Aber alle Versuche waren gescheitert. Ebenfalls die, mit dem Kugelraumer Kontakt aufzunehmen. An den Schwarzen Raumer wagten sie sich gar nicht erst heran.

Und dann war es plötzlich passiert. Mitten in einem Gespräch mit Captain Worner hatten sie plötzlich die Anordnung bekommen, alle Hyperfunksendungen sofort einzustellen und den Sender abzuschalten. Wer diesen Befehl erteilt hatte, wußten sie nicht, ebensowenig, wie diese Botschaft in ihre Gehirne gelangt war. Aber alle im Umkreis des Hypersenders und der Zentrale hatten sie vernommen.

Harry T. Orell hatte versucht, diese wahnwitzige Anordnung einfach zu ignorieren. Er ließ weitersenden, und das wäre ihnen allen beinahe schlecht bekommen. Denn sofort glühte das Facettenauge des Schwarzen Raumers auf, sandte als allerletzte Warnung einen meterstarken, blauweiß gleißenden Energiestrahl dicht über das Gebäude hinweg, in dem sich die Hyperfunkzentrale zusammen mit der Raumüberwachung befand.

Als die zu Tode erschrockenen Techniker die Sendung abbrachen und den Sender abschalteten, erlosch auch das Facettenauge des Schwarzen Raumers wieder.

Sie hatten noch ein paar zaghafte Versuche unternommen – immer mit dem gleichen Erfolg: Das Facettenauge des Hantelschiffes glomm unheilvoll auf und erlosch erst wieder, wenn der Sender außer Betrieb war.

Und dann ging es los. Die Space-Police rief pausenlos an. Über Visophon, und dagegen hatte das unheimliche Schiff im Sperrkreis I offenbar nicht das geringste einzuwenden.

Energisch verlangten hohe Dienststellen Aufklärung über die rätselhaften Vorgänge bei der HTO. Man habe Satellitenfotos und soeben sei der Gipfel eines Berges in der Nähe des Großen Sklavensees atomisiert worden ...

Harry T. Orell, der alle diese Gespräche in den vergangenen Stunden persönlich geführt hatte, erging sich in Ausflüchten und vagen Erklärungen. Seine Gesprächspartner merkten das. Aber er hatte einfach keine andere Wahl: Er mußte sie alle hinhalten, denn wenn sie die Wahrheit erkannten, würden sie sich zu Fehlentscheidungen und Handlungen hinreißen lassen, deren Folgen tödlich für sie alle sein mußten. Aber noch eins hatten ihm die Anrufe klargemacht: Die beiden Schiffe waren völlig unbemerkt durch den Kontrollgürtel der Erde gelangt. Kein Schiff der Space-Police und keine der zahlreichen Überwachungsstationen hatte sie geortet!

Seit Stunden schon brütete er entweder vor sich hin, trat an eines der riesigen Fenster des Konferenzsaals und starrte den Schwarzen Raumer an, oder aber er lief wie ein gereizter Tiger im Konferenzsaal auf und ab.

Eben blieb er stehen und sah Peet an, anschließend den Moraner.

»Was habt ihr vor?« fragte er. »Was soll das heißen: *So kann es nicht weitergehen?* Was zum Teufel können wir denn tun, solange dieser Koloß da draußen liegt?«

Er kam nicht dazu, weitere Fragen zu stellen, denn von diesem Moment an überstürzten sich die Ereignisse förmlich.

Eine Sichtsprechverbindung kam zustande. Das Gesicht Pjotr Chronnews erschien auf dem Schirm. Auf seiner hohen Stirn zeichneten sich scharfe Falten ab.

»Mister Orell«, sagte der Präsident der TERRA STATES, und der Tonfall seiner Stimme verhieß nichts Gutes. »Jetzt ist aber Schluß mit dem Theater. Ein ganzer Berggipfel wurde vor wenigen Stunden atomisiert. Ganze Scharen von Reportern sind auf dem Wege dorthin oder befinden sich mit ihren Aufnahmeteams bereits dort. Sie werden auch vor Ihrem Gelände nicht haltmachen. Sie wissen doch selbst, wie es ist, wenn eine sensationshungrige Meute von Reportern sich auf ein solches Objekt stürzt. Im übrigen hat es bereits einige Zwischenfälle gegeben, denn die Maschinen Ihres

Werkschutzes haben einige der Reporter auf recht rauhe Art am Einfliegen in Ihr Areal gehindert. Das gibt einen Wirbel, den Sie bestimmt nicht wieder mit einer lapidaren Erklärung aus der Welt schaffen werden!«

Pjotr Chronnew machte eine Pause.

»Verstehen Sie mich recht, Harry«, benutzte er jetzt wieder die meist zwischen ihnen übliche vertrauliche Anrede, »ich würde Ihnen gerne helfen. Aber ich kann nicht mehr verhindern, daß sich jetzt die World-Police einschaltet. Sie werden in Kürze Besuch bekommen, Harry. Was zum Teufel ist los bei Ihnen?«

Orell holte tief Luft.

»Was ist auf den Satellitenfotos zu sehen, Pjotr?« fragte er. Chronnew spürte die Dringlichkeit dieser Frage.

»Das ist es ja eben – nur ein dunkler Schemen, nein zwei, und zwar in Ihrem Sperrkreis I. Allerdings von immensen Abmessungen.«

»Hört jemand mit, Pjotr?« fragte Orell. Er hatte sich bereits entschlossen, Chronnew gegenüber die Karten auf den Tisch zu legen. »Kann das Gespräch mitgeschnitten werden?«

»Nein, aber was ...«

»Passen Sie auf, Pjotr. Ich zeige Ihnen jetzt etwas. Und dann setzen Sie bitte alles daran, mir ungebetene Besucher vom Halse zu halten. Wir haben nämlich schon Besuch, und zwar gleich zweifachen. Seit heute nacht. Und – wir sind hier nicht mehr Herr unseres Handelns!«

Orell nahm einige Schaltungen vor. Sofort flammten weitere Schirme auf.

Pjotr Chronnew erbleichte. Der Präsident der TST begriff sofort.

»Aber Harry, das ist ja ... das ist ...« Die Worte blieben ihm in der Kehle stecken.

»Unsere PROMET II wurde heute nacht entführt. An Bord befinden sich Raid, Callaghan und Chefingenieur Tak. In dem Kugelraumer neben der Hantel befinden sich wahrscheinlich ebenfalls zwei meiner Leute. Und wir können nichts für sie tun. Der Gebrauch des Hypersenders wurde uns von den Fremden verboten. Als wir nicht spurten, gab der Schwarze Raumer uns eine Kostprobe seiner Macht. Den Erfolg kennen Sie – ein Berggipfel wurde atomisiert. *Das* ist die Lage bei uns! Wenn jetzt noch irgendeiner dieser Dummköpfe da draußen Blödsinn macht, dann kann das Folgen haben, die wir uns noch nicht einmal ausmalen können. Wir ...«

Orell fuhr wie von der Tarantel gestochen herum, als er die lauten Rufe der beiden Moraner und seines Sohnes hörte. Mit wenigen Sprüngen stand er am Fenster und vergaß völlig, daß auch Chronnew über die Konferenzschaltung genau beobachten konnte, was in diesem Moment auf der Piste geschah.

Der Kugelraumer fuhr plötzlich riesige fächerförmige Antennen aus. An der Bugkugel des Schwarzen Raumers wurde plötzlich eine Öffnung sichtbar, ein Trupp von seltsam metallisch wirkenden Wesen trat heraus. Sie waren sehr schlank, etwa 1,70 Meter groß, von humanoidem Körperbau – aber sie besaßen kein Gesicht. Die Vorderseite ihres Kopfes bestand einzig und allein aus einem glitzernden, glühenden Facettenauge.

Peet Orell erinnerte sich schlagartig an die makabren Umstände, unter denen er einem solchen Wesen zum erstenmal begegnet war – auf Pluto, dem äußersten Planeten des Sonnensystems.

Die Robotwesen – jedenfalls hielt Peet sie dafür – eilten mit einer Schnelligkeit, die ihn verblüffte, auf den Kugelraumer zu, bildeten vor dem Schiff einen Halbkreis, und dann schossen armdicke Energiestrahlen aus ihren Facettenaugen hervor.

Die Robotwesen schnitten ein riesiges Loch in den Kugelraumer, und verschwanden dann, sobald die herausgebrannten Platten zu Boden gefallen waren, im Laufschritt im Innern des Kugelraumers.

Unterdessen bewegten sich die fächerförmigen Antennen des Kugelschiffes unablässig. Sie wurden größer, schrumpften wieder zusammen, drehten sich hin und her.

Dann – nur wenige Minuten später – erschienen die Roboter des Hantelschiffs abermals. Zwischen sich führten sie die beiden Menschen, die bis zu diesem Augenblick Gefangene des Kugelschiffes gewesen waren: Mike Castor und Glory Sanders.

»Nein!« brüllte Harry T. Orell.

Es war, als hätten die Robotwesen seinen Schrei gehört. Ruckartig blieben sie stehen und starrten mit ihren glühenden Facettenaugen zu den riesigen Fenstern des Konferenzsaals hinauf.

Und dann hörten sie die Unheimlichen. Vernahmen die Stimme, die schon vor Stunden mit ihnen gesprochen hatte. ›*Euren Gefährten ist nichts passiert, wir mußten sie lediglich aus dem Schiff der Agaren befreien. Ihr werdet bald erfahren, warum. Jetzt vernehmt unsere Botschaft: Ruft jenen Raumer herunter, der den Trabanten eures Planeten umkreist. Er soll die Besatzung des Schiffes sofort an Bord nehmen, das ihr die PROMET nennt. Dann soll dieses Schiff starten, sofort, denn die Zeit drängt. Es soll zu dem größten Planeten eurer Sonne fliegen, dort erwartet euch Xarr, der Agare. Von ihm werden eure Gefährten erfahren, was getan werden muß.*‹

Nach einer kurzen Pause fuhr die Stimme fort: ›*Ihr habt einen unserer Planeten zerstört. Wir haben lange gebraucht, um euch zu finden. Ihr habt euch zu Richtern über uns gemacht. Zu früh, denn das Urteil über euch und eure Welt ist noch nicht gesprochen. Vielleicht könnt ihr aber vieles wiedergutmachen, wenn ihr den Agaren jetzt helft. Wir können es nicht selber tun, ihr werdet erfahren, warum. Aber denkt daran: Auch wenn ihr uns nicht seht, wir werden da sein. Wenn ihr uns braucht, dann könnt ihr uns rufen – mit diesem Signal. Nur mißbraucht es nie, das wäre euer Untergang!*‹

Die Stimme brach ab. In den Gehirnen der Menschen und der beiden Moraner brannte das Signal – unvergeßlich für immer.

Sie sahen, wie die Robotwesen zu ihrem Schiff zurückkehrten. Gleich darauf bewegte sich der Schwarze Raumer, hob ab, schwang langsam herum. Aus seinem Facettenauge zuckte ein unsagbar greller Blitz. Ein zweiter folgte, während Peet und seine Gefährten ihre Köpfe schützend in den Armen bargen.

Als sie wieder aufblickten, war an der Stelle, an der sich eben noch der Kugelraumer befunden hatte, nur noch ein schimmernder, pulsierender Fleck, der nach und nach verschwand. Lediglich auf der Piste des Sperrkreises I blieb eine kreisrunde Fläche von genau hundert Metern im Durchmesser zurück, die aussah wie leuchtendes grünes Glas.

Und dann sahen sie noch etwas: Zwei Menschen, die Hand in Hand auf die Hyperfunkzentrale der HTO zuliefen.

Der Schwarze Raumer war ebenfalls verschwunden, spurlos, so, wie er vor Stunden gekommen war.

»Himmel!« krächzte Doc Ridgers. »Das war die miserabelste Vorstellung, der ich je beigewohnt habe, und wenn ich ehrlich bin, dann glaube ich, daß das alles gar nicht wahr ist! Diese verdammten Wesen aus dem Kugelraumer haben uns genarrt, wir ...«

»Nein, Doc. Es stimmt alles, was Sie gesehen und gehört haben. Auch der Schwarze Raumer war hier. Und wir werden innerhalb der nächsten Stunde mit der MORAN zum Planeten Jupiter aufbrechen. Das ist unsere einzige Chance, denn diese Robotwesen meinen es ernst. Sie werden wiederkommen. Und ich ahne, daß wir ihnen nicht zum letzen Mal begegnet sind. Ich begreife das alles so wenig wie Sie, aber ich weiß, daß alles, was wir in den letzten Stunden erlebt haben, absolute Realität war!«

Arn Borul stand hochaufgerichtet im Konferenzsaal. Seine schockgrünen Augen loderten. Aber er sprach nicht über das, was ihn in diesem Moment erfüllte, nicht über die schrecklichen Bilder, die seine Erinnerung durchfluteten. Er wirkte äußerlich beherrscht, konzentriert.

Junici trat auf ihn zu, berührte ihn leicht mit ihren Händen.

Er sah seine Gefährten an, neigte den Kopf mit dem schulterlangen Silberhaar leicht zur Seite.

»Die MORAN kommt!« sagte er dann leise. »Laßt uns allein!« Er wollte fort, blieb aber nochmals stehen, sah Harry T. Orell an.

»Mister Orell, veranlassen Sie bitte, daß die gesamte Ausrüstung der Funk-Z der PROMET in die MORAN geschafft wird. Und geben Sie Yonker Bescheid, er befindet sich in der Hyperfunkzentrale der HTO.«

Harry T. Orell starrte dem Moraner nach, als der sich nach diesen Worten eilig entfernte. Dann legte er seinem Sohn Peet die Rechte auf die Schulter.

»Macht es gut, Peet! Meldet euch. Ich muß das alles erst einmal verkraften. Außerdem muß ich jetzt sehen, daß ich die Dinge hier unten wieder in den Griff bekomme ...«

Pjotr Chronnew fiel ihm plötzlich ein. Auch, daß der Präsident der TST über die Konferenzschaltung Zeuge dieser unerhörten Vorgänge geworden war. Harry trat wieder vor die Aufnahmeoptik.

»Pjotr – werden Sie mir helfen? Dies alles ist für einen Mann allein zuviel. Auch ich bin nur ein Mensch, Pjotr ...«

Pjotr Chronnew nickte. Zu sprechen vermochte er in diesem Augenblick nicht.

# 19.

Es dauerte keine halbe Stunde, dann traf die MORAN bereits Startvorbereitungen. Alles, was Peet Orell und seine Gefährten benötigten, wurde von Mark Bolden und seinen Leuten verladen.

Captain Worner saß zusammen mit Peet, Arn und Junici, Doc Ridgers, Ekka und Yonker in der Kommando-Zentrale der MORAN. Unter seinen steingrauen Augen zeichneten sich dunkle Ringe der Übermüdung ab.

Ridgers sah das nicht ohne Sorge.

»Wieviel Zeit haben wir noch bis zum Start, Captain?« fragte er.

Worner runzelte die Stirn.

»Wir starten sofort, wenn Bolden und seine Männer fertig sind. Warum fragen Sie, Doc?«

»Weil wir alle Schlaf brauchen, Captain. Keiner von uns weiß, was auf uns wartet, wenn wir erst Kontakt mit den Entführern der PROMET aufgenommen haben. Was die Robotwesen uns wissen ließen, klang nicht gerade erheiternd, ganz abgesehen von der versteckten Drohung, die in ihrer unheimlichen Botschaft steckte. Denken Sie daran, was Ihnen Callaghan, Raid und Tak aus dem T-Boot berichtet haben. Um es kurz zu machen, Captain: Es gibt an Bord Ihres Schiffes bestimmt jemand, der Sie vertreten kann, bis wir beim Jupiter sind. Ich denke, wir werden unsere Kräfte dort alle noch brauchen!«

Er sah, wie Worner zögerte. Aber Peet und die beiden Moraner kamen ihm zu Hilfe.

»Okay, einverstanden!« gab sich der hagere Captain, der über eine eiserne Konstitution verfügte, endlich geschlagen. »Ich werde Captain Murdock das Kommando bis zum Jupiter übergeben. Ich werde allerdings anordnen, uns sofort zu wecken, falls sich das T-Boot meldet, okay? Solange es das zwischen uns vereinbarte ständige Signal sendet, besteht für seine Besatzung keine Gefahr. Allerdings meine ich, daß wir ihnen noch mitteilen müßten, was inzwischen auf unserer guten alten Erde geschehen ist!«

Alle stimmten zu.

Vivien, Jörn und Pino machten große Augen, als sie die seltsame Botschaft vernahmen. Jörn schüttelte den Kopf.

»Drüben auf der PROMET rührt sich nichts. Die Agaren reagieren auf keinen unserer Anrufe. Aber die PROMET korrigiert immer häufiger ihren Kurs. Die Agaren scheinen immer unruhiger zu werden, je mehr wir uns dem Jupiter nähern. Und wenn mich nicht alles täuscht, dann ist unser Ziel der Mond Kallisto, jedenfalls errechnete das die Tronik der PROMET, die wir vom Boot aus ungehindert abfragen können!«

Er machte sich eine Weile an den Kontrollen zu schaffen.

»Wir werden euren Vorschlag jetzt ebenfalls befolgen und stundenweise schlafen. Zwei von uns werden wachen, während der dritte schläft. Solange ihr unser Signal empfangt, ist alles in Ordnung. Bei der gegenwärtigen Geschwindigkeit, mit der die PROMET sich durch den Raum bewegt, erreichen wir Jupiter frühestens in acht bis zehn Stunden. Wenn ihr einen Raumsprung innerhalb des Sonnensystems riskiert, könnt ihr uns vielleicht sogar noch einholen ...«

Aber Peet schüttelte energisch den Kopf.

»Nein, Jörn. Nur wenn wirklich Gefahr im Verzuge ist, sonst auf keinen Fall. Meldet euch aber auf alle Fälle jede Stunde, okay?«

Jörn nickte, dann schaltete er ab.

Eine halbe Stunde später hob die MORAN von der Piste des Sperrkreises I ab. Ihr schlanker, spindelförmiger Rumpf blitzte in den Strahlen der hochstehenden Sonne, die riesigen Direktsichtscheiben der Beobachtungskuppel im ersten Drittel des Schiffes funkelten.

Dann war die MORAN im tiefen Blau des Himmels verschwunden.

* * *

Xarr und seine Gefährten waren über alles genauestens im Bilde, was sich auf der Erde zugetragen hatte.

In Xarr keimte wieder Hoffnung – er wußte plötzlich, daß der Schwarze Raumer in diesem Augenblick, in dem es für sie um Leben und Tod ging, zu einem mächtigen Bundesgenossen geworden war. Vergeblich grübelte er, um die Herkunft des riesigen Schiffes zu ergründen, aber es gelang ihm nicht. Auch über die Beweggründe jener Wesen mit den Facettenaugen, ihnen zu helfen, vermochte er nichts in Erfahrung zu bringen. Nicht einmal das Gehirn des von ihnen schließlich zerstörten Kugelraumers hatte das geschafft – die mentale Struktur der unheimlichen Freunde aus den Tiefen des Universums war ein Rätsel geblieben.

Xarr warf einen Blick auf die drei Kugelschirme der PROMET. Er sah das Raumboot, in dem die drei Terraner ihnen nun schon seit ihrer Flucht folgten. Er sah den riesigen Planeten, dem sie sich unaufhaltsam näherten, jenen merkurgroßen Mond, der eben hinter der Planetenscheibe hervorkam und der ihr Ziel war.

Xarr spürte, wie schwach er bereits war und daß es allerhöchste Zeit wurde, an Bord des Mutterschiffes AGAR III zurückzukehren, um den Verfall durch die Lebensscheiben im Schlafhangar zu verlangsamen. Nur so hatten er und seine Gefährten überhaupt eine Chance, ihr Heimatsystem, eine einsame Sonne zwischen diesen beiden einander benachbarten Galaxien, wieder lebend zu erreichen.

Er warf einen Blick auf seine Gefährten. Auch ihnen war der nun schnell fortschreitende Verfall anzusehen.

Mit Erschrecken wurde ihm klar daß er die Kraft nicht mehr besaß, diesen Raumer in die AGAR III einzufliegen, den Fremden zu erklären, was sie zu tun hatten, und sich sodann noch in den Hangar des Lebens zu begeben. Er begriff, daß er nicht mehr länger zögern durfte, er mußte die drei Terraner bitten, wieder an Bord zu kommen, mußte sie in alles einweihen.

Sein Plan war ein anderer gewesen. Und wenn die Entführung dieses Raumers nicht so ein Fehlschlag gewesen wäre, dann hätten die Fremden ihnen helfen müssen, ohne je zu erfahren, wo sich die Sonne Agar befand und welche Aufgabe die Agaren schon seit Jahrtausenden erfüllten, bis jene unerklärlich lange Schlafperiode sie befallen hatte, aus der sie erst vor kurzer Zeit wieder erwacht waren.

Xarr wußte inzwischen, daß schlimme Dinge geschehen waren, während sie schliefen. Daß ein gewaltiger Krieg die Galaxis durchtobt hatte, in der sie sich gegenwärtig befanden, daß viele Rassen, die sie einst oft bei sich zu Gast gehabt hatten vor dem großen Sprung, nicht mehr existierten. Und Xarr wußte auch, daß die Schwarzen Raumer, von denen sich einer so nachdrücklich bei den Terranern für ihre Rettung eingesetzt hatte, an diesem billionenfachen Tod, an dieser Zerstörung ganzer Welten und Systeme, an der Zerschlagung uralter Reiche zwischen den Sternen maßgeblich beteiligt gewesen waren. Er wußte das so gut, wie die Terraner es wußten – und deshalb stand Xarr vor einem Rätsel.

Wem sollte er trauen? Den Terranern? Den Wesen mit den Facettenaugen, die auch bei jenem Zwischenfall auf dem Planeten Erde wieder ihre Macht demonstriert hatten?

Er hatte keine Wahl.

Corr, Garrar und Cerr sahen ihn aus ihren müden Augen an, als er ihnen seine Überlegungen mitteilte.

»Ich werde mich jetzt mit den Terranern in Verbindung setzen!« entschied er. »Sie müssen dieses Schiff wieder übernehmen, wir werden uns ihnen ausliefern müssen, ob wir wollen oder nicht!«

Corr und die beiden anderen stimmten zu, und Xarr aktivierte auf einen Zuruf den *Phonsens* des Interkom. Er wußte, daß er eine Menge Kraft sparen konnte, wenn er sich den Terranern auf diesem Wege mitteilte.

\*\*\*

Als Xarr sich meldete, war Vivien so geistesgegenwärtig, sofort eine Verbindung zur MORAN herzustellen.

»Mithören, die anderen wecken!« konnte sie gerade noch sagen, ehe die hellen Augen Xarrs, die in diesem Moment noch einmal ihre alte Kraft auszustrahlen schienen, sie sahen.

Captain Murdock schlug Alarm, drückte blitzschnell die Taste für die Konferenzschaltung an Bord der MORAN.

Worner, Peet Orell und auch die anderen Besatzungsmitglieder der PROMET II waren sofort hellwach. Der starke Sender des T-Bootes gewährleistete eine einwandfreie Übertragung.

Xarrs Züge belebten sich.

»Es war eine gute Idee, Terranerin, deine Gefährten zuzuschalten. Was ich euch mitzuteilen habe, geht sie gleichermaßen an. Ich weiß auch, daß der Schwarze Raumer euch ein Ultimatum gestellt hat – das war nicht geplant, auch ich kenne die Hintergründe seines Handelns nicht, weiß nicht, woher er kam und was er weiterhin zu tun beabsichtigt. Ich weiß lediglich, welche Rolle diese Schiffe in der Vergangenheit innerhalb eurer Galaxis gespielt haben.«

Xarr sammelte sich einen Augenblick. Und dann brachen plötzlich seine Impulse über die Menschen im T-Boot und in der MORAN herein. So intensiv und so vielfältig, daß sie nicht auf Anhieb in der Lage waren, zu erkennen, was Xarr ihnen auf telepathischem Wege mitteilte.

Der Agare schien das zu wissen, denn als er nach einem Moment totaler Erschöpfung sich wieder akustisch meldete, spürten Terraner wie Moraner, daß sich ihr Wissen zu ordnen, zu formieren begann.

»Alles, was ich euch soeben mitgeteilt habe, wird euch in dem Moment voll zur Verfügung stehen, wenn ihr es benötigt«, erklärte er. »Ihr werdet imstande sein, unseren Raumer zu unserer Welt zu fliegen, ihr werdet die Fragen der Wächterautomatik beantworten können, und ihr werdet die Kavernen im Innern Angars, unserer Welt, finden können, in die wir müssen, um uns zu regenerieren. Unser Fehler war, nicht zu beachten, daß sich mit jener langen Schlafperiode auf unerklärliche Weise auch unser Lebensrhythmus verändert hatte. Wir wagten uns zu tief in eure Milchstraße hinein und wurden vom viel zu früh einsetzenden Kräfteverfall überrascht. Zwar haben unsere Schiffe Anlagen, die ein provisorisches Kräftesammeln ermöglichen und unseren Aktionsradius vergrößern helfen, aber sie reichen in diesem Fall nicht mehr aus. Erreichen wir die Kavernen Angars nicht rechtzeitig, werden wir vergehen und mit uns jene Sprungstation, die nun schon seit undenklichen Zeiten raumfahrenden Rassen als Brücke zwischen eurer und jener Galaxis dient, die ihr den großen Andromeda-Nebel nennt.«

Xarr machte abermals eine Pause und fuhr dann fort:

»Ihr werdet diese Sprungstation brauchen, denn ihr seid eine Rasse, die erst am Anfang ihrer galaktischen Entwicklung steht. Und es gibt bisher auch noch keinen uns bekannten Raumer, der diese Entfernung aus eigener Kraft, ohne unsere Hilfe, überwinden kann. Vielleicht ist das der Grund, warum kein Schiff unsere Welt je angriff.«

Xarr unterbrach sich in immer kürzeren Abständen.

»Kommt jetzt wieder an Bord der PROMET. Sagt euren Freunden, falls sie mich nicht mehr empfangen können, weil ich zu schwach geworden bin, daß sie sich beeilen sollen. Ihr drei allein könnt uns nicht helfen. Ich muß mich jetzt schonen, denn in unserem Schiff muß ich der Wächterautomatik noch eure Mentalstruktur eingeben, oder die Tore Angars werden uns und euch verschlossen bleiben.

Die Sicherheitssphäre um eure Kommando-Zentrale, die ich verriegelt hatte, ist wieder offen. Wir werden uns jetzt in den Raum eures Schiffes zurückziehen, den ihr die Medo-Station nennt. Kommt nicht herein und stört uns nicht. Wir werden da sein, sobald ihr uns braucht.«

Jörn, Vivien und Pino sahen einander an.

»Wir fliegen wieder zur PROMET zurück!« sagte Jörn dann schließlich. »Ich glaube nicht, daß Xarr uns in eine Falle locken will!«

Vivien und Pino stimmten zu. Während Jörn das T-Boot beschleunigte, gab Vivien ihren Entschluß der MORAN bekannt.

»Wenn ihr meine Meinung wissen wollt dann solltet ihr jetzt doch einen Sprung riskieren. Es geht, wir haben es mit der PROMET bei den Nekroniden bewiesen, als wir keine andere Möglichkeit hatten den Schutz-Halo zu durchbrechen. Und das war bestimmt um einiges schwieriger!«

Worner sah das schwarzhaarige Girl aus seinen steingrauen Augen an.

»Geht in Ordnung!« sagte er dann. »Wir sind gleich da!«

Er machte sich auf den Weg zur Kommando-Zentrale, führte ein kurzes Gespräch mit Professor Wallis, seinem Chefnavigator und Astro-Experten. Wenig später lief der Countdown.

\*\*\*

Hundert Meilen von der PROMET entfernt rematerialisierte die MORAN. Jörn, Vivien und Pino beobachteten, wie das Schiff aus dem Nichts zu fallen schien. Ein milchig-weißer Fleck, der einen winzigen Moment lang wie ein Nebel zwischen den nadelfeinen Punkten der Sterne hing, dann schnell Konturen bekam und plötzlich übergangslos als kompletter Raumer durch das Universum auf sie zu glitt.

Sie hatten dieses Schauspiel schon so manches Mal gesehen, aber es faszinierte sie immer wieder aufs neue.

In der MORAN waren Peet und seine Freunde nicht so recht bei der Sache. Ihnen ging etwas anderes durch den Kopf. Arn Borul unterbrach nach der Transition als erster das Schweigen.

»Eine Sprungstation zum großen Andromeda-Nebel!« sagte er in die Stille hinein. Sie hatten gemeinsam viele Raumsprünge über hunderte von Lichtjahren ausgeführt, sie waren mit der PROMET in fremden Sonnensystemen gewesen, hatten den Abgrund der Unendlichkeit, der sie vom heimatlichen System trennte, empfunden. Aber der Sprung zum Andromeda-Nebel – das war etwas anderes. Das hieß, eine Entfernung von 2,5 Millionen Lichtjahren zu überbrücken. Eine Zahl, so ungeheuer, daß sich niemand von der PROMET-Crew auch nur entfernt eine konkrete Vorstellung davon machen konnte.

Sie wußten jetzt, jene Sprungbasis der Agaren lag irgendwo zwischen der Milchstraße und der ihr benachbarten Andromeda-Galaxis. In der gravitationsfreien Zone wahrscheinlich, dort, wo die Kräfte der beiden Galaxien einander die Waage hielten. Aber selbst dann betrug die Sprungdistanz immer noch weit über eine Million Lichtjahre! Das war eine so gewaltige Entfernung, daß jeder von ihnen Zeit brauchte, um damit fertig zu werden. Hinzu kamen noch die äußerst mysteriösen Umstände, unter denen die ganze Aktion stattfand, das Ultimatum dieses unheimlichen Schwarzen Raumers, das ihnen gar keine andere Wahl ließ.

Sie wurden durch einen Anruf der PROMET jäh aus ihren Gedanken gerissen.

Jörn Callaghan erschien auf dem Interkom-Schirm.

»Kommt jetzt möglichst rasch an Bord, Peet. Unser vorläufiges Ziel ist klar, Xarr hat es mir soeben mitgeteilt: Kallisto. Dort liegt das Schiff der Agaren in einer Ebene zwischen spitzen, nadelförmigen Felsen. Xarr ließ mich wissen, daß wir ungehindert mit der PROMET in den Raumer einfliegen können ...«

Peet Orell runzelte die Stirn.

»Einfliegen – mit der PROMET? Jörn, das bedeutet, daß dieses Schiff ungeheuer groß sein muß!«

Callaghan hob nur die Schultern.

Peet Orell nickte schließlich.

»Worner, docken Sie mit der MORAN an die PROMET an, wir steigen durch die Schleusen direkt um. So verlieren wir keine Zeit damit, erst die Beiboote auszuschleusen.«

»Und die Anlagen der Funk-Z?« fragte der Captain.

»Später, auf dem Kallisto. Yoko Maru und ihre Spezialisten sollen sich schon fertigmachen, sie müssen uns bei der Montage helfen.« Peet schwang in seinem Sitz herum und sah Jörn an, der zusammen mit Vivien und Pino über Interkom mitgehört hatte.

»Kannst du mit Xarr noch wieder Verbindung aufnehmen?«

Sein Freund hob die Schultern.

»Warte, ich versuche es ….«

Er hatte noch nicht zu Ende gesprochen, als die hellen Augen des Agaren auf dem Schirm erschienen. Er schien sich in der Zwischenzeit wieder etwas erholt zu haben.

»Ich habe deine Gedanken gelesen, Terraner. Eure beiden Schiffe werden in unserem Hangar keinen Platz finden. Auch drängt die Zeit zu sehr, als daß wir den Start der AGAR III noch verschieben könnten. Mein Rat: Übernehmt die Aggregate eurer Funkzentrale in jener Ebene, auf der unser Raumer liegt, montiert sie aber, während wir bereits gestartet sind. Eines eurer Schiffe muß hier zurückbleiben.«

Arn tauschte einen raschen Blick mit Junici. Dann sah er Yonker an. Der hatte die gleichen Gedanken wie der Moraner.

»Worner«, fragte Arn, »können Sie Maru und ihre beiden Spezialisten entbehren? Wir sind auf der PROMET für den bevorstehenden Flug hoffnungslos unterbesetzt. Außerdem wäre es gut, wenn Sie uns Sergeant Maxwell und eine Gruppe Ihrer Männer überlassen könnten ….«

Captain Worner überlegte nur einen winzigen Moment lang.

»Murdock!« sagte er dann zu seinem Ersten Offizier. »Sie übernehmen bis auf weiteres das Kommando über die MORAN. Ich werde zusammen mit Sergeant Maxwell und seiner *Feuerwehr* an Bord der PROMET gehen, außerdem ….«

Er hatte bereits eine neue Verbindung über Interkom hergestellt, das hübsche Gesicht der zierlichen Japanerin, die Chefin der Funk-Z der MORAN war, erschien. Worner erklärte ihr knapp, worum es ging. Sie nickte nur kurz.

»In ein paar Minuten bin ich fertig, Sir!« sagte sie. »Ich werde mit McDrury und Cannon in der Steuerbordschleuse auf Sie warten.«

»Danke, Miss Maru«, sagte Worner. Dann informierte er Maxwell.

»Okay, Sir«, sagte der nur. »Wir werden inzwischen alles zum Ausladen der Funk-Z-Einrichtung der PROMET vorbereiten. Wir kommen dann mit den Geräten an Bord!«

Peet Orell mußte grinsen.

»Klappt ja wie am Schnürchen, Worner!« sagte er anerkennend. »Ich glaube, man erzählt sich nicht zuviel von Ihrer Crew!«

\*\*\*

Die PROMET und die MORAN erreichten den Jupitermond eine knappe Stunde später. Die riesige Scheibe des Jupiter stand vor dem samtschwarzen Hintergrund des Universums. Breite Wolkengürtel zogen auf dem Riesenplaneten dahin, einer der großen Monde warf seinen Schatten auf ein Gebiet, in dem in diesem Moment Stürme tobten, von denen sich ein Mensch kaum einen Begriff machen konnte.

Die Oberfläche des atmosphärelosen Mondes Kallisto kam näher. Er befand sich zu dieser Zeit noch vor der Tagseite seines Mutterplaneten und wurde durch das vom Jupiter reflektierte Sonnenlicht so stark aufgehellt, daß die Besatzungen der beiden Raumer jedes Detail mühelos zu erkennen vermochten. Sie sahen bizarre Felsformationen, weite sandige Ebenen, nadelspitze Grate, die sich hoch in den sternenübersäten Himmel reckten. Irgendwo zwischen ihnen stand die Sonne – ein kleines, aber blendend helles Scheibchen.

Und dann erblickten sie das Kugelschiff der Agaren. Sie wurden sogleich an jenen Raumer erinnert, den sie einst am Rande des Sonnensystems aufgespürt hatten, der jetzt unter der Bezeichnung BASIS I seine weite Bahn um die Sonne zog. Aber die AGAR III unterschied sich deutlich von BASIS I. Sie war nicht so groß, besaß »nur« einen Durchmesser von etwa dreihundert Metern. Ihr Druckkörper war an den beiden Polen stark abgeplattet. In der Mitte des Raumers zog sich eine Kette von großen kreisrunden Fenstern entlang, aus denen grünliches, selbst aus dieser Entfernung wohltuendes Licht drang. Ansonsten wirkte der Kugelraumer glatt, keinerlei Reflektoren oder Sensoren waren auf seinem Druckkörper auszumachen. Lediglich ein feines Raster von Linien, die sich in immer wiederkehrendem Rhythmus zu Kreisen erweiterten, überzog das schimmernde Metall.

Peet betrachtete das fremde Schiff, während die PROMET und die MORAN der Oberfläche des Jupitermondes entgegensanken. Dann drehte er sich abrupt herum.

»Wir müssen uns alle darüber im klaren sein, daß wir mit der PROMET aus eigener Kraft nicht Millionen von Lichtjahren überwinden können. Wenn wir unsere Raumyacht mitnehmen, dann nur, um sie am Zielort zur Verfügung zu haben oder um eine Wohn- und Lebenszelle zu besitzen, die unseren Bedürfnissen entspricht. Ohne die Hilfe der Agaren werden wir nicht ins Sol-System zurückkehren können.«

Eine Zeitlang herrschte Schweigen in der Kommando-Zentrale der PROMET. Insgeheim wartete jeder von ihnen darauf, daß Xarr sich melden würde. Aber er schwieg. Ganz dunkel tauchte in ihren Gehirnen der Schwarze Raumer auf – ihnen allen war klar, daß dieses Schiff mit der ganzen Aktion in irgendeinem Zusammenhang stehen mußte. Doch jeder von ihnen verdrängte diesen Gedanken so rasch wie möglich wieder....

Die beiden Raumer landeten in unmittelbarer Nähe des Kugelschiffs. Sofort wurden Sergeant Maxwell und seine Männer aktiv. Auf Antigravplatten schafften sie Aggregat um Aggregat der Funk-Z in die PROMET. Auch jetzt rührten sich Xarr und seine Gefährten nicht. Sie lagen nach wie vor in der Medo-Station der PROMET in einer Art Tiefschlaf. Doc Ridgers war bei ihnen, er hatte die Anweisung Xarrs, sie nicht zu stören, kurzerhand ignoriert. Der Doc wollte wissen, was mit diesen eigentümlichen Wesen los war und vor allen Dingen, ob er ihnen irgendwie helfen konnte. Aber die Agaren besaßen eine Körperstruktur, die sich trotz ihres humanoiden Äußeren so stark von der eines Menschen oder eines Moraners unterschied, daß Ridgers völlig hilflos war. Er wagte nichts zu unternehmen.

Die Verladearbeiten der Maxwell-Gruppe waren abgeschlossen.

Peet stand zusammen mit Captain Worner im Raumanzug auf dem Jupitermond Kallisto.

»Wir müssen die Agaren jetzt wecken!« sagte er mit einem Blick auf den Kugelraumer. »Oder können Sie mir sagen, wie wir sonst mit unserer PROMET in dieses Monstrum hineinkommen sollen?«

Es war, als habe Peet Orell mit dieser Bemerkung dem Kugelschiff ein Stichwort gegeben.

Im unteren Teil des Raumers entstand eine Öffnung. Teile der Wandung glitten zurück. Ein riesiger Hangar wurde sichtbar, der mit der gleichen wohltuenden grünen Helligkeit angefüllt war, wie sie aus den Fenstern in der Mitte des Schiffes drang.

Arn Borul meldete sich aus der Zentrale der PROMET. Orell und Worner spürten die Erregung in der Stimme des Moraners.

»Peet, dieses Kugelschiff ist ein Transporter!« sagte er. »Der untere Teil seiner Zelle ist als Hangar ausgebildet. Ich kann das von hier aus über die Kugelschirme besser sehen als ihr. Der Hangar ist zur Aufnahme unterschiedlichster Raumertypen eingerichtet. Das kann nur eins bedeuten, Peet: Die Agaren haben von ihrer Sprungstation aus schon oft andere Raumer ans eigentliche Ziel ihrer Reise transportiert, zur Andromeda-Galaxis! Möglicherweise haben sie sogar Raumer in ihrem heimatlichen System abgeholt, oder am Rande unserer Milchstraße in Empfang genommen. Es muß schon seit Jahrtausenden zwischen den Galaxien eine riesige Organisation bestanden haben, die den Verkehr zwischen ihnen abwickelte. Aber warum? Haben denn schon damals Sternenreiche existiert, die einen so engen Kontakt miteinander unterhielten, daß sie sich die Mühe machten, eine solche Organisation aufzubauen, und mehr noch, eine ganze Sprungstation zu bauen? Kannst du dir die Schwierigkeiten vorstellen, die es gemacht haben muß, ein solches Projekt durchzuführen? Und welche Rolle spielen in dieser ganzen Sache die Agaren, die Schwarzen Raumer? Wie konnte es denn überhaupt unter solchen Voraussetzungen zur Katastrophe eines Galaktischen Krieges kommen? Und wie verhinderte man, daß die Sprungstation während dieses Krieges mißbraucht wurde – oder hat jener Krieg auch in der Andromeda stattgefunden?«

Der Moraner schwieg einen Augenblick, hinter seiner hohen Stirn arbeitete es angestrengt.

»Ich glaube, Peet, wir werden unser gesamtes vermeintliches Wissen völlig in Frage stellen müssen. Ich bin gespannt darauf, was wir jenseits der Milchstraße vorfinden werden!«

»Kommen Sie, Worner!« sagte Peet. »Kehren wir an Bord unserer PROMET zurück, damit das Schiff einfliegen kann. Was machen wir mit Ihrer MORAN?«

»Ich habe Murdock Anweisung gegeben, bis auf weiteres hier auf Kallisto zu bleiben und ständig Kontakt zur HTO zu halten. Außerdem müssen Suuk und Riddle verständigt werden.«

Sie kehrten an Bord der PROMET zurück. Gleich darauf hob die Yacht ab und glitt zum Kugelschiff der Agaren hinüber. Als sie in die grüne Helligkeit des Hangars tauchte und schließlich dort auf den vorbereiteten Verankerungen aufsetzte, erschienen plötzlich Xarr und seine Gefährten in der Kommando-Zentrale.

Xarr wandte sich an Vivien und Jörn.

*›Bringt uns jetzt in den Hangar des Lebens. Sagt euren Freunden, daß sie uns begleiten sollen – alle, die sich an Bord dieses Schiffes befinden, müssen sich einer Mentalanalyse des Bordgehirns unterziehen, oder die Wächterautomatik Angars wird euch den Einflug verwehren.‹*

Er teilte sich rasch seinen drei Gefährten mit, gab ihnen einige Anweisungen. Und plötzlich erschien in den Gehirnen der Menschen und der beiden Moraner ein genaues Informationsbild dessen, was sie tun mußten, um die Analyse durchführen zu lassen.

Anschließend teilte sich Xarr ihnen noch einmal mit, und wieder sahen sie, wie seine eben noch mobilisierten Kräfte schnell zu schwinden begannen.

*›Nach der Analyse werdet ihr ganz auf euch selbst gestellt sein. Niemand kann euch dann mehr helfen, auch meine Gefährten und ich nicht. Ihr dürft uns aus unserem Tiefschlaf nicht mehr wecken, das wäre unser sicherer Tod. Kommt jetzt, folgt uns!‹*

Xarr glitt davon. Sie konnten nicht erkennen, ob die Agaren vor ihnen sich auf oder über dem Boden bewegten. Es war für ihre Augen nicht mehr zu unterscheiden.

Der Hangar des Kugelschiffs hatte sich geschlossen, eine seltsam würzige Atmosphäre erfüllte ihn, und sie konnten ihre Druckanzüge an Bord der

PROMET zurücklassen. Vor der Backbordschleuse der Yacht versammelte sich die Mannschaft, zusammen mit Worner, Yoko Maru, den anderen Funkern und der Maxwell-Gruppe; fünfundzwanzig Personen – drei mehr, als die vollständige Crew der PROMET sonst zählte.

Sie blieben abrupt stehen, als eine leichte Erschütterung und das tiefe Brummen schwerer Aggregate im Innern des Schiffes ihnen anzeigte, daß der Kugelraumer startete.

Peet wandte sich den Männern und Frauen zu.

»Nach der Analyse begeben sich außer Captain Worner, den Boruls, Vivien Raid, Ben Ridgers, Szer Ekka und Jörn Callaghan alle anderen Besatzungsmitglieder wieder an Bord der PROMET II und sorgen dafür, daß das Schiff während des gesamten Fluges in diesem Kugelraumer jederzeit startklar ist. Keiner von uns weiß, was passiert, deshalb müssen wir uns absichern. Sollte ein Notfall eintreten, der uns andere daran hindert, noch rechtzeitig an Bord zu kommen, übernehmen Tak und Yonker das Kommando über die PROMET!«

Damit setzte er sich wieder in Bewegung und folgte den vier Agaren, die bereits Impulse der Ungeduld ausstrahlten.

\*\*\*

Die PROMET lag in der Mitte des riesigen Hangars, ein zylindrischer Raum von rund zweihundertfünfzig Metern Durchmesser und einer Höhe von etwa hundert Metern. An den Wänden zogen sich blitzende Armaturen entlang, schwere Hydraulikarme, Schneidwerkzeuge und was sich ein Techniker überhaupt zu denken vermochte. Peet und seinen Gefährten wurde klar, daß dieser Kugelraumer der Agaren nicht nur als Transporter diente, sondern auch auf schwierigste Reparaturen eingerichtet war und wahrscheinlich eine Art Universalraumer darstellte, dessen Verwendungsmöglichkeiten nahezu unbeschränkt sein mußten.

Das Schiff vibrierte. Irgendwo über oder unter ihnen wummerten schwere Aggregate, und trotz der Andruck-Absorber spürten sie alle, daß es stark beschleunigte.

Xarr und seine Agaren erreichten eine Zone am Rand des Hangars, wo in regelmäßigen Abständen schimmernde Platten in den Boden eingelassen waren.

›Hier trennen sich nun unsere Wege!‹ teilte Xarr sich ihnen mit, und Arn Borul spürte, welche Anstrengungen ihn diese Impulse bereits kosteten. ›Vielleicht ist es für uns noch nicht zu spät – wir werden es wissen, sobald wir uns im Innern Angars befinden. Laßt jetzt die Analyse vornehmen, tretet jeder auf eine der Schwebeplatten, alles andere besorgt das Gehirn unseres Schiffes.‹

Xarr und seine drei Gefährten schwebten davon. Irgendwo vor ihnen, hoch oben in der Decke des Hangars, entstand eine Öffnung. Ein grünlicher Lichtvorhang breitete sich aus, verschluckte die Agaren.

Der Moraner berührte Peet Orell leicht am Unterarm, und Peet wandte sich ihm zu.

»Eines begreife ich nicht, und weder Xarr noch einer der anderen hat diesen Punkt erwähnt: Wenn dieses Kugelschiff über eine derart vollendete Automatik verfügt – wozu brauchen die Agaren dann eigentlich uns? Das Schiff wird ohne unser Zutun zu ihrer Welt zurückfliegen und dort irgendwo landen ...«

Der Moraner schüttelte den Kopf. Irgend etwas bei dieser ganzen Sache war ihm nicht geheuer.

Ben Ridgers hatte seine Worte ebenfalls gehört, denn er stand mit Vivien und Jörn ganz in der Nähe.

»Ich könnte mir denken«, schaltete er sich ein, »daß dieser Raumer nur begrenzte Möglichkeiten hinsichtlich seiner automatischen Funktionen besitzt. Wir werden wahrscheinlich nach der Analyse voll die Aufgaben seiner einstigen Besatzung übernehmen müssen, die irgendwo in diesem Schiff im Tiefschlaf liegt. Außerdem wird dieser Raumer über eine Art Mentalsteuerung verfügen – ich habe mich in der HTO mit Castor und Sanders kurz über ihre Erlebnisse unterhalten können. Sie haben mir ein solches Bild von dem anderen Kugelschiff vermittelt. Außerdem wird es meiner Ansicht nach notwendig sein, daß wir auf Angar aktiv ins Geschehen eingreifen, denn diese Wesen befinden sich offenbar in einer Art Schlafperiode. Xarr und die anderen werden selbst nicht in der Lage sein, zu tun, was zur Erhaltung ihres Lebens geschehen muß. Deshalb auch die

Forderung des Schwarzen Raumers, sofort mit der PROMET-Crew aufzubrechen.«

Vivien warf Ridgers einen Blick zu, der unmißverständlich zum Ausdruck brachte, was sie dachte.

»Doc«, sagte sie, »in letzter Zeit werden Sie mir manchmal fast unheimlich. Es ist noch gar nicht lange her, da waren sie in technischer Hinsicht oft hilflos wie ein Säugling. Jetzt hingegen vermögen Sie sich in technische und ähnliche Probleme hineinzudenken wie kaum ein anderer von uns. Haben Sie dafür eine Erklärung, Ben, oder haben sie früher ganz einfach Theater gespielt?«

Ridgers konnte sich ein Grinsen nicht verkneifen. »Wissen Sie, Vivien, das menschliche Gehirn dient im besonderen Maße dazu ....«

Weiter kam er nicht. Vivien funkelte ihn an.

»Witzbold!« sagte sie und sah Peet und den Moraner an.

»Ich schlage vor, daß wir uns jetzt der Analyse unterziehen.«

Ihre Gefährten nickten ihr zu.

Peet gab das Zeichen, und die PROMET-Crew verteilte sich auf die schimmernden Platten. Gleich darauf hoben diese vom Boden ab und glitten mit ihnen auf rund um den Hangar verteilte schachtähnliche Öffnungen zu. Dann stiegen sie im Kugelkörper des Raumers empor, vorbei an glasartigen, grünlich schillernden Wandungen, und glitten schließlich in einen Raum, der große Ähnlichkeit mit der Zentrale jenes Kugelschiffes besaß, mit dem Castor und seine Freundin auf der Erde so unangenehme Bekanntschaft gemacht hatten. Nur daß sich in dieser Kuppel unter den glitzernden Facettenaugen zusätzlich zu den Kontursitzen eine große Anzahl von jenen Sensorglocken befanden, wie Xarr sie an Bord des kleineren Schiffes wiederholt benutzt hatte.

Captain Worner trat von seiner Schwebeplatte, die sich in eine Vertiefung im Boden eingefügt hatte. Skeptisch sah er die Glocken an, und seine steingrauen Augen verengten sich.

»Kann nicht gerade behaupten, daß ich mich im Moment in meiner Haut besonders wohl fühle!« sagte er zu dem neben ihm stehenden Jörn Callaghan. »Weiß der Himmel, in welche Einzelteile diese Analyse uns zerlegt, unsympathischer Gedanke, Jörn!«

Callaghan nickte.

»Wir haben keine andere Wahl, Eric!« erwiderte er. Dann trat er auf eine der Glocken zu, die sich sofort auf ihn herabsenkte und ihn umschloß. Schimmernde Fäden schlangen sich um seinen Körper, silberne Helligkeit umspülte ihn, ließ die Konturen seiner Gestalt verschwimmen.

Die anderen folgten seinem Beispiel.

Die Facetten über ihnen leuchteten auf. Die Glocken, in denen sich Peet und seine Gefährten befanden, begannen zu flackern, zu pulsieren. Und dann wußten die Menschen und die beiden Moraner nichts mehr. Sie spürten nicht, wie die Mentalsensoren des Agarenschiffes immer tiefer in ihre Gehirne eindrangen. Wie die Wächterautomatik auf Hochtouren arbeitete, wie sie viele Stunden später, nachdem sie alles, was mit den Probanden zu tun hatte, eingespeichert, analysiert und umgesetzt hatte, begann, das Wissen seiner Erbauer in vorsichtiger Dosierung an die Fremden abzugeben.

Im Kugelraumer breitete sich Totenstille aus. Das silberne Licht der Sensorglocken pulsierte nicht mehr, es umflutete die Körper der Menschen und Moraner in den langsamen, trägen Intervallen eines tiefen erholsamen Schlafes.

Während die AGAR III sich auf den Sprung durch das Parakon vorbereitete, wurde der Wächterautomatik noch etwas klar: Aus eigener Kraft, mit ihrem eigenen Schiff, würden die Fremden niemals in der Lage sein, in ihre Heimatgalaxis zurückzukehren. Und so begann die Automatik, auch an die Lösung dieses Problems zu gehen.

Sie stellte fest, daß in letzter Zeit von ihren Erbauern viele Fehler begangen worden waren. Angefangen bei der völligen Fehleinschätzung ihrer Konstitution nach der langen Schlafperiode und dem viel zu groß bemessenen Radius ihres Erkundungsfluges bis hin zu der lebensgefährlich falschen Methode, von jenen Bewohnern der Erde Hilfe zu erlangen.

Dann war es soweit – der Kugelraumer verschwand im Parakon. Hinter ihm glitzerten die Milliarden von Sonnen der Milchstraße, die er soeben verlassen hatte.

## 20.

Wie lange sie in den Sensorglocken verbracht hatten, wußte später keiner mehr von ihnen zu sagen. Sie alle spürten aber, daß sie sich in einer körperlichen, geistigen und seelischen Verfassung befanden wie noch niemals zuvor. Es war, als wären sie geradewegs einem Jungbrunnen entstiegen.

Als Peet Orell die Augen wieder öffnete, hatte sich die Szenerie um ihn herum entscheidend verändert. Er befand sich nicht mehr in jenem kuppelförmigen Raum, sondern in einer geräumigen Kabine mit einem kreisrunden, riesigen Fenster. Er ruhte in einem Kontursitz, der sich jeder gewünschten Haltung seines Körpers augenblicklich anpaßte und der sich unter einer etwa drei Meter messenden kreisförmigen Vertiefung in der Decke der Kabine befand, die wiederum mit jenen Facetten bestückt war, wie er sie bereits kannte. In der gesamten Kabine herrschte ein angenehmes grünliches Licht, das ihm wohltat wie noch niemals zuvor.

Ruckartig setzte er sich aus seiner bequemen liegenden Stellung auf. Ihm war klar, daß er irgendwann in diese Kabine gebracht worden sein mußte.

Gebracht?!

Die Facetten über ihm leuchteten auf. In seinem Gehirn formte sich das Bild einer Schwebeplatte, auf der der Kontursitz sich befand.

Peet bückte sich, sah auf den Boden hinab und begriff. Es gab auf diesem Raumer keine Transportbänder, keine Antigravschächte – es gab lediglich jene schwach leuchtenden Schwebeplatten, die offenbar alles transportierten, was zu transportieren war. Und dies wahrscheinlich durch gedankliche Steuerung.

»Zentrale!« sagte er laut. *Ich möchte, daß meine Gefährten und ich uns in der Zentrale dieses Raumers versammeln, sofort!* dachte er weiter, und sofort setzte sich sein Kontursitz mit ihm in Bewegung.

Er verschwand in einer Öffnung der Kabinenwand, glitt wieder an glitzernden, grasgrünen und zum Teil sogar transparenten Wänden vorbei, bis er in einen kuppelförmigen Raum gelangte, der die obere Etage des Kugelschiffs bildete und dessen Decke zugleich als riesiger Sichtschirm ausgebildet war, der in seiner Form der natürlichen Krümmung des Druckkörpers der AGAR III folgte. Peet Orell vernahm die Impulse des Bordgehirns, während er nach seinen Gefährten Ausschau hielt.

›*Dieser Raum wurde bisher nur von Rassen benutzt, die über keinerlei telepathische Fähigkeiten verfügen, die aber auch nicht in der Lage sind, unsere Impulse zu empfangen. Meine Analyse eurer Gehirne und eurer Mentalstruktur ergab, daß es für euch leichter ist, mit euren Augen Bilder wahrzunehmen als durch die direkte Übermittlung. Außerdem muß ich in wenigen Zeiteinheiten, die nach eurer Denk- und Vorstellungsweise in Stunden ausgedrückt werden, meine Tätigkeit einschränken, weil ich sonst die Schläfer Angars wecken würde. Für diesen Zeitraum seid ihr auf euch allein gestelt und müßt dieses Schiff führen. Du und deine Gefährten werdet die Besatzung dieses Raumers in das Gewölbe des Lebens schaffen. Es befinden sich genügend Schwebeplatten an Bord, ihr könnt sie durch gedankliche Impulse in jeder gewünschten Weise aktivieren. Laßt euren Raumer, den ihr PROMET II nennt, im Hangar stehen. Die Wächterautomatik Angars würde ihn während der Schlafperiode außerhalb dieses Schiffes nicht dulden und ihn vernichten. Aber sorgt dafür, daß er sich in startklarem Zustand befindet, denn ihr werdet ihn schon sehr bald benötigen. Deine Gefährten werden jeden Moment bei dir sein, sie haben meine Impulse genauso empfangen wie du, jeder einzelne wurde von mir über seine Aufgaben informiert. Jeder von euch hat das Wissen, das er braucht, um meinen Erbauern die notwendige Hilfe zuteil werden zu lassen.*‹

Die Impulse schwächten sich ab, aber Peet spürte, daß das Gehirn des Kugelraumers ihm noch etwas außerordentlich Wichtiges mitzuteilen hatte, aber noch nach der richtigen Formulierung suchte.

›*Noch etwas solltet ihr wissen. Und zwar du, die beiden Silberhaarigen, die Terraner Vivien Raid, Jörn Callaghan, Ben Ridgers, Szer Ekka, Gus Yonker und Pino Tak. Alle anderen werden die nun folgenden Impulse nicht empfangen, und ich habe dafür gesorgt, daß ihr sie auch nicht an Außenstehende weitergeben werdet. Diese Sperre wird erst aufgehoben, wenn Xarr, der Wächter dieser Station zwischen den Welten, euch ruft.*‹

Wieder schwächten sich die Impulse für eine winzige Zeitspanne ab.

›Eines Tages wird Xarr euch ein Zeichen geben. Das wird für euch, die ihr um diese Botschaft wißt, der Tag sein, an dem ihr erneut nach Angar fliegen werdet. Zerbrecht euch nicht darüber den Kopf, mit welchem Schiff – es wird für alles gesorgt. Wichtig ist nur, daß ihr dem Ruf Xarrs Folge leistet, denn jener Ruf wird euch den Weg in die Galaxis öffnen, die ihr den Großen Andromeda-Nebel nennt ...‹

Die Impulse verstummten.

Aber dann schwebten die Kontursitze der Gefährten heran. Die einst zusammen mit ihm noch in der alten PROMET I die ersten Vorstöße ins Universum unternommen hatten, gruppierten sich wie zufällig neben ihn. Die anderen bildeten den zweiten Kreis – und dann flammte über ihnen plötzlich der gigantische Sichtschirm auf, der die Decke des Gewölbes bildete und bis an den Boden hinabreichte.

Unwillkürlich hielten sie den Atem an. Vor ihren Augen, neben einer intensiv grün leuchtenden Sonne, schwebte eine bizarre Welt. Kein Planet im üblichen Sinne, das erkannten sie auf den ersten Blick. Ein künstlich geschaffenes Gebilde, eine metallische, riesige Kugel von mehreren hundert Kilometern Durchmesser. Auf ihrer Oberfläche erkannten sie gewaltige Start- und Landepisten, gigantische schalenförmige Reflektoren, deren Aufgabe sie in diesem Moment nur ahnten. Und sie bemerkten noch etwas: Die Kugel kehrte der grünen Sonne immer die gleiche Seite zu, umkreiste sie in gebundener Rotation wie der Mond die Erde. Auf der der Sonne zugewandten Seite jedoch befanden sich ausgedehnte Flächen eines grünlich schimmernden Materials, das sie im ersten Moment für Glas hielten. Über den gläsern wirkenden Flächen spannten sich weite Bögen aus eigentümlich strahlendem Metall, die diese Seite Angars wie Brücken überspannten. Auf ihnen glitzerte eine Unzahl von Zellen, jede von ihnen wirkte wie eine Bienenwabe, und die kleinste besaß immer noch einen Durchmesser von mindestens zwanzig Metern.

Peet Orell saß wie erstarrt in seinem Sitz. Er betrachtete die künstliche Welt. Er konnte es einfach nicht glauben, daß es im Universum Wesen gab, die imstande waren, etwas Derartiges zu schaffen. Und er argwöhnte im gleichen Moment, daß auch die Sonne künstlichen Ursprungs war, denn es gab keine Spektralklasse, in die sie sich hätte einordnen lassen.

Die AGAR III näherte sich der Raumstation rasend schnell, bremste ihre Geschwindigkeit ab und bereitete sich auf die Landung vor.

In einer der Landepisten entstand eine Öffnung, groß genug, um das Kugelschiff mühelos hindurchzulassen.

Peet riß sich aus seiner Erstarrung. Er dachte an die Mahnung, dafür zu sorgen, daß die PROMET ständig startklar war.

»Pino, Gus – geht jetzt mit den anderen an Bord der PROMET. Schaltet die Schirme der Yacht ein, aktiviert die Hyperfunkstation, Miss Maru wird sie für die Zeit, in der ihr beide das Kommando über die PROMET habt, übernehmen. Macht Aufzeichnungen von allem, was geschieht und der Bild-Erfassung und der Ortung der PROMET zugänglich ist. Und besetzt auch die drei Beiboote – für alle Fälle. Im übrigen wartet auf Anweisungen von uns, handelt nur dann aus eigenem Ermessen, wenn euch die Umstände dazu zwingen.«

Yonker und Tak nickten. Gleich darauf schwebten sie in ihren Kontursitzen mit all denjenigen davon, die Peet bereits beim Betreten des Hangars als Notbesatzung eingeteilt hatte.

Das Kugelschiff hatte unterdessen die Sprungstation fast erreicht. Vorbei an den Landepisten und den gigantischen Reflektoren sackte der Raumer durch die Öffnung, deren Entstehen sie beobachtet hatten.

Für einen Moment verdunkelte sich der Schirm über ihren Köpfen, aber dann hielten sie abermals den Atem an.

Das Kugelschiff sank in ein Gewölbe, in dem eine unabsehbare Anzahl von Raumern gleicher Bauart stand. Aber sonst wirkte das Gewölbe wie ausgestorben.

Die AGAR III schwebte weiter. Vorbei an Schiffen, die ihr zum Verwechseln ähnlich sahen, deren Hangars aber samt und sonders offen standen.

Endlich landete das Kugelschiff. Und dann ging mit dem Raumer eine Veränderung vor. Wandungen glitten zurück. Die Kontursitze mit den Menschen und den beiden Moranern schwebten durch die AGAR III, sanken in einem Raum zu Boden, der irgendwo ganz unten im Schiff liegen mußte. Peet glitt aus seinem Sitz. Die Wand vor ihm öffnete sich und gab den Blick auf die schlafenden Agaren frei.

›Junici!‹ stieß der Moraner erregt hervor. ›Ich kenne diese Scheiben.

*Irgendwo in meiner Erinnerung ist etwas, aber ich kann es nicht klar sehen. Wir haben von diesen Scheiben gehört, von Thosro Ghinu oder von den alten Meistern im Gewölbe des Wissens. Und sie haben eine Bedeutung für uns – aber ich komme einfach nicht darauf, meine Erinnerung versagt ...‹*
Junici nickte.
›Mir geht es ebenso, Arn. Auch ich kann mich vage erinnern, aber ich weiß nicht, woran, ich ...‹
Weiter kam sie nicht. Peet unterbrach sie. Er hatte von ihrem kurzen *Gespräch* nichts bemerkt – und den beiden Moranern wurde gar nicht bewußt, daß sie sich soeben auf telepathische Weise miteinander verständigt hatten. Sie befanden sich in dem Glauben, ganz normal miteinander gesprochen zu haben.
»Die Schwebeplatten, Arn, Junici! Wir müssen uns beeilen. Die Scheiben erlöschen, die Agaren müssen ins Gewölbe des Lebens. Schnell, es sind insgesamt hundert Agaren, Xarr und seine Gefährten mitgerechnet!«
Die Schwebeplatten kamen wie auf Kommando herein. Sie verteilten sich in dem Gewölbe. Vor jedem der Sitze ging eine der Schwebeplatten nieder. Und dann begann für Peet und seine Gefährten eine harte Arbeit.
Sie schufteten, sie arbeiteten in einem Tempo, das sie sich selber am wenigsten zugetraut hätten.
Platte um Platte verließ das Gewölbe. Peet und der Moraner folgten ihnen. Sie glitten durch den Kugelraumer – und schlossen gleich darauf geblendet die Augen.
Vor ihnen, direkt hinter dem nur noch als dunkle Silhouette erscheinenden Kugelkörper des Agarenschiffes, hatte sich wiederum eine Wand geöffnet. Sie blickten in ein hufeisenförmig angeordnetes, in unzählige Stufen unterteiltes Etwas, auf riesige transparente fensterartige Wölbungen, hinter denen die grüne Sonne brannte, und sie sahen Geräte, von denen leuchtende Spiralen in das tiefgrüne, aber fast schmerzhaft intensive Licht emporstiegen und ihre wie zarte Nebelstreifen erscheinenden Windungen um die Schlafenden schlangen, sie förmlich umspannten und nun auch nach Peet Orell und dem Moraner griffen.
Doch die beiden spürten die Berührung nicht – sie merkten nicht, daß jene Spiralen in sie eindrangen. Sie starrten auf die unheimliche Szenerie

und begriffen, daß Angar keine wirklich lebende Welt war, daß die Agaren so künstlich geschaffene Wesen waren, wie ihre Station und ihre Sonne. Die Erkenntnis war so ungeheuerlich, daß sie sich nicht zu rühren wagten.

»Peet, das ist ... das ...«

Aber der Moraner sprach nicht weiter. Denn neben ihm und Peet gerieten die Schwebeplatten mit den Agaren ins Stocken, weil weder er noch Peet in diesem Moment sie mit ihren Gedankenimpulsen dirigierten, und weil in der Station auch die Wächterautomatik offenbar nicht in der Lage war, diese Vorgänge zu steuern.

Arn und Peet sahen sich an. Dann konzentrierten sie sich, die Platten kamen wieder in Bewegung. Eine nach der anderen schwebte an ihnen vorbei, gefolgt von Jörn, Vivien, Junici und den anderen.

Und wieder begann die Arbeit für sie, die ihnen den Schweiß aus den Poren trieb. Denn die Agaren waren trotz ihrer nahezu transparenten, feingliedrigen Erscheinung unheimlich schwer.

Doch dann war es geschafft, alle befanden sich im Gewölbe des Lebens, jeder lag an seinem Platz.

Vor Xarr blieb der Moraner stehen. Lange betrachtete er die völlig entspannten Züge des Agaren, der im Tiefschlaf lag.

»Du bist ein Roboter, Xarr, und du weißt es nicht einmal!« sagte er langsam und bemerkte, wie außer Peet und Junici die Gefährten bei seinen Worten zusammenzuckten.

Dann wandte sich Borul langsam um. Seine schockgrünen Augen blickten durch alles hindurch.

»Gehen wir!« sagte er leise. »Unsere Arbeit ist getan, das Kugelschiff wartet auf uns!«

Niemand widersprach. Sie wußten mit einem Mal alle, daß sie die Station so schnell wie möglich verlassen mußten, daß der Kugelraumer sie aus dieser unheimlichen Zone zwischen den Galaxien hinausbringen würde, und sie blieben ruckartig stehen, als in ihren Gehirnen plötzlich das Bild ihrer eigenen Milchstraße erschien – ein kleiner nebliger Fleck, kaum daß seine Spiralform noch zu erkennen war. Eine von vielen Sterneninseln in der Galaxis, benachbart jener anderen, die ihr sehr ähnlich war und die sie den Großen Andromeda-Nebel nannten.

Der Moraner schloß die Augen. Es war etwas anderes, eine solche Tatsache einfach zu wissen, oder sie zu erleben. Sich selbst weit außerhalb des sternenerfüllten Raumes der Milchstraße zu befinden, beschienen von einer künstlichen Sonne, die vielleicht vor langer Zeit einmal von irgendeiner fremden Rasse geschaffen worden war und nun mit ihrem ebenfalls künstlichen Satelliten zwischen zwei riesigen Galaxien dahintrieb.

Und wieder stellte er sich die Frage: Warum? Was hatte sich vor undenklichen Zeiten zwischen dem Andromeda-Nebel und ihrer eigenen Milchstraße abgespielt? Und – bestanden vielleicht noch weitere Verbindungen ähnlicher Art zu anderen, ungleich weiter entfernten Spiralnebeln?

Unwillkürlich mußte er an Lunastak-Lan, den Galakter, denken und an das weitverzweigte Transmittersystem dieser uralten Rasse.

Arn Borul riß sich gewaltsam aus seinen Gedanken. Er trieb die anderen zur Eile an. Eine erschreckende Unruhe hatte ihn erfaßt – er wollte dieses unheimliche System im Nichts so schnell wie möglich verlassen.

Ohne Zwischenfälle erreichten sie den Kugelraumer, und als sich der Hangar hinter ihnen schloß, in dem die PROMET in jenem gespenstischen grünen Licht schimmerte, lag die Station verlassen da. Eine Welt, für die Zeit keine Rolle spielte, die ihrem eigenen Rhythmus unterworfen war, deren grasgrüne lichtdurchlässige Seite sich später durch automatische Filter verdunkeln würde, durch deren Gewölbe und Gänge dann wieder die Agaren gleiten und vielleicht neue Anweisungen ihrer Schöpfer empfangen und ausführen würden ...

Eine künstliche Welt, auf die er und die anderen eines Tages zurückkehren würden, um den Sprung zur Andromeda zu wagen ...

***

Die AGAR III startete und verließ die Sprungstation, sobald Peet Orell dem Schiff den gedanklichen Befehl dazu gab.

Dann bereitete sich der Kugelraumer erneut darauf vor, die gewaltige Entfernung zur Milchstraße zu überbrücken. Und immer wieder starrten die Menschen und Moraner auf den schwach leuchtenden Nebelfleck im Universum, der ihre Heimat war.

Sie erlebten den Moment der Transition nicht mit, lagen in tiefer Trance in ihren Kontursitzen. Sie erwachten erst wieder, als die heimatliche Sonne als winzige goldgelbe Scheibe zwischen den anderen Sternen am Himmel des gigantischen Sichtschirms stand.

Peet fuhr sich mit der Hand über die Augen. Er blickte zu Jörn und Arn hinüber, die gerade in diesem Moment ebenfalls wieder erwachten.

»Und jetzt, Arn?« fragte er. »Was soll mit diesem Raumer werden? Wir müßten ihn eigentlich ...«

Ein Impuls unterbrach ihn.

›*Verlaßt jetzt das Gewölbe und begebt euch an Bord der PROMET!*‹ drangen starke, unmißverständliche Impulse in ihre Gehirne.

Peet zuckte zusammen. Er wollte aufbegehren, aber der Impuls, der ihn davon abhielt, hatte etwas Drohendes.

›*Folgt meinen Anweisungen, oder es wird euer Untergang sein! Das ist mein letzter Impuls an euch. Ihr habt nun die Wahl!*‹

Der Schirm verdunkelte sich schlagartig. Nur die Facetten glommen dunkel über ihnen.

Peet spürte, wie eine noch nie erkannte Angst ihn ergriff. Er spürte die Gefahr, die sich ihnen mit jeder weiteren Sekunde, die sie ungenutzt verstreichen ließen, näherte.

Ein Blick auf seinen moranischen Freund zeigte ihm, daß Arn in diesem Moment in sich die gleiche Hölle erlebte.

»Los, zur PROMET, schnell!« stieß Peet hervor. Er merkte, wie sein Sitz sich mit ihm bewegte, schneller als jemals zuvor. Dann befanden sie sich im Hangar, glitten aus den Kontursitzen, rannten zur offenen Schleuse der PROMET hinüber, schlossen sie hinter sich.

Wenig später hob die PROMET ab und schoß aus dem geöffneten Hangar des Kugelschiffes hinaus, dessen Apparaturen den Druckausgleich in Rekordzeit bewältigt haben mußten.

Und dann starrten sie in das hell strahlende Facettenauge des Schwarzen Raumers, der auf der Piste im Sperrkreis I der HTO gestanden hatte! Er füllte ihre drei Kugelschirme fast vollständig aus. Sein gewaltiger Hantelrumpf schwenkte langsam herum, aber er ließ die PROMET II unbehelligt.

Den Grund erfuhren sie wenige Augenblicke später. Während die PROMET sich unter starker Beschleunigung vom Kugelraumer entfernte und die Hand des Moraners den Anticomp entsperrte, sich seine Finger auf die rote Taste dieser Defensivwaffe legten, schien die Bugkugel des Schwarzen Raumers zu explodieren. Ein gewaltiger Energiestrahl fuhr auf den Kugelraumer zu, erreichte und vernichtete ihn innerhalb weniger Sekunden. Sie sahen, wie riesige glühende Trümmer des Schiffes, in dem sie sich eben noch befunden hatten, davonkreiselten, sahen die lodernde Gaswolke, die unweit von ihnen im Raum verglühte.

Und als sie sich von ihrem Schrecken erholt hatten, war der Schwarze Raumer verschwunden.

***

Niemand sagte ein Wort. Arn Borul sicherte den Anticomp mit zögernden Bewegungen. Sein sonst braunes Gesicht wirkte in diesem Moment unnatürlich bleich.

»Ich weiß nicht«, sagte er schließlich in die bedrückende Stille hinein, »ob uns der Anticomp gegen eines dieser Schiffe wirklich helfen würde. Wenn es nach mir geht, dann möchte ich das nie ausprobieren müssen!«

Er schwang in seinem Sitz herum.

»Eines ist mir allerdings klar geworden: Zwischen den Agaren und den Schwarzen Raumern bestehen weit mehr Verbindungen, als wir bisher angenommen haben. Beide Male hat der Schwarze Raumer das Schiff der Agaren vernichtet, um es unserem Zugriff zu entziehen. Uns selbst scheint er nicht angreifen zu wollen – aber wieso nicht? Warum halten ausgerechnet jene Schiffe jetzt plötzlich Frieden, die einst ganze Welten und Völker sinnlos vernichtet haben? Auch meine Heimatwelt!«

Keiner wußte auf diese Frage eine Antwort. Wieder herrschte bedrückendes Schweigen in der Kommando-Zentrale der PROMET II, während die Raumyacht der Erde entgegenjagte.

Erst als die MORAN schließlich vor ihnen im Raum zwischen den nadelfeinen Punkten der Sterne sichtbar wurde, auf sie zuhielt und kurze Zeit später neben der PROMET durch das Sonnensystem glitt, angelte Peet seine ganz spezielle Whiskyflasche aus einem der Fächer und gab Vivien einen Wink, sich um die notwendigen Gläser zu kümmern.

Sie prosteten dem 1. Offizier der MORAN zu, als er auf dem Schirm des Interkom sichtbar wurde und grüßte.

Captain Worner setzte das Glas ab und fragte: »Was gibt es Neues, Murdock? An Bord alles okay?«

Doch Captain Murdocks Augen blieben ernst.

»Wir sind dem Schwarzen Raumer begegnet, Sir. Er hat sich eine ganze Weile in unserer unmittelbaren Nähe aufgehalten, aber keine Anstalten gemacht, uns zu nahe zu kommen oder uns anzugreifen. Er hat lediglich eine Warnung hinterlassen, und die beunruhigt uns alle sehr ...«

»Welche, Murdock?« fragte Worner. Er ahnte bereits, was kam.

»Wir sollten uns davor hüten, jemals den Anticomp gegen ihn einzusetzen. Oder wir würden die vernichtende Wirkung dieser Waffe an uns selbst erfahren ....«

Der Moraner war herumgefahren und starrte den I. O. der MORAN an.

»Die Robotwesen wissen also um unsere Waffe! Die Warnung könnte ein Bluff sein, könnte bedeuten, daß sie sich fürchten müssen. Vielleicht sind sie deshalb plötzlich so friedlich. Aber ich glaube das nicht ...«

Worner nickte, wandte sich wieder seinem 1. Offizier zu. »Noch etwas, Murdock?« fragte er etwas ungeduldiger als sonst.

»Ja, Sir. Der Schwarze Raumer war auch auf dem Pluto. Beim Pluto Hole. Er hat sich die Absturzstelle des Schiffes angesehen, das damals beinahe BASIS I gerammt hätte. *) Er ist ziemlich lange dort gewesen, ist gelandet, die Robotwesen haben die Stelle mit seltsamen Geräten abgetastet, Trümmer eingesammelt, soweit noch welche vorhanden waren, ganze Partien des Felsens herausgeschnitten, auf den das Schiff damals aufgeprallt ist, und mitgenommen.«

Captain Worner erhob sich. »Lassen Sie mich von einem der Beiboote abholen, Murdock. Ich werde jetzt an Bord der MORAN zurückkehren, Peet!« sagte er dann. »Aber da ist etwas im Gange. Ich fürchte fast, wir werden in Zukunft noch öfter mit diesen ungebetenen Besuchern zu tun bekommen, besonders die PROMET und ihre Crew!«

*) siehe Raumschiff PROMET Classic 4

Captain Worner sollte recht behalten. Aber auf gänzlich andere Weise, als er dachte.

***

Bei Sonnenuntergang landeten die PROMET II und die MORAN nebeneinander im Sperrkreis I der HTO.

Harry T. Orell empfing sie auf der Piste. Er zog seinen Sohn kurz an seine Brust und drückte den anderen die Hand.

»So«, sagte er, »heute kein Wort mehr von alledem, was immer ihr auch erlebt haben mögt. Ich habe einen großen Empfang rüsten lassen. Pjotr Chronnew wird ebenfalls anwesend sein. Er hat mir in den letzten Tagen außerordentlich geholfen, ohne ihn hätte die HTO aufgrund der ganzen Vorfälle mächtig Schwierigkeiten bekommen können. Aber auch er wird keine Fragen stellen. Heute wird gefeiert, und ich hoffe, ihr macht alle mit. Und zwar die gesamten Besatzungen der PROMET II und der MORAN. Und morgen werden wir dann alle gemeinsam beraten, was weiterhin geschehen soll.«

Er merkte nicht, wie sein Sohn zusammenzuckte. Peet dachte an die Botschaft, die die Wächterautomatik der Station zwischen den beiden Galaxien ihnen mit auf die Rückreise in ihr Sonnensystem gegeben hatte, und er wußte, daß sie darüber mit keinem Wort zu irgendeinem Außenstehenden sprechen konnten. Bis sie den Ruf der Agaren empfangen würden, irgendwann, eines bösen – oder eines guten – Tages ...!

# Nachwort

Dieses Buch ist gewissermaßen der Beginn einer neuen Ära. Kurt Brand, der Erfinder und Chefautor der Serie, hatte »Raumschiff PROMET« verlassen, weil der Astro-Verlag in erhebliche Zahlungsschwierigkeiten geraten war und die Honorarforderungen fünfstellig geworden waren. Zugleich untersagte er dem Verlag per Gerichtsbeschluß, die Serie ohne ihn bzw. ohne seine Genehmigung fortzuführen – die er nur erteilt hätte, wenn seine berechtigten Honorarforderungen erfüllt worden wären. Letzteres geschah mangels Masse nicht.

Dennoch machte der Astro-Verlag vorerst weiter, um die Leser nicht zu enttäuschen, und es konnten sogar neue Autoren gewonnen werden. Einen davon, den unlängst verstorbenen Peter Krämer, lernen wir hier erstmals kennen. Unter dem Pseudonym »Peter Theodor« hatte er schon für die UTOPIA-Reihe des Pabel-Verlags geschrieben, als »Cal Canter« für in den 60er Jahren erscheinende Kurt Brand-Serie REN DHARK, und später erschien noch in der pabel-moewig'schen TERRA NOVA-Reihe ein Roman unter seinem eigenen Namen. Bei »Raumschiff PROMET« schrieb er als »P. T. Hooker«.

Kurt Brands juristisches Vorgehen und der daraus zwangsläufig resultierende Kollegenstreit war auch der Grund, weshalb Hermann Peters, der bislang als »Bert Stranger« geschrieben hatte, dieses Pseudonym nicht mehr verwenden durfte – es war ursprünglich der Name einer Figur der REN DHARK-Serie. So griff Peters sein ureigenstes Alt-Pseudonym wieder auf, unter dem er schon für REN DHARK und auch für UTOPIA geschrieben hatte – »Staff Caine«.

In diesem Buch finden sich die wie immer überarbeiteten PROMET-Romane »Das Geheimnis der Nekroniden« und »Die Botschaft der Unheimlichen« von Bert Stranger bzw. Staff Caine alias Hermann Werner Peters, »Notlandung auf Wild World« von Hans Peschke und »Verschollen auf Arlega« von P. T. Hooker alias Peter Krämer.
Ad astra! –

*Werner K. Giesa*
*Altenstadt, im September 2000*

Die Titel der Originalausgaben in diesem Buch:

Kapitel 1-5: Bert Stranger: *Das Geheimnis der Nekroniden*
Kapitel 6-11: Hans Peschke: *Notlandung auf Wild World*
Kapitel 12-15: P. T. Hooker: *Verschollen auf Arlega*
Kapitel 16-20: Staff Caine: *Die Botschaft der Unheimlichen*

# RP-CLASSIC 10:
# DIE MACHT DER ANDORER

Testflug des neuen Versuchsschiffs NEK-X, begleitet von der PROMET II und der MORAN. Die PROMET erreicht ihr Ziel, die MORAN bleibt auf Beobachtungsposition. Aber von der NEK-X fehlt plötzlich jede Spur! Sie bleibt verschollen im Hyperraum. Mit Peet Orell, seinem moranischen Freund Arn Borul und dessen Frau Junici. Außerdem Okron, der Herrscher der Nags, und die gesamte übrige Besatzung des Testraumers.
Die PROMET II und die MORAN starten eine großangelegte Suchaktion. Doch sie ahnen nicht, wie nahe sie den Vermißten sind – getrennt von ihnen allein durch die Zeit.
Und so erleben sie die Macht der Andorer ...

ALLGEMEINE REIHE
Band 17

# KONTAKTE

Roman Sander (Hg.)

ISBN 3-932171-18-7
176 Seiten – Paperback

Was hat der Kaiserliche Polizeiwachtmeister Adolf Hitler mit UFOs zu tun?

Wieso verhindern die geilen Rundungen der scharfen Inge die friedliche Verständigung mit einem Außerirdischen?

Und warum verliert ein Streifenpolizist nach einem Flugzeugabsturz am Stuttgarter Flughafen seinen Glauben an Gott?

*Deutsche Spitzenautoren wie HORST PUKALLUS, RONALD M. HAHN, MICHAEL IWOLEIT u.a. beantworten Ihnen diese Fragen.*

**Utopische Klassiker**
Band 8

ERNST VLCEK & H. W. MOMMERS

# Das Galaktikum

ISBN 3-932171-28-4
352 Seiten – Paperback

Anfang des 5. Jahrtausends terranischer Zeitrechnung: Längst sind die Menschen weit ins All vorgestoßen, haben neue Welten kolonisiert, Kontakt zu Fremdrassen aufgenommen und ein Solares Imperium geschaffen; eine neue Zeitrechnung verkündet die Galaktische Ära. Doch unter der Oberfläche brodelt es. Die Kolonialwelten fühlen sich von der Zentralwelt unterdrückt, und auch den Fremdrassen ist die wachsende Macht des Imperiums ein Dorn im Auge. Die Situation droht zu eskalieren, eine kriegerische Auseinandersetzung scheint unausweichlich – da taucht aus dem Nichts ein gnadenloser Feind auf. Und Plötzlich müssen die Bewohner der Milchstraße erkennen, daß sie nur eine Chance haben, gegen den übermächtigen Gegner zu bestehen: wenn sie ihre kleinlichen Streitereien beiseite schieben und *Das Galaktikum* endlich Wirklichkeit werden lassen …

*Das Galaktikum* ist der erste längere Zyklus, den **Ernst Vlcek** in Zusammenarbeit mit **H. W. Mommers** zu Beginn seiner Karriere Mitte der 60er Jahre geschaffen hat und der in diesem Band zum ersten Mal seit mehr als 30 Jahren wieder vorliegt.

# STAR-GATE
## Tor zu den Sternen
### Band 5

Werner K. Giesa

## Vorstoß zur Erde

ISBN 3-932171-39-X
176 Seiten – Paperback

Die EXCALIBUR hat ihren ersten Testflug mit Bravour überstanden, doch nun droht das Raumschiff im Angriffsfeuer der Libellen-Raumer zu vergehen …
Derweil versucht Haiko Chan auf Terra den Kyphorern ein weiteres Star-Gate abzujagen, doch seine Erfolgschancen sind gering …

---

STAR-GATE – *Eine packende SF-Serie aus den Achtzigern, geschrieben von bekannten Autoren wie W. K. Giesa, Uwe Anton und Frank Rehfeld.*

**Demnächst erhältlich!**